HASENFUSS

Thomas Hesse, Jahrgang 1953, lebt in Wesel, ist gelernter Germanist, Kommunikationswissenschaftler und Journalist. Er war bis Ende 2014 in leitender Position bei der »Rheinischen Post« am Niederrhein tätig. Heute ist er freier Autor, Journalist und Publizist. Bekannt wurde er u. a. durch Niederrhein-Krimis zusammen mit Thomas Niermann und Renate Wirth.

Renate Wirth, Jahrgang 1957, ist Gestalttherapeutin, Künstlerin und Autorin.

THOMAS HESSE/RENATE WIRTH

HASENFUSS

Niederrhein Krimi

emons:

Bibliografische Information der Deutschen Nationalbibliothek
Die Deutsche Nationalbibliothek verzeichnet diese Publikation in der Deutschen Nationalbibliografie; detaillierte bibliografische Daten sind im Internet über http://dnb.d-nb.de abrufbar.

FSC
www.fsc.org
MIX
Papier | Fördert gute Waldnutzung
FSC® C083411

Umschlagmotiv: mauritius images/age fotostock/Ralf Kistowski
Umschlaggestaltung: Nina Schäfer, nach einem Konzept von Leonardo Magrelli und Nina Schäfer
Umsetzung: Tobias Doetsch
Gestaltung Innenteil: DÜDE Satz und Grafik, Odenthal
Lektorat: Hilla Czinczoll
Druck und Bindung: CPI – Clausen & Bosse, Leck
Printed in Germany 2022
ISBN 978-3-7408-1504-2
Niederrhein Krimi
Originalausgabe

»Hallo, schöne Frau, du gefällst mir,
sende bitte schnell eine Freundschaftsanfrage …«
Emoji: rote Rose, rotes Herz

EINS

An dem Tatort in der Nähe der Weseler Innenstadt war, wie sich herausstellen würde, nicht nur der Name der Straße außergewöhnlich. Gero von Aha stoppte den Wagen und wies auf das Schild.

»Eine ganze Leiche Am halben Mond. Damit kommt die Stadt in die Schlagzeilen.«

Kriminalhauptkommissarin Karin Krafft konterte. »Besser als in der nächsten Nebenstraße, das wäre der Tod beim Schneemann.«

Bei ihrer Ankunft war die kleine Straße bereits hoffnungslos mit Einsatzfahrzeugen zugeparkt. Kriminalhauptkommissar Gero von Aha parkte hinter der Sperre aus Trassierband. Beide wiesen sich aus, ein Kollege der Streife ließ sie passieren. Ein Pulk Neugieriger drängte nach, wurde zurückgehalten und spähte aus der Ferne zu dem Mehrfamilienhaus, vor dem zwei Uniformierte die Personalien von hartnäckigen Amateurfotografen aufnahmen.

Gero von Aha raunte: »Überall das Gleiche. Rücksichtsloses Gesindel.« Kurz nickte er zwei Lokaljournalisten und Fotografen zu, die von den Redaktionen am Großen Markt und in der Doelenstraße herbeigeeilt waren. Sie waren gut vernetzt und hatten auf die Information schnell reagiert, dass es hier einen aufsehenerregenden Vorfall gegeben hatte, über den die ganze Stadt sprechen würde. Karin Krafft und Gero von Aha kannten das Spiel, es machte sie nicht entspannter.

Sie mussten sich auf den Tatort konzentrieren und betraten das Haus. Schon unten im Treppenhaus wirkte es so, als sei jedes kleinste Detail lustvolle Dekoration, genau am richtigen Platz. Bilderrahmen mit kunstvoll drapierten getrockneten Blumen zierten die Wand, stilvolle Gebinde aus Kunstblumen ragten aus Gefäßen mit Delfter Motiven auf der Fensterbank.

Ein »Herzlich willkommen« prallte ihnen von der gepflegten Fußmatte entgegen, die wirkte, als sei noch nie ein Schuhpaar an ihr abgestreift worden. Aus der geöffneten Wohnungstür, an der ein Blütenkranz mit rosa Schleife baumelte, strömte ein ungewöhnlich aromatischer Luftzug, völlig anders, als es das Duo vom Kommissariat 1 von anderen Tatorten gewohnt war. Köstlich und einladend.

»Riechst du das?« Karin Krafft atmete tief ein.

Ihr Kollege Gero von Aha schnupperte, setzte zu einer Antwort an, schüttelte den Kopf, während seine Chefin nickte.

»Frisch aufgebrühter Kaffee. Noch besser als deiner, Gero.«

Er war der heimliche Barista im Kommissariat 1. Für seinen italienischen Kaffee kamen Kollegen in die fünfte Etage und blieben manchmal länger, als zum Erörtern von Fragen oder Abholen von Asservaten nötig war.

»Noch besser?« Er rümpfte die Nase, bevor er ihr mit widerwilligem Unterton zustimmte. »Ich erkenne, was du meinst, aber das geht eigentlich nicht. Was hier in der Luft schwebt, das muss ich mir gleich in der Küche genauer ansehen … Apropos sehen, ist das da vorne wahr, oder träume ich?«

Auf der Fußmatte im Parterre des Hauses stoppte er Karin mit großer Geste und wies in die Wohnung vor ihnen. Geradeaus bot eine geöffnete Tür einen einladenden Anblick ungewöhnlicher Art.

Am Ende eines schmalen, blitzsauberen Flures gab eine offen stehende Tür in Eichenoptik mit Butzenscheiben den Blick in ein Esszimmer frei. Dort stand ein Tisch, den jemand mit viel Liebe und einem Händchen für stimmungsvolle Tischbilder für zwei Personen eingedeckt hatte. Was sich darauf befand, wirkte, im Gegensatz zu ihrem Auftrag, traumhaft.

Gero von Aha betrat mit ehrfürchtiger Vorsicht den Raum. Im Nebenraum links von ihm bemerkte er beiläufig den Kollegen Heierbeck in seinem weißen Schutzanzug, der unzählige Fotos von einem Objekt machte, das aus von Ahas Perspektive noch nicht sichtbar war.

Der Fachmann von der Spurensicherung rief ihnen entgegen: »Sie sind spät, ich habe schon mal angefangen und lasse alles, wie es ist. Nur noch ein paar Fotos.«

Es schien Gero von Aha nicht zu interessieren, ja erreichte ihn überhaupt nicht. Die Augen des Hauptkommissars blieben an dem Mittelpunkt des gedeckten Tisches hängen, der einer Zeitschrift entstammen könnte, die Geschmack und Idylle vermitteln wollte. Homestory in der »Landluft«. Immer auch mit sensationellen Rezepten. Ein opulentes, akkurat verziertes konditorisches Meisterwerk ruhte inmitten von edlem Porzellan und zarten Blumensträußchen auf einer erhöhten Kuchenplatte, bereit für puren Genuss. Das Auge isst mit.

»Das ist ja unglaublich. Weißt du, was das für ein Kuchen ist?«

Karin ging näher an den Tisch heran, nahm mit wissendem Blick die Einzelheiten auf. Das Geschirr war englisches Bone China mit Streublumenmuster und stand auf einer mit ebensolchen Blümchen bestickten Decke. Silberne Kuchengäbelchen lagen fein poliert auf Stoffservietten, zierliche Sektgläser, gefüllt mit rotem Sekt, standen neben den Gedecken. Dem Getränk war das lebhafte Perlen vergangen. Eine silberne Warmhaltekanne, Milchkännchen und Zuckerschale weilten auf einem Beistelltischchen neben dem halbrunden Sofa. In der Mitte des Tisches stand, unverschämt nach Beifall heischend, diese unglaublich appetitliche Torte, die augenblicklich Speichelfluss auslöste. Alles schien unberührt und auf ein festliches Miteinander zu warten. Karin schluckte, bevor sie mit belegter Stimme sagte: »Schwarzwälder Kirschtorte.«

Beide hingen sie mit ihren Oberkörpern über dem Tisch, die Gesichter nah an dem Meisterstück, ein Hauch Kirschwasser gelangte an ihre Geruchsnerven. Fruchtiger, sahniger Duft mischte sich hinein.

»Die ist aber nicht aus dem Tiefkühler vom Supermarkt.«

Karin hauchte die Antwort in den Raum: »Selbst gemacht.«

Gero von Aha wechselte die Perspektive, im Hintergrund

war nur das leise Klicken der Kamera zu hören. Der Leiter der Spurensicherung fotografierte diesen eigenartigen, biederen Tatort aus allen möglichen Blickwinkeln.

»Meinst du wirklich, so etwas kann man selber machen? Nee, wenn Marlene Torte macht, dann wird das geschmacklich einwandfrei, aber die Optik lässt zu wünschen übrig. Das ist Individualität, sagt sie immer.«

Karin Krafft schien ihn nicht zu hören, ihre Augen hafteten an der Kaffeetafel. »Perfekt. Schau dir die Kirschen auf den Sahnehäubchen an, die sind total ebenmäßig. Die Tortenstückchen sind gleichmäßig geschnitten, kein Schokoblättchen vom Rand liegt daneben.«

Von Aha stand nun direkt neben ihr. »Ich könnt so ...« Sein ausgestreckter Zeigefinger bewegte sich leicht zittrig, aber bestimmt in Richtung Torte, Karin besann sich augenblicklich ihres Auftrages.

»Untersteh dich, davon zu naschen, wir befinden uns schließlich an einem Tatort!«

»Man wird doch wohl mal –«

»Nein. Außerdem werde ich dieses Prachtstück fotografieren. So etwas habe ich nie zustande gebracht, meine Familie will zu diversen Gelegenheiten Waffeln haben. Mutter buk zu allen Anlässen Marmorkuchen, und bei Oma gab es Frankfurter Kranz, mit guter Butter. Gero, das hier ist die perfekteste Schwarzwälder Kirschtorte, die ich je gesehen habe. Und dann die Dekoration rundherum, links und rechts kleine Sträuße aus Frischblumen in den Farben des Porzellans, Hasenfiguren als Kerzenhalter, da, schau, selbst die Servietten sind mit passenden Blümchen bestickt.«

Von Aha blieb vor der Torte stehen, als wartete er auf einen günstigen Moment, um seinem Verlangen doch noch zu folgen. »Hasen gehören zu Ostern, das ist lange vorbei.«

Karin ereiferte sich in Anbetracht des Arrangements. »Das hier hat auch nichts mit Ostern zu tun, das sind Zierhasen.«

Sie blickte auf und fühlte sich mit einem Mal beobachtet. Unzählige Augenpaare schienen auf sie gerichtet zu sein, glotzten sie penetrant und unverschämt offen an. Erst jetzt fiel ihr das Völkchen von Porzellanpuppen und alten Stofftieren der Marke Steiff auf, die die Sofaecken und die hochstehende Lehne des altmodischen Sofas zierten. Nein, sie besetzten dieses brombeerfarbene Sitzmöbel geradezu.

»Schau mal auf das Sofa, wer hier Platz nimmt, hat ständig jemanden im Nacken sitzen.« Karin erschauerte.

Von Ahas Blick löste sich von der Torte, er betrachtete das leblose Panoptikum. »Hier alles geschmackvoll, und da wird es dann doch unsagbar kitschig.«

Heierbeck kam aus dem Nebenraum. »So, Sie können reingehen. Da erwartet Sie ein riesiger Kontrast zu dieser Puppenstube hier.«

Sein Blick blieb ebenfalls an der Tafel hängen. »Ist das eine Weltklasse-Torte, da auf dem Tisch! Man könnte schwach werden.«

Er legte seine Kamera an, knipste drauflos, als wollte er alles festhalten, das Tischbild, den Geruch, der in der Luft lag, den zu erwartenden Geschmack, den diese Sahnetorte versprach.

Während die Hauptkommissare ihre Schutzanzüge überstreiften, füllte sich der Raum mit einer massigen Figur, die sich, ähnlich wie sie es vor ein paar Minuten getan hatten, über den Tisch beugte. Eine sonore Stimme erschallte.

»Was ist denn das? Feinste Konditorware, das Kunstwerk eines Zuckerbäckers, so etwas sieht man selten heutzutage.«

Karin Krafft schaute auf, vielmehr hoch, denn der hünenhafte Staatsanwalt Aaron Nilsson hatte sich aufgerichtet und zeigte auf die Torte. »Gibt es denn in Wesel eine Konditorei, die einem so etwas ins Haus liefert?«

Karin musste lachen. »Nein, aber es gibt durchaus fähige Hände, die so etwas Perfektes herstellen können. Und die Bewohnerin dieser Wohnung hatte anscheinend ebensolche.«

»Die muss ja super schmecken.«

Der Staatsanwalt verwandte immer viel Sorgfalt darauf, die

Tatorte bei Gewaltverbrechen selbst in Augenschein zu nehmen. Hier schaute er immer wieder auf den Tisch statt in den Nebenraum, in dem die Hauptkommissare nun verschwanden.

Krasse Gegensätze, hier Am halben Mond.

Der Nebenraum war das Schlafzimmer der Mieterin. Sie lag mit verrenkten Gliedmaßen und angstvoll geöffneten, leblosen Augen blutüberströmt neben dem französischen Bett, auf dem unzählige Kissen auf einer opulent mit Rosenblättern bestreuten Tagesdecke drapiert waren.

Heierbeck rief aus dem Wohnzimmer: »Das ist Beate Heuwels. Sie hatte offenbar andere Pläne für den heutigen Tag.«

Der Spurensicherer hatte sie mit Hilfe ihrer Ausweispapiere identifiziert. Er hatte diese in ihrer Handtasche gefunden, die im Flur auf dem Garderobentischchen stand. So akkurat wie alles in dieser Wohnung. Mit Ausnahme des Schlafzimmers, in dem sich Karin Krafft und Gero von Aha nun umschauten.

Nilsson beugte sich kurz zur Tür herein, kam einige Schritte näher, warf einen Blick auf die übel zugerichtete Tote. »Was für ein Blutbad. Was wissen wir über sie?«

Heierbeck, nebenan noch immer den gedeckten Tisch fixierend, antwortete für alle hörbar. »Das ist die Mieterin dieser Wohnung, zweiundsechzig Jahre alt, Frührentnerin, ehemals Lehrerin an einer Grundschule im Kreis Wesel.«

Nilsson ging wieder Richtung Wohnzimmer. »Was können Sie über die Todesursache sagen?«

»Mehrere Messerstiche in den Thorax, Reihenfolge und genaue Todesursache lassen sich aufgrund der Vielzahl der Stiche – wir haben zehn gezählt – erst feststellen, wenn sie auf dem Tisch liegt.«

Beide Männer schauten auf die Kuchentafel, Heierbeck beeilte sich, einen Nachsatz zu formulieren. »Auf dem Tisch der Gerichtsmedizin. Versteht sich. Dieser Gegensatz ist so krass, hier das Paradies, nebenan die Hölle.«

Nilsson reichte, was er gesehen hatte. »Ihr macht das schon.«

Der Staatsanwalt streifte sich die Schutzhüllen von den Schuhen und verabschiedete sich schnell, während Heierbeck in der Wohnung nach weiteren Spuren suchte.

Karin betrachtete das Opfer. Beate Heuwels lag neben ihrem Bett, auf dem außer den Kissen diverse größere Stofftiere mit großen Knopfaugen lagen. Auch das reglose Augenpaar der Toten starrte sie an, gläsern, ja tot, anklagend. Überall waren Blutspritzer, an den Wänden, auf der sonst makellosen Tagesdecke, am Schrank. Der Täter musste sein Opfer in die Enge getrieben haben.

»Der hat immer wieder zugestochen, wie von Sinnen, während sie rückwärtstaumelte, sich dort neben dem Bett nicht mehr halten konnte.«

Karin nahm Abstand, ging zurück zur Tür, betrachtete die Szene aus der Entfernung, aus der die Frau noch nicht zu sehen war, von wo die dunkelroten Streifen und Sprengsel jedoch Übles erahnen ließen. »Weißt du, was ich noch nicht einordnen kann?«

Von Aha schaute auf. »Nun ja, dies hier ist ein frischer Tatort mit einem Mordopfer, keine Hinweise auf den Täter, da gibt es einiges, das ich ebenso wenig einordnen kann wie du.«

»Komm einfach her, dann siehst du vielleicht, was ich meine.«

Von Aha stellte sich neben sie in den Türrahmen.

»Schau mal auf den Boden, hier im Schlafzimmer, und dann dreh dich um.«

Von Aha sah die letzten Blutspritzer am unteren Türrahmen, bis zu seinem Standort auch Spuren in dem altmodischen, einem Flokati ähnlichen, langflorigen Bettvorleger. Dann drehte er sich auf der Stelle, seine Augen blieben wieder auf dem Tisch haften, Karin stupste ihn unsanft an.

»Du sollst auf den Boden gucken.«

Wie abgeschnitten, eine Szene von der anderen getrennt. Keine Blutspur, kein Tropfen auf dem Boden des Esszimmers. Niemand hätte die Tote auf Anhieb entdeckt, schon gar nicht bei geschlossener Tür. »Da ist nichts.«

Heierbeck bestätigte die Beobachtung. »Nirgends ein Blutströpfchen. Als wäre der Täter hinausgeschwebt. Bei solch einer Tat muss man garantiert unter die Dusche und die Klamotten wechseln. Nichts, nicht einmal verwertbare Fußspuren, da sich auf diesem langhaarigen Teppichgefluse nichts eindeutig abgedrückt hat. Und im Übrigen war Frau Heuwels eine sehr gewissenhafte Hausfrau. Es gibt hier kaum Fingerabdrücke. Egal, wo ich suche, sie hat penibel geputzt.«

»Was ist mit Abwehrspuren, findet sich etwas unter ihren Fingernägeln?«, fragte Karin.

»Ich habe eine erste Probe genommen, garantieren kann ich es nicht. Schaut sie euch an, es ist, als habe sie ihre letzten Minuten mit ausgebreiteten Armen verbracht, und dieser Gesichtsausdruck, ungläubig, ängstlich wahrnehmend, was da mit ihr geschieht.«

Gero von Aha löste sich vom Tatort, nicht ohne sich den Schutzanzug abzustreifen. Er hielt ihn in der Hand, betrachtete den weißen Kunststoff einen Augenblick, reckte ihn in die Höhe. »Als habe der Täter sich gründlich vorbereitet. Vielleicht trug er auch Schutzkleidung.«

»Ja, vielleicht. Auf jeden Fall kannte sie ihn. Sie hat ihn erwartet, zu einer romantischen Kaffeestunde.«

Karin ging noch einmal zurück zu der Toten, rief nach Heierbeck. »Haben Sie die linke Hand fotografiert?«

»Ja, die ist mit dabei, bevor ich ihr eine Hülle übergestülpt habe. Wieso fragen Sie?«

»Es hat den Anschein, als habe man versucht, ihr den Ring vom linken Ringfinger abzustreifen, da schauen Sie, er klemmt aber noch auf dem unteren Fingerglied.«

Gero von Aha schaute zu ihr. »Also ein Raubmord?«

Er sah sich schnell um, nirgends die übliche Unordnung, keine Schranktür offen, nichts durchwühlt.

Karin sah seinen zweifelnden Blick. »Vielleicht fühlte der Täter sich plötzlich verunsichert und hat die Flucht ergriffen.«

Sie pellte sich ebenfalls aus dem Schutzanzug, fragte Heierbeck nach der Handtasche der Toten, ging in den Flur und schüttete den Inhalt auf die Ablage der Garderobe. Das Geräusch und das Durcheinander auf dem Brokatdeckchen schienen fremd in diesen Räumen. Karins Finger suchten flink.

»Alles ist da. Eine Geldbörse mit mehreren Fächern, vierhundertdreiundzwanzig Euro, die Bankkarte und, wie bei vielen Leuten im Seitenfach versteckt, ein Zettel mit einer vierstelligen Nummer. Ich könnte wetten, dass es die PIN für den Bankautomaten ist. Nein, das war kein Raubmord. Und auch kein Einbruch. Sie hat auf jemanden gewartet, hat ihn hereingelassen, und dann geschah etwas völlig Überraschendes, womit sie nicht gerechnet hat.«

Hauptkommissarin Karin Krafft schaute zu der liebevoll gedeckten Kaffeetafel. »Sie hat den Täter gekannt. Gut gekannt.«

Eine Unebenheit, ein fataler Fehler im Gesamtbild, zog ihre Aufmerksamkeit auf sich. Sie näherte sich dem Tisch, beugte sich über die Torte. Eine breite Leerstelle vom Rand aus spitz zur Mitte zulaufend, quer durch ein Sahnehäubchen, auf dem nun die Kirsche fehlte, prangte einem Sakrileg gleich vor ihr. Sie schaute nicht einmal auf und schrie los. »Gero von Aha! Du hast es gewagt, du Schuft!«

Er kam näher, um zu sehen, was seine Vorgesetzte so erzürnte, erkannte den Fingerstreif durch das Meisterwerk, schüttelte den Kopf, hob abwehrend die Hände. »Ich war das nicht, ehrlich.«

Heierbeck verabschiedete sich von der Wohnungstür aus. »Sind Sie so weit, Kollegin Krafft? Kann ich den Bestatter durchlassen?«

Karin schaute auf, innerlich immer noch schnaubend. »Was? Jaja, der kann sie abholen.«

»Mein Bericht kommt so zügig wie möglich.«

Karin stieß von Aha an die Schulter. »Sag mal, war das da ein leichter Sahnestreifen im Mundwinkel von Heierbeck?«

Sie liefen zum Fenster zur Straße und spähten durch die ordentlichen Gardinenfalten. Heierbeck leckte sich die Lippen, verstaute seinen Koffer im Laderaum des Tatort-Fahrzeugs und stieg lächelnd ein.

Von Aha wies mit dem Kinn auf den routinierten Spurensicherer. »Aber erst mal den lieben, völlig unschuldigen Gero verdächtigen.«

»Ich nehme alles zurück.«

Sie drehten sich um, der Bestatter fragte gestenhaft, wo er hingehen solle, während seine Augen auf der Torte ruhten.

»Hinter Ihnen, Nebenraum.«

Der Bestatter grinste die beiden an, wies auf den kleinen, aber sichtbaren Makel im ansonsten perfekten Kuchen. »Da habt ihr euch nicht beherrschen können, na so was.«

Gero von Aha warf beim Hinausgehen einen eher oberflächlichen Blick in die Küche. Heierbeck hatte hier bereits Messer aller Art zum Abgleich und sonstige Spuren gesichert, es ging von Aha auch nicht vorrangig um Tod oder Tatwerkzeug. Er wollte wissen, was in dieser Küche aus den Neunzigern den Duft des Kaffees so aromatisch machte. In der Spüle fand er einen Gegenstad, der das Geheimnis preis gab. Ein Melitta-Filter aus Porzellan.

Auf dem Weg zum Auto klopfte seine Chefin ihm mitfühlend auf die Schulter.

Karin resümierte später im Kommissariat, wie lächerlich es gewirkt haben musste, dass sie und von Aha heftig mit dem Kopf schüttelnd vor der ordentlichen Gardine standen. Wie zwei beim Kirschenklauen erwischte Schulkinder, denen der rote Saft noch vom Kinn tropfte.

Dabei waren sie völlig unschuldig.

***

Karin Krafft fasste die bisherigen Erkenntnisse zusammen, um im Rahmen einer kleinen Lagebesprechung die restlichen Kollegen im K1 zu informieren. Mord Am halben Mond, eine durch zehn Messerstiche getötete ehemalige Grundschullehrerin. Eine Nachbarin aus dem Haus hatte an diesem Morgen verdächtige Geräusche aus der Wohnung gehört und die Polizei informiert.

Gero von Aha widmete sich seinem Smartphone, indem er Fotos vom Tatort auf seinen PC übertrug, um sie auf der Medienwand für alle zu präsentieren. Er lauschte beiläufig und konnte sich eines Kommentars nicht enthalten. »Frühpensioniert und ab jetzt im endgültigen Ruhestand.«

Kein Anhaltspunkt, nur der fürstlich gedeckte Tisch zu einer Uhrzeit, die auch am Niederrhein nicht unbedingt übliche Kaffeezeit war. Karin Krafft schilderte lebhaft die vorgefundene Atmosphäre, die Auffindesituation.

»Wir betraten eine vorbildlich gepflegte Wohnung, ausgestattet mit Plüsch und Rüschen, Stofftieren und Puppen. Das Opfer lag im allerletzten Winkel des Schlafzimmers, als habe sie sich und ihre Ordnung bis zuletzt vor der Katastrophe schützen wollen. Der Täter war umsichtig und hat es vermieden, eine Spur der Gewalttat aus diesem Raum heraus in die übrige saubere Wohnwelt zu tragen.«

Unruhe kam bei den drei Kollegen auf, die gebannt den Aufbau der Fotodokumentation auf der Medienwand verfolgten. Nikolas Burmeester war wie gewohnt in einem exotisch modischen Stil gekleidet, strich sein papageienbuntes T-Shirt glatt, schaute zur Wand, straffte seine Haltung und stützte die Hände mit durchgedrückten Ellenbogen auf die Knie. »Donnerwetter, das war ja ein Ding.«

Sein Kollege Jeremias Patalon, von allen Jerry genannt, konnte sich kaum beherrschen, grinste breit und deutete auf die Folge von Bildern. »Wer das wohl gewesen ist?«

Der grauhaarige, in gedeckten Farbtönen gekleidete Thomas Weber, Tom genannt, bot als strategischer Denker gleich eine mögliche Interpretation an. »Man müsste einen Abstrich zur DNA-Bestimmung machen. Hat aber garantiert gut geschmeckt.«

Erst jetzt unterbrach die Hauptkommissarin ihre Ausführungen und schaute selbst auf die Bilder, die sich hinter ihrem Rücken aufbauten. Sie musste laut lachen. »Gero, schau dich mal um und erkläre den anderen den Schwerpunkt deiner Fotoauswahl.«

Er blickte sich um und erstarrte. Bislang hatte er vier Bilder übertragen, den Eingang zur Wohnung, die Schwarzwälder Kirschtorte vor der schändlichen Attacke und aus zwei verschiedenen Perspektiven danach. »Kollegen, es war ganz anders ...«

Karin verschränkte die Arme. »Das ist eine Sache der Interpretation, Gero, in Wirklichkeit haben wir in den ersten Minuten am Tatort das Opfer dem Kollegen Heierbeck überlassen und uns lippenleckend und fast sabbernd dieses perfekte Werk angeschaut. Jeder von uns beiden konnte sich nur schwer beherrschen. Die Spur der Verwüstung stammt aber nicht von uns. Da konnte ein anderer Kollege nicht widerstehen.«

Von Aha löschte die Tortenfotos bis auf eines, auf dem der gesamte Raum mit seiner opulenten Ausstattung zu sehen war.

Karin nickte zufrieden. »So, und jetzt wird es ernst. Gero, als Kontrast zu dieser Puppenstube jetzt bitte die Tatortfotos.«

Die Bilder bauten sich schnell auf. Das Schlafzimmer, die geordnete Reihe von Kissen und Stofftieren auf dem Bett, die Blutspritzer am weißen Schleiflackkleiderschrank, auf dem Boden, an den Wänden, die Tote zwischen Wand und Bett, ungelenk gestürzt, verrenkte Gliedmaßen, der Gesichtsausdruck ein Schrei, ein Arm oberhalb des Kopfes mit gespreizten Fingern, als habe sie den Angriff abgewehrt. Trotz des hohen Blutverlustes war das Trachtenkleid in gedeckten Farben mit dem Blumenmuster ähnlich dem der Tischdecke erkennbar, die weit aufgerissenen Augen, an den Fingern drei schwere goldene Ringe, einer davon halbherzig auf den Knöchel gezogen. Auch um den Hals und an den Ohren war goldener Schmuck unter all dem Blut erkennbar.

Tom Weber äußerte sich als Erster. »Das war ein schreckliches, maßloses Blutbad. Sieht nach Übertötung aus, wie viele Messerstiche?«

»Bislang wurden zehn Einstiche festgestellt, Details folgen aus der Gerichtsmedizin.«

»Und im direkt angrenzenden Wohnzimmer deutete nichts auf die Tat hin? Nicht ein Schuhabdruck? Wie kann es sein, dass jemand so impulsiv zusticht und anschließend darauf achtet, keine Spur auf dem Boden zu hinterlassen?«

Burmeester lehnte sich zurück. »Entweder handelt es sich um eine hochgradig brutale, abgebrühte Tat, oder derjenige hat aus einem Schockzustand heraus gehandelt, in dem das Ratio ausgeblendet wird und die Emotionen in den Vordergrund gestellt werden. Fühlen statt denken. Dir geht alles Mögliche und Unmögliche durch den Sinn, du achtest auf die Fliege am Fenster und erschlägst sie, weil sie dich angeschaut hat. Raubmord ausgeschlossen, oder?«

Karin wirkte skeptisch. »Ich bin mir nicht sicher. Vielleicht wurde der Täter gestört, ein Telefonanruf, Stimmen im Hausflur, was weiß ich. Dieser halb abgezogene Ring … Gero, vergrößere ihn mal.«

Von Aha zoomte auf die linke Hand der Toten. Zu erkennen war der eindeutige Versuch, den breiten Ring vom Finger zu ziehen. »Hier hat jemand versucht, etwas Gold mitzunehmen.«

Jerry Patalon stand auf und ging zur Medienwand, deutete wortlos auf die anderen Schmuckstücke der Toten. »Wenn es ums Gold gegangen wäre, dann hätte er es mit den anderen Stücken einfacher gehabt. Ein Armband, die Ohrringe, alles ist vorhanden. Ich glaube, dass dieses Schmuckstück eine andere Bedeutung hat. Das wird sich die Spurensicherung genauer anschauen. Vielleicht gibt es ja eine Gravur in dem Ring.«

Karin nickte. »Du bekräftigst meine Theorie, dass es sich nicht um einen Raubmord handelt. Das Opfer hat Besuch erwartet und jemanden in die Wohnung gelassen, den sie kannte. Gut kannte, denn der Tisch war warmherzig für zwei gedeckt. Nichts deutet darauf hin, dass sie in das Schlafzimmer gezerrt wurde.«

Tom winkte ab. »Na ja, man kann sie auch bedroht haben, und sie ist unter Zwang in den Raum gegangen.«

»Aber warum wurde sie nicht sofort in der Diele attackiert? Warum hat dieser Ortswechsel in den anderen Raum stattgefunden? Irgendwas stimmt noch nicht an unseren Theorien.«

Schweigend betrachtete das Team die Fotos. Burmeester meldete sich in diese Nachdenklichkeit hinein. »Eine Tat, durchgeführt von jemandem, den das Opfer kannte. Den sie vielleicht zu dieser Kaffeetafel erwartete. Das hört sich nachvollziehbar an. Sie hat den Sekt schon eingeschenkt, den Kaffee noch nicht. Beate Heuwels wollte mit einer Person anstoßen, die sie eingeladen hat. Es ist nicht zufällig ihr Geburtstag oder so?«

Karin blickte auf, suchte und fand das Foto des Personalausweises, das sie gemacht hatte, bevor Heierbeck ihn mit der Tasche zusammen eingetütet hatte. »Burmeester, du bist genial. Heute ist der zweiundzwanzigste Juni, sie hatte gestern Geburtstag. Das ist eine Kaffeetafel für zwei anlässlich ihres Ehrentages.«

Tom Weber, in seiner ruhigen, bedachten Art, stand auf und deutete auf das Foto mit dem herangezoomten Ring. »Und das war das Geschenk. Wetten?«

Gero von Aha schlug die Hände über dem Kopf zusammen. »Boah, seid ihr jetzt alle in diese Puppenhausszene eingestiegen, oder was? Eine Beziehungstat anlässlich der Feier ihres Geburtstages. Der Täter schenkt ihr einen Ring und will ihn nach dem Mord mitnehmen. Mann, das klingt nach Groschenroman.«

Er stand auf und deutete auf das Bild mit der Kaffeetafel. »So ein Ring als Geschenk wäre doch eingepackt. Seht ihr irgendwo Papier, eine Schleife oder eine Schachtel? So einen Klunker trägt man nicht einfach in der Hosentasche mit sich herum. Da, Schatz, für dich, nimm. Nein, nein, das war ein Raubüberfall, die Frau hat auf jemanden gewartet, richtig. Sie ist jedoch gleich an der Tür vom Täter überwältigt worden, war vielleicht so erschrocken, dass sie sich ins Schlafzimmer geflüchtet hat, da sie sich dort sicher fühlte. Stand da nicht ein Telefon auf dem Nachtschrank?«

Er schaute zu einem anderen Foto. »Da, genau, seht ihr die Ladestation mit dem Telefon? Vielleicht wollte sie von dort die

Polizei anrufen und hat es nur nicht rechtzeitig geschafft. Ganz klar, schnelle Tat, unerwartete Störung, noch im letzten Moment daran gedacht, keine großen Spuren zu hinterlassen, und ab durch die Mitte.«

Tom Weber nickte anerkennend. »Sehr gut, Kollege, auch diese Theorie leuchtet ein.«

Jerry Patalon wirkte nachdenklich. »Wenn der Täter gestört wurde, wieso besaß er die Chuzpe, sich ohne Beute, aber auch ohne weitere Spuren aus der Wohnung zu entfernen? Das würde auf ziemlich kaltblütiges Verhalten hinweisen. Ist jemand, der so ein Blutbad anrichtet, aber wirklich zu so einer Denkweise in der Lage?«

Karin wandte ein, dass sie zum jetzigen Zeitpunkt nicht wüssten, ob etwas anderes aus der Wohnung gestohlen wurde.

Burmeester stimmte ihr zu. »Warten wir doch einfach ab, was die Spurensicherung und die Gerichtsmedizin uns sagen. Karin, fährst du gleich zu ihnen nach Duisburg?«

»Ja, um fünfzehn Uhr ist die erste Begutachtung, ich fahre mit Aaron. Ihr kümmert euch um das Übliche. Burmeester, du sprichst mit der Frau, die die Polizei gerufen hat. Weitere Nachbarschaftsbefragung, Auswertung von Kommunikationstechnik, Bankverbindung, Angehörige. Müssen wir jemanden informieren?«

Sie wusste genau, dass sie nicht ins Detail gehen musste. Jeder in diesem Team wusste genau, was zu tun war. Ein starkes Team, das K1. Sie seufzte mit einem letzten Blick auf die Medienwand.

Es war schade um diese prachtvolle Schwarzwälder Kirschtorte, die angesichts der herrschenden sommerlichen Temperaturen in der verlassenen Wohnung vor sich hingammelte, ein Meisterwerk, das die Fliegen, die sich über die menschlichen Flüssigkeiten im Nebenzimmer hermachten, bald entdecken würden.

ZWEI

Am Vormittag war Staatsanwalt Aaron Nilsson mit einem lockeren »Ihr macht das schon« vom Tatort verschwunden, nun saß er hinter dem Steuer seines Wagens, und Karin Krafft auf der Beifahrerseite wunderte sich über seine aufgeräumte, ja nahezu fröhliche Stimmung. Schließlich waren sie auf dem Weg zur Gerichtsmedizin nach Duisburg, kein Anlass für blühende Laune.

Im Radio sang Udo Lindenberg: »Ey, willkommen mittendrin …«, und Nilsson klopfte den Takt auf das Lenkrad. Wie ungewöhnlich. Die Hauptkommissarin konnte ihre Neugierde nicht länger als bis zur größten Ampelkreuzung an der Zitadelle in Wesel verbergen. »So gut gelaunt heute? Was ist los?«

Er neigte sich kurz zu ihr, als säße noch jemand im Fond des Volvos, der seine Worte nicht hören sollte, und raunte ihr zu: »Tolle Nacht gehabt. Mit Aussicht auf mehr. Das bleibt unter uns, okay? Ich will nicht zum Stadtgespräch werden.«

Karin lachte. So war das also. Der isländische Riese hatte sich verliebt. »Klar, von mir erfährt niemand etwas. Ich freu mich für dich. Deshalb also warst du so schnell verschwunden. Wenn ich in so einer Stimmung aufgewacht wäre, hätte ich sie mir auch nicht durch eine unappetitliche Leiche verderben lassen.«

Eine Weile glitten sie über die B 8 in Richtung Dinslaken und ließen Udo auf sich wirken. In Höhe von Voerde regelte Nilsson die Lautstärke hinunter. »Wie lange bist du mit deinem Mann zusammen?«

Karin brauchte nicht nachzudenken. »Seit sechzehn Jahren.«

»Ob ich das jemals schaffen werde?« Plötzlich wirkte er nachdenklich.

»Aber mein ganzes Leben lang allein zu bleiben, wie das Opfer von heute, das kann ich mir auch nicht vorstellen. Ich habe nur noch nicht die Richtige gefunden.«

Karin fühlte sich mit einem Mal ausgeliefert. Ob jetzt seine Lebensgeschichte mit Einblick in Philosophie und Wünschen für die Zukunft folgte? Viele Kilometer lang bis zur Duisburger Innenstadt, auf dieser Autobahn, deren Randbewuchs einem Dschungel glich und nur wegen des Fahrtwinds nicht an den Autos entlangstreifte? Was für eine Aussicht.

Als habe er ihre Gedanken gelesen, lachte er auf. »Keine Sorge, das wird jetzt kein Gejammer. Ich habe vorher lange mit ihr gechattet.«

»Chatten? Du bewegst dich auf Partnerinnensuche im Internet?«

»Jein. Nicht immer. Es macht Spaß, wenn man bestimmte Regeln einhält. Und mein Date gestern war ziemlich real und wird wiederholt.«

»Das kann aber auch anders laufen, oder?«

Nilsson holte aus. »Ich habe die Reportage von einem Mann gelesen, der plötzlich von einer selbst ernannten Schwester von Gaddafi angechattet wurde. Angeblich befand sie sich unerkannt mit begrenzten Möglichkeiten der Kommunikation in einem Flüchtlingscamp. Er fühlte sich sicher, glaubte, für alle Gefahren gewappnet zu sein, und wollte sich einfach auf den Flirt einlassen. Ihm war rational klar, dass dies eine Finte war und nicht stimmen konnte, er wollte aber sein Verhältnis zu einer schönen Frau wie in den Geschichten aus ›Tausendundeiner Nacht‹ eine Weile aufrechterhalten und genießen.«

»Jaja, die Märchen von Scheherazade, von Aladin und der Wunderlampe …«

»Genau, zwei Monate fühlte sich dieser gebildete Mann sehr prächtig, dann brauchte sie Bitcoins zur Behandlung ihres Kindes. Er war hin- und hergerissen, tätigte eine Transaktion und verabschiedete sich von ihr und dem Chatten. Es blieb ihm dieses Gefühl, zwei Monate lang der Freund einer wunderschönen Frau gewesen zu sein.«

»Krass, und dann?«

»Dann hat er diese Reportage geschrieben, ohne Scham, ohne

Skrupel, ich fand das gut.« Er lachte herzhaft. »Aber keine Sorge, meine Herzensdame ist real und hat keinerlei Ambitionen, mich finanziell auszunehmen. Und ich habe sie leibhaftig erlebt.«

Mit Blick auf Karin fügte er hinzu: »Sie weiß, wo ich arbeite.«

In Duisburg empfing sie ein neuer Mitarbeiter der Rechtsmedizin, Herr Dr. Justus Pape, ein sehr korrekter junger Mann, der die Anwesenheit der beiden sofort in seinen Bericht einfügte, nicht ohne zu bemängeln, dass niemand von der zuständigen Mordkommission bei der Obduktion anwesend war. Das müsse sich zukünftig ändern.

Der traute sich was, aber schließlich war er ein begehrter Fachmann und wollte Leiter des Rechtsmedizinischen Instituts und zuständig für den Kreis Wesel, Duisburg und Krefeld werden. Ein Mann, der Ziele hatte.

»Und nun zum Opfer, die Daten sind Ihnen ja bekannt.«

In epischer Breite und mit Unterstützung eines großen Bildschirmes berichtete er von den Einstichen in den Thorax, sprach über Schnittbreiten und -tiefen.

»Es handelt sich um sechs eher oberflächliche Einstiche, die nicht lebensgefährlich waren, zwei Stiche, die nur die Haut verletzten, und zwei mit großer Wucht durchgeführte Stiche, wovon einer in die Lunge eindrang, der andere das Herz letal durchbohrt hat. Ich gehe davon aus, dass die Attacke mit einer Art einschneidigem Küchenmesser verübt wurde, der Tiefe nach mit einer Klinge, die ungefähr zehn Zentimeter lang ist, sich zum Griff hin auf vier Zentimeter verbreitert. Bei dem Stich, der am tiefsten in das Gewebe eindrang, habe ich an den Hauträndern Holzpartikel gesichert, vermutlich vom Messergriff. Die Frau war ansonsten in gutem gesundheitlichen Zustand, für ihr Alter topfit.«

Mit verschränkten Armen umrundete er den Metalltisch, auf dem die Tote lag, deren Unterleib bis zum Bauchnabel mit einem grünen Laken bedeckt war. Pape hob bedeutungsvoll den linken Zeigefinger, während er mit der rechten Hand das Laken fasste.

»Eher ungewöhnlich für ihr Alter ist, dass sie ein Brazilian Waxing hatte.« Er lupfte das Laken.

Der Staatsanwalt stutzte: »Ein was?«

»Ihr Schambereich ist erst vor Kurzem völlig enthaart worden, dies geschieht mit Warmwachs oder Zuckermasse, die Haare werden mit einem Ruck samt den Wurzeln herausgezogen, so dauert es eine Zeit lang, bis sie wieder nachwachsen.«

»Aua!« Karin Kraffts Mimik zog sich schmerzverzerrt zusammen, sie verschränkte die Oberschenkel.

»Ja, das ist bestimmt sehr schmerzhaft. Während meiner Ausbildung habe ich zwei Obduktionen von Frauen beigewohnt, die als Sexarbeiterinnen ihr Geld verdienten. In dem Milieu ist das wohl Standard, für Frauen im Alter des Opfers eher ungewöhnlich.«

Er bedeckte den Körper wieder bis zum Bauchnabel und betrachtete das Gesicht.

»Sie hat es eigentlich nicht nötig gehabt, aber schauen Sie, die Augenbrauen sind fein nachtätowiert, sie hat sich bestimmt die Lippenfältchen wegspritzen lassen, und sehen Sie die farbige Linie um den Mund? Die Konturen der Lippen sind ebenfalls korrigiert.«

Dr. Justus Pape hielt für einen Moment inne. »Wenn Sie mich fragen, sie wollte schön sein für jemanden.«

Erstaunt über die Tatsache, stimmte die Hauptkommissarin ihm zu. »Wir sind ja erst am Beginn der Ermittlungen, bestimmt werden wir Hinweise auf einen Partner oder Freund finden.«

Der junge Mediziner schaute Karin erbost an. »Ihre Sichtweise entspringt völlig verkrusteten klassischen Denkmustern. Sie macht sich schön für ihn. Mann und Frau. Suchen Sie doch einfach ohne Vorurteile in ihrem Umfeld nach einer Person, die ihr nahestand.«

Karin nahm die Rüge zu ihrer vorschnell geäußerten Annahme mit Gelassenheit, dachte jedoch gleichzeitig über die Bedeutung von Papes Äußerung nach. »Wem trauen Sie diese Messerstiche zu?«

»Wie meinen Sie das?«

»Wer kann diese Stiche ausgeführt haben? Eine muskulöse, kräftig gebaute, große Person oder eher eine kleinere, schwächere?« Neutral formuliert. Sie gratulierte sich innerlich und bemerkte bei einem Seitenblick, dass die Mundwinkel von Aaron Nilsson sich bei diesem kleinen verbalen Scharmützel leicht nach oben schoben.

Auf dem großen Monitor rief Pape jeden einzelnen Stich auf und stellte die Bilder nebeneinander. »Schauen Sie, unterschiedliche Höhen und Einstichwinkel, verschiedene Tiefen. Ich werde noch einmal alle Variablen vergleichen und die Deutung überprüfen. Das Opfer muss zunächst gestanden haben und ist dann wohl gefallen, die letzten Stiche trafen sie im Liegen. Ein Stich war anders, brachial, übermenschlich. Da verfügte die ausführende Person über eine ganz andere Wucht. Entweder hat sich jemand in einer Art Blutrausch von Stich zu Stich gesteigert, sich immer sicherer gefühlt, oder alle Stiche wurden mit Kalkül und Vorsatz durchgeführt. Versuchen Sie beim nächsten Bratenstück, das in Ihren Bräter soll, einmal, es mit einem Messer zu durchstechen. Sie werden merken, wie schwer das ist. Und sie hätte ohne diesen Stich überleben können.«

»Was sagen Sie da?«

Mit Blick auf den Monitor legte Pape eine kunstvolle, die Spannung steigernde Pause ein. Der Mediziner, ein riesiger Staatsanwalt und die ungeduldige Hauptkommissarin starrten auf den Bildschirm.

Karin reagierte letztlich ungeduldig. »Bitte lassen Sie uns an Ihren Überlegungen teilhaben.«

»Ja doch, die Fakten sind eindeutig, ich habe mir Gedanken zum Hergang gemacht, aber die sind rein hypothetisch, daher zögere ich noch.«

»Die eine Hälfte unserer Arbeit beginnt mit dem Sortieren von Vermutungen und Hypothesen, die andere besteht aus der Sammlung von Fakten. Sie befinden sich in bester Gesellschaft.«

Es kostete ihn Überwindung, man sah Pape an, dass er lieber

noch geschwiegen hätte. Dann deutete er auf die Bilder. »Von den anderen neun Stichen hebt dieser sich ab. Er ist mit besonderer Wucht ausgeführt worden, das Messer ist an einer Rippe vorbeigeglitten, hat die rechte Herzkammer durchstoßen, es war kein Schrei, keine Reaktion mehr möglich, der Tod trat umgehend ein. Selbst wenn das Opfer schon am Boden lag, könnte man meinen …«

Karin Krafft atmete tief durch und deutete auf das Bild. »Jetzt mal frei von der Leber, man könnte meinen, dass es ein kräftiger Mann gewesen ist, richtig? Keine Sorge, wir sind unter uns, Sie dürfen sich in unserem Beisein ruhig eindeutig geschlechtlich orientiert äußern.«

Pape drehte sich zu ihr um, mit einem Gesichtsausdruck, der besagte, diese arme Frau habe nichts verstanden, und setzte zu klärenden Worten an. »Es war eine kräftige Person, die diesen Stich gesetzt hat.«

Aaron Nilsson fasste zusammen. »Der letzte Stich war nicht nur besonders heftig, sondern auch tödlich.«

Justus Pape straffte seine Haltung, er fühlte sich verstanden. »Sie haben es erfasst. Den Blutverlust der anderen Wunden hätte sie überlebt, wäre vielleicht sogar selbstständig in der Lage gewesen, Hilfe zu holen. Und dann traf sie dieser präzise gesetzte Stich, und innerhalb von Sekunden war alles vorbei.«

Der Rechtsmediziner sagte zu, den Bericht am nächsten Morgen zu senden, es folgte eine sachliche Verabschiedung.

Auf dem Weg zum Parkplatz erkundigte sich Karin Krafft, was denn aus der netten Medizinerin geworden sei, die den letzten Fall bearbeitet hatte.

Aaron Nilsson seufzte. »Ach, die. Momentan ist sie in Australien, nutzt die Zeit, um die Welt zu sehen, sagt sie. Sie wollte mich überzeugen, mit ihr zu reisen. Aber das bin ich nicht. Alles stehen und liegen zu lassen, um neue Horizonte zu finden. Ich bin damit zufrieden, ein Zuhause gefunden zu haben.«

Dabei lächelte er in sich hinein. Karin Krafft war das ganz recht. Dieser Staatsanwalt war gut, ihr Team vom K1 und Nilsson, das passte. Umso besser, dass er am Niederrhein angekommen war. Sie würde mit ihm die Spur aufnehmen. Sie würden klären, was es mit dem einen, dem einzigartigen Messerstich auf sich hatte.

***

Am halben Mond war die Befragung der Nachbarn zeitaufwendig, nicht alle waren daheim, einige von diesen jedoch, laut denjenigen, die man antraf, zur Tatzeit in der Nähe gewesen. Tom Weber und Jerry Patalon arbeiteten sich die kurze, enge Straße hinauf, einer links, der andere rechts, und teilten sich die Klingelschilder in den großen Mehrfamilienhäusern gegenüber.

Im Haus selbst betrat Nikolas Burmeester zunächst die Wohnung des Opfers, in der ein Kollege von der Spurensicherung die letzten Proben nahm. Die Opulenz der Dekoration überwältigte auch ihn, für einen Moment musste er im Türrahmen zum Wohn-Essraum verharren und alles auf sich wirken lassen.

Erste Fliegen zerstörten gerade das perfekte Bild der Schwarzwälder Kirschtorte, er fühlte sich nicht gemüßigt, näher zu treten, außerdem saßen da eine Menge Wesen mit Porzellanaugen im Hintergrund und bewachten den Tisch. Vielleicht waren die beiden Gedecke deshalb nebeneinander vor dem Sofa platziert, dachte er, da hatte man beim Essen diese Puppen und Tiere im Nacken.

Der Fachmann für die Spurensicherung hielt einen Beutel hoch, er habe ein Smartphone gefunden, die Auswertung erfolge zeitnah. Burmeester nahm es in die Hand, drückte auf die seitliche Taste, es sprang an.

»Ich nehme es mit, ihr habt genug mit dem Rechner und der restlichen Auswertung zu tun. Mal schauen, welche Kontakte und Nachrichten wir entdecken.«

»Soll ich zum Versiegeln auf Sie warten?«

Burmeester fiel ein, dass er kein entsprechendes Material bei sich hatte, und nickte. »Ich beeile mich.«

Er betrat das Schlafzimmer. Er konnte nachvollziehen, was seine Chefin mit ihrer Schilderung ausgedrückt hatte. Wie abgeschnitten waren die Blutspuren, an der Tür begann das Fiasko. Er hob den ersten flusigen Teppich an und, siehe da, entdeckte darunter einen blutigen Teilabdruck eines Schuhs. Dieser Teppich war also bewegt worden, um exakt diese Spur zu verdecken.

Er rief den Kollegen von der Haustür zurück. »Haben Sie den Abdruck schon gesichert?«

Klare Antwort: »Nein, das ist ja interessant, mache ich sofort. Das ist nicht viel, da der Untergrund ein hochfloriger Teppichboden ist, aber immerhin.«

Burmeester warf einen Blick zwischen Wand und Bett, dort hatte sie also gelegen. Da es keine Schleifspuren gab, hatte sie sich vor der Attacke in die äußerste Ecke verkrochen. Er murmelte seine Vermutung: »Keine Flüchterin. Eine, die sich bei Gefahr verkriecht.«

Der Kollege fotografierte und vermaß den Abdruck. »Wie meinen Sie das?«

»Na, es gibt doch charakteristische Ausprägungen. Die einen suchen instinktiv den Ausweg und rennen fluchtartig weg, die anderen suchen Schutz in Ecken, Räumen, unter dem Tisch. Sie gehörte offenbar zu Letzteren.«

»Und was ist, wenn der Täter sie hier hineingedrängt hat, etwas ganz anderes von ihr wollte? Vielleicht sollte sie hier ihre versteckten Wertsachen aus dem Schrank holen, wo Damen in ihrem Alter schon mal die Geldbündel unter der Wäsche verstecken. Ihre These ist gewagt, Herr Kollege. Es gibt immer eine zweite.«

Burmeester schüttelte den Kopf. »Schauen Sie sich um. Die ganze Wohnung ist bestückt mit stellvertretenden Bewachern und Beschützern, bis hin zu der Sammlung von Engelfiguren auf dem Regalbrett über dem Bett. Der Schrank ist geschlossen, über alle Schranktüren hinweg sind Blutspuren zu finden. Gleich hier vorne wurde sie angegriffen, ist immer weiter ausgewichen, bis in diese Ecke, hier brach sie zusammen.«

Der Fachmann für Spuren schaute sich um und musste zugeben, dass Burmeesters Theorie stimmen konnte. Die Spuren auf dem weißen Schleiflack wiesen den Weg.

Gemeinsam verließen sie die Wohnung, und während der Kollege die Tür versiegelte, ging Burmeester eine Etage höher. Dort sah es im Hausflur nüchtern und eher unaufgeräumt aus. Eine Einkaufskarre stand neben der Tür, daneben eine abgenutzte Matte mit ausgetretenen Männerschuhen darauf. Auf der Fensterbank mickerten die für Hausflure üblichen Pflanzen vor sich hin, ausgewachsene Weihnachtssterne, Grünlilien mit fleckigen Blättern. Auf dem Klingelschild stand »Franziska und Johannes Mertens«.

Eine Frau um die sechzig öffnete die Tür mit erschrockenem Gesichtsausdruck. Burmeester wies sich aus, sie schien beruhigt.

»Ich habe ein paar Fragen, darf ich reinkommen?«

Wortlos trat sie aus dem Weg. Was für ein Unterschied. Hier sah es nicht nach gedeckter Kaffeetafel und Ordnung aus, hier lag der Geruch des Lebens in der Luft, eine Mischung aus Gemüsesuppe, frisch gewaschener Wäsche und Zigarettenrauch.

»Sie sind Frau Mertens?«

»Ja.«

»Waren Sie den ganzen Morgen über daheim?«

»Aber ja, ich habe doch die Polizei angerufen, weil ich so komische Geräusche da unten gehört habe.«

Sie setzte sich auf ihr Sofa und griff nach einer Dose mit Papierhülsen, wollte sich mit zittrigen Fingern eine Zigarette stopfen.

»Erzählen Sie, was Sie bemerkt haben. Da unten war es ungewöhnlich laut?«

»Ja. Das haben wir noch nie gehört. Es war, als wenn jemand gegen Schranktüren schlägt, so dumpf, ganz unheimlich. Zwei oder vielleicht drei Mal hörte ich Frau Heuwels ganz laut ›Nein‹ sagen, ›Nein, nicht.‹ Oder so. Wissen Sie, das Haus ist eigentlich nicht so hellhörig, und wenn, dann krieg ich mehr von oben mit. Wir sind hier schon seit über fünfzehn Jahren Mieter, bisher habe ich nicht viel von unten gehört. Sie ist ja eine ganz Ordentliche, eine Stille.«

Sie hielt inne und entzündete ihre Selbstgestopfte. »Wie schrecklich, ich muss ja sagen, sie war …«

Die Tür zum Schlafzimmer ging auf, ein Mann schlurfte heraus.

»Johannes, bist du doch aufgewacht. Das ist ein Mann von der Kriminalpolizei, der will wissen, was wir gehört haben.«

»Was?«

Sie wurde lauter. »Du hast wieder deine Hörgeräte vergessen!«

Er ging zurück, man hörte ihn schlurfen und kramen, sie beugte sich vor.

»Wissen Sie, mein Mann ist um einiges älter als ich, der hat so viele Baustellen, eine davon ist seine Schwerhörigkeit, die er lange ignoriert hat. Und die neuen Hörgeräte sind so klein, da muss er erst seine Brille finden, damit er sie nicht übersieht.«

Er würde ihn dennoch befragen, ob er die Beobachtungen seiner Frau bestätigen konnte. Johannes Mertens rief von nebenan: »Weißt du, wo die sind? Ich kann sie nicht finden.«

Sie legte mit einer entschuldigenden Geste ihre Zigarette in einem halb gefüllten Aschenbecher ab und stand auf. »Immer verlegst du alles, und ich soll es dann finden.«

»Was?«

»Da liegen sie doch, in dem Kästchen auf der Fensterbank.«

Sie kam zurück und setzte sich wieder, ihr Mann hockte sich derweil mit einiger Mühe in einen Fernsehsessel, der in Esstischnähe, jedoch mit Blickrichtung Fernseher stand.

»Willst du dich nicht zu uns setzen?«

»Warum? Du hast doch alles im Griff. Ich habe ja hier nichts zu sagen.«

Sie schüttelte den Kopf, nahm einen langen Zug und stieß dann die Zigarette routiniert aus, pustete den Rauch seitlich in den Raum und schaute Burmeester an. »Ich regele hier alles, aber wenn mein Mann seine Ersatzteile immer nutzen würde, dann kriegte er auch mit, was hier geschieht.«

Mertens rührte sich nicht, der Sessel schien ihn zu verschlucken.

Burmeester wandte sich an die Frau. »Was können Sie mir denn noch über Frau Heuwels erzählen?«

Sie schaute ihn entgeistert an. »Wie, was ich Ihnen erzählen kann?«

»Na, lebte sie sehr zurückgezogen, oder bekam sie viel Besuch? Wissen Sie etwas über ihre Freunde und Bekannten?«

Sie gab sich empört, nein, sie sei nicht neugierig und könne nichts dazu sagen.

»Ach, Frau Mertens, seit fünfzehn Jahren leben Sie gemeinsam unter einem Dach und kriegen nichts von Ihrer Nachbarin mit? Das kann ich nicht glauben.«

Der Fernsehsessel, in dem Johannes Mertens verschwunden war, drehte sich langsam um. »Da haben Sie völlig recht. Meine Frau kriegt alles mit, was sich hier abspielt. Sie weiß, wer immer die Einfahrt zuparkt und wann die Nachbarn im Haus gegenüber wieder Krach haben. Sie kann die Schritte unserer Nachbarin und ihrer Besucher in der Dachwohnung unterscheiden und kennt die Lieblingsmusik der Kästners, die auf gleicher Etage im Nebenhaus leben. Nur zu der Heuwels wird Sie Ihnen nichts erzählen können. Das war eine ganz Disziplinierte, da durfte kein Stäubchen im Hausflur liegen, und wehe, wenn es im Herbst draußen matschig wurde. Dann hat sie unten die Fliesen mit Putzlappen ausgelegt. Alles geschah immer still und meist wortlos, aber ihre Aktionen flößten Respekt ein, sie war eben eine Lehrerin vom alten Schlag. Wer nicht reagierte, bekam schlechte Noten.«

Burmeester staunte über die Beredsamkeit von Johannes Mertens und unterbrach ihn nur ungern. »Das müssen Sie mir erklären.«

»Sie schrieb kleine Zettel und heftete sie auf die Treppe, und wenn sie wusste, wer mit Drecksfüßen durch ihren heiligen Flur gelatscht war, dann fand man die Nachricht auch an der eigenen Türklinke. Die hat hier für Ordnung gesorgt, aber was bei ihr los war, das kann auch meine Frau nicht sagen. Die war so aufgeregt heute Morgen, wegen den komischen Geräuschen unten. Dass etwas nicht stimmte, das konnte selbst ich mit meinen Geräten hören. Da war eine Art Poltern, wirklich unheimlich, das habe ich sogar auf der Toilette gehört. Und als ich fertig war, haben wir gemeinsam mit dem Ohr am Türblatt gehangen, plötzlich war Stille. Dann ist die Ziska runtergegangen und hat geklopft und geklingelt, und als sich nichts tat, kam sie wieder rauf und wollte erst nicht die Polizei anrufen. Das macht man nicht einfach so, sagte sie. Dann habe ich gedrängt: ›Los, ruf an, da ist was passiert.‹«

»Woran haben Sie denn gedacht?«

Er überlegte kurz. »Sie wissen ja schon, dass ich schlecht höre, aber ich hatte den Eindruck, da bricht jemand zusammen, vielleicht mit einem Schlaganfall oder so. Und da kann man nicht stundenlang warten.«

Er schaute seine Frau liebevoll an. »Und dann passiert so was in unserem Haus. Die Ziska ist jetzt noch ganz schockiert.«

Franziska Mertens stopfte sich eine weitere Zigarette und nickte. »Eine ganz Ordentliche war sie. Ja. Wer weiß, wer als Nächstes unten einziehen wird. Bestimmt wieder so eine Jungsche wie die oben. Die hatte eine Zeit lang andauernd andere Männer zu Besuch, da war was los auf der Treppe.«

»Ja, aber ganz ohne Besuch ging es bei der Lehrerin auch nicht«, warf Johannes Mertens ein. »Du hast doch mal einen Mann gesehen, der klammheimlich aus ihrer Wohnung kam.«

»Stimmt, den hatte ich schon vergessen, das ist ja auch schon lange her.«

Burmeester lauschte dem Dialog ohne Zwischenfragen.

»Ja, Anfang Februar war das, nach dem großen Schneefall, da hatte sie unten den Flur wieder ausgelegt.«

»Genau, und ich kam aus dem Keller, da schlich er gerade nach draußen.«

»Du hast erzählt, er habe die Tür leise zugezogen, als wolle er nicht, dass jemand ihn hört, und er habe ganz erschrocken gewirkt und dich im nächsten Moment einfach angelächelt. Dann ist er rausgegangen.«

»Ein gut gekleideter, richtig fescher Mann war das, ich konnte gar nicht glauben, dass der die strenge Lehrerin besucht hat.«

Johannes Mertens grinste plötzlich breit. »Du hast gestaunt, weil der so gut aussah. Und dann haben wir gefrotzelt. Der war wie der Mann aus der Bierwerbung, der sich im Mantel entspannt in die Düne fallen lässt, hast du gesagt. Kein Stress, keine Termine, kein anderes Bier. Und für den würdest du mich glatt sitzenlassen.«

Sie stieß eine dicke Rauchwolke aus. »Stimmt, und ich habe gesagt, du solltest froh sein, dem Kerl aus der Cola-Werbung wäre ich glatt nackt in den Schnee gefolgt.«

Beide schienen für einen Moment den ernsten Hintergrund vergessen zu haben. Burmeester nahm den Faden wieder auf. »Ein Mann, der auffällt. Können Sie ihn näher beschreiben?«

Sie schüttelte den Kopf und stieß die Kippe in den Aschenbecher.

»Ich habe den doch nur eine Sekunde lang gesehen. Eine teure wattierte Jacke hatte er an, das weiß ich noch genau, weil ich die von hinten betrachtet habe, aber beschreiben kann ich ihn nicht, dazu hat der kurze Moment nicht gereicht. Aber diese Art von schickem Mann … Wenn so einer wie mein Hannes da unten aus der Tür gekommen wäre, dann hätte ich nicht weiter drüber nachgedacht. Aber so ein Schicker, der was aus sich macht, da guckst du als Frau doch hin.«

»Wie würden Sie das beschreiben, was Sie gesehen haben?«

Sie überlegte und schüttelte dabei leicht den Kopf. »Na, groß eben, und schick gekleidet.«

»Wie alt?«

»Unser Alter. Ihres nicht, Sie sind ja um einiges jünger.«

»Können Sie die Frisur beschreiben, das Gesicht?«

»Nein, ich habe ihn ja nur kurz von der Seite gesehen, ein Lächeln, nur von hinten habe ich ihn mir angeschaut. Schick gekleidet, die Schuhe glänzten, das hat mich beeindruckt. Ich dachte noch, so teure Schuhe bei dem Matsch auf den Straßen, der muss es ja haben. Hier gibt es in der ganzen Wohnung keine Schuhe aus glänzendem Leder.«

Johannes Mertens stöhnte. »Frauen! Wo ihr hinguckt, das ist mir immer schon ein Rätsel gewesen.«

Burmeester kramte eine Karte aus seiner Hosentasche hervor und legte sie auf den Tisch.

»Frau Mertens, Sie kommen bitte morgen ins Kommissariat, unser Zeichner wird mal versuchen, ob sich Ihre Erinnerung bildlich zu Papier bringen lässt, denn jedes Detail ist von Bedeutung. Und vielleicht fällt Ihnen in den nächsten Stunden noch mehr ein. Alles ist wichtig, was Sie gesehen, gehört, gerochen haben …«

»Ja, da war was!« Sie sprang auf, gestikulierte lebhaft. »Jetzt, wo Sie es sagen. Der Mann trug ein besonderes Herrenparfüm. Das lag auch sonst manchmal in der Luft, da muss er auch im Haus gewesen sein. Das würde ich wiedererkennen.«

Mit Blick auf ihren Gatten fügte sie hinzu, er würde ja immer nur nach dem Weichspüler riechen, den sie für die Wäsche nutzt. Johannes Mertens blieb unbeeindruckt.

Burmeester verabschiedete sich und setzte im Hausflur an, eine Etage höher zu steigen.

Frau Mertens hielt ihn auf. »Das können Sie vergessen, die ist tagsüber nie da.«

Burmeester verdrehte die Augen, wendete sich jedoch mit einem freundlichen Lächeln um. Wer wusste, was diese Frau noch alles abgespeichert hatte, nur jetzt noch nicht abrufen konnte. Man musste sie sich warmhalten.

»Das ist nett, dass Sie mich vorm Treppensteigen bewahren wollen, aber ich schiebe der Nachbarin, wie heißt sie eigentlich …?«

»Schlemmer, Dora Schlemmer.«

»… also ich schiebe Frau Schlemmer eine Karte unter die Tür, damit sie sich bei uns meldet.«

»Ach so.«

Franziska Mertens blieb so lange im Türrahmen stehen, bis

Burmeester die Haustür hinter sich schloss. Er musste daran denken, wie er jahrelang im Haus der Mutter von Hauptkommissarin Karin Krafft gewohnt hatte und dort manchmal fürsorglich belagert wurde. Bei der Mertens hätte er sich wahrscheinlich verfolgt gefühlt. Um zu bemerken, dass das Schuhwerk glänzt, musste man schon sehr genau hinsehen.

In der anderen Haushälfte sah es im Erdgeschoss völlig anders aus, der Hausflur war vollgestellt mit Kinderwagen, einem Laufrad, einer Kiste mit Sandspielzeug, auf der Fensterbank lagen Mützchen, und auf der Fußmatte standen kleine Gummistiefel und Sandalen. Eine feine Staub- und Sandschicht führte zu der Wohnung.

Burmeester tobten zwei kleine Kinder entgegen, als sich die Tür von Familie Sundermann, wie es auf dem Klingelschild hieß, nach mehrmaligem Klingeln öffnete. Hinter der jungen Frau mit dem fahrig zusammengebundenen Haar ertönten Kinderlieder, die Kinder trippelten schnell zurück zu ihr und versteckten sich hinter ihren Beinen, die in einer weiten Stoffhose steckten.

»Ja?«

Burmeester stellte sich vor, beschrieb mit gewählten Worten sein Anliegen. Man konnte ja nicht wissen, was die Kinder aufschnappten. »Nebenan ist es zu einer Gewalttat gekommen, und nun befrage ich die Nachbarn nach sachdienlichen Hinweisen.«

Die Kinder, sie mochten zwei oder drei Jahre alt sein, lugten links und rechts hinter ihren Beinen hervor, klammerten sich aber fest in den Stoff.

»Ach, ich dachte mir schon, dass da was Schlimmes passiert ist. Bei Frau Heuwels, stimmt's?«

Burmeester nickte.

»Ist sie, ich meine …?«

Burmeester nickte.

»Meine Güte, wie furchtbar, aber bitte keine Details, der Feind hört mit.« Mit einem Lächeln deutete sie auf die beiden klammernden Kinder.

»Haben Sie heute zwischen zehn und elf Uhr irgendetwas Außergewöhnliches bemerkt?«

Frau Sundermann lachte. »Ja, der Ole, hier am linken Bein, kann jetzt ganz alleine Milch in seinen Becher schütten, und die Frieda kann den Becher wieder umkippen. Sie hören, wie es hier durch die Wohnung schallt, ich habe erst durch das Blaulichtgeflacker mitbekommen, dass draußen etwas los ist. Ab da hingen die beiden vor der Fensterscheibe und mussten die Tüta-Autos anschauen. Tut mir leid, mehr kann ich nicht sagen.«

Burmeester reichte auch ihr seine Karte mit dem Hinweis, sich zu melden, wenn ihr etwas einfallen würde. »Egal, ob Sie es als nebensächlich einstufen, jedes Detail kann wichtig sein.«

Ole meldete sich aus dem Stoff des Hosenbeins. »Tüta-Auto?«

Burmeester schüttelte grinsend den Kopf. Frau Sundermann strich ihrem Sohn über den Kopf und erklärte, es wäre keins mehr da.

»Sie könnten Ole glücklich machen, wenn Sie ab und zu mal eins hier parken würden, nur für fünf Minuten. Er ist dann intensiv mit der Beobachtung beschäftigt, schaut sich danach alle Bilderbücher an, die von Polizei und Feuerwehr handeln, und wird allen davon erzählen.«

Burmeester machte sich auf den Weg ins erste Obergeschoss, die Treppe war penibel sauber. »Kästner«, stand auf dem Schild, es öffnete ein schmaler alter Herr mit der Lesebrille in der linken Hand. Er musterte Burmeester von oben bis unten.

»Ich habe der jungen Frau schon so oft gesagt, sie soll nicht jeden ins Haus lassen, wir kaufen keine Zeitung.«

»Kriminalpolizei, Hauptkommissar Burmeester.« Er beeilte sich, seinen Ausweis zu zeigen, bevor Kästner die Tür wieder schließen konnte.

Der nahm den Ausweis, schob sich die Brille auf die Nase, prüfte ihn gewissenhaft, verglich Foto und Mann, schaute auf das Papageienmuster seines T-Shirts. »Mich erstaunt, dass es offenbar keine Kleiderordnung in Ihrem Haus gibt.«

Burmeester beherrschte sich und konterte. »Zum Glück bleibt es in meinem Haus abgesehen von den uniformierten Kollegen und Kolleginnen jedem Menschen überlassen, wie er sich kleidet. Dies steht hier und jetzt auch nicht zur Diskussion, Herr Kästner, ich komme zur offiziellen Nachbarschaftsbefragung zu einem Tötungsfall im Nebenhaus.«

Eine Stimme aus dem Hintergrund meldete sich. »Wer ist da, Gerhard?«

»Es ist die Polizei.«

»Mein Gott, was wollen die von uns?«

»Es geht um einen Tötungsfall nebenan, sagt er.«

»Was ist denn da passiert?«

An Burmeester gewandt fragte er schroff, um was es ginge.

»Ich habe Fragen zu der Toten, Frau Heuwels. Ob Sie zwischen zehn und elf Uhr etwas bemerkt haben, das Ihnen ungewöhnlich erschien. Aber sollen wir das wirklich hier im Flur abhandeln?«

Kästner ignorierte seinen Einwand und rief seiner Frau zu: »Er will wissen, ob wir bei der Heuwels heute was bemerkt haben.«

Aus dem Hintergrund die Antwort. »Du meine Güte, was sollen wir denn bemerkt haben? Haben wir etwas bemerkt? Ich jedenfalls habe nichts bemerkt, wir haben doch nach dem Frühstück die ›Zauberflöte‹ von Mozart gehört. Wie soll man denn da etwas bemerken?«

Kästner schaute immer noch auf das Papageienmuster und antwortete ohne Blickkontakt. »Sie haben es gehört. Wir kümmern uns um nichts, und morgens gönnen wir uns öfter mal ein klassisches Konzert, um damit die Kinderlieder von unten zu übertönen. Das ist nur schwer auszuhalten, und es wird noch dauern, bis die beiden in den Kindergarten oder in die Schule gehen.«

Die Stimme der Frau meldete sich erneut. »Sag doch bitte der Polizei, dass wir unter unsäglicher Beschallung leiden und gar nichts anderes mitkriegen können.«

Burmeester lauschte in den Flur. »Ich höre hier nichts.«

Kästner wurde lebhaft. »Jaaaa, jetzt weiß sie ja auch, dass die Polizei im Haus ist. Wenn Sie fort sind, dann wird sie wieder den Lautsprecher aufdrehen.«

»Von nebenan haben Sie nichts gehört?«

»Nein, zum Nebenhaus sind die Wände gut isoliert.«

»Und Sie haben auch nichts gesehen, rein zufällig?«

»Wir leben sehr zurückgezogen.«

Die Frau aus der Tiefe der Wohnung rief erneut. »Sag ihm, dass wir uns nicht um die anderen kümmern.«

Burmeester gab nicht auf. »Aber Sie kannten Frau Heuwels doch bestimmt, die hat hier so lange gewohnt.«

»Vor Jahren, als wir noch berufstätig waren, da sind wir uns manchmal begegnet, aber seit wir pensioniert sind … Wir genügen uns, wissen Sie. Man muss nicht mit Hinz und Kunz gut Freund sein, wir haben uns völlig aufeinander konzentriert, eine positive Erfahrung.«

»Sag dem Mann, dass wir keinen Menschen sehen wollen.«

Der dünne Mann wies in den Flur seiner Wohnung. »Da, Sie haben es gehört.«

Burmeester zog eine weitere Visitenkarte aus seiner Tasche, reichte sie an Kästner weiter. »Für den Fall, dass einer von Ihnen beiden am Vormittag aus dem Fenster zur Straße geschaut, Müll heruntergetragen hat oder vom Einkauf kam und irgendwas wahrgenommen hat. Dann melden Sie sich bitte bei mir.«

Jetzt wurde der Mann doch neugierig. »Was ist denn eigentlich passiert?«

»Frau Heuwels wurde das Opfer einer Gewalttat.«

»Heißt das, sie ist ermordet worden?«

Die Frau im Hintergrund verfügte über ein gutes Gehör. »Ein Mord in unserem Haus? Ich sage doch immer, lasst kein Gesindel ins Haus, man weiß nie, wo das hinführt.«

Resigniert verabschiedete Burmeester sich und wollte die Stufen zur Dachwohnung nehmen.

»Das können Sie sich sparen. Von der Wohnung habe ich den

Schlüssel, der Breuer ist auf Montage in Mexiko, der kommt erst in drei Monaten zurück. Als er beim letzten Mal gerade abgeflogen war, hat es oben einen Rohrbruch gegeben. Das war eine Sauerei, und der Vermieter hat die Wohnungstür aufbrechen lassen, um den Schaden zu beheben. Seither habe ich den Schlüssel, nur für den Fall, dass etwas passiert.«

»Sag ihm doch noch, dass der Herr Breuer nie daheim ist.«

»Ich habe das gerade schon erklärt.«

Burmeester drehte sich noch einmal um. »Sagen Sie, ist Ihre Frau bettlägerig oder anderweitig eingeschränkt? Wieso kommt sie nicht selber zur Tür?«

Es rumpelte im Hintergrund. »Wie kommt der Mann darauf, dass ich beeinträchtigt bin, das ist eine Frechheit.«

»Reg dich um Gottes willen nicht auf, Liebes, das ist nicht gut für deinen Kreislauf, denk an dein Herz.«

Hinter dem Rücken von Kästner rückte im Türrahmen zum Wohnzimmer eine Frau ins Blickfeld, die Burmeesters Aufmerksamkeit bannte. Sie schien breiter zu sein als der Durchlass. Mit ihrem unglaublichen Körperumfang, von dem er nicht alles sehen konnte, hatte sie offensichtlich Mühe, sich auf den Beinen zu halten.

»Ich rege mich gar nicht auf, ich lasse mich nur nicht als beeinträchtigt behandeln. Der bunte Mann soll ein Polizist sein? Du hast hoffentlich seinen Ausweis kontrolliert.«

»Ja, habe ich, er ist ein echter Kriminalbeamter.«

»Wir wissen nichts und haben nichts gesehen, wir wollen hier einfach nur unsere Ruhe haben.«

Burmeester grüßte aus der Ferne zum Abschied und schaute Kästner noch einmal ins Gesicht. Was war das, was er dort sah? Zufriedenheit? Resignation? Ein starres Gesicht, glatt rasiert, bleich und nahezu ausdruckslos. Nichts hören, nichts sehen, nichts sagen.

DREI

Karin Krafft schilderte am späten Nachmittag ausführlich die Erkenntnisse des Rechtsmediziners zu den Messerstichen, die er unterschiedlichen Ausführungsweisen zuordnete. Acht eher oberflächlich verletzend, einer mit Kalkül und ein letaler Stich mit voller Wucht. Man unterhielt sich über die Wahrscheinlichkeit, dass es sich um die Tat mehrerer Täter handeln könnte, stellte diese These aber wieder in den Hintergrund, da alle, die vor Ort ermittelt hatten, von einem fast eremitenhaften Leben des Opfers berichteten.

Bei der Auswertung der Befragungen im Rahmen der kleinen Lagebesprechung kamen im Kommissariat 1 zunächst nicht viele relevante Details zum Vorschein. Man erinnerte sich an eine alleinstehende ältere Frau aus dem Erdgeschoss, die zurückgezogen lebte, freundlich grüßte, sich aber nie auf ein Gespräch einließ.

Jerry berichtete, dass ein Nachbar von gegenüber sich an seine ersten beiden Schuljahre erinnerte, in denen sie seine Lehrerin war. Sie habe es schon damals nicht gemocht, wenn man sie zufällig nach der Schule im kleinen Mehrhoog entweder an der Bahnschranke oder mit dem Rad an der langen Durchfahrtsstraße traf und freundlich ansprechen wollte, unnahbar sei sie gewesen, korrekt, als Lehrerin gerecht und nett, aber keine, die man umarmen konnte oder der man Briefchen schrieb und Bilder schenkte. Er sei damals froh gewesen, durch einen Umzug eine andere Lehrerin zu bekommen. Auch habe er sie hier in Wesel nie darauf angesprochen, dass er sie von früher her kannte.

»Der hatte echt Respekt vor ihr und null Bock, sich mit ihr auseinanderzusetzen. Für alle anderen war sie die ältere Frau, die im Erdgeschoss eine Wohnung besetzte, in die doch besser ein junges Paar oder eine Familie mit Kindern einziehen sollte. Sie hat wohl nach ihrer Pensionierung ihr Wohnzimmer vergrößert, indem sie die Wand zum Arbeitszimmer entfernen ließ. Ich wurde sogar schon gefragt, wann man denn wohl damit rechnen könne, dass die Wohnung frei würde.«

Jerry ereiferte sich auch jetzt noch darüber. »Überlegt mal, da stirbt jemand nebenan, und das einzige Interesse gilt der Vermietbarkeit der Wohnung, das ist doch krass!«

Karin blieb gelassen. »Bei der Situation auf dem Wohnungsmarkt erstaunt mich das nicht mal. Bezahlbarer Wohnraum ist selbst hier am Niederrhein Mangelware.«

Während der ganzen Zeit wertete Gero von Aha am anderen Tischende die übertragenen Kommunikationsdaten aus unterschiedlichen Chat-Programmen aus, winkte immer wieder ab. »Geduld, Kollegen, Geduld, aber es könnte interessant werden, das sage ich euch.«

Burmeester berichtete von seinen Eindrücken aus den beiden Haushälften, der Ignoranz, mit der man dort jahrzehntelang nebeneinander gelebt hatte statt miteinander, dem wenigen, was man voneinander wusste, der Gleichgültigkeit, mit der man das Wort Nachbarschaft negierte.

»Ich frage mich ernsthaft, ob nicht gerade die alten Mieter, diese beiden Ehepaare, wesentlich mehr wissen, als sie preisgegeben haben. Frau Kästner in der anderen Haushälfte kann aufgrund ihres Gewichtes die Wohnung nicht mehr verlassen.«

»Nicht dein Ernst.«

»Doch, ich habe nur einen Teil von ihr gesehen, sie wird sich allenfalls durch den Türrahmen pressen müssen, wenn sie mal raus muss. Ihr Mann ist spargeldünn und passt gut auf sie auf, hält Aufregungen fern und scheint sie zu versorgen. Ich habe mich gefragt, ob sie nicht einen Sitzplatz am Fenster hat, um den Kontakt zur Welt nicht ganz zu verlieren, aber beide bekräftigen, nichts zu wissen.«

Karin öffnete auf ihrem Laptop eine Datei, den vorläufigen Bericht der Spurensicherung. Nichts wesentlich Neues. Nur wenige Fingerabdrücke, die meisten von der Toten, manche andere von einer einzigen Person, bislang nicht zuzuordnen. Nichts sonst deutete auf eine weitere Person hin. Der nachträglich gefundene Teil eines Schuhabdrucks unter dem Läufer im Schlafzimmer ergab kein Profil, und da es sich lediglich um einen Teilabdruck handelte, konnte selbst über die Schuhgröße nur spekuliert werden.

»Fakt ist, dass exakt dort jemand seine Schuhe ausgezogen und in die Hand genommen oder verpackt hat. Das zeugt von ganz klaren Gedanken, der Täter oder die Täterin hat völlig überlegt gehandelt. Das machst du nicht, wenn du gerade jemanden im Affekt umgebracht hast.«

Die anderen stimmten ihr zu. Von Aha fragte, ob es Spuren an dem Ring gab, der auf dem Fingerknöchel klemmte.

Karin schaute durch die Datei. »Nichts, kein Abdruck, innen keine Gravur. Heierbeck meint, dieser große Ring hätte auch dadurch verrutschen können, dass jemand ihre Hand festhalten wollte und sie dem Griff entglitten ist.«

Was war da geschehen, Am halben Mond?

Die nachdenkliche Stille wurde durch einen jähen Schrei Gero von Ahas unterbrochen. »Ja, ich hab's!«

Er saß da, lehnte sich zurück, nahm seine Brille ab und fuhr sich mit den Fingern durchs Gesicht, als müsste er den Schweiß entfernen, den ihn diese aufreibende Tätigkeit gekostet hatte.

Die anderen schauten ihn erwartungsvoll an, Karin übernahm das Wort. »Jetzt spanne uns hier nicht auf die Folter, sag schon, was du entdeckt hast.«

»Es gab einen Mann in ihrem Leben.«

Karin musste schmunzeln. »Da schau an, die biedere, zurückgezogene pensionierte Lehrerin hat sich nicht nur für sich selber schön gemacht, sie hatte also einen Liebsten. Ich habe es mir fast gedacht, als uns der Rechtsmediziner auf die ganzen kleinen Veränderungen aufmerksam gemacht hat, Permanent Make-up, Brazilian Waxing.«

Fragende Gesichter beugten sich zu ihr. »Brazilian was?«

»Eine spezielle Art der Schamhaarentfernung. Aber jetzt lasst mal den Gero berichten, wer ist es denn?«

»Ich kann euch einen Namen und Details aus der Kommunikation über einen Messenger-Dienst offenbaren. Damit wissen wir aber nichts, außer dass es einen Mann in ihrem Leben gab.«

Burmeester wurde ungeduldig. »Mensch, erzähl endlich.«

Gero von Aha hatte sich den Chat mit dem Mann angeschaut, der als Victor van Beversen dort abgespeichert war. Eine einzige Telefonnummer war bei diesem Anbieter gespeichert, ein einziger Chat.

»Die beiden haben sich fast täglich zumindest am Abend Nachrichten gesendet, er hat sie immer ›Mein Hase‹ genannt, und sie nannte ihn ›Liebling‹. Das ist die einzige Anrede, die sie jeweils verwendet haben. Keine Bilder, keine Fotos, wenige Emojis, ein Kuss, ein Lächeln, eine Umarmung, ansonsten nur diese Kosenamen.«

Die Aufmerksamkeit des kompletten Teams wurde ihm zuteil. Gero von Aha genoss den Mittelpunkt, den er gerade darstellte, und nahm einen Schluck Kaffee, bevor er fortfuhr.

»Eine richtig feurige Geschichte war das mit Herrn van Beversen. Sie freuten sich aufeinander, er wurde manchmal anzüglich, was sie umgehend korrigierte. Übrigens war sie noch immer Lehrerin und bemängelte die Rechtschreibfehler in seinen Nachrichten, wofür er sich stets freundlich bedankte. Und jetzt kommt es: Hase und Liebling trafen sich anscheinend immer an einem bestimmten Wochentag, entweder außerhalb in einem Restaurant oder einem Museum oder bei ihr.«

Karin hörte aufmerksam zu. »Lass mich raten, sie trafen sich dienstags?«

Von Aha gab sich gestenreich beleidigt, verschränkte die Arme. »Du Spielverderberin, ich wollte ein Rätsel daraus machen. Ja, dienstags. Heute wäre es so weit gewesen. Sie lud ihn zu einem nachträglichen Geburtstagskaffee ein. Am Vormittag, weil er für den Nachmittag eine Überraschung außerhalb organisiert hatte.«

Burmeester hakte nach. »Was wollten sie denn unternehmen?«

»Du Scherzkeks, Liebling wollte Hase überraschen und schrieb ihr nicht, wie, was und wo. Ich habe keine Ahnung.«

Karin drehte ihr Laptop um, tippte, fragte nach, ob Gero bestimmen könnte, wann diese Dialoge begonnen hatten.

»Der erste Eintrag wurde vom ihm erstellt, und zwar fast auf den Tag genau vor drei Jahren. Sie hat offenbar nichts gelöscht. Eine App, ein Chat, ein Mann und eine Frau, mehr nicht. Das haste noch nie erlebt. Bestimmt hat Liebling ihr das eingerichtet. Drei Jahre gesittetes Flirten und Verabreden.«

Karin tippte und suchte. »Buchstabiere doch mal eben den Beversen.«

»Van B E V E R S E N, Victor mit c.«

Jerry drehte sich zu ihr um. »Was ist denn los?«

»Ich kann ihn nirgendwo in den Meldedaten finden. Bei uns ist er nicht in der Kartei, einen Wagen hat er auch nicht angemeldet.« Sie schaute in die Runde. »Das muss ein Nickname sein. Einen Victor van Beversen gibt es gar nicht.«

Gero von Aha lehnte sich zurück, verschränkte die Hände hinter dem Kopf, grinste breit. »Das werden wir noch sehen. Es ist jetzt siebzehn Uhr dreißig. Um zwanzig Uhr gab es immer den Gruß zur Nacht, sittsam, mit wohlgewählten Worten. Wenn er sich, egal, wann oder wie und aus welchen Gründen auch immer, heute bei ihr abgemeldet hat, um dieses Date nicht wahrzunehmen, dann weiß er noch nicht, dass sein Hase nicht mehr lebt.«

Tom Weber schaute von seinem Protokoll auf. »Und? Was willst du uns verkünden?«

»Wenn er nicht weiß, dass seine Beate eines gewaltsamen Todes starb, dann wird er ihr am Abend einen Gruß senden, und dann haben wir ihn. Ich habe schon die Überwachung und Ortung seines Anschlusses in Auftrag gegeben. Momentan ist er nicht online. Zur ›Tagesschau‹ wissen wir vielleicht mehr.«

Karin Krafft deutete auf ihn und klappte das Laptop zu. »Genial, Gero. Du überwachst das Ganze.«

Er schaute sie mit großen Augen an. »Nein, das geht nicht, ich bin mit Marlene verabredet. Großes Dinner zu zweit, wenn ich das absage, dann hängt mein Haussegen schief, bevor ich ihr gesagt habe, dass …« Er schaute hoch wie ein Kind, das sich selbst beim Verraten eines Geheimnisses erwischt hat. Karin grinste. »… dass ich zu ihr an den Rheindeich ziehen werde. Also, wer erklärt sich bereit, länger zu bleiben?«

Die Hauptkommissarin hatte mit einer anderen Ansage gerechnet, sie sah ihrem Kollegen an, dass er etwas zurückhielt. Vor Monaten hatte er bei ihr laut über eine Verlobung nachgedacht, wollte vor allen aber wohl nicht mit der Sprache rausrücken. »Dann mach Feierabend, Gero, und bereite dich für Marlene vor. Ich übernehme Smartphone und Überwachung.«

Jerry Patalon und Burmeester diskutierten beim Hinausgehen über die Nachbarschaft des Opfers, mehrere Nachbarn hatten einen Mann im Haus der Heuwels ein und aus gehen gesehen, diesen jedoch nie einer bestimmten Mietpartei zugeordnet, und sie waren auch nicht in der Lage, ein Phantombild zu erstellen. Die Kleidung konnten sie beschreiben, nutzten Adjektive wie konservativ oder spießig.

Gero von Aha strebte an ihnen vorbei. Tom Weber würde das Protokoll anfertigen und später zusammen mit seiner Chefin zur hoffentlich georteten Adresse aufbrechen. Karin nahm das Smartphone an sich und ging rüber in ihr Büro. Sie tippte in ihr eigenes eine Nachricht an ihren Mann.

»Wartet nicht mit dem Essen auf mich, große Überwachungsaktion, eine Ortung, die voraussichtlich erst ab zwanzig Uhr ausgewertet werden kann. Kann spät werden.« Zwei Emojis: ein Kuss, eine Umarmung.

Bislang stand nur fest, dass eine unbescholtene pensionierte Lehrerin bestialisch ermordet worden war. Die Frau hatte ein Verhältnis mit einem Victor van Beversen gehabt, den niemand kannte, den keiner von den Nachbarn je wirklich gesehen hatte. Und wahrscheinlich war es nicht sein richtiger Name.

Sie drehte ihren Stuhl zur Aussicht über die Aue. »Liebling ist ein Phantom«, murmelte sie in den Raum.

***

Victor van Beversen ging es nicht gut.

Den Anzug hatte er am vorigen Nachmittag aus der Reinigung abgeholt, noch hing die teure Leinenkombi verhüllt an der Garderobe. Er zerriss die Kunststoffhülle, nahm Jacke und Hose vorsichtig von den billigen Metallbügeln und hängte sie zu den anderen Kleidern in den Schrank, neben die noblen Jeanshosen, die Westen, die Jacketts. Die Hemden, alle von derselben Marke, nur in unterschiedlichen Farbtönen, hingen im nächsten Schrankteil auf der Stange, drunter befanden sich die Schubfächer mit den Socken, der Unterwäsche, an der Tür baumelten die teuren Krawatten auf einem Halter. Alles Geschenke. Seine Berufskleidung. Er schob die Türen zu. Heute würde er sich nicht mehr umziehen.

Es ging ihm auch schon ein wenig besser, er fühlte sich wie weggetreten, war wohl eingeschlafen. Das Medikament, das ihm die freundliche Apothekerin am Vortag empfohlen hatte, hatte bereits nach zwei Stunden gewirkt. Magen-Darm. Zu viel Aufregung. Ausgerechnet heute. Mit aufgerissenen Augen starrte er auf die Uhr. Es war siebzehn Uhr dreißig, verdammt, er hatte seine Verabredung verpasst, völlig versäumt, nicht abgesagt, unverzeihlich.

Er sackte auf seinem Sofa neben den alten Ausgaben der regionalen Zeitung zusammen. Es knisterte, als er mit der Faust auf den Stapel einhieb. Verdammt! Solche Fehler durften ihm selbst in so desolatem Zustand nicht passieren. Eine Schwarzwälder Kirschtorte vom Hasen zu versäumen, das war schon eine Strafe. Er konnte sich den Geschmack vorstellen, sahnig und mit dem vollen Aroma von echtem Schwarzwälder Kirschwasser.

Diese Torte machte Hase immer zu ihrem Geburtstag. Der war am Montag gewesen. Da konnte er nicht zu ihr gehen, sonntags und montags hatte er frei. Selbst die Aussicht auf den Geschmack einer preisverdächtigen Torte konnte ihn nicht dazu bewegen, diesen Grundsatz zu brechen. Man musste die Gelegenheit haben, zu regenerieren, die eigenen Dinge zu ordnen.

Na gut, wenn er sich in seinen vier Wänden umschaute, dann

war Ordnen der falsche Begriff. Abgesehen von dem Schrank mit seiner Berufskleidung sah es bei ihm verwildert aus. Eine Junggesellenbude, in der Luft lag der Muff ungepflegter Sitzmöbel, alter Pizzakartons und von Teppichböden, die gern einem Staubsauger etwas abgeben würden. Eine Schande, so hätte seine Mutter, Gott hab sie selig, den Zustand kommentiert. Er hatte eben viel zu tun während der Woche.

Den Samstag nutzte er für notwendige Einkäufe, Victor hasste es, in einen Supermarkt zu gehen, fuhr kilometerweit, um in Bottrop oder Gladbeck, in Brügge oder Kaldenkirchen einzukaufen. Da kannte ihn niemand. Sonntags hieß es die Beine lang machen, die Glotze anstellen, Formel 1 gucken, den »Tatort« am Abend, Bierchen in die Hand und die selbst gekauften Fertiggerichte aus der Mikrowelle essen. Das Nichtstun genießen. Und das Alleinsein.

Seit mehreren Jahren brauchte er den Montag für Notwendigkeiten wie Arztbesuche und um Behördenkram zu regeln. Immer wieder lud das Jobcenter ihn zu Gesprächen ein, es ging dabei um Wiedereingliederung, Umschulung, Bewerbungstraining, was denen so alles einfiel. Dabei war doch sonnenklar, dass er mit den Folgen eines Verkehrsunfalls vor zehn Jahren leben musste und seine schlecht verheilten Brüche ihn ein Leben lang beeinträchtigen würden. Eine Unwucht im Gang, die bei den Untersuchungen natürlich ausgeprägter auffiel als im Alltag, Schmerzen bei jeder Bewegung, Schlafstörungen. Er war immer wieder auf Gutachter gestoßen, die ihm das bestätigten. Gutachterinnen, nette, kompetente Fachfrauen. Nur die Damen beim Jobcenter schienen gegen seinen Charme immun zu sein, da gab es regelmäßig Einladungen, denen er zu folgen hatte. Schließlich musste er versichert bleiben, egal, wie er sein Leben gestaltete, zumindest das sollte Vater Staat ihm gewähren.

Nun wollten ihn die emsigen, dienstbeflissenen Mitarbeiterinnen loswerden, er sollte einen Behindertenausweis und eine Erwerbsunfähigkeitsrente beantragen. So ein Schmarrn, er fühlte sich doch, abgesehen von den Makeln in der Bewegung, topfit.

Mit so etwas musste er sich montags auseinandersetzen, damit er an den verbleibenden vier Tagen in der Woche seinem Lebensinhalt ungehindert nachkommen konnte. Es gab so viele einsame Frauen in jedem Alter, die verwöhnt werden wollten, denen es guttat, mit Komplimenten und Küsschen überhäuft zu werden, die es genossen, dass ein Mann ihnen in die Jacke half und die Tür aufhielt, die sich über Rosen freuten und über Pralinen.

Es dauerte nie lange, bis er die Geschichte von dem Unfall, ausgeschmückt und sehr rührselig, erzählt hatte, möglichst nah bei der Auserwählten sitzend. Dann legte die Frau ihm die Hand auf den Arm oder strich sanft eine Haarsträhne glatt. Zu seinem Spiel gehörte, dass er sich zunächst genierte, bevor es zu körperlicher Nähe kam. Die Narben, der ungleichmäßige Gang … Das Mitgefühl wurde in der weiblichen Seele geweckt, der Wunsch, diesem charmanten, lieben Mann aus seiner ungewollten Isolation zu helfen, ihm Körpernähe und Sex zu bieten. Dabei kam jede Frau auf ihre Kosten, denn in Wirklichkeit war es umgekehrt. Sie alle sehnten sich nach dem starken, zärtlichen Mann in ihrem Bett. Man musste sie nur finden und für sich interessieren. Ab einem gewissen Punkt bekam er alles von ihnen. Nach den ersten Orgasmen war der Weg frei zum Portemonnaie und zur Kontokarte samt PIN-Nummer.

Jetzt saß er inmitten seiner eigenen Unordnung, die er seit seiner Jugend nie hatte bewältigen können, und fingerte auf dem Couchtisch nach dem Smartphone, hielt es fest, drehte und wendete den Apparat, wusste nicht, wie er seinem Dienstagshasen nun begegnen sollte. Wichtig war nur, dass seine Worte passten. Was sollte er schreiben? Bin gerade nach einem bedenklichen Schwächeanfall im Krankenhaus aufgewacht? Nein, für diese Frau passte das nicht. Er ließ das Handy wieder sinken.

Langsam merkte er, dass er nicht mehr zwanzig war. Das Haar wurde schütter, in regelmäßigen Abständen musste das Grau neu überdeckt werden, das hatte er mittlerweile gelernt. Die Wuchsstellen in den Nasenlöchern, die wuchernden Augenbrauen, all das galt es auf ein elegantes Maß zu reduzieren und ständig im

Blick zu haben. Was ihn ärgerte, war der Bauchansatz, den das gute Leben ihm bescherte und den er einfach nicht beherrschen konnte. Das sei doch süß, sagten sie, er solle sich nicht sorgen, ein Mann ohne Bauch sei ein Knochen ohne Kotelett. Dabei war der Wert, den er auf sein Äußeres legte, sein Kapital. Sobald er seine Bleibe verließ, musste er ein Augenschmaus sein, um im Geschäft zu bleiben.

Die Frauen drehten sich noch immer nach ihm um, wenn er lächelnd durch eine Innenstadt schlenderte. Allein der ständige Wechsel zur aktuellsten Garderobe kostete viel Aufwand, und zum Glück gab es immer mindestens eine Frau in seinem Leben mit gutem Geschmack und einem dicken Portemonnaie. Sein Leben war sehr abwechslungsreich und spannend, er musste sich nicht viele Gedanken um sein Auskommen machen, einfach zugreifen, wenn sich die Gelegenheit bot.

Victor van Beversen durfte sich nicht hängen lassen, keine Minute, musste immer aufmerksam, zuvorkommend, gut gelaunt und charmant sein. Er hielt mit gewinnendem Lächeln selbst quietschende Türen auf, half galant in Jacken, die nach altmodischen Mottenkugeln rochen, aber ebenso höflich und dazu sehr sinnlich half er ihnen aus der Kleidung. Sie waren so leicht zu überzeugen, die Damen in seinem Dunstkreis. Seine Eigenschaften, die er im Laufe der Jahre nicht nur kultiviert, sondern auf das Höchste perfektioniert hatte, brachten ihm die Erfolge, von denen er lebte.

Er stand auf und setzte sich an seinen PC, nachschauen, was es Neues gab in den Chatrooms, in denen er sich bewegte. Sein Prinzip war, sich immer eine Chance offenzuhalten auf eine neue Begegnung mit einer nach Liebe suchenden Frau. Vielleicht hatte er ja gerade eine verloren. Obwohl sie sehr an ihm hing. Solche wie diese pensionierte Lehrerin waren ihm die Liebsten. Schon beim ersten Anlächeln, beim ersten zärtlichen Wort, bei der ersten zarten Berührung schmolzen sie dahin.

Früher war das alles einfacher. Er musste sich nur regelmäßig zu bestimmten Uhrzeiten in ein Café setzen und seine Blicke schweifen lassen. Da gab es sie noch, die Cafés mit Tradition, das Lensing in Dinslaken, das Stadtcafé in Xanten, das in Wesel, wie hieß es noch, bevor dort das Extrablatt einzog? Ach ja, das Dom-Café.

Der Mann, der ihm morgens vor einem Treffen in seinem Badezimmerspiegel entgegenschaute, war ein Charmeur, ein Herzensbrecher, ein Meister der Konversation. Später daheim hatte er frei, rieb sich genussvoll über den Tagesbart, schaute sich ungekämmt und in einem der älteren Unterhemden mit fransendem Halsausschnitt entgegen. Vier Tage in der Woche war er der galante Liebhaber, der Lebenspartner mit dem Job in Frankfurt, der Verlobte, der heißblütige Mann. Vier Tage in der Woche gab er alles. Ein Tag davon war heute, Dienstag. Er musste sich wenigstens kurz bei seinem Hasen blicken lassen. Wenn schon nicht zur Torte, dann vielleicht zu einem späten Eisbecher. Sie mochte Eis. Er griff nach seinem Smartphone, öffnete die Chats auf WhatsApp, suchte Dienstag, tippte drauflos.

Treffen, ja. Aber hier war seine Höhle, hier roch es nach ihm und nicht nach Chanel No. 5 oder Kenzo. Hier war hasenfreie Zone.

VIER

Das fremde Gerät auf dem Schreibtisch der Hauptkommissarin, das noch immer in klarsichtigem Plastik eingetütete Smartphone, leuchtete plötzlich auf, vibrierte laut, wiederholte eine Tonfolge, die an den Schlag des berühmten Big Ben in London erinnerte. Karin Krafft schreckte hoch, ihre Aufmerksamkeit verlagerte sich in Sekundenschnelle von ihrem PC-Bildschirm auf das lärmende mobile Telefon. Sie nahm das Gerät zur Hand. Der Kollege Heierbeck von der Spurensicherung hatte die Sicherung entfernt, die nur per Fingerabdruck zu entsperren war, es war nun jederzeit nutzbar.

Schon auf dem Startbildschirm war zu erkennen, dass es eine Nachricht auf WhatsApp gab. Die Handhabung des Gerätes in dieser Kunststoffverpackung gestaltete sich schwierig, sie öffnete das Behältnis und zog es hervor, berührte die Oberfläche, die durch eine aufgeklebte Folie geschützt wurde, rief die App auf und schaute in den Chat, ordentlich mit dem Namen Victor van Beversen versehen. Ihre andere Hand griff nach dem Diensttelefon und tippte den Kurzruf zu Tom Weber ein, er meldete sich nach dem zweiten Klingeln.

»Geht's etwa schon los?«

»Ja, es gibt eine WhatsApp-Nachricht.«

»Ich komme rüber.«

Karin hörte, wie seine Tür zuflog, und als er ihr Büro betrat, öffnete sie den Chat. Tom schaute mit ihr gemeinsam auf den Inhalt.

»Mein geliebter Hase, Emoji: rotes Herz. Es tut mir so leid. Jetzt habe ich deine Geburtstagsfeier verpasst und auch diese wunderbare Torte, die du immer machst. Mir geht es jetzt endlich wieder so gut, dass ich mich aus dem Haus trauen kann. Du kennst die Unannehmlichkeiten, die eine Magen-Darm-Geschichte mit sich bringt. Aber Hase, ich möchte dich u-nb-e-d-i-n-g-t heute noch sehen. In einer halben Stunde? Ich lade dich zu einem preisgekrönten Eisbecher ein und werde mit einem schwarzen Tee vor mir voller Freude beobachten, wie du ihn genussvoll löffelst. Dein Liebling, Emoji: Kuss«.

Karin richtete sich auf. »Was ist das? Will er uns aufs Glatteis führen? Mal schauen, ob jemand reagiert?«

Tom starrte auf den Text. »Nein, du, der weiß überhaupt nicht, dass sie nicht mehr lebt. Aber der sieht jetzt, dass die Nachricht gelesen wurde, du musst schnell antworten, nimm die Einladung an.«

Karin scrollte durch den Dialog, erkannte, was die Spurensicherung schon ausgewertet hatte. Beate Heuwels hatte ihn oft korrigiert, war stets auf seine geäußerten Vorschläge eingegangen, hatte auf seine Anzüglichkeiten mit kichernden Emojis reagiert.

Tom drängelte. »Beeil dich, der Mann wartet.«

Karin fühlte sich unvorbereitet, sie hätte sich vorher ihren Schreibstil anschauen sollen, jetzt musste alles schnell gehen. »Er könnte misstrauisch werden, wenn ich nicht im gleichen Duktus wie die Heuwels antworte. Eisbecher klingt schon nach einem Treffpunkt in der Öffentlichkeit, das ist gut so. Das muss funktionieren. Wir wissen ja nicht, wie er aussieht. Warte, ich suche nach vorherigen Treffpunkten, irgendeinem Ort, den einer von beiden schon einmal erwähnt hat. Da, genau.«

Sie deutete auf eine zwei Monate alte Nachricht, die mit lauter Herzen eingekreist war. Er hatte vorgeschlagen, sich zu einem leckeren Eisbecher im Dolce Vita in Rheinberg zu treffen, schräg gegenüber vom Holzmarkt. Tom googelte beide Namen, während Karin überlegte, weshalb er besser nicht nach Wesel kommen sollte. Sie notierte auf einem Blatt Papier:

»Liebling, mach dir keine Gedanken, ich hätte dich informieren sollen. Seit dem Morgen habe ich einen Wasserschaden in der Wohnung, die Behebung hat mich völlig vereinnahmt. Es tröpfelte in der Küche, ausgerechnet auf die Torte, mein Gott, ich war entsetzt. Oben war der Anschluss der Spülmaschine undicht, und das Wasser suchte sich den Weg. Ich bin außer mir, zumal ich vergaß, dir zu schreiben, verzeih. Dein dich liebender Hase, Emoji: tränendes Auge«.

Sie ließ Tom die Nachricht lesen, der nickte, sie tippte. Klick, gesendet. Er hielt ihr eine Karte auf Google Maps vor die Augen, der Holzmarkt gegenüber vom Eiscafé Dolce Vita war eine öffentliche Fläche.

Der angeschriebene Mann namens Victor van Beversen schien auf die Antwort gewartet zu haben, blaue Häkchen, gelesen, und er schrieb umgehend zurück.

»Du armer Hase, hast Wasser in deinem gemütlichen Nestchen. Statt an Eis zu denken, sollte ich doch lieber aufwischen helfen, oder? Dein besorgter Liebling«.

Karin lehnte sich mit einem unterdrückten Entsetzensschrei in ihrem Bürostuhl zurück. »Ich will ihn nicht in Wesel sehen, noch nicht, ich will ihn woanders einsammeln.«

»Woran willst du ihn erkennen?«

Karin wies auf das Smartphone. »Er wird der einzige Mann sein, der bei einem schwarzen Tee im Eiscafé sitzt.«

Tom deutete auf seine Straßenkarte. »Dann schlage ihm doch das Dolce Vita vor, die sind schon gemeinsam dort gewesen, und das Eiscafé ist bis einundzwanzig Uhr geöffnet.«

Dieses Mal tippte sie sofort in das Gerät.

»Mein Liebling, es ist der Tag meiner Geburtstagsfeier, und ich möchte niemanden mit meinen Sorgen und meiner Arbeit im Haus belasten. Viel lieber würde ich auf deinen lieb gemeinten Vorschlag eingehen und mit dir ein Stündchen im Eiscafé verbringen. Weißt du noch, wie gemütlich es im Dolce Vita gewesen ist? Und dort gibt es auch bestimmt einen schwarzen Tee. Ich kann …« Karin unterbrach den Schreibfluss, schaute auf ihre Uhr.

»Es ist kurz vor sechs, ich schlage ihm achtzehn Uhr dreißig vor, okay?«

Tom nickte, Karin tippte, Jagdfieber lag in ihren Worten, als sie sich wieder an Tom wandte.

»Wir zwei, sonst niemand. An verschiedenen Tischen, ich neben dem schicken Mann, der vor einem Teeglas sitzt.«

Tom Weber lächelte. »Ein perfekter Plan.«

Karin widmete sich wieder der zu tippenden Nachricht.

»... gegen achtzehn Uhr dreißig dort sein. Es wird sonst spät für einen süßen Genuss. Bist du einverstanden? Dein Hase«.

Karin lehnte sich zurück, während ihre Nachricht umgehend als »Gelesen« gekennzeichnet wurde. »Mensch, geht mir dieses Gesülze auf den Geist.«

Wieder ertönte das Signal für eine eingehende Nachricht, beide beugten sich über das Smartphone.

»Mein süßer Hase, das ist eine gute Idee, und ich werde bin pünktlich dort sein. Voller Freude, dein Liebling, Emoji: Herz«.

Tom las die Nachricht und stieß Karin an. »Du musst ihn korrigieren, das macht sie immer.«

Karin brauchte einen Moment, bis sie reagierte.

»Ja, Liebling, du meinst, du wirst pünktlich dort sein, das war ein kleines ›bin‹ zu viel. Bis gleich, dein Hase«. Karin tippte eine Spur zu heftig auf das Gerät, warf es auf den Schreibtisch. »Boah, was für eine Art Beziehung das wohl ist.«

Tom grinste breit. »Liebe Chefin, du meinst wohl, was für eine Art Beziehung das *gewesen* ist. Ich freue mich auf den heutigen Einsatz mit dir. Dein motivierter Kollege Tom.«

Karin sah ihn lächelnd an, derartigen Wortwitz war sie eigentlich nur von Burmeester gewohnt.

Jetzt stand Tom lächelnd auf und ging zur Tür, deutete auf sein Handgelenk. »In fünf Minuten unten?«

Auf den Besuch von Frau Mertens in der Dienststelle morgen konnten sie nun wohl verzichten, ein Phantombild war nicht mehr nötig. Karin gab die Information durch, während Heierbeck ihr als Standort des Anschlusses den Raum Rheinberg nannte. Ein anonymer Prepaid-Anschluss, er könne noch verfolgen, wohin der Teilnehmer sich bewege. Karin bedankte sich und schrieb, sie wüsste schon, wo sich der Mann in einer halben Stunde befinden würde.

Sie fuhr ihren PC runter, strich sich mit den gespreizten Fingern beider Hände durch das kurze aschblonde Haar, das sich kreativ aufrichtete. Karin zog das Mäppchen mit den wenigen Schminkutensilien aus ihrem Rucksack, nahm den Taschenspiegel zur Hand. Etwas Lippenstift konnte nicht schaden, sie wollte in knapp dreißig Minuten einem gewissen Victor van Beversen ins Auge fallen.

Das Smartphone der Toten schob sie in eine Vordertasche ihres Rucksacks und begab sich auf den Weg nach unten, natürlich durch das Treppenhaus, jeder Schritt hielt fit.

Der Regen hatte sich verzogen, die Wolken wichen einem makellosen Nachmittagshimmel. Kaiserinnenwetter, ein gutes Omen für einen erfolgreichen Einsatz. Tom fuhr mit einem der zivilen Dienstfahrzeuge vor, sie stieg ein.

***

In Rheinberg führte die Rheinstraße direkt in die Innenstadt, vorbei am Amtsgericht und den opulenten Gebäuden der Familie Underberg aus der Gründerzeit. Das alte Rathaus war eingerüstet, die Buchhandlung Schiffer gegenüber vom Holzmarkt hatte Aufsteller mit Grußkarten auf dem Bürgersteig postiert, Tom schlich der Höchstgeschwindigkeit angepasst langsam auf das Eiscafé zu. Es lag zentral, dort, wo die Fußgängerzone auf die Gelderstraße traf.

Der Hauptkommissar bog am Holzmarkt links ab, um einen Parkplatz zu finden, er passierte das alte, von außen urgemütlich wirkende Haus, in dem sich die Polizeiwache befand, und parkte auf der öffentlichen Fläche.

Durch die schmale Kaiserstege mit ihren alten Fassaden wollten sie getrennt in Richtung Eiscafé gehen, van Beversen sollte sie erst zusammen erleben, wenn sie ihn hatten, den Mann ohne erkennbare Identität, der nur in den Smartphone-Kontakten einer Toten existierte.

Karin Krafft schaute hoch zur Kirchturmuhr von Sankt Peter,

achtzehn Uhr zwanzig. Genug Zeit, um sich strategisch günstig für einen Rundumblick zu positionieren.

»Du gehst vor, ich folge dir im Abstand von drei Minuten. Komm zu mir rüber, wenn ich aufstehe und zu dem Mann gehe, das ist das Zeichen für den Zugriff.«

Tom nickte und ging los. Karin gab sich ihren Gedanken hin. Was würde das für ein Mann sein, der nirgends gemeldet schien und das Leben einer pensionierten Lehrerin immer nur dienstags bereicherte? Ein Liebling.

Sie musste an eine uralte Fernsehserie mit Manfred Krug in der Hauptrolle als Anwalt Liebling denken. Ein Charmeur mit Krawattenfimmel wie vor Jahren ihr Kollege Jerry Patalon. Der Serien-Liebling war ein Filou, der gern Götterspeise verschlang und guten Cognac genoss, einer, der den Frauen gefiel und der seine Fälle souverän löste. Sie ließ das Bild von Manfred Krug mit Schlapphut und Zigarre wieder verblassen und ging los, sobald Tom die Orsoyer Straße überquert hatte. Er wählte einen Platz auf der Terrasse direkt neben dem Eingang des Cafés, sie setzte sich mit dem Rücken zur Fußgängerzone, neben ihr je ein freier Tisch, ebenso vor ihr. Sie sah Tom einen Cappuccino bestellen und sofort bezahlen, gönnte sich einen Latte macchiato.

»Ich zahle gleich.«

»Sì, Signora, prego.«

Im Büro gab es immer nur unverfälschten, frisch gemahlenen und aufgebrühten italienischen Kaffee, Gero von Aha, der Meister des Heißgetränks, lehnte Milchschaum kategorisch ab, daher nutzte sie Gelegenheiten wie diese. Gleichzeitig behielt sie die Kundschaft im Auge. Bislang saßen da nur Paare oder kleine Frauengruppen, kein einzelner Mann. Die Zeiger von Sankt Peter zeigten achtzehn Uhr dreißig.

Da erschien er, das musste er sein, ein gut aussehender Mann mit glänzend polierten Schuhen schlenderte aus Richtung der Buchhandlung lässig in den Außenbereich des Dolce Vita, ein Mann mit einem charmanten Lächeln, einer leichten Unwucht im Gang, seine Augen blickten suchend über die Tische. Er nahm in Karins Nähe Platz, lächelte grüßend zu ihr herüber.

Die Hauptkommissarin löffelte vorsichtig den Schaum aus dem Glas, wollte ihren Lippenstift nicht verschmieren, ein kurzer Blick zu Tom, ein angedeutetes Nicken ohne direkten Blickkontakt, Tom hatte den gleichen Eindruck wie sie. Jetzt könnte sie aufstehen, ihm die Marke auf den Tisch legen und ihn bitten, ihr unauffällig zu folgen. Nein, das war zu einfach. Sollte Liebling doch mal zeigen, ob er seinem Kosenamen ansatzweise gerecht wurde.

Während sie in sein Blickfeld geriet, löffelte sie langsam und genussvoll einen Schaumberg, deutete lächelnd mit dem leeren Löffel zum Himmel. »Wie gut, dass sich das Wetter heute noch für Sonnenschein entscheiden konnte.«

Er lächelte zurück und wandte sich ihr zu. »Da haben Sie recht, sonst wäre ich ja nicht in den Genuss gekommen, Ihnen zuzuschauen, wie genießerisch Sie den Latte macchiato zu sich nehmen. Trinken kann man ja nicht sagen, essen auch nicht, Sie lassen ihn auf der Zunge zergehen. Herrlich.«

Karins Gesicht überzog ein Gewinnerinnenlächeln. Sie stützte den Ellenbogen auf die Tischplatte, legte ihr Kinn in die Handfläche und blickte ihn unverhohlen an, während er zwischendurch immer mal nach links und rechts schaute, sich jedoch ganz offensichtlich zu ihr hingezogen fühlte.

»Ganz allein unterwegs, schöne Frau?«

Entweder übte sie heute eine unwiderstehliche Wirkung aus, oder dieser Mann flirtete mit allen Frauen auf die gleiche Weise. Er bestellte sich ein Glas schwarzen Tee.

»Und Sie, schöner Mann, auch ohne Gesellschaft? Mein Name ist Krafft, Karin Krafft.«

Er schaute ein wenig erstaunt, gab sich jedoch diesem vermeintlichen Annäherungsversuch voll und ganz hin. »Ich bin Victor van Beversen, es freut mich, Ihre Bekanntschaft zu machen.«

Er war es also, der Mann, der dienstags in der Wohnung von Beate Heuwels ein und aus gegangen war. Jetzt gab sie Tom ein kaum merkliches Nicken als Erfolgssignal, wollte diese Situation aber noch ein wenig in die Länge ziehen.

»Sie warten bestimmt auf jemanden.«

»Wie kommen Sie darauf? Ich bin doch in der besten Gesellschaft, die ein Mann an so einem schönen Spätnachmittag haben kann.«

Er rückte seinen Stuhl ein paar Zentimeter näher an ihren Tisch. »Erzählen Sie, leben Sie hier in Rheinberg?«

Geziert setzte sie sich zurück. »Hoppla, da ist aber einer ganz direkt.«

»Oh, verzeihen Sie, Frau Krafft, so war das nicht gemeint.«

Sie beugte sich erneut ein wenig vor. »Und Sie? Leben Sie in dieser bezaubernden Stadt?«

Nun schien er sich zu zieren, ließ sie nicht aus den Augen, bevor er wieder einen kurzen Blick rundum wagte. »Jetzt sind Sie direkt. Wollen wir Du zueinander sagen?«

Das war der Punkt, an dem Karin Krafft in ihrem Rucksack nach dem Dienstausweis fingerte. Sie stand auf, Tom verstand, dass sie in Aktion trat. Dem verdatterten Victor van Beversen legte sie ihren Dienstausweis vor die Nase, hockte sich direkt neben ihn.

»Victor van Beversen, ich muss Sie dringend im Fall eines Tötungsdelikts befragen. Sie können wählen, ob Sie meinem Kollegen und mir in aller Ruhe folgen oder ob wir Sie in Handschellen aus dieser Lokalität führen.«

Mit Verwunderung schaute er auf den Ausweis. »Hauptkommissarin.« Dann schaute er ihr ins Gesicht. »So eine hübsche Frau und so ein schwerer Beruf.«

Sie schüttelte den Kopf. »Ihre Flirtversuche bleiben ohne Resonanz, lassen Sie es gut sein.«

Er machte noch keinerlei Anstalten aufzustehen. »Sie sprachen von einem Tötungsdelikt. Um wen handelt es sich da?«

»Wollen wir das hier in der Öffentlichkeit besprechen? Folgen Sie uns bitte.«

»Aber ich muss erst noch bezahlen.«

Karin winkte dem Kellner, van Beversen gab ihm einen Fünfer. »Passt so.«

Sie nahmen ihn in die Mitte.

»Da muss ein Missverständnis vorliegen. Ich muss meiner Bekannten eben schreiben, dass ich nicht auf sie warten kann, höhere Gewalt mich daran hindert.«

Karin sah Tom an, dass er Beversens Smartphone am liebsten sofort einkassiert hätte, bremste ihn mit einer kleinen Geste. Sie ließen ihn tippen, während Karin in der Vordertasche ihres Rucksacks nach Heuwels' Smartphone griff. Er sendete die Nachricht, und neben ihm, in Karins Hand, signalisierte das Handy den Eingang seiner Worte.

Er reagierte irritiert, blickte auf die Hände der Hauptkommissarin, schaute sie an, schien zu begreifen. »Das ist das Handy vom Hasen, äh, ich meine von Beate, Frau Heuwels, meine ich.«

Karin öffnete seine Botschaft. »Ja, Liebling, das ist das Smartphone vom Hasen.«

»Wie kommt es zu Ihnen?« Er blieb stehen, stutzte. »Nein. Sie ist …?

»Ja, Herr van Beversen, sie lebt nicht mehr, und Sie haben uns sicher eine Menge zu erzählen. Als Erstes reichen Sie jetzt Ihr Smartphone meinem Kollegen, wir reden auf dem Kommissariat weiter.«

War er wirklich schockiert, oder besaß er ein beeindruckendes schauspielerisches Talent? Mit gesenktem Kopf ließ er sein Smartphone in eine geöffnete Kunststofftüte gleiten. Sein Gang schien sich zu verschlimmern, nun humpelte er fast, stieg schwerfällig in den Wagen. Die drei schwiegen während der Fahrt nach Wesel, Karin schaute sich um, der Mann, wie auch immer er hieß, blickte emotionslos aus dem Fenster. Vielleicht überlegt er sich gerade plausible Antworten auf die Fragen, die ihn erwarten könnten, dachte sie.

Kurz trafen sich ihre Blicke, er rang sich ein Lächeln ab. »Den Schaum von Ihrem Latte macchiato haben Sie meisterhaft verführerisch gelöffelt, mein Kompliment.«

»Warten Sie ab, bis Sie mich in meiner Funktion als Hauptkommissarin erleben, da bin ich noch meisterhafter.«

***

Im Gebäude der Kreispolizeibehörde wirkte Victor van Beversen plötzlich ganz zerbrechlich, humpelte deutlich, empfing mitleidige Blicke aus der Wache, als Karin und Tom mit ihm vorübergingen.

Im Befragungsraum hockte er wie ein Häufchen Elend auf seinem Stuhl und wartete geduldig. Karin Krafft erschien einige Minuten später mit einem Kollegen der Spurensicherung, um die Fingerabdrücke des Mannes zu nehmen. »Wir brauchen Ihre Fingerabdrücke, um sie mit denen vom Tatort zu vergleichen.«

Vorbei war die Zeit der schwarzen Fingerkuppen, auch hier erledigte die Technik mittels eines Pads die Abnahme der Abdrücke beider Hände, die gleich in einer Datei gespeichert wurden. Bereitwillig legte er die Hände auf das Pad. Der Kollege fragte nach seinen Daten, Name, Geburtsdatum, Anschrift.

»Victor van Beversen, geboren am 14. August 1960, wohnhaft Winterswicker Weg 37 in Rheinberg.«

Karin tippte seine Daten in ihr Laptop und glich sie mit der Einwohnermeldestelle des Kreises ab. Sie schüttelte den Kopf. »Zeigen Sie mir mal Ihren Ausweis.«

»Den habe ich nicht dabei.«

»Etwas anderes, Ihren Führerschein, die Gesundheitskarte Ihrer Krankenkasse.«

Er verneinte.

Karin klappte mit einem lauten Geräusch das Laptop zu. »Dann verraten Sie mir hier und jetzt auf der Stelle Ihren richtigen Namen, denn einen Victor van Beversen gibt es nirgendwo.«

Er sackte in sich zusammen, fast hätte sie Mitleid mit diesem Mann bekommen, der sie nun mit treuen Dackelaugen ansah. Sie gab sich jedoch unnachgiebig und unbeeindruckt.

»Und? Kommt da heute noch was? Ich kann Sie auch gleich

in eine Zelle bringen lassen. Ihre Fingerabdrücke werden gerade mit denen in der Wohnung des Opfers abgeglichen, und ich wette, dass es Übereinstimmungen gibt. Das wird schon reichen, um den Staatsanwalt zu informieren, und vierundzwanzig Stunden kann ich Sie auch ohne Haftbefehl hier festhalten. Also, wer sind Sie?«

Seine Antwort kam leise, sehr leise, Karin verstand nichts. »Bitte wiederholen Sie klar und deutlich Ihren Namen.«

Er seufzte, straffte seinen Rücken, ließ den Kopf noch immer hängen. »Mein Name ist Werner Schlaphysen. Mit einem p und y.«

»Schlaphysen.« Karin tippte seinen Namen ein. Sie hatte ihn mit einem Akzent auf dem p wiederholt, wodurch der Eindruck entstand, er hieße Schlapphysen. Sofort horchte der Mann auf.

»Sehen Sie, genau deshalb habe ich mir einen zweiten Namen zugelegt. Alle haben den Namen so ausgesprochen wie Sie. Seit meiner Kindheit hieß ich immer der Schlappi oder Schlappes. Was mit diesem Namen assoziiert wird, ist müde und energielos. Finden Sie als Schlappi mal eine richtig attraktive Frau, die suchen doch alle das Weite, sobald ich ihn ausgesprochen habe. Obwohl richtig artikuliert, zack, sofort war ich wieder der schlappe Schlapphysen.«

Die Hauptkommissarin sah ihn an. »Und da haben Sie sich einfach mal etwas Attraktiveres ausgesucht. Victor van Beversen. Haben Sie nie über eine offizielle Namensänderung nachgedacht? Staphysen oder ähnlich?«

Er zuckte nur leicht mit den Schultern.

»Ach ja, Sie brauchten ja einen wohlklingenden Namen für Ihre Bekanntschaft. Meinen Sie nicht, dass Frau Heuwels Ihr eigentlicher Name egal gewesen wäre? Das nenne ich Vorspiegelung falscher Tatsachen. Und wo wir gerade schon bei Beate Heuwels sind. Herr Schlaphysen, wo waren Sie am heutigen Vormittag?«

»Da war ich daheim in meinem Bett.«

»Kann das jemand bezeugen?«

»Nein, zu Hause bin ich immer alleine.«

Damit niemand den Namen auf dem Klingelschild lesen kann, dachte Karin.

»Sie lassen sich also eine preisverdächtige Schwarzwälder Kirschtorte einfach so entgehen? Da bleiben Sie im Bett, statt sich an den opulent gedeckten Tisch zu setzen? Das können Sie mir nicht erzählen.« Sie lehnte sich unwirsch zurück und verschränkte die Arme.

»Ich hatte doch seit gestern Magen-Darm-Probleme. Ich hatte mir ein Medikament gekauft, und die Apothekerin sagte, ich solle mich entspannen, wenig essen, viel trinken. Das habe ich gemacht und dann glatt den ganzen heutigen Tag verpennt.«

Karin sah ihn nur an, ohne ein Wort, ohne eine erkennbare Regung. Das verunsicherte ihr Gegenüber zunehmend, Schlaphysen alias van Beversen wurde sichtlich nervös, ihm traten Schweißperlen auf die Stirn, er knetete seine Hände unter der Tischkante, für Karin nicht sichtbar, jedoch zu hören. Schließlich räusperte er sich.

»Was ist denn eigentlich passiert? Warum stellen Sie mir solche Fragen? Sie können mir ruhig glauben, dass es mich sehr trifft, dass Hase, ich meine, dass Beate nicht mehr lebt.«

Er setzte sich zurück und verbarg sein Gesicht in den Händen. In dem Moment erhielt Karin auf ihrem Laptop eine Nachricht von der Spurensicherung. Die gerade gesicherten Fingerabdrücke von Victor van Beversen stimmten mit den wenigen fremden, die sie in der Wohnung des Opfers gefunden hatten, überein. Sie tippte ihre Antwort mit dem richtigen Namen des Mannes, der ihr gegenübersaß, ein und tippte auf Überprüfung. Es dauerte keine Minute, da kam die Bestätigung von Name und Adresse. Wenigstens etwas, das stimmte.

Karin entschied sich, ihm ein oder zwei Tatortfotos zu zeigen, sie durchsuchte den Ordner und wählte zwei frontale Bilder, die Heierbeck aufgenommen hatte, schob sie zusammen auf den Desktop, drehte das Laptop um. »Das, Herr Schlaphysen, das ist passiert, schauen Sie her.«

Zögerlich nahm er die Hände vom Gesicht, blickte auf den Bildschirm, als könne er nicht verstehen, was er sah, schaute mit zugekniffenen Augen, die sich dann abrupt weiteten. Er erkannte und wandte sich ab. »Mein Gott, das ist ja furchtbar, machen Sie das weg.«

»Ihre Bekannte ist am heutigen Vormittag mit mehreren Messerstichen im Schlafzimmer ihrer Wohnung getötet worden.«

»Schrecklich. Wer macht denn so was? Sie war eine ganz Liebe.«

»Herr Schlaphysen, haben Sie einen Schlüssel zu der Wohnung?«

»Nein, habe ich nie. Ich meine, ich lehne es immer ab, einen Schlüssel von den Frauen – äh, ich meine, von anderen Menschen anzunehmen. Hinterher ist man verantwortlich für das, was da geschehen ist. Das sehen Sie ja jetzt gerade. Mich fragen Sie nach einem Schlüssel, wo ich doch die Friedfertigkeit in Person bin.« Er schüttelte den Kopf, als wolle er Wassertropfen von sich schleudern. »Mein Gott, Sie sind eine harte Kommissarin …«

»Hauptkommissarin, bitte.«

»Dann eben Hauptkommissarin, das passt gar nicht zu Ihrer weiblichen Aura.«

»Lenken Sie nicht ab.«

Sie las beiläufig die nächsten Nachrichten der Spurensicherung, während er weitersprach. Unvermittelt richtete sie sich auf, kerzengerade saß sie da, konnte nicht fassen, was sie las. Wen hatte sie vor sich sitzen? Einen Mann mit mindestens vier gleichzeitig laufenden Beziehungen? Es sah so aus, als ob das Opfer nicht die einzige Frau im Leben dieses Mannes gewesen war, der gerade auf Gejammer umschaltete.

»Diese Bilder, Frau Hauptkommissarin, die haben sich nun in mein Hirn eingefressen, die werde ich nie mehr los, ich werde Alpträume bekommen. Ich bin traumatisiert, und das haben Sie zu verantworten.«

Er ließ sich zurückfallen, um ein Haar nahm sie ihm die Betroffenheit ab – bis zu seiner nächsten Bemerkung. Seufzend stieß er hervor: »Armer Hase.«

Und da explodierte Karin Krafft mit einer Heftigkeit, die sie selbst überraschte. Sie stand auf, hieb einmal kräftig auf die Tischplatte und baute sich mit abgestützten, durchgestreckten Armen vor ihm auf.

»Was ist da passiert bei Beate Heuwels? Wollte sie nicht mehr zu Ihrem Hasenclub gehören? Hat sie Ihnen die Freundschaft gekündigt? Hat sie herausgefunden, was meine Kollegen gerade in den Dateien Ihres Smartphones entdeckt haben? Vier Frauen gleichzeitig? Die Sie alle Hase nennen! Oder wissen die alle voneinander?«

Betroffen verneinte er mit heiserer Stimme.

»Jeder Einzelnen gaukeln Sie Einzigartigkeit und ewige Treue vor, das ist so ...« Sie suchte einen passenden Begriff. »... schäbig. Genau, Sie sind ein schäbiges ... ein schäbiger Mann.«

Es war ihr in letzter Sekunde gelungen, ihn nicht als Arschloch zu titulieren, es gab schließlich Aufzeichnungen von den Befragungen, in denen sie sachlich erscheinen wollte.

Der bislang noch recht souveräne Victor van Beversen verwandelte sich in den duckmäusig dahockenden Werner Schlaphysen, der noch einmal kurz aufmuckte. »Dürfen die das? Ich meine, das sind meine persönlichen Daten und Kontakte, dürfen die so einfach darin herumwühlen?«

Karin setzte sich wieder. »Hier geht es um einen bestialisch ausgeführten Mord, da dürfen wir alles.«

Sie rief in der Leitstelle an und bat darum, dass ein uniformierter Kollege in den fünften Stock käme. »Ich habe hier jemanden, der in den Arrest überführt werden muss.«

Schlaphysen protestierte sacht. »Aber ich habe doch nichts getan. Und ich habe gar nichts bei mir. Ich glaube nicht, dass das hier rechtens ist.«

Karin klappte das Laptop zu, atmete durch und schaute den Mann an, der mindestens vier Frauen gleichzeitig Hase nannte, der jeder vorgaukelte, die Königin in seinem Leben zu sein. Wer war dieser Verdächtige in einem Mordfall? Ein harmloser Lebemann oder ein skrupelloser Heiratsschwindler?

»Morgen früh werde ich mit meinem Team und dem Staatsanwalt über die weitere Vernehmung beraten. Bis dahin gelten Sie als dringend tatverdächtig, und ich nehme Sie aufgrund von Fluchtgefahr in Gewahrsam.«

Die Tür zum Befragungsraum öffnete sich, ein junger Beamter schaute herein. Die Hauptkommissarin deutete mit dem Kopf auf Schlaphysen. »Lassen Sie sich nicht durch das Humpeln dieses Mannes irritieren, der kann auch anders laufen. Taschen leeren, Schuhe vor die Tür, der Gürtel bleibt auch draußen.«

Ein letzter Blick in die geweiteten Augen ihres Gegenübers. »Abführen.«

***

Es war spät geworden. Maarten, ihr Ehemann, empfing Karin mit einer improvisierten Kochmütze auf dem Kopf.

»Du siehst geschafft aus.«

Sie schaute auf sein Haupt und musste lächeln. »Und du siehst amüsant aus.« Sie legte ab.

»Unsere Tochter meinte, ich soll dich als Chefkoch empfangen und dir unbedingt noch einen frischen Pfannkuchen backen, wenn du endlich heimkommst.«

Sie ließ sich von ihm in die Küche führen.

»Mit den bunten Eiern von den frei laufenden Hühnern unserer Freunde Bärbel und Franz aus Marienbaum, weil die so lecker sind. Herzhaft oder lieber süß?«

Karin schaute auf den Küchenschrank, auf dem verschiedene Weine gelagert waren, wählte eine Flasche Rioja. Maarten entkorkte sie, nahm ein großes Weinglas aus dem Schrank und schenkte ein.

»Dazu passt eher herzhaft, mit Schinken bitte.« Sie setzte sich auf die Bank, streifte die Schuhe von den Füßen und legte die Beine auf den Stuhl, der in der Nähe stand. »Ich glaube, ich werde alt.«

Maarten lachte. »Wie kommst du darauf?«

»Alt und sensibel. Letzteres ist schlecht für meinen Job.«

Maarten rührte den Teig an, mit Dinkelmehl, einer Prise Salz und Mineralwasser statt Milch. »Aber ich bin froh, dass dein Job dich nicht völlig abhärtet. Bitte bleib so sensibel, wie du bist. Und so jung wie heute. Was ist passiert?«

Karin nahm einen Schluck Rotwein und berichtete von dem Leichenfund am Vormittag, diesem Blutbad neben dem liebevoll dekorierten Raum mit der perfekten Schwarzwälder Kirschtorte auf dem Tisch. Während Maarten den Teig in die Pfanne goss und mit Schinkenstreifen belegte, lobte sie das Konditorenmeisterstück in höchsten Tönen, bevor sie zu den Ergebnissen der Auswertung der auf dem Smartphone abgespeicherten Kontakte überging.

Ihr Tonfall änderte sich, als sie zur Beschreibung des Verdächtigen kam, den sie vor einer halben Stunde eingebuchtet hatte.

»Stell dir vor, der hat an vier Wochentagen je eine andere Geliebte. Alle nennen ihn in der Kommunikation auf dem Messenger Liebling, er nennt jede Frau pauschal Hase. Sie nutzen neckische Adjektive, ansonsten schreibt Liebling, und Hase antwortet.«

Maarten lachte, während er den Pfannkuchen gekonnt mit einem Wurf wendete. »Kennen die Frauen sich untereinander, ist das so etwas Polyamouröses? Oder ein Spiel? Vielleicht will er nur in prekären Situationen nicht plötzlich den falschen Namen rufen, stell dir vor, mit Irene im Bett, und er ruft plötzlich Susanne oder so. Dann lieber pauschal Hase.«

Karin lachte laut auf. »Du hast vielleicht Phantasien, mein Lieber. Ich glaube nicht, dass sie voneinander wissen, aber da bringst du mich auf eine Idee. Ich werde morgen mit meinen Jungs besprechen, ob wir die verbliebenen drei Frauen gleichzeitig einladen. Wir lassen sie ohne Vorankündigung nebeneinander auf dem Flur warten, da wird sich dann zeigen, ob sie sich kennen.«

Karin lebte sichtlich auf, was weder an der Aussicht auf den Pfannkuchen lag, den Maarten nun auf einen Teller gleiten ließ, noch am Rioja. »Der Gedanke gefällt mir. Und aus dem Befragungsraum lasse ich den Schlappi abführen und konfrontiere ihn mit den dreien und umgekehrt. Glaub mir, das wird filmreif.«

Maarten legte Besteck neben Karins Teller und goss sich selbst Wein ein. »Du klingst sehr motiviert, aber da ist noch etwas anderes. Ich glaube, du musst aufpassen, dass der Mann dich nicht in Rage bringt.«

Sie konnte nichts, aber auch gar nichts vor Maarten verbergen. »Stimmt, ich hätte ihn fast als Arschloch tituliert im Befragungsraum, konnte mich gerade noch zurückhalten.«

»Was an ihm triggert dich so?«

Nachdenklich schob sie ein Stück Pfannkuchen in den Mund, kaute dann genüsslich. »Hm, lecker.«

Erst nachdem ihr Teller halb geleert war, sprach sie weiter.

»Ich glaube, es ist diese Art der Vielweiberei, die mich innerlich auf die Palme bringt. Ich habe bislang nur Auszüge der Dialoge gelesen, die Spurensicherung wird jeden Chat einzeln ausdrucken. Er betet jede von ihnen an, und jede glaubt an die große Liebe. Und bislang kennen wir nur einen Bruchteil seines Handelns unter falschem Namen. Glaub mir, da kommt noch mehr zum Vorschein. Warum soll so ein falscher Fuffziger nicht auch morden, wenn eine der Frauen nicht mehr so möchte, wie er will?«

Er tätschelte ihre Hand. »Du wirst es herausfinden, aber bleib besonnen, Wut kommt nie gut an beim Gegenüber.«

Karin schaute Maarten nach, wie er wieder zum Herd ging. Der Zopf, der unter seiner selbst gefalteten Kochmütze hervorlugte, war durchzogen von grauen Haaren, sie liebte diese kleine Bewegung wie jetzt gerade, wenn er das Haargummi stramm zog und sein Haar durch die Finger gleiten ließ.

»Ich kann zwar keine Schwarzwälder Kirschtorte kreieren, aber wie wäre es mit einem Kirschpfannkuchen als Nachtisch?«

»Wunderbar, Liebling.« Sie grinste breit über den Rand des Weinglases hinweg.

Maarten öffnete ein Glas mit Kirschen, fischte eine heraus, ließ sie abtropfen und schob sie zwischen Karins Lippen. »Für dich doch immer gerne, mein …«

Ihr ernster Blick ließ ihn lächelnd verstummen.

FÜNF

In der kleinen Lage am Morgen berichteten Tom Weber und Karin Krafft lebhaft von den Ereignissen und Ergebnissen des vergangenen Abends.

Burmeester grinste. »Ich dachte, es gibt Paare mit sonderbaren Kosenamen wie ›Muschi‹ und ›Bär‹ nur in Fernsehserien wie ›Mord mit Aussicht‹.«

Gero von Aha zog die Schultern hoch und breitete die Arme aus. »Wieso? Das macht doch jeder, also Marlene und ich …«

Schnell merkte er, dass er ins Plaudern verfallen wollte, und stoppte sich, schüttelte lachend den Kopf. »Nein, nein, Kollegen, ich werde es euch nicht verraten, ihr nehmt mich damit hopp bis zur Pensionierung.«

Nikolas Burmeester neckte ihn. »Komm schon, sag. Ich nenne Yasemin manchmal mein Kätzchen, und sie findet das schmeichelhaft.«

Jerry Patalon wollte wissen, ob seine Frau auch einen Kosenamen für ihn hätte, worauf Burmeester rot anlief und sofort die Notbremse zog. »Äh, wollen wir uns nicht auf den Fall konzentrieren?«

Von Aha hielt sich da heraus, Jerry richtete sich auf. »Komm, jetzt ma Butter bei die Fische, wie man nebenan im Pott sagt. Wie nennt deine bessere Hälfte dich, wenn du ›mein Kätzchen‹ zu ihr sagst?«

Burmeester druckste herum, es schien ihm unangenehm. Karin dachte ganz kurz darüber nach, ob sie dieses kollegiale Geplänkel unterbrechen sollte, sah Burmeester an und entschied sich, ihn noch ein wenig schmoren zu lassen. Wer so viel Privates preisgab, musste mit Reaktionen rechnen, und dieses Team war dafür bekannt, dass die einzelnen Mitglieder es nicht zu bunt trieben.

Burmeester blickte sie hilfesuchend an, sie lächelte. »Wer A sagt, muss auch B sagen.«

Mit gesenktem Blick und einem Hauch Röte auf den Wangen zögerte er noch einen Moment und gab sich dann den entscheidenden Ruck. »Sie nennt mich dann ›unersättliches Löwenmäulchen‹.«

Die Stimmung im K1 schwankte kurz zwischen peinlicher Stille und glucksendem Gelächter, Karin sah sich genötigt, den jungen Kollegen zu retten, bevor letzteres ausbrach.

»So, Männer, jetzt wisst ihr, wie im Hause Burmeester-Ögülsan geturtelt wird, und ich wette, dass jede der anwesenden Personen so niedliche Schwachstellen des Lebens mit sich herumträgt. Ich bin dafür, dass private Geheimnisse hier in unseren Räumen weiterhin gut gehütet werden und wir umgehend zu unserem Fall zurückkehren.«

Burmeester schaute sie dankbar an, während Karin bereits dazu überging, ihren Plan des Tages zu erläutern.

»Im Arrest befindet sich Werner Schlaphysen, mit einem p und y, darauf legt er Wert. Die Damenwelt am Niederrhein kennt ihn als Victor van Beversen, das ist sein Künstlername. Er war offensichtlich der geheimnisvolle Besucher von Beate Heuwels, seine Fingerabdrücke wurden in deren Wohnung sichergestellt. Für den Dienstagvormittag hat er ein windiges Alibi, lag angeblich mit einer Magen-Darm-Infektion im Bett. Auf seinem Smartphone haben wir aktuelle Chats mit drei weiteren Frauen gefunden, die Spurensicherung hat sie ausgedruckt.«

Sie schrieb drei Namen an die Infowand und fügte Wochentage hinzu, während von Aha sich die bedruckten Papiere schnappte und querlas.

Vera Hüskens, Mittwoch.

Carolina Steiger, Donnerstag.

Hedwig Abelsmann, Freitag.

Getuschel entstand unter den Männern, Jerry schaute sich die Liste an und reagierte als Erster. »Es gibt also noch drei andere Frauen in seinem Leben?«

Tom Weber bestätigte. »Und jetzt kommt's. Jede dieser

Frauen nennt er Hase, und alle bezeichnen ihn als Liebling. Vier Hasen und ein Liebling. Krass, oder?«

Karin übernahm die Erläuterung ihres Planes und wies auf die drei Namen. »Ihr setzt gleich alles daran, die drei ausfindig zu machen, egal, ob daheim oder an einem Arbeitsplatz, und bringt sie heute hierher. Um zwölf Uhr –«

Gero von Aha unterbrach sie mit rauchiger Stimme, während seine Augen weiter über die Inhalte der Chats glitten: »… zu High Noon …«

»Lass mich ausreden bitte. Zwölf ist zu knapp, zu vierzehn Uhr setzt ihr alle drei vor unseren Befragungsraum auf den Flur und schaut euch an, ob sie sich kennen. Ich will wissen, ob sie ohne Vorbehalte miteinander kommunizieren oder ob sie sich wie Rivalinnen benehmen. Ihr lasst sie dort sitzen und verliert kein Wort über Victor van Beversen. Und schaut euch Vera Hüskens besonders an, vielleicht ist sie nervös, weil der Mann, der sie mittwochs immer besucht, sich bis jetzt noch nicht gemeldet hat. Jerry, Gero, Burmeester, ihr teilt euch auf, und kein Wort über den Mann, den Tom gleich heraufholt. Während die drei im Flur warten, wird jemand von uns mit ihm gemeinsam den Raum verlassen.«

Sie drehte sich zu ihren Kollegen um, verschränkte die Arme und lächelte verschmitzt. »Das wird eine Wiedersehensfreude, oder was meint ihr?«

Von Aha schaute skeptisch drein, nahm seine Hornbrille ab, öffnete das Tütchen eines Brillenputztuches und widmete sich hingebungsvoll seinen Gläsern. Ganz nebenbei stellte er die einzige kritische Frage des Morgens. »Was willst du mit dieser Inszenierung erreichen?«

Karin setzte sich wieder an den Tisch und wies zur Infowand. »Ich will sie alle verunsichern. Wenn Schlaphysen wirklich nicht der Täter ist, dann hat vielleicht eine der Frauen einen Grund, Rivalinnen aus dem Weg zu räumen. Was weiß ich? Uns fehlt jeglicher Ermittlungsansatz, denn unsere einzige Spur führte uns zu dem Mann, dem ich einen Mord nicht zutraue. Der braucht seine Frauen, der lebt tageweise mit, aber auf jeden Fall immer von ihnen. Ich erhoffe mir, eine weitere Spur zu finden. Und jetzt macht euch auf den Weg, fünf Stunden bis vierzehn Uhr. Ich gehe inzwischen zum Staatsanwalt und stell ihm unsere Strategie vor.«

Tom meldete sich in seiner dezenten Art zu Wort. Er, der Denker im Hintergrund, brachte noch einen Aspekt in die Runde, der bislang unerwähnt geblieben war.

»Ich möchte verstehen, was da vor sich geht. Ein Mann mit vier verschiedenen Frauen, was für Beziehungen sind das? Zählt das schon zur Kategorie Heiratsschwindel? Passte Beate Heuwels nicht mehr in sein Beuteschema oder wollte sich ihm zukünftig verweigern, ihn vielleicht sogar anzeigen?«

Gero von Aha schüttelte vehement den Kopf. »Nein, nein, lies dir doch ihre Dialoge im Chat durch. Bei allem, was ich in der kurzen Zeit gesehen habe, kann ich sagen, dass da hemmungslos geflirtet und geturtelt wird, von beiden Seiten. Und zwar bei allen Frauen gleichermaßen. Alle vier haben in ähnlicher Weise kommuniziert.«

Tom blieb bei seiner Theorie. »Ich glaube, dass diese Art der Kommunikation in Schrift und kryptischen Zeichen, ohne das Gegenüber zu sehen, uns zu Fehlinterpretationen verleitet und mit dem füttert, was wir dort finden wollen. Wer Emotionen lesen will, findet sie, wer Sachlichkeit liebt, entdeckt sie ebenso. Es ist leicht, einander etwas vorzugaukeln. Man kann sich andauernd belügen, und genau das hat Schlaphysen als van Beversen gemacht. Seid ihr sicher, dass er seine Beate nicht loswerden wollte? Ich kann mir gut vorstellen, dass eine pensionierte Lehrerin so einen charmanten Beau auf alle Fälle an sich binden wollte. Es kann doch sein, dass ihr Tick, alles zu korrigieren, ihm tüchtig auf den Geist ging. Der perfekte Mann wird nicht gerne an seine Unzulänglichkeiten erinnert.«

Karin wartete geduldig auf die Quintessenz seiner Ausführungen. »Und? Was willst du uns mitteilen?«

»Ich meine, dieses ganze emotionale Gesülze dient lediglich

als Mittel zum Zweck. Und das wird bei den anderen drei Frauen nicht anders sein. Das ist moralisch verwerflich. Aber mich interessiert, wo der strafrechtliche Aspekt anfängt. Versteht ihr? Weit vor dem Tod von Beate Heuwels gab es eine Schwelle, die Schlaphysen überschritten hat. Mich interessiert, was da draußen los ist in Partnerbörsen, auf den Ü-soundsoviel-Partys, dreißig, fünfzig, sechzig. Wo ist die Grenze zu strafrechtlich verfolgbaren Handlungen?«

Karin stand auf, raffte ihre Papiere zusammen und signalisierte Aufbruch. »Mach das, Tom, sammle Informationen zum Thema. Los geht's. Ich lasse Liebling noch ein wenig schmoren. Mal schauen, was er dann zum Tod von Beate Heuwels zu sagen hat.«

***

Werner Schlaphysen fühlte sich nicht wohl in seiner Haut und schon gar nicht in dieser engen Zelle. Würde er noch einmal rufen, käme wieder dieser uniformierte Mensch und würde ihm sagen, er solle sich beruhigen, die Beamten vom K1 würden ihn schon beizeiten abholen.

Er setzte sich auf die harte Pritsche, die als Bett diente, und lehnte sich weit zurück mit dem Rücken an die unkomfortable, harte Wand. Das war nicht bequem, aber immer noch besser, als ohne Halt auf der Kante zu hocken. Schlaphysen schloss die Augen.

Das konnte einfach nicht wahr sein. Beate war tot. Er saß hier, weil irgendwo da oben eine Kommissarin, nein, eine Hauptkommissarin, meinte, dass er dafür verantwortlich war. Dabei war Victor van Beversen immer gut zu den Frauen. Er lebte doch von ihnen, warum sollte er einer von ihnen etwas antun?

Es war so einfach, sie zu ködern, die Abenteuerlustigen, die Vernachlässigten, die Hungrigen, die sich nach Zuneigung, Liebe, nach Berührung und Sex sehnten. Er erkannte schnell, ob es sich lohnte, seine Energien einzusetzen, oder ob er besser

Abstand hielt. Es sei denn, seine Beute spielte ihm etwas vor wie diese Kripofrau im Eiscafé. Das hatte er nicht durchblickt. Sie war gut. Dass sie jetzt von den anderen Frauen wusste, gefiel ihm überhaupt nicht. Sein Lebensstandard basierte auf Diskretion und Geheimhaltung.

Schlaphysen hielt sich die Hände vors Gesicht. Wie peinlich. Dieses Flintenweib würde sich jeden Chat ganz genau durchlesen, jedes Liebesgeplänkel, seine zweideutigen Lockungen, die Angebote der Frauen, die Anzüglichkeiten, intime Wünsche, die nur ihm galten oder, wenn er sich hatte gehen lassen, jedem einzelnen Hasen. Sie waren ja ganz unterschiedlich, aber Komplimente und kleine Frivolitäten gefielen schließlich jeder Frau.

Was war nur so gründlich danebengegangen, dass er hier saß? Wie sollte er sich verhalten? In Filmen holten die Leute, die sich in ähnlicher Lage befanden, immer einen Anwalt hinzu. Brauchte er einen Anwalt? Wofür? Na, zum Beispiel, um sich endlich aus dieser misslichen Lage zu befreien. Schlaphysen kannte keinen Rechtsverdreher, und diese Kommissarin, nein, Hauptkommissarin, konnte ihn hier nicht länger festhalten.

Sein Rücken schmerzte, die Wand strahlte Kälte ab, er musste sich bewegen, denn die harte Fläche war nicht gut für sein lädiertes Bein.

Wie spät war es wohl? Vielleicht war er ja viel zu früh aufgewacht, und der Behördenapparat im Haus über ihm wurde gerade erst zum Leben erweckt. Geduldig bleiben. Ruhe bewahren.

Nein, das ging gar nicht. Er sprang auf und lockerte seine Gelenke durch ruckartige Bewegungen, lief zur Tür, zur Gegenwand, raufte sich das dünne Haar. Wie sollte er in dieser Lage ruhig bleiben, während eine Horde von Kripoleuten sich seine Korrespondenzen durchlas und sich vielleicht daran ergötzte?

Wenn sie bloß den anderen nichts erzählten. Sie wussten doch nichts voneinander. Seine wunderbaren Frauen kannten einander nicht, seine Geschichten waren wasserdicht, sie freuten sich auf den einen Tag in der Woche, an dem sie zu seiner Königin wurden. Alle lebten in unterschiedlichen Orten, in denen er nicht einmal ein Brötchen kaufte, um nirgends ein Gesicht zu hinterlassen. In seinem Leben bestimmte er den Kurs. Victor van Beversen hatte alles im Griff, Werner Schlaphysen lief gerade wie bekloppt in dieser Arrestzelle auf und ab und überlegte, ob sein Leben noch das gleiche sein würde, wenn sich diese und weitere Türen öffneten und er nach Hause fuhr.

Zwischendurch dachte er darüber nach, ob es in Deutschland, speziell am rechten Niederrhein, genau gesagt in Wesel, möglich war, einen Unschuldigen in einer Arrestzelle zu vergessen.

Verflixt, wann kam denn hier jemand, um ihn zu erlösen?

SECHS

Ein Jahr zuvor

Die Phase der Depression, der Trübsal, der Verzweiflung war vorbei. Es war an der Zeit, aufzustehen, sich zu wehren, sich zu organisieren.

Die große Frau mit den lose wogenden brünetten Locken, die sich Dora nannte, hatte eingeladen. Das erste Treffen sollte an diesem Samstagnachmittag im Café Crème im Ortskern von Dingden stattfinden. Ein kleines altes Haus im Schatten der Kirche, innen hübsch eingerichtet mit alten Möbeln, rustikalen Tischen, Accessoires, eine Atmosphäre zum Wohlfühlen. Auf der Karte fand Dora, was sie suchte, eine feine Auswahl selbst gemachter französischer Tartes, Kaffees, verschiedene Teesorten. Bestechend und ausschlaggebend für Doras Wahl war die erste Etage, zu erreichen über eine knarrende Holztreppe. Dort unter den alten Dachbalken fand sie die idealen Bedingungen, um abgeschirmt und entspannt über das Thema, um das es gehen sollte, zu reden, statt öffentlich in die emotionalen Fallen zu geraten, in denen alle Beteiligten der Runde im Vorfeld schon verharrt hatten. Wut. Enttäuschung. Angst. Selbstzweifel.

Dora hatte eine ausgewählte Anzahl von Frauen eingeladen, die sie mittlerweile aus dem Chat kannte, den sie selbst eingerichtet hatte. Viele Frauen schrieben ihr regelmäßig, ihre Geschichten ähnelten sich.

Sie alle hatten sich nach einem hochemotionalen Austausch mit Internetbekanntschaften verliebt. Die Männer hatten sich in ihren Existenzen breitgemacht und an dem Punkt, an dem sie genügend intime Informationen über die Frauen gesammelt hatten, in erpresserische Monster verwandelt, die Geld forderten und mit Veröffentlichung drohten. Auch männliche Opfer meldeten sich bei ihr, hatten Geld für die Versorgung von Angehörigen, die Ausstellung nötiger Unterlagen und ein Flugticket in ein osteuropäisches Land geschickt und vergeblich mit Rosen in der Hand am Flughafen gewartet.

Diese Masche, Menschen, die Nähe und Liebe suchten, aus dem Netz zu fischen, zu umgarnen, bis sie an beides glaubten, die Nähe und die Liebe, um sie dann brutal auszunehmen, blieb größtenteils ungeahndet. Wen sollte man anzeigen? Ein Phantom, das in einem Callcenter auf einem anderen Kontinent saß, ließ sich nur schwer orten. Meist waren die Identitäten geklaut, Fotos passten in der Suchmaschine nie zu den angegebenen Namen, Mickaell Schmith befand sich garantiert in Südamerika oder war als Legionär in Afrika unterwegs und brauchte nach ein paar Monaten Geld für die Behandlung eines Verwandten oder die eigene. Und wehe, wenn die Frau nicht zahlte.

Zu diesem Zeitpunkt gab es bereits so viele Liebesschwüre, Nacktfotos, Geständnisse, die niemals öffentlich werden sollten, dass Mister X genügend Material zur Verfügung stand, um Druck auszuüben: »Wenn du nicht zahlst, findest du deine Fotos morgen im Netz.«

Bei Dora war es so gewesen, immer mehr Geld wurde gefordert, bis ihre Konten leer waren und sie keinen Kredit mehr bekam, sich tagelang nicht mehr ins Internet traute, sich daheim versteckte, nicht angesprochen werden wollte auf das, was der Kerl veröffentlichen würde.

Bei anderen Betroffenen waren es reale Männer, die für die große Enttäuschung und das gebrochene Herz gesorgt hatten. Liebevolle Männer, die den Frauen den Himmel zu Füßen legten, sich zeitnah bei ihnen einnisteten, sich von ihnen aushalten ließen, um später mit dem Vermögen zu verschwinden. Immer waren es logisch aufgebaute Geschichten, auf die die Frauen mit grenzenlosem Vertrauen reagierten, mit Vollmachten über Konten und Besitz. Zurück blieben Ohnmacht und Verlust. Und sollte einer der Schuldigen gefasst werden, so blieb nicht viel für ein Gerichtsverfahren übrig. Alles hatte der Betrüger sich schriftlich geben lassen, freiwillig ausgehändigt bekommen und für den höchst unwahrscheinlichen Fall einer Anzeige gut aufbewahrt. Es gab keinen Streitwert, gebrochene Herzen ließen sich nicht berechnen.

Eine Frau war neu hinzugekommen und hatte sich lebhaft über den Betrüger aufgeregt und vorgeschlagen, sich persönlich zu treffen, da sie keine Lust hätte, Romane zu schreiben, und den persönlichen Austausch bevorzugte. Nun war es so weit, und Dora wusste noch nicht genau, was an diesem Nachmittag geschehen würde.

Während Dora unter den Dachbalken wartete, brachte der freundliche Maître du Café einen Milchkaffee im henkellosen Bol aus weißem Porzellan und pries die frischen Macarons. Sie wollte auf die anderen warten, auf Inge, Sabine, Vanessa, Birgit und Sina. Mehr als die Vornamen bauchte es nicht in dieser Runde.

Eine halbe Stunde später kam der arme Mann kaum mehr zu Wort, denn sechs Frauen sprachen lebhaft über ihre Beweggründe, sich zu organisieren. Dora erkannte, dass es sinnlos war, eine Tagesordnung erstellen zu wollen; die Frauen ließen sich nicht unterbrechen. So bestellte sie Café au Lait für alle und einen bunten Teller Macarons mit feinsten cremigen Füllungen.

Die genussvolle Stille, die entstand, als die ersten bunten Köstlichkeiten verspeist wurden, nutzte Dora, um eine kleine Ansprache zu halten, bedankte sich für das Kommen und die Offenheit, die in der kleinen Runde herrschte. Eine der Frauen, den französischen Leckerbissen besonders zugetan, schleckte sich die Finger der einen Hand ab, während sie sich mit der anderen, einer Schülerin gleich, winkend um das Wort bemühte.

»Also ich bin die Sabine, das wisst ihr ja schon, und meine Geschichte kennt ihr auch, und ich finde es ganz, ganz toll, dass die Dora uns eingeladen hat. Ich finde, wir sollten hier und jetzt beschließen, dass wir uns regelmäßig an diesem besonderen Ort treffen. Hier oben sind wir ungestört und können uns in aller Ruhe überlegen, wie wir es den miesen Typen heimzahlen, die uns skrupellos um Herz und Kohle gebracht haben.«

Applaus brandete auf, die Frauen waren begeistert. Der Maître du Café kam nach oben geeilt, Sabine rief ihm zu: »Eine Flasche Schampus bitte, und sechs Gläser.«

Dora lächelte. Was gab es Schöneres als Solidarität unter Frauen. Als alle ein Glas des prickelnden Getränks in der Hand hielten, überließ sie Sabine den Trinkspruch, die ihre Ansprache mit leuchtenden Augen fortsetzte.

»Versteht mich richtig, ich habe nichts gegen Männer, im Gegenteil, es gibt durchaus ehrliche Exemplare, die auch noch nett anzuschauen sind. Ich will da keine Hasskampagne gegen das andere Geschlecht aufziehen.«

Bis auf Inge nickten alle, Dora fiel auf, dass sie bislang still und ohne die aufkeimende Euphorie in dieser Runde saß, während Sabine munter weitersprach.

»Also ich kann mir gut vorstellen, dass wir es dem einen oder anderen Schuft heimzahlen. Wisst ihr, ich will kein Geld zurück, das habe ich längst abgeschrieben, aber vielleicht packen wir den richtigen Kerlen mal tüchtig an die Eier, jagen ihnen Angst ein und vermiesen ihnen die Lust darauf, weitere Frauen auszunehmen. Seid ihr einverstanden?«

Zustimmung.

»Klar, eine gute Idee.«

»Ich weiß noch nicht, wie du das bewerkstelligen willst, aber der Plan ist gut.«

»*Yes*, nieder mit den Schuften!«

»Ich finde, wir brauchen als Gruppe einen Namen.«

Jetzt wurde es Dora unheimlich, wo wollten sie hin mit dieser Energie? Doch bevor sie zu Wort kam, sprach Sabine weiter ihre Visionen aus, die anderen hingen an ihren Lippen.

»Wir denken uns diabolische Strafen für dieses Pack aus, genauso – in Anführungsstrichen – legal wie das, was sie uns zugefügt haben.«

Jubelrufe, Sabine hob das Glas. »Auf uns! Auf den Club der Teufelsweiber!«

Der Maître du Café, nicht schmal von Statur, kam erneut

die knarzenden Stufen emporgestiegen und schaute mit einem Grinsen auf die sich fröhlich zuprostenden Frauen, ahnte nicht, wen er ab diesem Moment immer wieder regelmäßig zu Gast haben würde.

Dora lächelte ihm entgegen. »Bringen Sie uns noch eine Flasche von diesem fürstlichen Getränk und für jede ein Stück von der Walnuss-Tarte bitte.«

Das ließ er sich nicht zweimal sagen, die Damen wussten zu genießen, da durften sie ruhig so ausgelassen sein.

Dora lehnte sich an diesem Samstagnachmittag zufrieden zurück. So langsam gefiel ihr diese Sabine, sie hatte ausgesprochen, was ihr schon lange durch den Kopf ging, man müsste es ihnen heimzahlen, den Lumpen, die es neben den Redlichen gab. Club der Teufelsweiber, das war kraftvoll und einprägsam.

Eine Stunde später, nach drei weiteren Flaschen Champagner und drei leckeren, kalorienreichen, wunderbaren Stücken Tarte, teilten die Frauen sich die nicht unerhebliche Rechnung und stützten einander, als sie mit hochroten Wangen heiter und beschwingt die Treppe hinunterstolperten, sich gibbelnd an die Garderobe lehnten, während die eine oder andere noch eben die Toilette nutzte.

Die Gäste im Erdgeschoss schauten ihnen entgegen, nicht ganz so amüsiert wie die sechs Frauen, die immerhin erst draußen auf der Straße in grenzenlos lautes Gelächter ausbrachen, sich auf dem Platz vor der Kirche Sankt Pankratius in die Arme fielen, wie Rugbyspieler die Köpfe in die Mitte neigten. Einzeln wären sie ins Wanken geraten, und das Sprechen verlor an Klarheit.

»Der Club der Teufelsweiber, wie geil is dat denn!«

»Wir werden's ihnen geben.«

»Un nächsten Samstag treffen wir uns wieder hier.«

»Genau, Ladys, denkt scho ma nach, wie wir dat hinkriegen mit et Heimzahlen.«

»Okay, aber mit 'nem büschen weniger Prickelwasser, da brauchen wir 'n klaren Kopp.«

»Auf uns! Auf das unterschätzte Teufelspack!«

Dora löste sich aus dem Kreis und wies auf den Kirchturm. »Und so konstu... konstriut... Boah, bin ich knülle, so konstituieren wir uns mit dem Segen des ollen Pankratius, dem alles Beherrschenden.«

Sabine folgte ihrem Blick. »Aber der war doch auch 'n Kerl.«

Dora zückte ihr Smartphone, tippte, während sie ihr antwortete. »Ja, aber einer vonnen Guten. Ladys, ich bestell uns 'n großes Taxi, so könn wir nich mehr fahrn, und schließlich haben wir 'n Plan. Die Welt braucht uns!«

Am nächsten Tag ließ sich Dora von einer Freundin nach Dingden bringen, um ihren Wagen abzuholen. Mit dem Autoschlüssel in der Hand schaute sie rüber zu dem alten weiß getünchten Haus, eine bunte Blumenrabatte schmückte das farbenfrohe Entree unter der großen französischen Fahne. Sie zögerte kurz, überquerte die Straße und betrat das Café. Der Maître stand auf und kam ihr lächelnd entgegen.

»Offenbar haben Sie sich von Ihrem illustren Nachmittag gut erholt.«

»Habe ich richtig in Erinnerung, dass wir uns nicht danebenbenommen haben? Ich jedenfalls kann mich nur zu gut an die ganzen Köstlichkeiten erinnern, die Sie uns nach oben gebracht haben. Ich hoffe, wir dürfen am kommenden Samstag wiederkommen?«

Sein sonores Lachen füllte den Raum, seine Frau schaute aus der Küchenecke hervor und rief: »Dürfen Sie bestimmt, er hat großes Vergnügen daran gehabt, Ihnen unsere Tartes zu bringen. Das ist eine lustige Runde, hat er gesagt, nicht wahr, mein Lieber?«

Er wies zu ihr. »Sie hat bereits entschieden, wieder um fünfzehn Uhr?«

»Genau, und bitte überlassen Sie uns den großen Tisch oben, es kann sein, dass wir das eine oder andere Laptop dabeihaben.«

»Genuss und Arbeit, eine gute Kombination.«

»Und das ist der richtige Rahmen.«

»Woran arbeiten Sie?«

Dora schaute den Mann lange an. »Wir entwickeln Pläne zur Erlangung von Gerechtigkeit.«

Er wedelte lächelnd mit einer Hand. »Ui, das klingt aber äußerst konspirativ. Darf man fragen, was oder gegen wen vorzugehen Sie planen?«

Dora grinste. »Es geht nicht um einzelne Personen, sondern um betrügerische Maschen, denen manche Menschen ausgesetzt sind.«

»Verzeihen Sie, wenn ich offen frage, aber das scheint ja nun weder ein Strickstündchen noch ein Debattierclub zu werden. Ich möchte nicht, dass mein Café in irgendeine ideologische Ecke gestellt wird, wir sind Freidenker und Feinschmecker. Sie müssen mir versprechen, dass es hier keinen Ärger gibt und nicht den kleinsten Anflug von öffentlicher Kritik.«

»Ja, natürlich, das ist doch selbstverständlich. Dieser wunderbare Ort liegt verkehrsgünstig für alle Frauen, und Ihre Tartes sind unübertroffen, den Genuss werden wir nicht aufs Spiel setzen.«

Wieder erscholl sein sympathisches, sonores Lachen. »Gut, ich reserviere. Was Frauen sich vornehmen, das erreichen Sie auch.«

***

Euphorisch gestimmt sendete Dora in den folgenden Tagen E-Mails an die Frauen, sammelte Vorschläge, und ab jetzt sollte es eine Art Tagesordnung geben, an der sich jede orientieren konnte, damit ihr Plan Beine bekam. Sie antworteten schnell, immer mit den anderen im Verteiler, so waren alle auf dem gleichen Stand.

Dora hatte es sich in ihrer Dachwohnung gemütlich gemacht, hockte mit dem Laptop auf dem Sofa, auf dem Tischchen vor ihr eine Schale mit Chips und eine Cola. Sie öffnete ihre elektronische Post.

Birgit brachte den Vorschlag ein, eine Sammlung der Fake-Fotos zu erstellen, mit denen die gut aussehenden Männer in den besten Jahren ihre Opfer im Internet in ihre Fallen lockten. Sie schrieb: »Wenn wir alle sammeln, die uns bekannt sind, dann ist das ein Anfang, ihr werdet sehen, täglich werden neue gefälschte Identitäten auftauchen.«

Sabine konterte: »Na klar, und in null Komma nix hat jedes Gesicht einen anderen Namen, oder es tauchen neue Gesichter mit ganz anderen Geschichten auf. Mensch, versteht doch, das ist eine, nein, das sind mehrere Organisationen, die ständig Gesichter und Namen neu zusammensetzen und in ganz harmlosen Chats die Frauen herauspicken, die in ihr Schema passen.«

Dora war gespannt, wie die anderen sich einbringen würden, zunächst schrieb nur noch Inge, ausführlich und, wie Dora fand, auf den Punkt:

»Liebe Teufelsweiber,
es ist ein breites Feld, das wir beackern wollen, ich frage mich, ob wir nicht viel zu wenige sind, um es zu schaffen. Sechs Frauen gegen den Rest der Welt, das nenne ich ambitioniert.
Die Fotos und Namen zu sammeln finde ich okay, auf die Art und Weise müssen die Betreiber dieser Organisationen sich noch mehr bemühen, neue Identitäten zu erschaffen. Nur, wie erfahren sie, dass wir ihre Mannsbilder katalogisieren? Darüber sollten wir nachdenken. Und, liebe Mitstreiterinnen, vergessen wir bitte nicht die Exemplare aus Fleisch und Blut, die sich heimtückisch den Frauenseelen nähern, auch diese sollten wir in unsere Datei aufnehmen. Sie nutzen unter anderem in den Zeitungen die Rubriken wie ›Bekanntschaften‹, Kerle, die Frauenkontakte sammeln und bei der Willigsten andocken.
Im Mittelalter nannte man unsere Aktion wohl An-den-Pranger-Stellen, nutzen wir doch das moderne Medium Internet, ich denke, da sind wir rechtlich auf sicherer Seite.

Die wenigsten Männer dürften unter ihrem richtigen Namen firmieren, also wer will einen Meier anzeigen, wenn er eigentlich Schmitz heißt? Legen wir uns besser mit denen an, die unsere Herzen benutzen, um an unsere Portemonnaies zu gelangen.
Ich freue mich auf ein Wiedersehen und auf gute Zusammenarbeit.
Eure Inge«

Sie war ja eine ganz strukturierte Denkerin, genau die Richtige, dachte Dora und musste bis zum nächsten Tag warten, um die Reaktionen von Sina und Vanessa zu lesen. Sina fasste sich kurz: »Egal, was wir planen, Hauptsache ist, dass wir sie stoppen. Wenn nicht alle, dann doch Einzelne. *Venceremos*, ihr Frauen.«

Vanessas E-Mail war drei Seiten lang, voller Mitgefühl las Dora die Geschichte dieser hochsensiblen Frau, deren Leben zusammengebrochen war, als sie erfuhr, dass der Mann, der sie auf Händen trug, so breite Hände hatte, dass noch zwei andere Frauen draufpassten. Dabei war sie angeblich sein Augenstern, die einzig wahre Liebe, die Frau, mit der er alt werden wollte, die er heiraten wollte, von der er bedingungsloses Vertrauen verlangte.

Lange Zeit war sie nicht arbeitsfähig gewesen, in tiefe Depressionen versunken und erst nach langem Klinikaufenthalt wieder ins Leben zurückgekehrt. Erst da hatte sie den Mann angezeigt. Der Staatsanwaltschaft lagen zu wenige Beweise vor, es kam nicht zur Verhandlung. Der Mann hatte sich nicht einmal entschuldigt und lebte unbehelligt am Niederrhein. Ihr Appell gefiel Dora: »Wenn wir nur einem von denen das Handwerk legen, dann hat es sich gelohnt, ich werde gerne meinen Teil dazu beitragen.«

Eine gute Grundlage für das Gelingen, dachte Dora, stand auf und ging zum Fenster, schaute hinaus. Schon wieder war ihre kleine Straße zugeparkt, und weitere Fahrzeuge schlichen am Haus vorbei, hofften auf eine Lücke. Da war er wieder, der charmante Mann, der immer am Dienstag auftauchte. Sie öffnete das Fenster und lehnte sich hinaus, um besser zu sehen, wie er unten im Haus verschwand. Dora eilte zur Wohnungstür und öffnete sie, getrieben von einer gewissen Neugier. Natürlich, dachte Dora, der ist wieder im Erdgeschoss geblieben. Es war Dienstag, und die alte Lehrerin hatte Herrenbesuch.

Damals hatte sie noch nicht geahnt, wie alles zusammenhing.

SIEBEN

Vera Hüskens sah süß aus mit der neckischen Locke, die wie zufällig in ihre Stirn fiel. Wenn sie die Unterlippe vorschob und nach oben pustete, bewegte sich die Strähne leicht. Heute war ihr Tag mit ihrem Liebling. Ihr Smartphone hing griffbereit in der Hülle, deren Kordel sie um den Hals trug, solange sie sich durch die Wohnung bewegte. Mehrfach hatte sie kontrolliert, ob der Empfang stimmte, die Lautstärke hochgeregelt war, es blieb stumm. Vera Hüskens hatte den ganzen Morgen versucht, Victor zu erreichen, er antwortete einfach nicht auf ihre Nachrichten.

Die Moerser Fußgängerzone unter ihrem Fenster war bereits erwacht, die ersten Lieferwagen waren längst entladen, aus dem Geschäft für Dessous an der Ecke zur Burgstraße schauten ihr die Puppen in bunten BHs und passenden Slips entgegen. Ihren roten Einteiler für heute hatte sie dort erworben.

Es war Mittwoch, sie hatte, wie immer seit sie mit ihm zusammen war, ihren freien Tag, den sie gegen alle Argumente ihrer Kolleginnen verteidigte. Davor war es das lange Wochenende gewesen, das sie um keinen Preis aufgeben wollte, und niemand konnte nachvollziehen, wieso es nun der Mittwoch sein musste. Seit etwas mehr als einem Jahr ging das so, der Freitag war ihr plötzlich nicht mehr wichtig. Victor war eben nur mittwochs hier, der Vielbeschäftigte. Ihre Kolleginnen frotzelten ständig über die Tatsache, dass ihr Liebster nur an dem Tag im Land war. Egal, er war einfach ein Traummann, und sie war glücklich über die zwar eingeschränkte, jedoch dafür umso intensiver erlebte kurze Zeit.

»Mister Wednesday« nannte ihre beste Freundin ihn immer. Sie solle auf ihr Herz und auf ihr Konto aufpassen. Die konnte so misstrauisch sein. Oder war es Neid? Dass Vera den letzten Kurzurlaub, Samstag bis Montag im Jammertal, der Wellness-Hotelanlage in Datteln, bezahlt hatte, lag nur daran, dass er die

PIN-Nummer für die neue Karte vergessen hatte. Kein Wort darüber zu ihrer Freundin, sonst würde sie sich bestätigt fühlen und ihr auf den Geist gehen mit ihrem Misstrauen.

Seit dem Aufwachen hatte sie sich akribisch vorbereitet, Gesichtsmaske, duschen, die neckische Locke drehen, Make-up, epilieren, die Fingernägel würden noch eine Woche halten, den neuen Termin im Dream Nails Studio hatte sie schon vereinbart. Die Bluse hing gebügelt vor dem Schrank, das blaue Kostüm mit dem hautengen Rock, der ihm so gut gefiel, lag flusenfrei gebürstet auf dem Bügelbrett. Der rote Einteiler betonte ihre Figur, sie hakte ihn zu, musste lächeln bei dem Gedanken an den heutigen Abend, denn Victor liebte es, sie aus besonderer Wäsche zu pellen. Vera ließ die Strumpfhose über ihre Finger gleiten und schlüpfte hinein. Immer wieder fiel ihr Blick auf das Smartphone. Es war eindeutig funktionsbereit, nur meldete er sich nicht.

Victor liebte es, wenn sie Perlen trug, ihr schlanker, makelloser Hals sei wie dafür geschaffen, sie wählte die cremefarbenen, im gleichen Farbton wie die Bluse. Jetzt noch die Ohrstecker aus einzelnen Perlen, fertig. Victor mochte nur wenig Schmuck an den Fingern, ein Ring reichte, und an den Handgelenken sollte nichts baumeln. So ein Tingeltangel würde nur beim Händchenhalten stören.

Gerade als Vera Hüskens ihren kirschroten Lippenstift auflegte, schellte es. Das war er. Dieser Schelm, ohne sich anzukündigen. Bestimmt war sein Smartphone kaputt. Sie stellte sich vor, wie er es in der Hand hielt, schüttelte, ihr entsetzt entgegenhalten würde. »Die Technik hat mich verlassen, mein Hase.«

Schnell schlüpfte sie in die Pumps, ein letzter Blick in den Spiegel, dann drückte sie auf den Türöffner. Die Schritte auf der Treppe waren flott. Die Locke. Noch einmal zurechtzupfen. Es klopfte an der Wohnungstür, sie riss sie voller Energie und mit einem strahlenden Lächeln auf. Im nächsten Moment erstarrte ihr Gesicht. Vor der Tür stand ein junger Mann, den sie noch nie gesehen hatte. Ein Versicherungsvertreter?

Sie trat zurück und stellte sich halb hinter das Türblatt. »Ja bitte?«

Der junge Mann zog einen Dienstausweis aus seiner Hosentasche. »Burmeester, Kommissariat 1 in Wesel, sind Sie Frau Vera Hüskens?«

Sie nahm den Ausweis in die Hand und schaute sich beide Seiten an, er schien echt zu sein, sie reichte ihn zurück. »Ja, das bin ich.«

Sie wagte nicht zu fragen, wieso er bei ihr geschellt hatte. Es musste irgendwas passiert sein. Die Kripo kam doch immer schlechte Nachrichten überbringen. O Gott, Victor? Ihr wurde flau.

»Frau Hüskens, ist Ihnen nicht gut? Sollen wir reingehen, und Sie setzen sich eben?«

Sie nickte stumm, ging vor, er folgte ihr und schloss die Tür hinter sich. Vera Hüskens setzte sich auf die Sofakante, während er in der Küche auf die Schnelle einen Becher nahm und ihn mit Leitungswasser füllte.

»Trinken Sie einen Schluck.«

Sie schaute ihn an, nahm den Becher dankbar an, räusperte sich. »Warum sind Sie hier? Es ist etwas passiert, oder?«

Erst da schien Burmeester bewusst zu werden, wie es dieser Frau gerade gehen musste. Sie hatte jemand anderen erwartet, und plötzlich stand ein Kommissar vor der Tür, er musste schnell reagieren, um sie aus der aufsteigenden Furcht zu befreien.

»Ihr Name ist im Zusammenhang mit einem Mann, den Sie als Victor van Beversen kennen, aufgetaucht, und wir brauchen im Kommissariat Ihre Zeugenaussage, das ist alles. Gut, dass ich Sie hier antreffe, ich nehme Sie mit nach Wesel, dann haben Sie das ganz schnell hinter sich.«

Sie rappelte sich auf, aus ihrem Blick sprach nun mehr Unverständnis als Furcht. »Victor geht es gut?«

»Ja, ihm geht es gut, er ist auch in Wesel.«

Daher konnte er sich nicht melden, sie atmete auf. »Ist ihm etwas zugestoßen?«

»Wie man es nimmt. Also, er ist unverletzt, wenn Sie das meinen. Wir brauchen Ihre Aussage im Zusammenhang mit einer Straftat.«

»Klären Sie mich auf, warum sollte ich Sie begleiten?«

»Mehr kann ich nicht sagen, außer dass es um die Klärung von Sachverhalten um die Person Victor van Beversen geht.«

Vera Hüskens stand auf, straffte ihre Haltung und strich sich den engen Rock glatt, brachte den Becher in die Küche. »Wenn ich Victor helfen kann, dann ich begleite ich Sie selbstverständlich nach Wesel, Herr Burmeester. Worauf warten wir?«

Nachdem sie die Tür abgeschlossen hatte, ließ der Kommissar ihr den Vortritt. Sie schritt langsam durch das Treppenhaus, in dem sie einen gewissen Glanz und einen Hauch teuren Parfüms zurückließ.

Burmeester hatte an der Haagstraße geparkt, auf dem Weg dorthin passierten sie die Barbara-Buchhandlung, in der eine Freundin seiner Frau arbeitete, er blickte kurz durch das Schaufenster. Kaja hatte ihn bemerkt, und er ließ es sich nicht nehmen, zur Tür zu laufen.

»Nikolas, schön, dich zu sehen, und Frau Hüskens, guten Morgen.« Irritiert blickte sie von einer Person zur anderen.

Burmeester erkannte schlagartig, dass der Gruß durch das Schaufenster eine schlechte Idee gewesen war. Er lief mit einer attraktiven Frau vormittags in Moers herum, die offenbar Kundin der Buchhandlung war, und konnte der Freundin seiner Ehefrau nicht erklären, dass es sich um eine Zeugin in einer Strafsache handelte. Er ahnte, dass diese Beobachtung innerhalb der nächsten Stunde ausführlich kommuniziert werden würde.

»Hallo, äh, ich muss … bin dienstlich hier.«

Sie schwiegen auf der Fahrt nach Wesel, erst kurz bevor Burmeester das Fahrzeug auf dem Parkplatz der Kreispolizeibehörde an der Reeser Landstraße abstellte, atmete sie hörbar auf.

»Hauptsache, meinem Liebling geht es gut.«

Burmeester führte sie in das Gebäude. Auf dem Flur der fünften Etage standen mehrere Stühle, er bat sie, sich zu setzen. Sie nahm mit einem Stuhl Abstand Platz neben einer älteren Frau, sie grüßten sich wortlos und schauten geradeaus, während Burmeester hinter einer Tür verschwand.

***

Tom Weber lehnte sich in seinem Stuhl zurück, als seine Chefin den Raum zusammen mit Staatsanwalt Nilsson betrat. Dieser Mann füllte jeden Türrahmen.

Tom war stundenlang in seine Recherche vertieft gewesen und hatte nicht mitbekommen, was draußen auf dem Flur los war. Er fragte neugierig: »Sind die drei Frauen schon angekommen?«

Karin informierte ihn. »Vera Hüskens aus Moers und Hedwig Abelsmann aus Kleve sitzen auf dem Flur. Die beiden kennen sich nicht, so viel ist sicher. Gero ist noch unterwegs, um Carolina Steiger in Xanten abzuholen, die Frau für Victor van Beversens Donnerstage lebt dort. Schlaphysen wartet bereits im Befragungsraum und weiß nichts von seinem Glück, nachher allen dreien gleichzeitig zu begegnen.«

Sie wies mit dem Kopf auf einen Packen Papiere auf Toms Schreibtisch. »Was hast du herausgefunden?«

»Heiratsschwindel. Was sich so lapidar anhört, ist eine sehr ernste Betrugsmasche in unserer Gesellschaft, in allen Schichten zu finden und mittlerweile so komplex, das ahnst du nicht, wenn du nicht betroffen bist oder dich da mal reinarbeitest. Die Kollegin Geißler vom Dezernat Betrug hat mir eine Menge Material geschickt und war offen für meine Fragen.«

Karin lachte laut. »Ach, da ist diese Schlampe gelandet. Passt, das ist ihr Thema, da kann sie mitreden, zumindest beim Betrug.«

Zwei Augenpaare schauten sie ungläubig an, sie stand auf und blickte aus dem Fenster, sprach mit dem Rücken zu den Männern.

»Hauptkommissarin Jessica Geißler war eine von den Frauen, mit denen mein erster Gatte mich betrogen hat. Irgendwann, nach einer Pressekonferenz, hat sie mich am Kaffeeautomaten abgepasst und mir zugeflüstert, es würde ja wohl in unserer Ehe etwas nicht stimmen. Wer in der Beziehung nicht bekommt, was er braucht, findet es woanders.«

Karin drehte sich um und lächelte. »Da habe ich ihr den heißen Kaffee, den ich gerade frisch gezogen hatte, in einem plötzlich auftretenden Schwächeanfall in die Bluse gekippt. Und die hatte einen Ausschnitt, da passte der ganze Becher rein, das sage ich euch. Dieser Akt gehört zu den wenigen, für die ich mich offiziell entschuldigt habe, es jedoch nicht so meinte.«

Nilsson reagierte amüsiert und mit anerkennend hochgerecktem Daumen. »Respekt, das hätte ich dir gar nicht zugetraut.«

Karin setzte sich lachend wieder neben den Staatsanwalt. »Nenn es die Vendetta einer Niederrheinerin. Wie Frauen ticken, ist auch für mich in vielen Situationen nicht durchschaubar.«

Tom holte die Anwesenden zurück ins Thema. »Frauen und Männer, da läuft einiges schief. Da wird auf allen Medienkanälen gesucht und gefunden, da wird aber auch nach Strich und Faden gelogen und betrogen. Von den Menschen, die eine Suche erfolgreich und zufrieden beendet haben, da hört und liest man nichts, außer in der Statistik von offiziellen Partnervermittlungsbörsen. Von denen, die betrogen werden, zeigt nur ein kleiner Teil den Täter oder die Täterin an. Der Rest bleibt schamhaft im Verborgenen. Was der Schlaphysen macht, ist im Grunde nicht strafbar, solange keine der Frauen ein Eheversprechen von ihm erhält oder er die Frauen zu Handlungen gegen ihren Willen zwingt, zur Zahlung bestimmter Geldsummen erpresst, zur Veräußerung ihrer Wertbestände oder zum Verkauf von Immobilien drängt.«

Nilsson unterbrach. »Das ist richtig. Über moralische Werte und Grenzen können wir nicht urteilen, hier geht es, wenn überhaupt, immer um materielle Werte in den strafrechtlich verfolgbaren Bereichen Betrug, Erpressung, Raub, schwerer Raub bis hin zu psychischer Gewalt oder Körperverletzung. Selten gibt es Ermittlungen zu Mord oder Totschlag, wer tötet schon die Quelle, die ein sattes Leben ermöglicht, die einen quasi im Gegenzug für Liebe mit Wohlstand speist?«

Karin fragte nach, ob eine Überprüfung der Konten von Beate Heuwels stattgefunden hätte, Tom schaute in seine Dateien.

»Ja, und in der Tat hat sie immer wieder größere Beträge abgehoben. Nie ist etwas an Schlaphysen überwiesen worden. Das ging ja auch gar nicht, denn da wäre sein richtiger Name aufgetaucht. Und er selber wäre bei Überprüfungen durch das Jobcenter in Erklärungsnot geraten, denn Einkünfte und Zuwendungen müssen ja gemeldet werden. Bei Frau Heuwels ging es immer um Bargeld. In anderen Fällen, die ich recherchiert habe, wurden wertvolle Gemälde veräußert oder Immobilien plötzlich überschrieben, um kurze Zeit später verkauft zu werden. Das geht so weit, dass, meistens Frauen, ihr gesamtes Vermögen für angeblich lukrative Geschäfte zur Verfügung stellen und plötzlich vor dem Nichts stehen, weil sie zum Beispiel nie in die neue Eigentumswohnung einziehen, sondern ohne Rücklagen in der alten Mietwohnung bleiben, wenn die nicht schon gekündigt ist. In einem Podcast von Steffi Neu im WDR berichtet eine Frau, dass ihr nach der Trennung von einem Betrüger eine Jacke, die Kleidung am Körper und ihr Laptop geblieben waren. Wenn du dann nicht, wie in deren Fall, Freunde hast, die dich aufnehmen, dann landest du in der Obdachlosigkeit.«

Karin meldete sich vehement zu Wort. »Wie soll das denn laufen? Auf einen untreuen Windhund wie meinen Ex-Gatten reinzufallen ist noch eine andere Nummer, aber man entscheidet doch über so wichtige Veränderungen gemeinsam. Okay, dass es immer noch Frauen gibt, die sich die geschäftlichen Dinge aus der Hand nehmen lassen, das ist mir bekannt, aber Immobilienverkauf oder -erwerb, da gibt es doch Notartermine, da werden Unterschriften gebraucht.«

Tom wies auf ein Papier, das er ihr über den Tisch schob. »Nichts gegen Frauen, aber wo die Liebe hinfällt und ein tiefes Vertrauen ergaunert wurde, da überlässt man dem Liebling offenbar selbst große Geldbeträge für Investitionen in die gemeinsame Zukunft. Es läuft ab wie in anderen toxischen Beziehungen. Zuerst ist da grenzenlose Liebe, dann das Vertrauen, das die Frau nicht hinterfragt, und dann folgt die bedingungslose Kapitulation. Da heißt es dann plötzlich ›Vertraust du mir nicht?‹ oder ›Ich habe immer geglaubt, dass wir uns bedingungslos lieben, überlass das mal mir‹.«

Es wurde still in der kleinen Runde, Tom fuhr fort.

»Es gipfelt in der Implantation von Selbstzweifeln. Da wird dem Gegenüber die Schuld an der Störung der Harmonie eingeredet, du bist schuld, dass es Unstimmigkeiten gibt, dass wir uns über Belanglosigkeiten streiten. Da vorher alles harmonisch und traumhaft schön war, soll dieses Gefühl nicht beeinträchtigt werden, es soll nicht weggehen. Und an dem Punkt stehen viele Frauen mit dem Rücken zur Wand und lassen die Männer machen, unterschreiben blind, stellen Vollmachten aus. Und, wie gesagt, das geht auch umgekehrt, auch Frauen nehmen Männer aus.«

Nilsson resümierte. »Im Klartext heißt das, wenn es keine weiteren Anhaltspunkte mehr gibt, um Schlaphysens Anwesenheit am gestrigen Vormittag in Wesel nachzuweisen, dann müssen wir ihn laufen lassen. Und wenn keine der Frauen, die ihr gerade einsammelt, ihn des Bruchs eines Eheversprechens bezichtigt oder ihn gar anzeigt, dann ist er nicht einmal ein Fall für Jessica Geißler vom Betrug.«

Karin warf Toms Papier zurück auf den Schreibtisch, es wehte an ihm vorbei zu Boden.

»Pardon, zu weit geflogen. Ich bin echt aufgebracht und muss eben kurz sortieren. Wir haben eine Tote, die Besuch von einem Beziehungsschwindler, ich nenne ihn mal so, erwartete, der aber nach eigenen Angaben zu dem Zeitpunkt mit einer Magen-Darm-Geschichte in Winterswick in seinem Bett lag. Per Zufall haben wir entdeckt, dass das Opfer nicht die einzige Frau in seiner aktuellen Beziehungswelt war. Wie soll ich sie bezeichnen? War sie eine zeitlich eingeschränkte Lebensabschnittsgefährtin? Die Dienstagsfrau im Harem? Obwohl der Begriff auch nicht stimmig ist, denn die Frauen eines Harems kennen sich und wissen voneinander.«

Karin fuhr sich mit den Fingern durchs Haar, schaute nach einem tiefen Atemzug Staatsanwalt Nilsson und Hauptkommissar Weber abwechselnd an. »Warten wir ab, was die nächsten Stunden bringen.«

Sie stand auf und ging zur Tür, drehte sich noch einmal um. »Ich bin gespannt auf Victors Hasensammlung.«

***

Bei wertfreier Betrachtung dessen, was Gero von Aha innerhalb einer Stunde mit Carolina Steiger erlebt hatte, wurde ihm klar, dass diese Frau auf dem Markt der Beziehungen so schnell keinen seriösen Mann finden würde. Sie war eine Frau Anfang fünfzig mit einer Frisur, die ständigen Nachschnitts bedurfte, schien an mehreren Stellen die Dienste von Schönheitschirurgen in Anspruch genommen zu haben und bot von allem zu viel. Der knallrote Lippenstift bedeckte aufgespritzte Lippen, die wie Fremdkörper wirkten, ihre Stirn war regungslos. Gesicht und Dekolleté – und was für eins, bestimmt war die Brustvergrößerungs-OP teuer gewesen, denn so etwas gab es en nature garantiert nicht – waren von einer dicken Schicht Make-up bedeckt. Viele Label prangten an der Kleidung, die auf Herkunft und Preis hinwiesen, zu viel Schmuck am Hals, an beiden Handgelenken und mehreren Fingern und, nicht zu vergessen, an den Ohrläppchen.

Ein Weib der Superlative, ging es dem Hauptkommissar durch den Kopf, als er in der Diele ihres Hauses, einem opulenten Neubau in der Xantener Beek, auf sie wartete. Selbst die Möblierung sprach Bände, und draußen parkte sein neues E-Auto zwischen kahlen, ebenen Kiesflächen, auf denen zwei Kübel mit haushohen Palmen deplatziert ihr Dasein fristeten.

Er hatte gegoogelt, bevor er hergefahren war. Die Frau hatte zwei wohlhabende Ehemänner beerbt und lebte eine Art niederrheinisches Jetset-Leben mit Segelboot auf der Xantener

Nordsee, Haus auf Sylt und immer neuen Fotos auf ihrer frei zugänglichen Facebook-Seite und mit Tausenden von Followern auf Instagram, wo man bestimmt auch die anstehende Fahrt in seinem Wagen entdeckt hätte, wenn er nicht sofort einen Riegel vor ihren Umgang mit dem Smartphone geschoben hätte. Als er sich gerade vorgestellt hatte, wollte sie schon ein Selfie von dem Hauptkommissar und sich selbst schießen. Zack, wäre sein Konterfei neben ihr im Netz gelandet.

»Ich untersage Ihnen jegliche Berichterstattung in den sozialen Medien. Wir haben Fragen in Bezug auf ein Tötungsdelikt an Sie und einen Ihrer Freunde, das bleibt momentan alles aus ermittlungstechnischen Gründen unter Verschluss. Haben Sie mich verstanden?«

Nach seiner Ansage stand sie sekundenlang dicht vor ihm und lächelte ihn nur an. Er ließ sich nicht weiter beeindrucken, auch nicht von dem Duft, den ihr Parfüm verströmte.

»Frau Steiger, schaffen wir es, ohne Aufsehen nach Wesel zum Kommissariat 1 zu fahren, oder muss ich eine Streife herbeordern, die Sie dort hinbringt?«

Sie bot ihm ein langes Zwinkern mit einer leichten Kopfbewegung, die die Treppe hinaufwies. »Es geht doch nicht um meinen Victor-Liebling?«

»Um genau den geht es.«

Mit ziemlich übertriebener Sorge im faltenlosen Gesicht stieß sie einen kleinen Schrei aus. »Ihm ist doch nichts geschehen, oder? Die Kriminalpolizei überbringt doch immer Todesnachrichten, wenn sie nicht gerade jemanden verhaftet.«

»Nein, ihm geht es gut. Und manchmal holen wir einfach nur Menschen zu Befragungen ab, so geht es schneller.«

»Muss ich überhaupt dorthin, Herr Hauptkommissar?«

»Sie haben die Wahl zwischen meiner Begleitung und zwei Uniformierten, bitte entscheiden Sie sich. Schnell.«

Sie reagierte gespielt schockiert. »Da wird er aber ungemütlich, der Hauptkommissar, ogottogott, da fürchte ich mich aber. Ich geh mich nur kurz frisch machen.«

So verschwand sie, mit schwankenden Hüften und Blicken über die Schulter, auf der offenen Treppe, und seit zehn Minuten wartete er nun in dieser Diele, die vor teuren Geschmacklosigkeiten nur so strotzte. Da gab es eine lebensgroße Skulptur zwei erotisch ineinander verschlungener Menschen und einen Spiegel mit breitem Holzrahmen, auf dem bunte Putten prangten. Daneben hing ein präparierter Zebrakopf, der die schwarz-weißen Bodenfliesen farblich aufnahm.

Als sie weitere zehn Minuten später neben ihm im Wagen saß, überkam ihn die ungute Ahnung, dass sein leise surrender Škoda Enyaq noch lange nach ihr riechen würde. Wie sollte er Marlene diese olfaktorische Belästigung erklären? Verschämt öffnete er die Seitenfenster, als sie auf der B 57 an der Ampel standen, an der es links nach Wesel ging.

»Sie wollen wohl, dass ich mich erkälte, bitte schließen Sie das Fenster.«

Was sollte er da machen? Fenster zu und durch.

Auf der Fahrt bis zur Rheinbrücke wollte sie ihn ausfragen über das Warum und Wie, sie ließ nicht locker, bis er den Spieß umdrehte und ihr Fragen zu ihrer Beziehung zu Schlaphysen alias Victor van Beversen stellte.

»Wie haben Sie Herrn van Beversen kennengelernt?«

»Meinen Liebling? Der ist mir über den Weg gelaufen. Das war mal was anderes. Sonst antworte ich schon mal auf Annoncen.«

Wundert mich gar nicht, dachte Gero von Aha, während sie in sich hinein lächelte und andeutete, er habe sie fast umgelaufen.

Aus purem Zufall, dachte von Aha und musste sich ein Schmunzeln verkneifen. Sie fragte, wie er an ihre Adresse gekommen sei, ob Victor sie preisgegeben habe.

»Nein, das war Ihr Telefonanbieter, wir haben Sie über die Auswertung seines Smartphones gefunden.«

Da wurde sie plötzlich ganz still, bevor sie leise fragte, ob da etwa jemand ihren Chat gelesen hätte.

»Das bleibt in solchen Fällen nicht aus.«

Sie schob ihre Hand unter den Gurt, der ihren riesigen Busen zu straff zu umspannen schien.

»Da kommt hoffentlich nichts an die Öffentlichkeit? Victor ist der einzige Mensch in meinem Umfeld, der bei Instagram und Facebook nicht vorkommt, da hat er drauf bestanden.«

Mit kleiner Verzögerung fügte sie hinzu, dass sie ihm versprochen habe, sich daran zu halten, sie wolle ihn schließlich nicht verlieren.

Kein Wunder, ging es von Aha durch den Kopf, der will ja unerkannt bleiben, um auch in Zukunft Goldhühner und -hasen auszunehmen.

Carolina Steiger ließ sich im Gebäude der Kreispolizeibehörde Wesel jede Tür von ihm öffnen und schritt wie die Königin der Flach-Journaille auf den Flur des K1, betrachtete die beiden Frauen, die dort saßen, mit abschätzigem Blick und hockte sich mit widerwilligem Gesichtsausdruck zwischen die beiden, die sie anstarrten wie ein Wesen von einem fremden Stern.

Gero von Aha ging weiter zu Karin Kraffts Büro, trat ein, schloss die Tür hinter sich und flüsterte ihr zu: »Ich habe die Gräfin Carolina Steiger, Gefährtin Nummer drei des Herrn van Beversen, mitgebracht, sie empfindet das Warten auf dem Flur als Zumutung. Wir sollten zur Befragung schreiten, bevor sie in Ohnmacht fällt. Hast du für alle Fälle ein Fläschchen Riechsalz parat?«

Karin schmunzelte. »So schlimm?«

»Wenn du mich fragst, dann ist sie ein hoffnungsloser Fall von Nicht-wahrhaben-Können, dass Frau älter wird. Die ist operiert, aufgespritzt und aufgetakelt, ein Fall von wohlhabender Einsamkeit. Unterschiedlicher als die drei auf dem Flur können Frauen nicht sein, und wenn man die Tote von gestern dazunimmt, dann kommt man zu dem Ergebnis, dass Schlaphysen völlig egal ist, wen er umschwärmt. Hauptsache Geld.«

Karin nahm ihre Unterlagen zur Hand und stand auf. »Dann wollen wir mal. Ich gehe in den Befragungsraum zu Schlaphysen, der hat jetzt lange genug gewartet. Wenn er gesteht, lassen wir ihn abführen, wenn es stagniert, müssen wir ihn laufen lassen, in beiden Fällen verlasse ich zuerst den Raum, um mir die Reaktion der drei Ladys anzuschauen. Auf zur Hasenparade.«

***

»Nein, nein, nein, das stimmt doch alles gar nicht. Ich habe keiner einzigen Frau die Ehe versprochen, und niemals habe ich eine dazu gezwungen, mir Geld zu geben. Das kann mir niemand vorwerfen. Wenn eine so etwas sagt, dann lügt sie. Glauben Sie mir, ich verlange nichts, die Frauen legen manchmal Geld für mich aus, bezahlen die eine oder andere Rechnung, aber immer von selber, völlig freiwillig.«

Schlaphysen wirkte aufgebracht, sein Gesicht wurde blass, er atmete flach, Karin Krafft bot ihm ein Glas Wasser an, das er in einem Zug leerte.

»Erklären Sie mir die Strategie von Victor van Beversen und beschreiben Sie Ihr Verhältnis zu Beate Heuwels.«

»Wie kann man als Frau so hart sein wie Sie? Hase, ich meine Beate, lebt nicht mehr, und ich bin traurig, und Sie wollen, dass ich über sie rede.«

Karin lehnte sich zurück. »Natürlich will ich wissen, wie Ihr Verhältnis zu Beate Heuwels aussah. Sie ist auf bestialische Art umgebracht worden, und Ihre Fingerabdrücke befinden sich in der Wohnung. Vielleicht sind Sie sich dessen noch nicht bewusst, aber Sie sind momentan als hauptverdächtig eingestuft.«

»Ich lag doch gestern im Bett.«

»Sie kamen ganz munter in das Eiscafé, da wirkten Sie ganz und gar nicht bettlägerig.«

Schlaphysen sank in sich zusammen, seine Stimme klang weinerlich.

»Ich habe am Montag ein Präparat in der Einhorn-Apotheke gekauft. Die nette Apothekerin kann sich doch bestimmt an mich erinnern. Montagmorgen war das, ich hatte die ganze Nacht kaum geschlafen und bin ständig gependelt zwischen Bett und

Toilette. Die Frau hat mich angeschaut und gesehen, dass es mir nicht gut ging. Ich habe ihr gesagt, wie ich die Nacht verbracht habe, und sie hat mir Perenterol forte empfohlen, schwarzen Tee, lange durchgezogen, und Zwieback. Ich sollte mich schonen und besser im Bett bleiben. Und das habe ich gemacht. Das Präparat wirkt gut, aber ich war so erschöpft, dass ich den Dienstagmorgen verschlafen habe.«

Resigniert schaute er zu Boden.

»Da Sie ja mein Smartphone konfisziert und garantiert schon meine Chats gelesen haben, wissen Sie doch, wann ich es gestern zum ersten Mal in Betrieb genommen habe. Suchen Sie einfach mal einen Tag, an dem Ähnliches zu beobachten war. Da werden Sie nichts finden. Ich lese sonst jeden Morgen als Erstes die persönlichen Botschaften, in denen Sie herumgestöbert haben, und schaue danach in die Web-Nachrichten. Man muss auf dem Laufenden bleiben, um mitreden zu können. Der gestrige Morgen war eine Ausnahme, weil ich krank im Bett gelegen habe.«

»Der gestrige Morgen war auch in anderer Hinsicht eine Ausnahme«, bemerkte Karin. »Und ausgerechnet da wollen Sie krank gewesen sein? Das glaube ich nicht.«

»Bitte fragen Sie in der Apotheke nach. Die finden Sie fast neben dem Eiscafé, ist nicht zu verfehlen. Ich bin am Montagvormittag dort gewesen, schon ziemlich blass und kraftlos. Die Angestellte ist rotblond, um die vierzig, mit klar lackierten, gepflegten Fingernägeln und einer Kette mit Karneolperlen. Um das linke Handgelenk hatte sie einen Fitness-Tracker, mehr weiß ich nicht. Ach ja, doch, ein Detail kann ich noch hinzufügen, sie hat ein Muttermal oberhalb vom rechten Schlüsselbein.«

Er lehnte sich mit verschränkten Armen und einem siegessicheren Lächeln zurück. »Jetzt sind Sie an der Reihe, Frau Hauptkommissarin.«

***

Gero von Aha und Jerry Patalon begegneten sich auf dem Flur und liefen schweigend an den drei Wartenden vorbei zur Teeküche. Fragende Blicke verfolgten ihre Schritte, ohne dass die Frauen miteinander sprachen. Die beiden Hauptkommissare strebten eilig in den kleinen offenen Raum, beide mit dem Wunsch, in einer kurzen Pause einen Kaffee zu genießen.

Hinter einem Stück Wand verborgen wies Jerry mit dem Kopf auf die Kleingruppe, von Aha hielt den Zeigefinger vor die Lippen. Da die Damen in Hörweite saßen, beschränkte sich die verbale Kommunikation der Männer nun auf ein Minimum.

»Kaffee?«

»Klar.«

»Pur?«

»Wie immer, du machst den besten.«

Gero von Aha fühlte sich gebauchpinselt, wenn jemand seinen Kaffee lobte, dieses Gefühl würde Ewigkeiten halten. »Weißt du, diese Maschine –«

Jerry unterbrach ihn lächelnd. »… macht den besten Kaffee der Welt, ich weiß.«

Der imposante Automat mahlte, brodelte, piepte, und nach dem ersten Becher erfüllten die Aromen teuren italienischen Kaffees nicht nur diese funktionale Ecke, während es in dem Gerät für einen zweiten Becher rumorte. Weiter ging es mit der minimalen Kommunikation. Von Aha wies auf den Flur.

»Zu dir oder zu mir?«

»Zu mir.«

Wieder auf dem Flur, trafen die fragenden Blicke der Frauen die beiden Männer, Gero von Aha stellte sich in Pose. »Es geht bald weiter, meine Damen, haben Sie bitte noch etwas Geduld.«

Sie hatten sich für Jerrys Büro entschieden, von Aha war dafür berüchtigt, seinen Raum mit Arbeitsmaterial zu füllen, da er »Alles-im-Blick-haben« sehr wörtlich nahm. Jerry arbeitete strukturiert, und das Einzige, was in seinem Büro die Blicke auf sich zog, war ein Bild mit ihm inmitten einer Gruppe unterschiedlich großer Menschen seiner Hautfarbe unter Palmen, im

Hintergrund leuchtete das türkisfarbene Meer. Jerry hockte sich hinter den Schreibtisch.

Von Ahas Blick fiel wieder einmal auf das Foto. »Hast du je bereut, nicht dort auf Haiti aufgewachsen zu sein?«

Jerry verneinte. »Ich würde vermutlich Jahr um Jahr Zuckerrohr anpflanzen, meine Hütte wäre durch die Hurrikans der letzten Jahre immer wieder zerstört worden, ich würde mit einer vielköpfigen Familie am Minimum leben. Es ist gut, so wie es ist, sonst könnte ich mein Dorf auch nicht unterstützen.«

Nach einem weiteren Schluck Kaffee ließ sich Jerry schildern, welche Eindrücke von Aha bei der Abholung von Carolina Steiger gesammelt hatte. Der berichtete in schillernden Farben von der opulenten Einrichtung und dem neureichen, extrovertierten Gehabe. »Sie fühlt sich unwiderstehlich. Aber sag mal, Hedwig Abelsmann fällt ja wesentlich krasser aus dem Rahmen.«

Jerry leerte seinen Becher und stellte ihn ab. »Ja, ich habe zunächst nicht nachvollziehen können, wie diese Frau in Schlaphysens Fänge geraten ist. Mit fünfundsiebzig Jahren ist sie die Älteste in seiner Hasenfalle. Nur wegen ihm habe sie sich ein Smartphone angeschafft und diese moderne Art der Nachrichtenübermittlung erlernt.«

»Und? Wo lebt sie in Kleve?«

»Du wirst es nicht glauben, sie residiert am Stadtforst auf der Grenzallee in einem herrschaftlichen alten Haus mit mindestens dreihundert Quadratmetern Wohnfläche.«

Jerry wies hinter sich zur Wand. »In der Villa könnte das ganze Dorf meiner Herkunft leben, und sie sitzt dort alleine wie eine alte Königin zwischen ergrauenden Textiltapeten, Ölgemälden und Antiquitäten. Alles bei ihr ist stil- und wertvoll, abgesehen von der Kleidung, die sie trägt. Aber schau sie dir an, mit natürlicher Anmut trägt sie ihr Alter genauso offen zur Schau wie das verwaschene Twinset und den karierten Tweedrock. Ihre unmodernen Schuhe wird sie erst aussortieren, wenn das Oberleder zerschlissen ist. An ihrer Garderobe hängen ausgebeulte Jacken, manche davon mit Lederflicken auf dem Ellenbogen –«

Von Aha unterbrach ihn flott. »Ah, das kann unser Staatsanwalt auch, ›Mütze‹ trägt ebenfalls ungeniert Geflicktes.«

»Ja, aber der hat für seine besondere Konfektionsgröße auch nicht so viel Auswahl. Frau Abelsmann ist sparsam bis knauserig, die schafft sich nichts Neues mehr an. Oder sie ist tatsächlich verarmt.«

»Wie passt das zusammen mit Victors Absichten, vom Vermögen der Frauen zu leben?«

»Das habe ich mich auch gefragt. Und dann habe ich in ihrer Diele, die die Bezeichnung redlich verdient, zwei helle Flecken an der Wand entdeckt. Man hat versucht, sie durch die Platzierung des Garderobenständers zu kaschieren, was den Blicken eines Kriminalbeamten nicht entgeht. Im ganzen übrigen Vorraum hängen alte, massiv gerahmte Ölgemälde in der ungefähren Größe dieser hellen Flecken.«

»Du meinst, zwei Bilder sind verkauft worden?«

»Verkauft oder versteigert, denn was da hängt, hat bestimmt Wert. Ich habe gegoogelt und herausgefunden, dass Abelsmann ein alteingesessener Name mit Familienwappen ist. Zur Zeit ihrer Großeltern haben sich da oben an der niederländischen Grenze Adel und Großgrundbesitz vermählt, man gehört seit Generationen zur guten Gesellschaft in Kleve. Daher werden viele der alten Stücke ziemlich wertvoll sein.«

Die beiden Männer schwiegen nachdenklich, Gero von Aha zog seine Stirn in Falten. »Wie gerät so eine Dame an einen Windhund wie Schlaphysen?«

»Auf der Fahrt hierher, die ihr übrigens furchtbar peinlich war, hat sie mir berichtet, wie sie sich kennengelernt haben. Sie gönnt sich offenbar im besten Café des Ortes immer eine Tasse Kaffee, nachdem sie bei ihrem Hausarzt in der Innenstadt einen Termin wahrgenommen hat. Das Café Wanders ist ein Traditionshaus in der Klever Fußgängerzone, und sie hat ihren Stammplatz am Fenster in der oberen Etage. Eine Tasse Kaffee. Niemals mehr. Er habe ihr von unten, von der Kavarinerstraße aus, zugelächelt, sei dann heraufgekommen und habe sich sofort dafür entschuldigt, dass er sie von draußen mit einer anderen Bekannten verwechselt habe. Er habe sich an einen Nebentisch gesetzt. So seien sie ins Gespräch gekommen, man habe sich immer wieder verabredet.«

Von Aha unterbrach Jerrys Schilderung. Er konnte sich nicht vorstellen, dass diese Frau in der abgetragenen Kleidung van Beversen auf den ersten Blick interessiert hatte. »Der braucht doch Geld. Und so wie sie da auf dem Flur sitzt, könnte man eher auf die Idee kommen, dass sie Unterstützung braucht.«

»Dann hast du nicht genau hingeschaut. Ihre Kleidung ist alt, ja. Und der wenige Schmuck, den sie trägt, ist auch nicht neu. Der stammt garantiert aus Familienbesitz und ist so wertvoll wie die ganze Einrichtung ihrer Villa. Und genau das wird Victor van Beversen bei der ersten Begegnung erkannt haben, sonst hätte er sich garantiert nicht auf weitere Treffen eingelassen.« Jerry beugte sich über den Tisch. »Frau Abelsmann betonte übrigens mehrmals, dass ihre Freundschaft zu dem Herrn rein platonischer Natur sei. Sie bezeichnete ihn als Ehrenmann, anständig, hilfsbereit und vertrauenswürdig. Sie hat keine Ahnung, worum es hier geht.«

Gero von Aha schnappte sich die leeren Kaffeebecher und stand auf, strebte zur Tür. »Von Victor van Beversens unfairem Spiel ahnt keine der drei Frauen etwas.«

ACHT

Neun Monate zuvor

Im Club der Teufelsweiber hatten nicht nur vom Leben an sich und manchen Männern im Speziellen enttäuschte Frauenseelen zusammengefunden, dort fanden sich auch Kämpferinnen mit Geschick, Kalkül und professionellen PC-Kenntnissen. Eine Cloud war eingerichtet worden, es wurden Suchmaschinen genutzt, Dateien erstellt, und eine eigene sachliche Webseite war inzwischen bereit, ans Netz zu gehen.

Das nächste Treffen im Café Crème startete nun mit einer Tagesordnung und der Wahl Doras zur Sprecherin. Das Wort Vorstand war den anwesenden Damen zu markant männlich. Gab es den Begriff Vorständin? Hieß es nicht immer: die Frau an der Vorstandsspitze? Egal, Dora nahm die Wahl an.

»Ja, danke, lasst uns schauen, was wir erreichen. Euch ist klar, dass das keine Sache von ein oder zwei Monaten ist, sondern dass wir über einen langen Zeitraum an unserer Aufgabe arbeiten müssen, um das System und auch die Schräglage in manchen Männerköpfen grundlegend zu sanieren?«

Einverständnis.

Sie wurden sich noch einmal einig darüber, dass der Club keine feministische Kaffeerunde sein sollte, dass durchaus auch der eine oder andere Teufel hinzukommen könnte, der ähnliche Erfahrungen gesammelt hatte, und dass sie sich nicht als »männerfeindliche Emanzen« darstellen wollten.

»Sachlichkeit ist das A und O. Hier in unserer Runde besteht die Möglichkeit, sich ganz emotional zu öffnen, aber in unseren Auftritten im Netz bleiben wir so sachlich wie möglich. Bitte keine Hasskommentare unter Fotos posten und auch keine Drohungen oder Vermutungen in die Welt setzen. Bleibt im Rahmen der Fakten, die uns bekannt sind. Und wenn ein Name bekannt ist, unter dem sich ein Mann in das Herz einer Frau geschlichen hat, dann wird dieser Name auch veröffentlicht.«

Sie demonstrierten ihre Zustimmung durch Klopfen auf die Tischplatte, den knappen freien Platz zwischen Gedecken mit französischen Leckerbissen, den tiefen Kaffeeschalen, Laptops und Tablets nutzend. Inge meldete sich zu Wort.

»Was ist mit den Handynummern und E-Mail-Adressen aus Inseraten, da gibt es auch eine Menge schwarzer Schafe. Du meldest dich per WhatsApp und stellst nach kurzer Zeit fest, dass es keinen echten Dialog gibt. Der will ein Foto von dir und sendet ansonsten vorgefertigte Phrasen, geht selber auf keine Frage ein, stellt aber welche und schickt andauernd Emoji-Rosen. Da kommst du dir ziemlich blöd vor, okay, nicht ausgeraubt und hintergangen, aber zumindest verarscht.«

Dora wurde neugierig. »Ist es dir so ergangen?«

»Nein, einer Freundin von mir … Ja, doch. Ich melde mich schon nicht mehr auf angegebene Mobilnummern, das geht meist daneben. Ich antworte auch nicht mehr per Chiffre, da wird auch immer nach einem Foto gefragt. Ich weiß doch nicht, was der Mann am anderen Ende mit dem Foto macht.«

»Hast du die Nummern noch gespeichert?«

»Nein, die habe ich gelöscht und blockiert.«

Birgit berichtete von einem Mann, der sich immer nur an einem bestimmten Wochentag mit ihr treffen wollte.

»Stellt euch vor, da ist einer, charmant, gut aussehend, also kein Beau, aber sehr vorzeigbar, und dann rückt er ziemlich flott damit raus, dass er immer nur am Donnerstag in der Gegend ist, fragt, ob du es schaffst, dir den Tag für die Begegnung mit ihm freizuhalten. Krass, oder? Der war so nett, dass ich tatsächlich darüber nachgedacht habe, ob das funktionieren könnte. Eine Donnerstag-Beziehung aus einer Partnerbörse, in der Männer und Frauen sich kostenlos registrieren können.«

Inge und Vanessa meldeten sich zu Wort.

»Der war doch auch nicht echt, oder?«

»So was Blödes, wer fällt denn darauf rein?«

Birgit gab sich pikiert. »Na, so durchschnittlich intelligente Frauen wie ich, die auf der Suche nach einem Partner sind, die fallen zum Beispiel auf solche Kerle rein.«

Dora griff ein. »Beruhige dich, so war das nicht gemeint. Es gibt ja völlig individuelle Ansichten zum Thema Partnerschaft und wie oft man sich sieht. Zusammenziehen oder nicht, gemeinsamer Urlaub oder nicht, da ist doch heutzutage alles drin. Birgit, was hat dich davon abgehalten, seinem Vorschlag zuzustimmen?«

Diese ließ sich zunächst ein Macaron auf der Zunge zergehen, bevor sie antwortete. »Die Entscheidung fiel ganz schnell, nachdem ich den Mann zufällig mit einer Frau durch Moers laufen sah. Ich bin den beiden hinterhergegangen. Das sah zunächst nicht nach Beziehung aus, er und sie nah beieinander, aber nicht eng. Sie betraten das Modehaus Braun und fuhren über die Rolltreppen in die Herrenabteilung. Ich stand hinter Kleiderständern und beobachtete die beiden. Sie setzte sich, ein Verkäufer brachte Anzüge, überprüfte den Sitz, er verschwand immer wieder in der Umkleidekabine, und sie gab dem Verkäufer Anweisungen, was er aussuchen sollte.«

Inge schmunzelte. »Die klassische Situation, Frau und Mann im Modehaus, der Fachmann berät sich mit ihr darüber, was ihm steht.«

Birgit fuhr fort. »Das ist ja noch nicht alles. Drei Anzüge mit passenden Hemden hatte er ausgesucht, sie fuhren hinunter zur Zentralkasse, und was meint ihr? Seine Karte funktionierte anscheinend nicht, da zückte sie, ganz die großzügige Frau, ohne Diskussion oder Absprache ihre Karte und bezahlte den ganzen Rummel, woraufhin er sie herzlich küsste und beide mit großen Tüten Arm in Arm das Kaufhaus verließen. Wisst ihr, was gute Anzüge in einem Haus mit Namen kosten?«

Dora fragte nach dem Fazit, wie Birgit denn nun reagiert hätte.

»Ich habe mich wieder mit ihm verabredet, und wisst ihr was? Der hatte die Chuzpe, am nächsten Tag in einem der Anzüge zu erscheinen, die diese Frau ihm in Moers gekauft hatte. Wo er denn am Vortag gewesen sei, fragte ich ihn, sein Leben würde mich interessieren. Er sei erst spät in der Nacht von einem Meeting in Frankfurt zurückgekommen. Business, aber der Schlaf im eigenen Bett sei ihm so wichtig. Da war für mich klar, dass er lügen konnte, ohne rot zu werden. Ich saß ihm gegenüber, sprachlos, und tupfte mir mit der Serviette sehr lange und intensiv die Lippen ab, um keine Gelegenheit zu haben, ihn mitten im Restaurant zu beschimpfen. Die Rechnung überließ ich ihm. Da funktionierte seine Karte. Das wird sich im Laufe der Zeit ändern, dachte ich.«

Birgit nahm einen Schluck Kaffee, lächelte, als sie weitererzählte.

»Das war der letzte Donnerstag mit dem Mann, der sich mittwochs von einer anderen Frau Bekleidung spendieren ließ. Da wir uns bis zu diesem Zeitpunkt nur in der Öffentlichkeit getroffen hatten, war es leicht. Ich brauchte ihn nur völlig kommentarlos aus meinen Kontaktdaten zu löschen und zu blockieren. Er sollte mich nicht wiederfinden. Kurze Zeit später habe ich mich dann aus der Partnerbörse verabschiedet.«

Dora horchte auf. Da gab es doch jemanden, der ihre Nachbarin nur an Dienstagen besuchte. Sie würde aufmerksam verfolgen, ob das alles mit rechten Dingen zuging, und gegebenenfalls ihre Nachbarin warnen.

Es stellte sich an diesem Nachmittag wieder einmal heraus, dass sowohl Männer als auch Frauen in die unterschiedlichsten Arten von Fallen tappten, die so gut getarnt waren, dass niemand sie von Weitem erkennen konnte. Es blieben insgesamt vier Fotos mit Phantasienamen aus dem Internet und eine Telefonnummer, die sie nach gesicherten Erkenntnissen ohne jeden Skrupel veröffentlichen konnten.

»Das ist ein Anfang, aber es reicht noch nicht. Wenn die Webseite freigeschaltet ist, dann muss sie schon etwas aufweisen, das andere Frauen dazu animiert, sich uns anzuschließen.«

Der Maître du Café wunderte sich anscheinend über die Stille in der oberen Etage, bestieg mehrmals die knarzende alte Treppe, um nach weiteren Wünschen zu fragen. Nein, heute gab es keine Orgie mit Champagner, denn jetzt standen konkrete Planungen an. Es wurde ernst, Kaffee war angesagt, jedoch durfte ein weiterer Teller mit bunten Macarons nicht fehlen.

Sie redeten sich warm, saßen mit geröteten Wangen und dicht über dem Tisch zusammengedrängten Köpfen über ihrem Thema, bis Vanessa laut ausrief: »Ich hab's!«

Fünf Augenpaare schauten sie erwartungsvoll an.

»Lasst uns doch mal ähnlich agieren. Wir legen uns Phantasieidentitäten zu und gehen selber auf die Pirsch. Jede taucht im Netz mit einem geheimnisvollen Namen und einem bestechenden Foto auf, jede von uns legt sich eine zweite Handynummer und eine neue E-Mail-Adresse zu. Die Kontakte, die wir zwielichtig finden, werden nicht öffentlich, bis sie als Fake enttarnt sind, danach werden sie auf unserer Seite veröffentlicht.«

Inge widersprach, sie hätte ein sehr schmales Einkommen, da könne sie sich keinen zweiten Vertrag für ein Mobiltelefon leisten. Birgit gab ihr einen Tipp.

»Dann nimmst du eine Prepaidnummer, da zahlt man ganz wenig, wenn man noch die Flatrate wählt, und du kannst jederzeit wieder raus, weil du bestimmst, ob du zahlst oder nicht. Und wenn du kein altes Smartphone mehr aus irgendeiner Schublade hervorzaubern kannst, dann bekommst du eins von mir. Nach meinen Erfahrungen kommuniziere ich mit neuen Anwärtern auf den Platz an meiner Seite nur noch über ein zweites Gerät. Das ist sicherer.«

Es wurde deutlich, was die bisherigen Enttäuschungen in den Frauen angerichtet hatten. Sie waren misstrauisch geworden, und das war gut so, denn nicht alles, was sich suchend im Netz tummelte, war seriös und ehrlich. Die sechs gelobten an diesem Nachmittag Offenheit, zu ihrem eigenen Schutz würden sie sich gegenseitig per E-Mail über jeden Kontakt informieren, damit sie einander beraten und auch warnen konnten, wenn plötzlich eine ungute Nähe zu einem Mister X entstand, in die sich eine von ihnen unbewusst zu verstricken drohte.

Dora schaute auf die Tagesordnung. Sie hatten eine Sprecherin gewählt, alle waren mit der Gestaltung der Webseite einverstanden. Sie hatten eine Strategie entwickelt und würden sich fortan mit neuen Identitäten in Kommentarlisten von harmlosen Gruppen auf Facebook tummeln, sich im öffentlich zugänglichen »Status« ganz deutlich als Single darstellen, sie würden sich auf Plattformen einklinken, die der Partnervermittlung dienten, und darauf hoffen, dass sich angebliche Legionäre in Afrika, freie Reporter aus Südamerika oder Donnerstagsmänner meldeten. Eine Weile würden sie sich mit ihnen beschäftigen, bis feststand, dass sie unlautere Absichten hatten. In dieser Zeit wäre zumindest eine andere Frau sicher vor demjenigen, der da draußen Frauenherzen räuberte. Es würde die Veröffentlichung seines Profils erfolgen. Peng. Erwischt.

Sie hatten einen Namen und nun auch ein definiertes Ziel. Die niederrheinischen Teufelsweiber würden Betrüger und Hochstapler outen.

NEUN

Für Hauptkommissarin Karin Krafft fühlte sich der kurze Weg vom Befragungsraum zu ihrem Büro an wie ein Spießrutenlauf, sie war froh, sich an ihren Papieren festhalten zu können, und eilte wortlos an den wartenden Frauen vorbei, spürte ihre Blicke im Nacken.

Hinter verschlossener Tür telefonierte sie mit einer Angestellten der Einhorn-Apotheke, die zunächst nicht auf ihr Anliegen reagieren wollte, weil ständig vor betrügerischen Anrufen gewarnt wurde, bei denen sich jemand als Polizist oder Polizistin ausgab, um Unheil anzurichten. Karin Krafft schlug ihr vor, die Leitstelle in Wesel anzurufen, um sich die Richtigkeit ihres Namens und Dienstgrades dort bestätigen zu lassen.

»Auch ein direkter Rückruf ist möglich, Sie sehen meine Nummer auf Ihrem Display. Ich kann Ihre Bedenken verstehen, aber hier ist wirklich die Kriminalpolizei aus Wesel, und da es schnell gehen muss, greife ich zum Telefon, statt zu Ihnen zu fahren. Mir geht es um die Bestätigung einer Aussage durch eine Ihrer Kolleginnen. Darf ich eben den Sachverhalt schildern?«

Nach kurzer Bedenkzeit ließ sich die Frau auf das Gespräch ein, und Karin las ihr die Beschreibung der Frau vor, die Schlaphysen bedient haben sollte.

Die Frau am anderen Ende der Leitung brauchte nicht lange zu überlegen. »Das ist unsere Susi, Susanne Stelters, einen Moment, ich hole sie eben her.«

Karin atmete auf, das schien zu laufen. Es dauerte keine Minute, da meldete sich eine klare, freundliche Stimme. »Stelters, was kann ich für Sie tun?«

Karin stellte sich mit knappen Worten erneut vor und beschrieb den Kunden, um den es ging. »Sie haben ihm angeblich Perenterol gegen eine Magen-Darm-Infektion verkauft, er beschrieb mir eine ausführliche Beratung durch Sie. Meine Frage ist, ob Sie diesen Vorgang bestätigen können.«

Stelters lachte kurz auf. »Ich erinnere mich, das war am Montag, noch vor meiner Pause, also vor zwölf Uhr, so einen Kerl vergisst man nicht so schnell.«

»Wie meinen Sie das?«

»Sie kennen bestimmt die blöden Witze über den Männerschnupfen, richtig?«

»Ja, diese leichte Erkältung, an der sie immer fast sterben.«

»Genau, manche Männer zelebrieren Erkrankungen, mit denen Frauen noch Haushalt, Familienversorgung und Arbeit bewältigen. So einer war das, deshalb habe ich ihn in Erinnerung, er beschrieb mir mit weinerlicher Stimme seine Symptome, was ihn jedoch nicht daran hinderte, mir auf den Busen zu glotzen. Nach Erhalt des Präparats fing er an, mit mir zu flirten. Ein Kunde von der unangenehmen Sorte, der hinkend zur Tür ging und sich dann noch einmal umdrehte, seine Hand ans Herz legte und auf mich deutete, bevor er entschwand.«

Die Frau schien sich mit einem lang gezogenen »Brrrrr« zu schütteln.

Da schau her, ging es Karin durch den Kopf, es gibt durchaus noch mehr Frauen, die niemals in eine Hasenfalle tappen würden.

»Vielen Dank für Ihre Zeit und Ihre Beschreibung der Begegnung. Es kann sein, dass wir Ihre Aussage zu Protokoll nehmen müssen, ich werde das hier besprechen. Erreiche ich Sie über die Apotheke?«

»Nein, ich gebe Ihnen meine mobile Nummer.«

Karin notierte sich die Angaben, bedankte sich, legte auf.

»Verdammt.« Sie mussten ihn laufen lassen. Die einzige Person, deren Fingerabdrücke sich in der Wohnung befanden. Den einzigen Kontakt, den Beate Heuwels regelmäßig pflegte. Er hatte recht. Oder war alles gut und von langer Hand eingefädelt gewesen? Hatte er ganz bewusst diese Apothekerin angeflirtet und sein Smartphone erst Dienstagnachmittag aktiviert? War das alles eine gut inszenierte Show Victor van Beversens?

Sie hatten keine Beweise, die gegen seine Angaben sprachen. Karin stand auf und ging mit verschränkten Armen zu ihrer Fensterfront mit dem traumhaften Blick über die Rheinaue bis nach Xanten. Immer wieder schön, so nutzte sie oft ein paar Sekunden, um sich zu sammeln.

Energiegeladen durchschritt sie dann den Flur, lächelte den Frauen zu, die ihr wieder voller Erwartung entgegenblickten, betrat den Befragungsraum und gab Tom, der sie in ihrer Abwesenheit vertreten hatte, ein Zeichen, dass er den Raum verlassen konnte.

Sie wandte sich an Schlaphysen. »Sie können gehen.«

Sehr agil und munter sprang Schlaphysen auf.

»Moment, es gibt noch eine kleine Ansprache von mir, die aufgezeichnet wird. Unsere Auflage ist, dass Sie sich zur Verfügung halten. Sie werden noch einmal herkommen, um Ihre Aussage zu unterschreiben. Und verlassen Sie Ihren Wohnort nicht, verstanden?«

»Jaja, kann ich jetzt gehen?«

Karin wies auf sein Smartphone, das auf dem Tisch lag. »Nehmen Sie Ihr Telefon mit. Dass ich Ihren Umgang mit Frauen liederlich finde, ändert nichts an der Tatsache, dass Sie munter weiterflirten und -turteln können, sobald Sie diesen Raum verlassen.«

Langsam stand sie auf, ging zur Tür und drückte auf die Klinke. Keine fünf Meter von hier sollte eine Überraschung auf ihn warten.

Karin Krafft lächelte. »Auf Wiedersehen, Herr Schlaphysen mit einem p und y.«

Er blickte sie irritiert an und trat hinaus.

***

Hauptkommissar Tom Weber berichtete später den Kollegen, die nicht bei dem Debakel anwesend waren, er hätte die Situation zu Beginn falsch eingeschätzt.

Er hatte sich in den Bereich der offenen Teeküche gestellt, um das zu machen, was mit Karin abgesprochen war: die Frauen auf dem Flur und Schlaphysens Reaktion beobachten.

Es hatte ganz harmlos begonnen, Werner Schlaphysen verließ den Befragungsraum und wollte nach links zum Aufzug gehen, während auf der rechten Seite neben der Tür des Raums die Frauen saßen, die sich eine nach der anderen vorbeugten, um zu sehen, was da vor sich ging, und sich alle drei wie in einer Kettenreaktion nacheinander von ihren Stühlen erhoben.

Carolina Steiger erkannte ihn einen Sekundenbruchteil vor den anderen. »Liebling! Geht es dir gut?«

Hedwig Abelsmann rümpfte die Nase und drehte sich zu ihr um. »Liebling? Wer gibt Ihnen das Recht –«

Carolina Steiger, in Richtung Abelsmann: »Was wollen Sie denn von mir, Sie alte Schachtel!«

Vera Hüskens: »Bitte, bleiben Sie höflich, das hier kann nur ein Irrtum sein, nicht wahr, Liebling?«

Carolina Steiger: »Solches Gesülze geht mir auf die Nerven!« Und zu Schlaphysen, der wie versteinert mit hängenden Armen und stumm mitten auf dem Flur stand: »Liebling, komm, wir gehen.«

Obwohl ihr das widerstrebte, stellte sich Karin Krafft mutig vor Schlaphysen und schaute Carolina Steiger ernst an: »Er geht, und Sie bleiben, setzen Sie sich bitte wieder.«

Vera Hüskens, mit weinerlichem Ton in der Stimme: »Ich hatte mich so auf heute gefreut, kannst du mir erklären, wieso du nicht an dein Telefon gegangen bist? Ich habe dir andauernd geschrieben.«

Schlaphysen schaute auf das Smartphone in seiner Hand und öffnete den Mund, um zu antworten, Karin zischte ihm zu: »Sie sagen nichts und verschwinden.«

Jetzt kam Hedwig Abelsmann, klein, schmal, grau, einen Schritt vor und hob drohend den Finger: »So sprechen Sie bitte schön nicht mit diesem Mann.«

Carolina Steiger: »Liebling, ist das deine Tante, oder was?«

Und an Vera Hüskens gewandt: »Was soll das heißen, Sie haben heute auf ihn gewartet?«

Vera Hüskens antwortete ruhig und bedacht: »Dass der Mittwoch uns gehört.«

Damit schien Carolina Steiger nicht gerechnet zu haben: »Bei mir ist er immer donnerstags, weil er auf seiner Tour durch den Westen an dem Wochentag immer an Xanten vorbeikommt.«

Hedwig Abelsmann räusperte sich: »Nein, so etwas, der Herr ist angeblich nur freitags im Klever Land. Was hat das zu bedeuten, Victor van Beversen?«

Dieses »Victor van Beversen« sprach sie mit einer Strenge aus, mit der Eltern ihre Kinder maßregeln. Die anderen beiden Frauen starrten erst sie, dann Werner Schlaphysen an.

Der lugte hinter Karins linker Schulter hervor und seufzte vernehmlich. »Ach, Hase ...«

Drei Frauen schauten auf, mit ganz unterschiedlichen Mienen.

Vera Hüskens, devot: »Ja?«

Carolina Steiger, euphorisch: »Du meinst doch mich, nur mich! Oder wie?«

Hedwig Abelsmann, tief verärgert: »Nennen Sie mich nie wieder Hase!«

Schlaphysen setzte sich schlagartig in Bewegung, schob vehement die Tür zum Treppenhaus auf, während die drei Frauen ihm gemeinsam folgen wollten, durcheinanderredeten und schimpften. Tom sprintete los, überholte sie und versperrte todesmutig den Ausgang, während Karin ihre Stimme erhob: »Ruhe! Schluss mit dem Zirkus, Sie bleiben hier und setzen sich wieder, sonst hole ich Verstärkung aus der Wache und lasse Sie festnehmen!«

Durch ihr Geschrei alarmiert, öffneten Gero von Aha, Nikolas Burmeester und Jerry Patalon ihre Türen und traten auf den Flur, blieben jedoch in sicherer Entfernung stehen.

Von Aha rief Karin zu, ob er weibliche Verstärkung von der Wache ordern solle, sie verneinte. Sie hatte die wilden Drei im Blick und dachte angestrengt darüber nach, weshalb sie die Frauen festnehmen könnte. Die Frage ging ihr ergebnislos durch den Kopf, während die drei Frauen sich zwar immer noch feindselig anschauten, jedoch gemäßigt reagierten. In gebührender Entfernung verteilten sie sich wieder auf dem Flur.

Hedwig Abelsmann schaute aus dem Fenster. Sie schien Schlaphysen zu entdecken, der sich hastig vom Gebäude entfernte. »Da rennt er um sein Leben, hat Angst vor drei Frauen. So ein Hasenfuß.«

Karin und Tom beobachteten, wie die beiden anderen sich ebenfalls an die Fenster begaben und ihm nachblickten. Sie stellten ihnen, vorsichtshalber in sicherem Abstand, je einen Stuhl zur Verfügung. Karin sah in diesem Moment keinen Grund, die drei möglichen Täterinnen festzunehmen, eigentlich waren sie ab jetzt nur noch unglückliche Opfer eines Betrügers. Bis vor ein paar Minuten hatten sie sich wie umschwärmte Geliebte eines sympathischen Manns in den besten Jahren gefühlt. Karin fiel nichts Tröstliches ein.

»Ich möchte Sie jetzt einzeln zu Werner Schlaphysen befragen. Schaffen Sie es, friedlich hier zu warten?«

Vera Hüskens wandte sich mit einem Kopfschütteln an Hedwig Abelsmann: »Wie hat die Kommissarin ihn gerade genannt?«

Hedwig Abelsmann schaute Karin eindringlich an: »Bitte wiederholen Sie diesen absurden Namen.«

»Der Mann, der gerade im Treppenhaus verschwunden ist, heißt Werner Schlaphysen. Es tut mir leid, Ihnen das mitzuteilen, aber Sie alle sind auf einen niederträchtigen Betrüger reingefallen.«

Carolina Steiger betonte bewusst ein doppeltes p: »Schlapphysen? Dass ich nicht lache, was für ein bescheuerter Name. Ich glaube Ihnen kein Wort. Ach, ich verstehe! Das ist hier eine Aufnahme für die ›Versteckte Kamera‹, richtig?«

Karin wies auf sie: »Dann folgen Sie mir bitte als Erste, vielleicht kann unser Gespräch Sie überzeugen.«

Vera Hüskens schaute Hedwig Abelsmann an, da bildete sich anscheinend eine kopfnickende Solidarität. Beide schauten Carolina Steiger an, und Vera, die Jüngste, ergriff das Wort. »Wenn

Sie nichts dagegen haben, also, wenn ihr nichts dagegen habt, dann gehen wir zu dritt in das Gespräch. Ist das okay?«

Sie wollte schon losschettern, so wirkte Carolina Steiger jedenfalls, bis ein langer Seufzer ihren Mund verließ, sie ihre Tasche öffnete, eine Puderdose hervorholte, aufklappte, sich kritisch beäugte, hier und dort mit dem Pad puderte, sie zuklappte, ins Täschchen plumpsen ließ und danach beide Frauen anschaute.

»Na gut. Wie sagt man so schön? Kein Mann ist es wert, ihm lange nachzuheulen. Werner Schlapphysen, ein Witz!«

Die Hauptkommissarin sah sich zu einer Korrektur genötigt. »Schlaphysen, mit einem p.«

Hedwig Abelsmann stand als Erste auf. »Egal, mit wie vielen ps, diesem Mann gehört das Handwerk gelegt. So eine Täuschung, ich kann noch nicht glauben, dass ich darauf hereingefallen bin. Ich erzähle Ihnen alles.«

Sie drehte sich zu den anderen Frauen um. »Und Sie, Pardon, wir sind ja beim Du angekommen, ihr macht es ebenso.«

Das war ein Anfang. Karin Krafft gab Tom Weber, der immer noch die Tür zum Treppenhaus verteidigte, ein Zeichen, der Kleingruppe in den Besprechungsraum zu folgen.

***

Aaron Nilsson gesellte sich zu der kleinen Lage am späten Nachmittag, in der Karin Krafft und Tom Weber von den Ermittlungen des Tages berichteten. Schlaphysens Kauf eines Medikamentes war zwar bestätigt worden. Da dies jedoch kein hieb- und stichfestes Alibi darstellte, blieb er weiterhin im Fokus und sollte in den nächsten Tagen erneut zum Sachverhalt befragt werden.

Jerry berichtete, dass es im früheren Leben von Beate Heuwels einen Freund im fernen Schottland gegeben haben musste, ein kleines Ölbild über dem Fernseher habe auf der Rückseite eine liebevolle Widmung für »My darling Bea« enthalten, und ein

Brief mit der Todesanzeige aus dem Jahr 1998 habe im Rahmen geklemmt.

Burmeester erzählte von einem Gespräch mit der Rektorin der Grundschule in Mehrhoog. Die muntere Frau hatte die ehemalige Kollegin Heuwels mit der einstigen britischen Premierministerin Margaret Thatcher verglichen, sie habe die Klassen stets wie die Eiserne Lady geführt, streng und gerecht. Nein, private Kontakte habe es nie gegeben.

»Sie beschrieb das Verhältnis des Kollegiums zu der Frau als unterkühlt. Ob ich die Situation kennen würde, dass man jemanden aus reiner Höflichkeit zum Grillen einlädt und sich innerlich wünscht, er oder sie würde absagen. So sei es gewesen, und sie hätten Beate Heuwels' vorzeitige Pensionierung gebührend gefeiert. Ohne sie.«

Für Erheiterung sorgte die Schilderung von Tom, wie sich Schlaphysen hinter Karin verborgen hielt, während die drei Frauen ihn wütend zur Rede stellen wollten, und schließlich fluchtartig die Etage verließ.

»Die drei haben sich nicht lange als Rivalinnen gefühlt, da wuchs innerhalb von Minuten eine Solidarität bis hin zum gemeinsamen Beobachten des Rückzugs ihres Lieblings. Eine betitelte ihn als Hasenfuß.«

Gero von Aha schmunzelte über diesen Wortwitz. »Wie wahr. Flucht durch das Treppenhaus, soso. Der Abstieg vom Hasenkönig zum Hasenfuß benötigte zwei Minuten Konfrontation und ganze fünf Etagen.«

Burmeester wollte wissen, wie das Gespräch mit den anderen Liebschaften des Mannes verlaufen war, und Karin berichtete.

»Vera Hüskens aus Moers ist die jüngste der drei, sie arbeitet in einer Parfümerie und kann eindeutig belegen, dass sie am Dienstag den ganzen Tag im Geschäft gewesen ist. Sie ist eingetragen in verschiedenen Dating Apps, öffentliche oder auch geschlossene Portale, auf denen es darum geht, ein Herzblatt zu finden. Sie hat berichtet, dass sie schon oft auf oberflächliche Kontakte reingefallen ist, die sie aber schnell aufdecken konnte und auch wieder beendet hat. Bei Victor sei alles anders gewesen, der habe sie umschmeichelt, ohne aufdringlich zu werden, einfach der perfekte Gentleman.«

Karin blätterte in ihren Unterlagen. »Leider habe er öfter Probleme mit seinen EC-Karten gehabt, sie hat aber gerne bezahlt und sich auch keine Gedanken darüber gemacht, dass er sie nur mittwochs besuchen konnte. Das sei ihr sogar ganz recht gewesen, sie konnte sich darauf verlassen und ihren Kalender auf lange Sicht darauf einrichten. Vera Hüskens hat nie darüber nachgedacht, dass es noch andere Frauen im Leben von Victor geben könnte, er habe einen soliden, ehrlichen Eindruck gemacht. Ein viel beschäftigter Mann, der sich darauf freute, den Mittwoch mit seinem Hasen zu verbringen. Sie schien gefasst und sachlicher als die anderen beiden.«

Aaron Nilsson fasste zusammen. »Sie wusste also nichts von den anderen und hat für den Tag der Ermordung von Beate Heuwels ein Alibi.«

Tom bestätigte und fuhr fort. »Anders sah es bei Carolina Steiger aus Xanten aus. Die gab abwechselnd eine Vorstellung als beleidigte Diva und erschüttertes kleines Mädchen. Ich habe noch nie einer Person gegenübergesessen, die so aufgedonnert und aufgepusht war. Allein die Lippen sind ein negativer Hingucker, beim nächsten Aufspritzen werden sie vermutlich platzen. Sie musste erst in ihrem Online-Kalender nachschauen, wie sie den Dienstag verbracht hat. Es kam eine Liste zusammen von Kosmetikerin über Einkauf in Düsseldorf bis hin zu abendlichem Drink im Plaza del Mar am Xantener Hafen mit Freunden. Es wird eine Weile dauern, bis wir das alles überprüft haben.«

Burmeester wollte wissen, wie Carolina Steiger den vermeintlichen niederrheinischen Adligen kennengelernt hatte.

»Zunächst berichtete sie von einem zufälligen Zusammenprall auf dem Bürgersteig beim Verlassen der Praxis ihrer Kosmetikerin in Geldern. Er habe sich tausendmal entschuldigt und sei dabei so humorvoll und fürsorglich gewesen, man habe sich auf eine Tasse Kaffee im Restaurant des Seepark-Hotels verabredet, eine gute Adresse in Geldern, sie wollte dieses Goldstück von einem Mann unbedingt haben. Sie seien locker ins Gespräch gekommen, und er habe ihr gefallen. Man nimmt, was sich bietet, und genießt es. Es wäre ihr Vorschlag gewesen, sich gleich an diesem Nachmittag im angegliederten Hotel ein Zimmer zu nehmen und die Nacht miteinander zu verbringen.«

Dann habe die Steiger ihre große Tasche auf den Schoß genommen und Tom Einblick in ein wahres Sammelsurium verschiedener Täschchen, Fläschchen, Zerstäuber, Kondomtütchen und textiler Produkte nur zu erahnender Art gestattet und hinzugefügt, als Frau müsse man jederzeit bereit für einen Flirt und seine Konsequenzen sein.

»Ihr könnt euch nicht vorstellen, was die alles mit sich herumträgt«, ereiferte sich Tom. »Ab sofort werde ich überdimensionierte Damenhandtaschen aus einem anderen Blickwinkel betrachten.«

Gero von Aha, in seinem früheren Leben der schnellen Affäre nicht abgeneigt, schüttelte ungläubig den Kopf. »Und auch ihr kam es nicht merkwürdig vor, dass dieser nette Mann nur an einem bestimmten Tag in der Woche Zeit für sie hat?«

»Nein, sie hätten sich an einem Donnerstag kennengelernt, und dies war künftig ihr Tag. Gewesen, wie sie betonte.«

Von Aha lehnte sich mit einem Lächeln zurück. »Hätte ich das früher auch praktiziert, wäre mein Leben wesentlich einfacher verlaufen.«

Nilsson beugte sich vor. »Ich habe euch Schwerenöter immer bewundert, jede Woche eine Neue und so. Das war nie mein Ding.«

Karin unterbrach den sich anbahnenden Dialog mit einem kritischen Blick, jetzt nur keine weiteren Lebensgeständnisse in der Lagebesprechung. Es war spät, und ihr reichte die Auswertung der heutigen Befragungen. »Da wäre noch Hedwig Abelsmann aus Kleve. Die Älteste im Damenquartett, das nun zum Trio geworden ist.«

Abelsmann hatte von einem zufälligen Kennenlernen im besten Café der Stadt berichtet. Ihr sei bewusst gewesen, was ihr Umfeld von so einem Verhältnis denken würde, daher habe sie diese, wie sie immer wieder betonte, platonische Beziehung zu dem netten Mann vor der Welt verschwiegen. Auch für sie war es ganz in Ordnung, dass er nur an Freitagen zu ihr kam. Oder sie trafen sich woanders. So seien sie gerne durch Nijmegen oder Arnhem gebummelt. Sie sei sehr dankbar für die netten, unbeschwerten Stunden gewesen.

»Immer hat er sie mit einem Handkuss begrüßt und mit einem Küsschen hinter das Ohr verabschiedet. Altbacken zuvorkommend. Und sogar die Versteigerung von einigen Familienstücken habe er für sie durchgeführt, er habe sie unter seinem Namen eingeliefert und ihr den beträchtlichen Erlös, den sie zur Erhaltung des Hauses genutzt hat, selber überbracht. Aufrichtig und ehrlich.«

Karin schaute in die Runde. »Und ich garantiere euch, dass er sich beim Erlös erst mal bedient hat, denn das müssen hohe Summen gewesen sein. Und sie habe ihm vertraut, sich nie Nachweise zeigen lassen. Es ging bei der Sanierung des Hauses um eine neue Heizungsanlage und die Erneuerung des Dachstuhls. Sie hat übrigens ein gut überprüfbares Alibi. Sie brachte an dem Morgen um acht Uhr ihren Wagen in Kleve zur Inspektion und hat sich von einem Mechaniker nach Hause fahren lassen. Am Nachmittag, gegen fünfzehn Uhr, hat er das Auto zurückgebracht, und sie hat den jungen Mann wieder zur Werkstatt gefahren. Nicht lückenlos, aber immerhin.«

Vier betrogene Frauen, drei lebten, eine war tot. Stille machte sich breit im Besprechungsraum des Kommissariats 1, alle schienen in Gedanken versunken, die Geschichten der zukünftigen Ex-Geliebten von Victor van Beversen schwirrten durch die Köpfe.

Aaron Nilsson stand auf, reckte sich, was an die Umrisse eines Grizzlybären erinnerte, und wandte sich aus luftiger Höhe an das Team. »So geht man nicht mit den Gefühlen anderer Menschen um. Mich erstaunt, dass alle Frauen die Wahrheit relativ gelassen hingenommen haben.«

Karin unterbrach ihn. »Wenn nur eine von ihnen versöhnliche oder abwiegelnde Worte für Schlaphysen gefunden hätte, dann hätten wir garantiert Unterstützung von den Kollegen aus der Wache gebraucht. Frauen sind gut in Zickigkeit und Stutenbissigkeit, aber sie schaffen auch schnell ein Gefühl der Solidarität. Alle gegen den einen. Ich habe beobachtet, dass sie sich später vor der Wache intensiv unterhalten haben, bis Carolina Steiger telefonierte und offenbar ein Taxi orderte, in das sie gemeinsam eingestiegen sind. Die werden Victor van Beversen vor der Tür verhungern lassen, glaubt mir. Das ist vorbei, der ist wieder solo. Vielleicht sollten wir auf dem öffentlich zugänglichen Polizei-Portal den Namen veröffentlichen, mal schauen, wer sich sonst noch meldet.«

Der Staatsanwalt schüttelte den Kopf. »Das hätte keinerlei Relevanz für den Fall Heuwels. Und das Handeln unter falscher Identität gebe ich weiter an die Kollegin Geißler vom Betrug. Überprüft die Alibis der Frauen, ich will wissen, ob sie Bestand haben. Karin, du und dein Team, ihr solltet noch einmal die Nachbarschaft durchkämmen, Sozialkontakte der Toten, vielleicht gibt es entfernte Nichten und Neffen, ungeliebte Verwandte. Ich weiß von pensionierten Lehrern, die noch Kontakte zu ehemaligen Schülern und deren Familien aufrechterhalten. Durchsucht das Leben von Beate Heuwels noch einmal tiefenscharf. Sozusagen mit der Lupe, mit dem Mikroskop.«

Mit einem Lächeln fügte er hinzu: »Jeder Mensch hat doch einen dunklen Fleck, ein Geheimnis, eine lange verborgene Geschichte.«

Er verließ den Raum, doch keine vier Sekunden später stand er wieder im Türrahmen, sein roter Haarschopf reichte an die obere Kante heran. Seine Stimme bebte.

»Die Frauen sind allesamt Opfer einer skrupellosen Betrugsmasche, mit der Schlaphysen wahrscheinlich ungeschoren davonkommt. Die tun mir echt leid, und die Situation macht mich kirre. Der kratzt am Image der Männergilde und bedient Vorurteile, schürt Misstrauen. Wenn es nur den kleinsten Hinweis auf Nötigung, Erpressung, Raub, Diebstahl, Totschlag oder Mord gibt, dann will ich es umgehend wissen. Den würde ich gerne auseinandernehmen. Also, egal was, Beweise, Zeugen, Indizien, wenn ihr etwas entdeckt, dann informiert mich umgehend. Klar?«

Alle Augen waren auf ihn gerichtet, Karin bestätigte, bevor er die Tür wieder hinter sich schloss.

»Mann, so habe ich ihn noch nicht erlebt.« Gero von Aha schlürfte die Kaffeepfütze aus seinem Porzellanbecher.

Karin schaute in die Runde ihrer Kollegen. »Nehmt euch ein Beispiel, ein Großer mit dünner Haut. Ab morgen nehmen wir uns das ganze Umfeld noch einmal vor. Und auch die Wohnung von Beate Heuwels stellen wir auf den Kopf. Wer weiß, vielleicht haben wir wirklich etwas Wichtiges übersehen.«

Nachdenklich verließ Karin Krafft das Haus und stieg in ihren Wagen.

Feierabend.

Wirklich?

Karin hing dem Gefühl des Betrogenseins nach und dachte daran, dass es in ihrer eigenen Erinnerung nie ganz erloschen war. Ganz schnell kam es wieder zum Vorschein, öffnete die Sicht auf alte Verletzungen, wurde ein Teil der alten Wut wieder spürbar. War sie nachtragend? Während sie auf dem Weg nach Xanten die Rheinbrücke befuhr und über den Fluss in die Ferne schaute, verneinte sie die innere Frage. Nein, sie war nicht nachtragend. Sie hatte die Erfahrung, sich als hintergangene Ehefrau zu fühlen, mit ihrem ersten Ehemann gemacht. Das alles war ein Teil ihres Lebens.

Sie passierte den Deich bei Ginderich, Schwarzkopfschafe grasten friedlich in einem eingezäunten Abschnitt.

Etwas irritierte sie im Rückblick auf den heutigen Tag. Die drei Frauen waren relativ schnell aus ihrer feindseligen Stimmung gegeneinander in einen friedlichen Umgang miteinander umgeschwenkt. Sogar die konservative Hedwig Abelsmann aus Kleve hatte sich auf das solidarische Du eingelassen. Sie waren gemeinsam mit einem Taxi davongefahren. War es heute üblich, sich innerlich so schnell von einem Lebensplan, einem Geliebten zu verabschieden? Vielleicht war die generelle Schnelllebigkeit der heutigen Zeit auch in Beziehungen angekommen.

Wahrscheinlich lag der plötzliche Stimmungswechsel darin begründet, dass diese drei Frauen nicht allein mit ihren gemischten Gefühlen waren, sondern sie konnten gemeinsam reflektieren, wütend sein, verletzt sein und diese Gefühle zusammen gegen eine bestimmte Person richten. Karin hatte sich damals nicht einmal ihrer Mutter anvertraut. Erst als sie ihrem Ehemann sein Hab und Gut aus dem ersten Stock vor die Füße geworfen hatte, konnte sie nicht mehr schweigen. Solidarität hatte sie es heute im K1 genannt. War es das, was die drei Frauen so friedlich miteinander sein ließ?

Bei der Fahrt entlang des Altrheins bei Birten waren Karins Gedanken verflogen. Diese Aussicht in die Weite des alten Rheinarmes, die Silberreiher, weiße Punkte am anderen Ufer, die Schwäne auf der Wasserfläche, die Aussicht auf den Abend in der Geborgenheit ihrer Familie, ihre Tochter in der trotzigen Vorpubertät, Maartens liebe Art, das alles holte sie lächelnd in die Gegenwart zurück.

Feierabend.

ZEHN

Acht Monate zuvor

Seit einigen Wochen bejubelten die Teufelsweiber jeden Eintrag, breiteten die Geschichten aus, die sie entweder in der Vergangenheit selbst erfahren hatten oder die sich nun mit den Männern ergaben, die in neuester Zeit Kontakt zu ihnen aufgenommen hatten. Dora las, was Vanessa per E-Mail berichtete.

»Stellt euch vor, ich habe einfach nur einen Kommentar zum letzten ›Tatort‹ in die Gruppe geschrieben, und zwei Tage später meldet sich ein Leonard M. Braustett, mit einem Profilbild mit sanftem Schlafzimmerblick und Drei-Tage-Bart und dem höflich formulierten Wunsch, mich kennenzulernen. Meine neue E-Mail-Adresse läuft seitdem heiß. Ich konnte gar nicht fassen, dass es so schnell ging und auch noch so vieles von dem, worüber wir uns ausgetauscht haben, in seiner Geschichte vorkommt. Er schreibt, er sei im Rahmen eines geheimen Forschungsauftrags in Caracas, nur so viel, es ginge um Erdöl und revolutionäre, umweltverträgliche Förderung. Er überhäuft mich mit Komplimenten und wollte alles über mich erfahren, er würde jetzt, knapp fünf Tage seit dem ersten Kontakt, noch konzentrierter arbeiten, um aus seinem Vertrag herauszukommen, damit wir uns so schnell wie möglich sehen können. Er hat mich gleich in den ersten Schreiben davor gewarnt, ihn in Caracas zu besuchen.«

Dora blickte auf, das las sich vielversprechend, und sie konnte Vanessas Aufregung über diesen Fang im Netz zwischen den Zeilen lesen. Nach einem Schluck Wasser scrollte sie den Text nach oben und las weiter.

»Venezuela sei zu unsicher für eine attraktive Frau, hier würde man schon umgebracht, wenn man jemanden zu lange anschaut oder weil man eine schöne Uhr trägt. Manchmal auch ganz ohne

Grund. Er würde nach Deutschland kommen, sobald er mit seinem Auftrag fertig sei, bis dahin würden wir so viel voneinander wissen, dass wir uns mit verbundenen Augen erkennen. Er als Chemiker und Ingenieur würde gut bezahlt, kenne jedoch aus Sicherheitsgründen nur den Weg zwischen seinem Büro und seinem Appartement auf dem Firmengelände. Ausschließlich in Begleitung eines bewaffneten Fahrers dürfe er für dringende Besorgungen das Gelände verlassen. Leonard ist durstig nach Liebe und Zärtlichkeit, Kommunikation in seiner Muttersprache. Er wolle sich auf eine Frau freuen, die – passt auf, liebe Teufelsweiber – auf ihn wartet, um von ihm verwöhnt und auf Händen getragen zu werden. Für immer!«

Dora reckte sich, sie ließ das Gesülze nachwirken. Vanessas Worte beruhigten sie, die Frau stand anscheinend mit beiden Beinen fest auf dem Boden der Realität. Sie las weiter.

»Mal ehrlich, Mädels, wer fällt nicht auf so viel zärtliches Süßholzraspeln rein, abends mit einem Glas Rotwein und einer Tüte Chips alleine auf dem Sofa?«

Birgit war nicht die Einzige, die darauf reagierte, auch Inge riet eindringlich, vorsichtig zu sein und sich immer wieder mit ihnen über den Fortschritt der Kommunikation auszutauschen.

»Keine Sorge, ich werde ihn so gut beschäftigen, dass er eine Frau weniger hinters Licht führen kann.«

Dora selbst beschäftigte sich mit den Annoncen in der Tagespresse, in denen Er eine Sie suchte. Auf ihrem neuen Smartphone sammelten sich Nummern, unter denen sich sympathische Stimmen meldeten oder Dialoge über einen Messenger geführt wurden. Hinter allen entdeckte sie im Grunde nur die Intention, mit einfachem Geschwafel eine Frau ins nächste Bett zu komplimentieren. Nur einer schien daran interessiert, sie wirklich kennenzulernen, um sich »auf den Weg der Liebe zu begeben«.

Manchmal war ihr nicht wohl dabei, sich gleichzeitig mit so vielen Männern zu unterhalten. Hinter jedem Kontakt verbarg sich ein Mensch mit einem Anliegen, das durchaus ehrlich gemeint sein konnte. Schwierig, da nicht zu weit zu gehen.

Sabine berichtete von einem vereinbarten Treffen mit einem Mann, dessen Geschichte so diffus klang, wie das Foto aussah, das er ihr geschickt hatte. Sie hatte es im Anhang gesendet, Dora fand ihn nett anzusehen mit der öligen Frisur, dem angedeuteten Seitenscheitel und der lang gewachsenen Strähne, die er über den Schädel drapiert hatte.

Sabine schrieb dazu: »Stellt euch vor, er hat sich vorgestellt als Graf Kurt von Bredow, alter ostpreußischer Adel. Gutshaus, Ställe, Wiesen und Weiden, der ganze Besitz seiner Großeltern sei im Krieg verloren gegangen, Titel, Stolz und ein Teil des Vermögens seien ihm geblieben. Das Geld wolle er mit einer neuen großen Liebe gemeinsam ausgeben. Er will mich so schnell wie möglich sehen, da meine Worte ihn beflügeln, mir sein Herz zu öffnen. So einen Liebesschwur hat mir noch nie jemand gesendet, und für sein Geld hätte er sich schon längst eine anständige Frisur zulegen können, oder?«

Dora fragte, was sie nun vorhabe. Sabine wollte, unter ihrem Pseudonym Susanne Blumenau, auf seinen Vorschlag eingehen und sich mit ihm im Moerser Extrablatt treffen. Am übernächsten Nachmittag.

»Du glaubst doch wohl, dass ich diesen Adeligen öffentlich entlarven werde. Der ist niemals echt, Kurt von Bredow, Graf, ich bitte dich, das glaubt doch nur ein minderbemitteltes Frauchen, das an das große Glück aus Romanheftchen glaubt. Gibt's die noch? Meine Mutter nannte sie immer Groschenromane, der sympathische Arzt heiratet unter dramatischen Umständen die Krankenschwester, die der rettende Engel seiner Klinik ist. Immer heiratet ein Mann mit Kohle oder Reputation ein Mädel aus einfachem Haus und von geringerer Bildung. Dieser Öli glaubt echt, mich mit seiner ostpreußischen Nummer ködern zu können, das stinkt doch zum Himmel. Ich geh da hin und rasier ihm den Schädel!«

Dora las diesen Abschnitt und wurde sich plötzlich der Verantwortung bewusst, die alle Teufelsweiber füreinander trugen. Sie mussten auf sich aufpassen.

»Wann trefft ihr euch?«

»Übermorgen, zur Kaffeezeit um sechzehn Uhr.«

»Aufruf an alle, wer zu der Zeit kann, findet sich eine halbe Stunde vor der Zeit dort ein.«

Inge, Vanessa und Sina sagten zu.

»Ihr besetzt draußen zwei Tische nebeneinander. Wenn Sabine kommt, gebt ihr einen Tisch für sie frei, so könnt ihr alle am Nebentisch sitzen. Passt einfach nur auf. Wenn klar ist, dass er ein Hochstapler ist, dürft ihr nach Lust und Laune reagieren.«

Wie man sicher sein könne, dass er hochstapelt? Dora überlegte kurz, bevor sie ausführlich antwortete.

»Schaut euch seine Kleidung an. Es kann sein, dass er sparsam ist, dann trägt er Sachen, die alt, aber ordentlich sind, das würde passen. Zu der Frisur passt einfach nichts stilvoll Modernes. Und achtet auf die Schuhe, sind sie eher traditionell und gepflegt oder modern und ungepflegt? Ein Hochstapler mit der Geschichte trägt eher Preisgünstiges, das gar nicht erst alt werden kann. Ein echter von Bredow wird äußerlich an seiner guten Erziehung zu erkennen sein, Höflichkeit, Handkuss, alte Schule, Zurückhaltung, alles Erkennungsmerkmale. Es gibt Bücher aus Ostpreußen von einer Ilse Gräfin von Bredow, lies dich ein wenig ein, stell ihm Fragen, lass ihn stolpern.«

Längere Zeit reagierte keine der Frauen auf ihre Worte. Dora sendete eine Nachricht hinterher.

»Und wenn er im Café entlarvt ist, dann kommen die anderen vom Nebentisch dazu. Ihr behauptet, ihr hättet das Gespräch aufgenommen, um ihn anzuzeigen. Ihr veröffentlicht aber nichts, allenfalls übernehmen wir das Bild, das er dir, Sabine, gesendet hat, in unsere Datei. Versteht ihr? Folgt dem kleinsten Gefühl von mangelnder Authentizität. Traut euren Eindrücken und Gefühlen, ich glaube, dass wir alle ganz persönlich von unserem Projekt profitieren, wir werden lernen, gut von blöd zu unterscheiden.«

Nun antwortete Sabine.

»Und mit ganz viel Glück trennen wir die Spreu vom Weizen

und erwischen auf dem Weg ein echtes männliches Goldstück, die große Liebe aus dem Extrablatt, geprüft und für gut befunden vom Club der Teufelsweiber. Grins. Wir sollten uns ein besonderes Tattoo ausdenken, ein Symbol, schnell und einfach zu platzieren, so etwas wie ein Stempel aus Nadeln, in jeder Handtasche parat. Und wenn sich einer als Flop erweist, wird der Stempel in schwarze Farbe getaucht und ihm das Symbol, zack, auf den linken Handrücken gestanzt. Ein Teufelskopf mit kleinen Hörnern und lachendem Mund.«

Sie bejubelten den Vorschlag. Sina kannte einen Tätowierer und wollte sich erkundigen, was möglich wäre. Vanessa wollte sich gleich dransetzen, um einen ersten Entwurf zu zeichnen. Sechs Haare sollten zwischen den Hörnern sprießen, meinte Birgit. Dora lehnte ab.

»Ich hoffe ja, dass wir noch mehr werden, dann ist diese feste Anzahl für die neuen irritierend.«

Inge, die sich bislang zurückgehalten hatte, ließ nun mutig ihrer Phantasie freien Lauf. »Was soll so eine kleine Markierung auf einem Handrücken denn bewirken? Die Menschen laufen heutzutage wie Bilderbücher durch die Gegend, da wundert sich niemand über ein Teufelsgesicht auf einer Männerhand. Also ich plädiere für eine andere Art der Markierung: wasserfester Edding.«

Dora bat Inge um Erläuterung.

»Mit einem Stempel mit Sticheln kann er uns auf jeden Fall wegen Körperverletzung anzeigen. Stellt euch vor, die Hand entzündet sich, und es gibt Komplikationen, dann sind wir dran, dann wird die Polizei nach uns suchen, und dann werden die Beamten ganz flott unsere echten Namen und Adressen finden. Nein, das ist zu riskant. Ich bin dafür, dass wir uns einen einfachen stilisierten Kopf ausdenken, den jede aus dem Handgelenk zu zeichnen lernt. So schnell, dass ein unbedachter Moment reicht, um das Symbol zu hinterlassen. Oder kennt ihr das alte Kinderspiel ›Ich zeichne dir etwas auf den Rücken, und du musst erraten, was es ist‹? Bei den Männern ließe sich das Spiel auf dem Oberarm, im Nacken, auf der Glatze spielen. Zuerst eine Rateprobe mit einem stumpfen Stift, den man für eine Fingerspitze halten kann, und die nächste mit dem leise geöffneten wasserfesten Stift mit der dicken Spitze gemalt. Davon, und nur davon macht ihr flott ein Foto, auf dem der Rest des Kerls nicht zu erkennen ist. Ich sage euch, die schruppen sich wund, dann haben sie sich den Schmerz und die Abschürfung selber zugefügt, niemand kann uns wegen Körperverletzung anzeigen. Das wird ein Spaß!«

Sie erntete Zustimmung für ihren Vorschlag, Sina wirkte euphorisch, Vanessa war hoch motiviert und versprach, gleich am kommenden Tag die ersten Entwürfe zu senden, so einfach wie nötig, so ausdrucksvoll wie möglich.

Dora gefiel die Stimmung, die sich in der kleinen Gruppe entwickelte, genauso hatte sie sich die Offensive für Gerechtigkeit und Wahrheit vorgestellt. Frauen, die nicht mit hasserfüllter Verbissenheit, sondern mit Köpfchen und einer Portion Humor die Fiesen und Kriminellen, die aus den vermeintlichen Callcentern mit den falschen Biografien outeten. Auf ihrer Webseite würden sie die Geschichten veröffentlichen, die Lebenslügen, die gesendeten Fotos und gefälschten Biografien.

Ein lachendes Teufelsgesicht, genial.

***

Der Trick mit den beiden Tischen, die im Außenbereich des Cafés nebeneinander besetzt wurden, funktionierte tatsächlich. Sabine fühlte sich in der Nähe von Inge, Vanessa und Sina sicher und wohl. Sie überprüfte ihr Make-up im Taschenspiegel. Bislang hatte sie dem Mann nur ein Bild gesendet, das er garantiert nicht in ein Erkennungsprogramm eingeben konnte, mit Haar, das ihr wuschelig ins halbe Gesicht fiel. Nun mussten sie und er sich finden und hatten als Erkennungszeichen vereinbart, dass sie eine Rose auf dem Tisch liegen hätte. Im Blumenladen hatte sich alles in ihr gesträubt, eine rote zu wählen, die Farbe der Liebe sollte unschuldig bleiben, vor ihr lag nun eine pralle orangefarbene Blüte.

Sina erkannte ihn und zischte Sabine hinter vorgehaltener Speisekarte zu: »Da ist er.«

Tatsächlich, da schlich ein Mann mit merkwürdiger Frisur um das Preußen-Denkmal herum, verbarg sich, lugte wieder hervor, hielt sein Smartphone seitlich in ihre Richtung.

Inge wurde unruhig, hielt sich ebenfalls die Speisekarte vor das Gesicht. »Passt auf, der fotografiert. Sabine, du willst doch auch in die Karte schauen, oder?«

Sabine riss eine der vielen Karten aus dem Halter, der dabei geräuschvoll ins Wanken geriet, rettete ihn vor dem Absturz vom Tisch, hielt die Karte hoch und schaute unauffällig über die Kante.

»Mein Gott, der sieht ja noch schlimmer aus als auf dem Foto. Über dem Schädel angepappte Strähnen und der Rest zu einem Mäuseschwänzchen zusammengefügt.«

Auf dem großen, gemauerten, reichlich verzierten Sockel zeigte der Preußen-Adler ihnen den Rücken, links trat ein Mann hervor und ging mit für seine Körpergröße viel zu großen Schritten auf die Tische zu. In der Hand hielt er ein schlapp wirkendes Moosröschen aufrecht, dessen Blütenkopf sich der Schwerkraft folgend zu Boden neigte.

Sina flüsterte. »Mein Gott.«

»Nein, so sieht er nun wirklich nicht aus.« Inge schüttelte den Kopf.

Vanessa kicherte. »Was ist das denn?«

Allein die Frisur, die mit öliger Pomade auf dem Schädel klebte, wirkte wie aus einem schlechten Film.

»Wie alt soll der sein?«

Sabine schaute erneut ganz konzentriert in die Karte und raunte mit geringer Lippenbewegung. »Einundvierzig.«

Inge entfaltete die Karte mit den Snacks. »Das stimmt doch niemals, der sieht aus wie mein Opa. Guckt mal, diese dünnen Strähnchen, er hat einen grauen Ansatz und färbt seinen Minimalbewuchs. Ich tippe auf einundsechzig.«

»Zwanzig gemogelte Jahre, mein Gott.«

Inges Stimme wurde gewollt streng. »Sina, lass bitte Gott aus dem Spiel, schließlich sind wir als Teufelsweiber unterwegs.«

Vanessa musste sich beherrschen, um nicht loszuprusten.

»Guckt mal, der hat tatsächlich rote Sportschuhe an.«

Vier Frauen starrten dem unsicher herannahenden Mann auf die Schuhe. Knallrot mit gelben Schnürsenkeln, eine Sportlichkeit demonstrierend, die dem übrigen Mann nicht anzusehen war. Er hatte Sabine alias Susanne erkannt und strebte auf sie zu. In seiner Rechten hielt er ihr das traurige Moosröschen entgegen.

»Frau Blumenau?«

Sie nickte, er breitete die Arme aus.

»Da bin ich.«

Sie hielt die Karte in der Hand, um eine angedeutete Umarmung zu verhindern, stumm wies sie auf den Stuhl neben sich. Das Trio vom Nebentisch ließ ihn nicht aus den Augen, ein Kellner störte ihre Beobachtung durch die erneute Frage nach Wünschen und räumte die inzwischen leeren Cappuccinotassen auf sein Tablett.

»Das Gleiche noch einmal.«

Von Bredow bezeichnete sich als Privatier, sein Leben sei ein Rausch, ob sie auf das Kennenlernen mit ihm anstoßen würde. »Ein Glas Prosecco?«

»Nein danke, ich bin mit dem Wagen da.«

»Och, ein Glas schaffst du doch.«

Das war der Moment, in dem Sabine am liebsten aufgesprungen wäre. Sie krallte sich stattdessen mit der Linken an der Armlehne fest.

»So eine Superfrau wie du …«

»Nein danke. Sie können mir noch einen Kaffee bestellen.«

»Och, komm, lass uns Du sagen.« Er reckte sich, winkte und schrie: »Hallo! Herr Ober!«

Selbst die Frauen am Nebentisch versanken schamvoll in ihren Stühlen. Sina flüsterte: »So ein Proll, und das soll ein ›Von‹ sein?«

Inge beugte sich zu ihr. »Denk an diesen Ernst August, den die monegassische Prinzessin Carolin geheiratet hat, der hat doch sogar auf der Landesausstellung in Hannover einen Pavillon angepinkelt. Adel schützt nicht vor schlechten Manieren.«

Dem Kellner, der sich durch die Reihen schlängelte, sah man seine Meinung über den Gast an, der sich lautstark gönnerhaft zeigte. »Für meine Freundin noch einen Kaffee, und ich kriege ein frisch gezapftes Pils.«

Sabine nahm ihre Tasche in die Hand und stand auf. »Ich verschwinde mal eben.«

Hilfesuchend schaute sie die Frauen am Nebentisch an, Inge griff ebenfalls zur Handtasche und folgte ihr ins Innere des Cafés. Schon auf der Treppe zu den Toilettenräumen im Untergeschoss redeten sie drauflos.

»Der bezeichnet mich schon als seine Freundin, das ist zu peinlich.«

»Beherrsch dich noch ein wenig, zum Glück kennt er deine wahre Identität nicht, bleib in deiner Rolle als Susanne und versuche herauszufinden, wie er tickt, was er von Frauen erwartet.«

»Er denkt doch, dass ich mich da draußen mit ihm gemeinsam betrinke, um ihm anschließend in seine Bleibe zu folgen. Inge, sobald der mich anfasst, ist mein Date mit ihm vorbei.«

Inge legte die Hand auf ihren Arm. »Ja, und das ist gut so, wir haben ausgemacht, dass es immer nur so weit geht, wie wir wollen.«

Als die beiden wieder nach draußen kamen, wurde dem Adeligen gerade ein weiteres Pils serviert. Sabine setzte sich mit einem angedeuteten Lächeln neben ihn, hängte ihre Handtasche, eine typisch große für Frauen, die ihr halbes Leben mit sich herumtragen, zwischen ihn und sich an die Armlehne.

»Sag mal, warst du immer schon Privatier, oder bist du mal einer Berufstätigkeit nachgegangen?«, fragte Sabine, nachdem er sein Glas auf sie gehoben hatte.

Er erzählte, er sei lange Zeit in Saudi-Arabien gewesen, habe dort Industrieanlagen gebaut, gutes Geld damit verdient.

»Du bist Ingenieur?«

»Nicht ganz.«

»Architekt?«

»Auch nicht. Prost.«

»Was denn nun?«

Er druckste herum, bevor er leise weitersprach. »Ich war als Schlosser da, Vorarbeiter für die ganzen Kanaken aus Asien.«

Sabine glaubte, sie habe sich verhört. »Was hast du gerade gesagt?«

Er bemerkte den schärfer gewordenen Ton. »Die brauchen immer jemanden, der den Kerlen da unten sagt und zeigt, wo es langgeht. Ich frage mich echt, wie die ihre Bauten für die Fußball-WM fertig kriegen wollen, denn jetzt guckt die Welt darauf, da muss et freundlich zugehen. Früher war dat anders.«

Sabine lehnte sich zurück. »Hör auf. Erzähl mir lieber, wieso ein Mann wie du es nötig hat, eine Frau über eine Annonce zu suchen.« Sie lächelte fein.

Die Frauen am Nebentisch beömmelten sich, Vanessa prustete in ihre Cappuccinotasse, Inge hielt die Luft an, um nicht in lautes Gelächter auszubrechen, Sina fächelte sich Luft zu. Sabine schaute an dem Mann vorbei zu ihnen und fühlte sich bestätigt, während der Herr von Bredow mit der Hand seine Frisur glatt strich, was nicht nötig war. Das zweite Pils schien seine Zunge zu lockern.

»Ich, ähm, also ich hatte viel Pech mit den Frauen. Viele wollen eigentlich nur mein Geld. Irgendwann hatte ich keinen Mut mehr, sie direkt anzusprechen. Du bist so anders.«

Ganz offen ließ er seinen Blick an ihrer Figur entlangstreifen, verharrte bei den übereinandergelegten Knien unter ihrem Sommerrock. »Du bist da eine echte Neun.«

»Was bitte?«

Am Nebentisch herrschte plötzlich Stille, die drei Frauen warteten auf die Erläuterung.

»Na, ich guck mir immer die Frauen an und bewerte sie auf einer inneren Skala von eins bis zehn.«

Grinsend leerte er die Neige aus seinem Glas. »Und du bist eine glatte Neun, vielleicht auch eine Zehn. Ja, da bin ich mir sogar ziemlich sicher, wenn ich genau hinschaue.«

Er beugte sich über die Taschensperre zu ihr. »Das kann ich aber erst beurteilen, wenn wir beide mal … Schnickschnack, du verstehst?« Dabei schloss er mit einer schrägen Grimasse ein Auge – ein Zwinkern, bei dem sich eine unbekannte Frau am Tisch zu Sabines anderer Seite vorbeugte. Sie blickte den Mann ganz offen an und brach in Gelächter aus.

Sabine drehte sich um und sah sie fragend an.

»Entschuldigen Sie, der Satz mit der glatten Neun, der kam mir bekannt vor. Schnickschnack! Der heiße Kurt ist wieder auf Frauenjagd, ich kann nicht glauben, dass er sich immer noch hier ins Extrablatt traut.« Eine hübsche Frau, stilvoll gekleidet und dezent geschminkt, blickte über Sabine hinweg. »Nicht wahr, Kurt? Immer sollst du zahlen, du Armer, und weil die Frau, die dich gerade kennenlernt, sich nicht sofort in deine enttäuschenden Erlebnisse einreihen will, zahlt sie aus Mitgefühl natürlich heute die Rechnung.«

An Sabine gewandt sprach sie weiter, während der Mann unruhig auf seinem Stuhl hampelte wie ein Kind, das man beim Bonbonklauen erwischt hat.

»Passen Sie auf, er wird gleich vorschlagen, etwas Herzhaftes zu sich zu nehmen, dazu wird er sich noch ein Bier bestellen, vielleicht auch einen Eiskaffee zum Nachtisch. Zahlen Sie bloß nicht für seine Ideen, falls Sie ihn wirklich noch ein zweites Mal ertragen können.«

Jetzt meldete sich der Mann zu Wort. »Karin, das ist echt unfair.«

Sie behielt die Contenance, setzte sich aufrecht und blickte ihn unverhohlen an.

»Vera. Kurt, mein Name ist Vera, du erinnerst dich? Nach unserem ersten und einzigen Treffen war mir sofort klar, dass dein Intellekt sich von meinem unterscheidet. Wie du siehst, kann ich mir deine belanglosen Sätze über einen längeren Zeitraum hinweg merken, während es dir nicht mal gelingt, einen Namen mit vier Buchstaben abzuspeichern.«

Vom Nebentisch auf seiner Seite gab es Beifall, Vanessa konnte nicht anders. Inge und Sina fielen in ihren Applaus ein, die Gäste an den anderen Tischen drehten sich um. Kurt wich zuerst alle Farbe aus dem Gesicht, dann folgte eine tiefe Röte. Die Frauen skandierten. »Schnickschnack-Kurt, Schnickschnack-Kurt …«

Plötzlich sprang er auf, und seine roten Sportschuhe trugen ihn erstaunlich schnell aus der Lokalität.

Sabine winkte dem Kellner. »Der Mann hat vergessen zu bezahlen.«

Der junge Mann lief ihm flink nach. »Hallo, Sie, Sie müssen noch bezahlen!«

Die meisten Gäste widmeten sich wieder ihren Gesprächen, während fünf Frauen an drei Tischen sich die Lachtränen aus den Gesichtern tupften. Vera beobachtete, wie die drei von der anderen Seite näher an Sabine heranrückten. »Ihr kennt euch? Seid ihr Freundinnen, die den neuen Mann beim ersten Rendezvous begutachten?«

Sabine lächelte sie an. »Nein, wir mischen als Club der Teufelsweiber die unehrenhaften Männer auf.«

»Ach, das ist ja interessant, das müsst ihr mir erzählen. Ich bin die Vera.« Sie rückte näher.

***

Die Hand streckte sich weit aus, um aus der hölzernen Ablage einen der bunten Kugelschreiber mit Werbeaufschrift zu greifen, bebte im Licht der altmodischen Schreibtischlampe mit dem Glasschirm, außen grün, innen weiß. Die Finger, kurze, akkurat geschnittene Fingernägel, die Haut an Handfläche und -rücken rau, wählten einen dünnen grauen Stift mit dem Logo der Landesklinik Bedburg-Hau, der Aufschrift »LVR, Qualität für Menschen«. Der Daumen betätigte den Druckknopf mehrmals, die Kugelspitze der Mine fuhr mit leisem Klick-Klick ein und aus.

Das aufgeschlagene, zur Hälfte beschriebene Schulheft lag exakt an der Kante der zerfledderten Schreibtischauflage. Bereit zum täglichen Eintrag. Einatmen, ausatmen.

»Herr, ich fühle mich endlich verstanden auf dieser Welt. Zum ersten Mal seit langer Zeit bin ich zuversichtlich, nun wird alles wieder gut. Das war kein Zufall, das war dein Werk, du hast mir den Weg gewiesen, und nun bin ich nicht mehr allein mit meinen Gedanken, dem Auftrag. Es gibt andere, die denken und fühlen wie ich. Da ist ein ›Wir‹, das stark ist und handeln wird. Ich sehe ein Fanal, deine Engel sind wie immer verkleidet, damit ihnen nichts geschieht auf dieser Welt. Ich bin froh, in dir meine Zuversicht nie verloren zu haben, seit du mir zum ersten Mal ein Zeichen gegeben hast. Erinnerst du dich? Ich wollte die Klinge an meine Adern führen, da sah ich dein Licht und spürte eine Wärme und eine Kraft, die meine Hände sinken ließ. Seitdem bin ich bei dir und habe geduldig auf diese Phase in meinem Dasein gewartet. Alles wird gut.«

In völliger Ruhe drückte der Daumen ein einziges Mal auf den Druckknopf, die Feder ließ die Mine wieder frei, sie schnellte zurück in die Hülse. Das Heft wurde zugeschlagen, auf dem Etikett stand statt des Namens die Nummer »1193«. Es wurde zuoberst auf den äußeren Stapel von Heften ins Regal über dem Schreibtisch gelegt.

ELF

Die Bilder dieses Falles würden ihnen nicht nur im Gedächtnis bleiben und Stoff für die kommenden Erinnerungserzählungen abgeben. Der erste Eindruck vom Tatort war der Stempel geworden, das Bild, das sozusagen auf jeder Akte und jeder Aktion unsichtbar prangte. Das, was die Ermittler anfangs gesehen und gespürt hatten, war ins kollektive Gedächtnis des K1 eingebrannt.

»Die Dekoration rundherum, links und rechts kleine Sträuße aus Frischblumen in den Farben des Porzellans, Hasenfiguren als Kerzenhalter, da, schau, selbst die Servietten sind mit passenden Blümchen bestickt.«

Karin Kraffts erste und spontane Beschreibung dieses einmaligen Tatortes gehörte zum Skurrilsten, was das erfahrene Kommissariat je erlebt hatte. Der Geruch war ebenso einmalig und hatte sich festgesetzt. Es war der Wohlgeruch einer opulenten Torte, ein Hauch Kirschwasser lag gleichsam immer in der Luft, gemischt mit dem Aroma frisch aufgebrühten Kaffees. Die Erinnerung daran löste bei der Hauptkommissarin augenblicklich Speichelfluss aus. Genauso wie es beim ersten Gang in dieses Todeshaus passiert war.

Die vom Geruchssinn ausgelösten positiven Impulse waren zwar verführerisch, doch insgesamt ließ die Erinnerung sie ernüchtert zurück. Karin Krafft, Gero von Aha und die anderen waren nach etwas mehr als einer Woche mit der Aufklärungsarbeit längst nicht so weit, wie sie erwartet hatten. Von Aha war nicht zu der aktuellen Besprechung erschienen, weil er sich nicht von seinen Nachforschungen lösen konnte, und Karin Krafft musste den Raum verlassen, weil die Behördenchefin van den Berg sie dringend zu sprechen wünschte.

Die vermeintlich zahllosen Messerstiche, also das, was sie als »Übertötung« bezeichneten, die Auffindesituation von Beate Heuwels, die ermordet neben ihrem Bett gelegen hatte, überall

Blutspritzer, an den Wänden, auf der Tagesdecke, am Schrank, die Horrorszene in einem ansonsten makellos aufgeräumten Zimmer – all das spiegelte die Fotowand im Besprechungsraum wider, auf die das übrige K1 nun zusammen mit Staatsanwalt Aaron Nilsson schaute. Die Aufnahmen eines ungeklärten Falls.

Dieses zu lange nicht aufgeklärten Falls, wie Nilsson soeben angemerkt hatte. Er war deutlich unzufrieden mit der Entwicklung – der vorgesetzte Oberstaatsanwalt hatte ihn wohl spüren lassen, dass er jetzt Ergebnisse zu liefern hätte. Das malte sich das K1 jedenfalls so aus, denn Aaron Nilsson kannten sie anders. Bestimmt, aber lockerer. Das sorgte für Spannung und die wiederum für Druck und Unzufriedenheit.

»Wir müssen mehr auf die Erkenntnisse der Kriminaltechnik setzen, wir brauchen alle Kompetenzen dafür«, verlangte er. Gemurmel antwortete ihm, sogar ein hämisches Lachen schmuggelte sich dazwischen.

»Ich habe dafür sorgen können, dass wir hier in der Provinz mit allen ermittlungstechnischen Möglichkeiten ausgestattet werden. Wir bilden eine Soko«, sagte der Staatsanwalt. Er schaute ein wenig triumphierend in die Runde. Sie mussten endlich alle Register ziehen, und dazu gab es nun eben grünes Licht der Oberbehörden und des Innenministeriums.

»Es lebe die Soko Torte«, rief Nikolas Burmeester dazwischen. Das war nun deutlich fehl am Platz, die scheibenwischerartige Handbewegung vor der Stirn, die Tom Weber spontan ausführte, ließ keinen Deutungsspielraum zu. Allgemein war das K1 froh, dass sich die Hilfe höherer Stellen auf das Tempo der Aufklärungsarbeit und die Fülle der Ergebnisse auswirken würde.

»Wohl wahr, es ist keine Zeit für Scherze. Die Soko ›Am halben Mond‹ erhält alle notwendigen Ermächtigungen und kann durchstarten. Die Ursache und die Umstände des Todes müssen so schnell wie möglich am Tatort und in der Gerichtsmedizin neu aufgerollt werden. Zur Sache berichtet nun Tom Weber, er hat mit der Rechtsmedizin den aktuellen Stand der Dinge detailliert erörtert.«

Nilsson forderte den erfahrenen Kommissar mit leichter Handbewegung auf, an die Flipchart zu treten und seinen Bericht zu beginnen, seine Kollegen Burmeester und Jerry Patalon schauten aufmerksam zu.

»Das für den Kreis Wesel zuständige Rechtsmedizinische Institut in Duisburg hat am zweiundzwanzigsten Juni, also noch am Auffindetag, die Leiche obduziert. Neben zwei Medizinern und einem Gehilfen waren zu einem späteren Zeitpunkt Staatsanwalt Nilsson und Kriminalhauptkommissarin Krafft im Obduktionssaal dabei. Der endgültige Bericht von Dr. Justus Pape liegt erst heute komplett vor. Zusammenfassend beschreibt der verantwortliche Obduzent eine Vielzahl von Stichwunden. Er kommt auf zehn Stiche, nur ein zentraler und tödlicher Stich wurde offensichtlich bewusst geführt. Und der ist nachweisbar mit einem zweiten Messer durchgeführt worden. Insgesamt war es eine wilde Stecherei, was auf eine hochemotionale, unkontrollierte Aktion hindeutet. Vielleicht hat sich eine Situation hochgeschaukelt, Wut explosionsartig entladen, so etwas in der Art.«

Tom wies auf die an der Wand festgepinnten Tatortfotos, die einen guten Überblick über die Auffindesituation boten. Vor allem vermittelten sie den Eindruck einer wüsten Katastrophe, die in ein wohlgeordnetes, heimeliges Zuhause eingebrochen war. Dieser Widerspruch schmerzte fast.

Tom pochte mit dem Zeigefinger auf das Bild. »Der Täter muss sein Opfer erst in Sicherheit gewogen und dann in die Enge getrieben haben.«

»Interpretation, so weit sind wir noch nicht. Zunächst die Fakten bitte«, entgegnete Nilsson.

»Sorry«, sagte Tom, »was also wissen wir bisher? Der Obduzent fasst zusammen, dass die Verletzungen zum großen Teil vital entstanden, eher oberflächlich. Nur ein Stich, der letzte, gezielt gesetzte, war tödlich.«

Die Kollegen schauten ihn erwartungsvoll an.

»Vital entstanden Stichverletzungen im Bauchraum. Außerdem Schädel- und Armverletzungen, auch solche an der Hüfte und am Gesäß, die von einem Sturz stammen können und davon, dass das Opfer geschleift wurde, bevor es abgelegt wurde. Anzeichen von sexuellem Missbrauch sind nicht zu finden, dieses Thema können wir ausschließen. Der Todeszeitpunkt kann bei der gemessenen Raumtemperatur und der Körpertemperatur bei Auffindung auf zehn bis elf Uhr geschätzt werden. Der Blutalkoholwert ergab 0,18 Promille, was einem Begrüßungslikörchen entsprechen könnte. Ihr, liebe Kollegen, habt passende Gläser vorgefunden, wie ich hörte.«

»Ja, aber die waren unbenutzt.«

»Dann hat sich das Opfer wahrscheinlich, bevor ihr Besuch kam, ein Glas Likör gegönnt.«

Eine alkoholbedingte Beeinträchtigung oder Beeinflussung habe also nicht vorgelegen, auch die toxikologische Untersuchung von Mageninhalt, Blut und Urin habe keine gesteigerten Auffälligkeiten ergeben. Bis auf Spuren eines starken Herzmittels, die allerdings im therapeutisch normalen Wirkbereich lagen, hatte man nichts gefunden. Der Mediziner habe aber von einer erheblichen Herzschwäche bei Beate Heuwels gesprochen, und da sei ungewiss, wie Aufregung oder Angst in einer lebensbedrohlichen Lage verstärkend gewirkt hätten.

»Gut«, sagte Tom, »es bleibt also der Tod durch Gewalt. Moment, ich habe die letzte Seite übersehen, da geht der abschließende Satz noch weiter.«

Er blätterte um. »Da steht ein Nachsatz. Das ist ja ein Ding.«

Nilsson, der schon aufgestanden und auf dem Sprung war, stutzte. Er drehte sich zu Tom um. Seine Stimme war ungehalten, als er sagte: »Ja, was denn noch? Ich muss weiter.«

»Du solltest ein paar Minuten dranhängen, es wird dich interessieren, dass Pape noch etwas gefunden hat. Hier im Nachsatz heißt es: ›Es wurden leichte Würgemale vorgefunden, ob ein regelrechter Würgevorgang stattgefunden hat, konnte anhand der Spuren nicht gesichert werden. Der mögliche Vorgang hat aber mit an Sicherheit grenzender Wahrscheinlichkeit nicht zum

Tode geführt. Des Weiteren ist eine hohe Anzahl feinster Blutergüsse gefunden worden, über den ganzen Körper verteilt, von denen elf einen winzigen stecknadelkopfgroßen Einstich aufweisen. Eine mögliche Erklärung ist das mehrfache Auftreffen einer Messerspitze auf die Haut, eher kraftlos, da ohne Einstich oder gar Stichtiefe.‹«

Gut, das war eine maßgebliche Ergänzung der bisherigen Ermittlungsergebnisse. Was nur sollte man mit dieser neuen Erkenntnis anfangen? War Beate Heuwels mit dem Messer in die Enge getrieben worden, erst nur angetippt, dann mit Stichen verletzt, leichte Würgemale, dann ein tödlicher Stich? War sie ein doppeltes Opfer geworden, waren es zwei oder mehr Täter gewesen?

Die Besprechung löste sich schnell auf, es war Ausstattung für die Soko zu besorgen und im Besprechungsraum aufzubauen. Tom wollte die Frage schnell an Karin Krafft weitergeben, auch die Tatsache, dass sie nun als Soko eingestuft waren. Schon hatte er den Hörer in der Hand und wählte die Dienstnummer der Chefkommissarin.

»Ach, Soko ›Am halben Mond‹? Da hat wohl jemand Druck auf Nilsson ausgeübt. Die van den Berg wollte mich bestimmt darüber informieren, aber jetzt geht sie die ganze Zeit nicht ans Telefon«, kommentierte Karin.

Tom schilderte seine Eindrücke der Besprechung, kam schnell zum Punkt und teilte die neuen Ergebnisse aus Duisburg mit.

»Die Abweichung des tödlichen Messerstichs von all den anderen war uns ja schon bekannt. Dass zwei Messer im Spiel waren, ist neu. Neu ist auch die Entdeckung der Würgemale und der winzigen Blutergüsse, geringe Spuren, sonst hätten wir sie gleich wahrgenommen. Was in dem vorgefundenen Blutbad aber auch nicht einfach war. Die These, dass es zwei oder mehr Täter gegeben hat, sollte weiterverfolgt werden.«

Karin schwieg einen Augenblick. »Es gab keine Fremdspuren in der Wohnung«, sagte sie dann. »Weißt du, was mich nach wie vor erstaunt? Eine oder mehrere Personen, die sich in einem emotionalen Ausnahmezustand befinden, die können nicht so umsichtig handeln und in aller Ruhe noch putzen, wischen und auf die Schonung des Bodens achten. Wir haben irgendetwas übersehen, irgendwas, das diese Situation erklären kann.«

»Was ist mit diesem Schlaphysen und seinem windigen Alibi? Der kann durchaus am Dienstag schon wieder so weit auf den Beinen gewesen sein, dass er dort war. Vielleicht stimmt ja auch seine ganze Geschichte mit der Magen-Darm-Erkrankung nicht.«

»Da habe ich auch schon drüber nachgedacht, nur kann ich mir nicht vorstellen, dass jemand die goldene Kuh schlachtet, die er melkt. Verstehst du?«

Tom überlegte kurz, warum er immer noch im Besprechungsraum stand und telefonierte, statt kurz zur Chefin ins Büro zu gehen. Er hörte ihr weiter zu, während er sich auf den Weg machte, Ideenaustausch ohne Unterbrechung.

»Er hat von allen Frauen profitiert, warum sollte er eine loswerden wollen, und dann noch auf so bestialische Art und Weise?« Karin blickte auf, als er in ihr Büro eintrat, gleichzeitig beendeten sie das Telefonat, Tom setzte sich, die Chefin fuhr fort.

»Der Schlaphysen ist ein Weichei. Der kann Frauen Geld aus den Rippen leiern, das ist alles. Dem traue ich aber nicht zu, dass er zusticht. Selbst die Apothekerin beschrieb ihn als wehleidig. Und seine filmreife Flucht hier aus dem Gebäude, als er die drei Frauen sah, war feige. Nein, nein, Tom, da liegt noch eine Menge im Dunkeln. Und wo ist das Tatwerkzeug? Es wäre gut, wenn wir die Messer finden. Außerdem sollten wir die Befragungen in der Nachbarschaft wiederholen und ausweiten. Noch haben wir nicht alle erreicht.«

Die widersprüchlichen Wahrnehmungen, die Düfte der Torte und des frischen Kaffees im Gegensatz zu dem metallischen Blutgeruch im Nebenraum, gingen Karin Krafft nicht aus dem Kopf.

»Zukünftig werden mir wohl beim Anblick einer Schwarzwälder Kirschtorte die Bilder des Blutbades vor Augen stehen. Wieso gibt es nirgendwo entscheidende Spuren vom Täter? Oder mehreren Tätern? Da muss auch die Spurensicherung noch einmal ran.«

Sie griff zum Telefon und wählte Heierbecks Nummer, der Leiter der Spurensicherung meldete sich mit Verzögerung, sie erläuterte die Sachlage, ja, Soko, er solle sich mit seinem Team auf den Fall konzentrieren.

»Durchkämmen Sie noch einmal die Wohnung, den Hausflur, den ganzen Block, es muss Spuren geben, die wir bislang noch nicht gefunden haben.«

»Machen wir.«

Tom stand auf. »Ich nehme Burmeester und Jerry mit, okay?«

»Was ist mit Gero?«

»Der steckt im Internet und forscht nach, ob Victor van Beversen irgendwo Spuren hinterlassen hat oder ob eine der Frauen etwas veröffentlicht hat, das uns weiterbringt.«

»Was meint er genau?«

»Frag ihn selber, ich mach mich auf den Weg.«

»Gut, nimm alles mit, was Beine hat, denken und kombinieren kann. Ich komme nach.«

Er nickte und verließ das Büro.

Stille trat ein. Ungute, energieraubende Stille um den Tod einer pensionierten Grundschullehrerin.

Mysteriös.

***

Als Karin eintrat, saß Gero von Aha mit geröteten Augen und wirrem Haar vor seinem Bildschirm und sah aufgeschreckt zu ihr hoch.

»Sitzt du seit dem Morgen vor dem PC?«

»Na klar. Ich bin auf der Suche nach Lug und Betrug. Es macht mich fertig, was ich hier alles entdecke.«

Karin blickte auf den Boden unterhalb seines Druckers, dort

lag ein wirres Durcheinander von bedrucktem Papier. »Offenbar bist du fündig geworden.«

Er winkte ab. »Hör auf, das ist das Abbild einer zweifelhaften Bilanz.«

Karin setzte sich, er erklärte.

»Ich habe versucht, mich in eine betrogene, verletzte Frau hineinzuversetzen, die wie viele heutzutage vernetzt ist und zu den regelmäßigen Nutzerinnen des Internets gehört. Wo würdest du dich outen und Gleichgesinnte finden? Richtig, auf Instagram, auf Facebook, bei den Influencerinnen auf YouTube.«

Er schlug die Hände vor die Stirn und schüttelte den Kopf. »Und genau die rauben mir den letzten Glauben an die junge Frauenwelt, die sind so naiv und gleichzeitig konservativ und haben erstaunlicherweise Tausende von Interessierten, die ihnen folgen. Follower. Bei denen gibt es zum Thema Untreue und Betrug in der Beziehung reihenweise Tipps. Der erste Schritt soll offenbar sein, dem Jungen deiner Wahl zu verzeihen und alles zu tun, um ihn zurückzugewinnen. Dazu gehört unbedingt, sich schön zu machen, um die andere, die Bitch, aus dem Rennen zu werfen.«

Von Aha raufte sich die Haare. »Das ist eine Denke, da fällst du vom Glauben an die moderne, selbstbewusste Frau ab. Diesen Kanal habe ich wieder verlassen.«

»So schlimm?«

»Da beschreibt so ein durchgestyltes Ding, das gerade aus der Pubertät raus ist, was die Betrogene alles falsch gemacht haben kann. Da heißt es, wenn er dies oder das mag und du nicht, lass ihn machen. Er müsse glücklich sein, dann denkt er nicht an eine andere. Ist das zu fassen? Warum wird seit Jahren um Emanzipation und Gleichstellung gekämpft, wenn sie ihren Jungen heute die Pantoffeln hinterhertragen? Das ist nicht unsere Altersklasse, okay, aber die verkörpern die Zukunft des Landes.«

Karin schaute in seine Richtung. »Hey, reg dich wieder ab, das ist ein kleiner Teil unserer Gesellschaft. Heute sind sie angesagt, und morgen sind sie verschwunden. So wird das mit diesen Influencern laufen.« Sie blickte ihn streng an. »Du siehst schlecht aus, du brauchst eine Pause. Komm, mach uns erst mal einen Nobelkaffee.«

Von Aha stand auf und reckte sich, ging mit ungelenken Schritten zur Tür. »Verdammt, ich habe mir das Kreuz lahm gesessen.«

Sie gingen zur Teeküche, seine Arme und Hände funktionierten besser als die Beine, er setzte seinen geliebten Kaffeeautomaten in Gang, ließ ihn mahlen, brodeln, zischen, es duftete, und das Leben kehrte in den Hauptkommissar zurück. Erst jetzt bemerkte er die Ruhe auf dem Flur. Sonst standen die meisten Türen offen, und sobald der Automat sich auch nur räusperte, erschien mindestens ein Kollege im Türrahmen und hob den Zeigefinger, ich auch bitte.

»Wo sind die anderen?«

Karin klärte ihn über die Soko »Am halben Mond« auf und erläuterte, dass Wohnung, Haus, Straße, Block und Stadtviertel gerade noch einmal befragt und durchsucht würden.

»Soso, Soko. Dabei stehen wir doch am Anfang der Ermittlungen, wer hat denn da ein gesteigertes Interesse an flotter Aufklärung?«

»Ich kann es noch nicht einordnen und habe nicht selber mit Aaron gesprochen. Ich werde ihn morgen fragen. Und jetzt du. Was gibt es zum Thema noch im Netz?«

Beide nahmen ihre Tassen mit auf den Flur, stellten sich an ein Fenster mit Blick auf die Stadt, unter ihnen der Parkplatz der Kreispolizeibehörde, dahinter der pulsierende Verkehr auf der Reeser Landstraße.

»Wer koordiniert gerade vor Ort?«, fragte von Aha.

»Tom. Und jetzt erzähl endlich, was du noch entdeckt hast.«

»Ich habe die Namen der Frauen eingegeben, die Mittwoch- bis Freitag-Frauen vom Schlaphysen. Da gibt es nur eine, die sich auf Instagram und Facebook darstellt, du kannst dir denken, welche es ist.«

»Carolina Steiger aus Xanten?«

»Genau, vom Küsschen für das Kätzchen bis zur neuen Vase aus Muranoglas und der aufregenden Frisur wird gepostet, was das Zeug hält. Die braucht ständig Anerkennung. Aber weißt du, was da fehlt?«

»Ich tippe mal auf die Beziehung zu einem gewissen Victor van Beversen?«

Von Aha schnupperte an seinem Becher, blies die Hitze fort und nahm einen ersten Schluck, lächelte. »Hmm, deine Idee und mein italienischer Kaffee retten mir gerade das Leben.«

»Die postet nichts von Victor, oder?«, fragte Karin noch einmal nach.

»Genau, aber es liegt wohl daran, dass es in ihrem Leben nur eine Person gibt, die ihr wichtig ist, und das ist sie selber. Ich glaube, man spricht da von einer narzisstischen Persönlichkeit. Neben so einer Frau kann niemand auf Dauer existieren, vielleicht passt es wie Deckel auf Pott, dass ein Mann sie nur donnerstags besucht.«

Karin drehte nachdenklich ihren Becher in den Händen, schaute sich das Rotkehlchenmotiv an. »Das ist Sisyphusarbeit. Glaubst du wirklich, dass du etwas finden wirst?«

»Du vergisst eines, hier haben wir es zunächst einmal mit lauter Frauen zu tun. Eine ist tot, die anderen drei haben erst vor kurzer Zeit erfahren, dass ihr Liebster ein Schlitzohr ist und sie nicht die einzige Prinzessin in seinem Leben sind. Aber Frauen teilen sich mit, suchen Chats zu bestimmten Themen auf, das Spektrum umspannt, je nach Alter und Bildungsgrad, Küchenrezepte, philosophische Runden oder handwerkliche Fragen und, nicht zu vergessen, Herzensangelegenheiten. Und genau hier setze ich an und gebe alle uns bekannten Namen ein, wobei die Wahrscheinlichkeit, dass Beate Heuwels und Hedwig Abelsmann da auftauchen, eher gering ist.«

Von Aha leerte seinen Becher und stellte ihn auf die Fensterbank, stützte sich ab und hielt seine Stirn an die Scheibe.

»Ich muss auch noch Webseiten mit abenteuerlichen Namen

überprüfen, schräge Bezeichnungen wie ›Hate them all‹, ›Schluss mit Schnuffel‹, irgendwas mit Teufelsweibern oder ›Wer kennt Klaus‹. Ich muss den ganzen ausgedruckten Kram, der bei mir auf dem Boden liegt, mal ordentlich sortieren, systematisch vorgehen. Da wird eine Nachtschicht draus. Karin, lass mich bis morgen suchen, dann kannst du mich wieder woanders einsetzen.«

Die Chefin nickte, klopfte ihm auf die Schulter. »Vergiss nicht, alle paar Stunden musst du essen, trinken, laufen. Mach. Ich fahre raus zu unseren Kollegen.«

Gero von Aha schlurfte zurück in sein Büro, Karin hörte noch, wie er mit genervtem Gemurmel sein gedrucktes Papierwerk zusammenklaubte.

Auf dem Weg durch das Treppenhaus telefonierte sie mit Tom. Gemeinsam würden die beiden noch einmal in die Wohnung des Opfers gehen, die direkten Nachbarn im Haus befragen. Irgendwie musste es doch vorwärtsgehen.

Verflixt.

***

Hauptkommissarin Karin Krafft fand ihren Kollegen Tom Weber am Eingang zu Beate Heuwels' Wohnung.

Die gesamte Straße war mit Dienstfahrzeugen zugeparkt, überall wimmelte es von blauuniformierten Männern und Frauen, die in Mülltonnen schauten, unter die dauergeparkten Fahrzeuge lugten, sich Zutritt zu den Gärten verschafften, Strauchwerk durchsuchten und in Kellerschächte leuchteten. Karin war beeindruckt.

»Donnerwetter, das ist ja ein Aufgebot, wie wir es selten in Anspruch nehmen.«

Tom wies lächelnd auf den Kollegen Heierbeck, dessen Kopf kurz aus der Tiefe der Wohnung grüßte.

»›Soko‹ heißt das magische Wort, und der Kollege hat richtig Dampf gemacht. Am Abend ist der gesamte Bezirk durchkämmt, und wenn hier auch nur ein Papiertaschentuch von einem Täter fortgeworfen wurde, im Regen lag und ein Hund darübergelaufen ist, würde er dennoch die Herkunft nachweisen. So habe ich Heierbeck noch nie erlebt. Er hat hier das Kommando übernommen und die Suchaktion der Hundertschaft koordiniert, die jeden Grashalm umdrehen soll, sämtliches Straßenbegleitgrün bis zum Rhein. Selbst das Außengelände der Firma Pilkington Automotive wird gerade durchwühlt, es könnte jemand tatrelevante Gegenstände über den Zaun geworfen haben.«

Am Tatort, im Erdgeschoss des Hauses waren Heierbecks Kollegen von der Spurensicherung in weißen Schutzanzügen am Werk, aufgeklappte Metallkoffer mit Arbeitsmaterial säumten den Eingangsbereich, wirkten befremdlich in der altbackenen Ordnung.

Tom fuhr fort. »Auf der anderen Seite der Fischertorstraße weitet sich die Suchaktion bis zu den Schrebergärten aus, dann kommt noch die Kläranlage dran. Richtung Osten durchkämmt ein Kollegenstab sämtliche angrenzenden Gärten, den Grünstreifen auf dem Ring, alle offen zugänglichen Mülltonnen und die öffentlichen Mülleimer.«

Das Polizeisiegel, das den Zugang zur Wohnung beschränkte, war zerschnitten, die Tür stand offen. Der Blick durch den Flur ins Esszimmer – der unveränderte Tisch, mittig das Tortenwunder vom halben Mond – bewirkte dieses Mal Ernüchterung. Selbst aus der Ferne war erkennbar, dass die Blumen welkten und das konditorische Meisterwerk Spuren der Vergänglichkeit aufwies. Eine Schande, dachte Karin.

Sie wollte hineingehen, Tom hielt sie auf.

»Der Meister wünscht, nicht gestört zu werden. Heierbeck und ich stehen in telefonischem Kontakt, Hotline, wie er es nennt, er wird mir mitteilen, wenn er fertig ist und das Fußvolk eintreten darf.«

»Dann werden wir zwei hier noch einmal die Nachbarn besuchen, oder muss ich das mit dem Koordinator absprechen?«

Tom grinste, wies nach oben. »Bitte, nach dir. Burmeester und Jerry sind auf der gegenüberliegenden Straßenseite unterwegs.«

Der Hausflur vor der Tür im ersten Stock war belebter als unten, es gab Blumen am Flurfenster, hier herrschte keine sterile Ordnung, ein Korb mit Utensilien, wie sie von Friedhofsbesuchern mitgenommen wurden, eine Schaufel, eine Harke mit extrem kleinem Stiel, zwei Dauerbrenner fielen in den Blick. Es dauerte, bis Franziska Mertens mit hochroten Wangen die Tür öffnete, ein Schwall Tabakrauch ging von ihr aus. Sie starrte den beiden Menschen entgegen, die ihre Dienstausweise hochhielten.

Bevor die Kriminaler etwas sagen konnten, rief sie in die Wohnung. »Jetzt geht es los, jetzt kommen die schon wieder ins ganze Haus, um alles zu durchwühlen.«

Eine Männerstimme antwortete aus der Tiefe der konventionell in Eichenholz eingerichteten Wohnung. »Was sagst du?«

Sie, etwas lauter: »Jetzt stehen die schon wieder vor der Tür und wollen bestimmt bei uns nachgucken, ob sie was finden.«

Er, aus dem äußersten Eck der Wohnung: »Wer steht vor der Tür?«

»Na, zwei Kriminalbeamte, eine Frau und ein Mann.«

Karin Krafft stoppte diesen unseligen Dialog. »Frau Mertens, nehme ich an?«

»Ja, und ob.«

»Wir würden uns gerne noch einmal mit Ihnen unterhalten. Ihre Beobachtungen als Zeugen sind uns wichtig. Wir wollen nichts durchwühlen, versprochen.«

»Wissen Sie, wir haben hier richtig Angst, aber das habe ich ja schon vor Tagen alles Ihrem bunten Kollegen erzählt. Eine Tote im Haus, das ist kein gutes Zeichen. Und dann heute plötzlich die vielen Polizeibeamten da draußen und unten in der Wohnung, wir beobachten das schon die ganze Zeit und fragen uns, was die wohl suchen.«

Sie bedeutete den beiden, ihr zu folgen und sich auf das Sofa zu setzen. Karin schaute sich um, die Einrichtung entstammte wohl noch dem letzten Jahrhundert, das einzig Farbige war ein kleiner, kompakter Blumenstrauß in einer Vase auf dem Sideboard. Daneben stand das gerahmte Foto eines fröhlich lachenden Mädchens, umrahmt mit einer schwarzen Schärpe, davor lag ein Totenblättchen von 2010, für alle Ewigkeit laminiert.

Frau Mertens folgte Karins Blick. »Das ist unsere Enkelin. Wie Sie sich denken können, lebt sie nicht mehr. Man vergisst nicht, wenn Kinder vor einem gehen. Sie war noch so jung, unsere Alessa.«

Ihr Mann, der sich den Sessel zum Fenster gedreht hatte, um nichts von dem zu versäumen, was draußen geschah, mischte sich ein. »Lass gut sein, Ziska, das ist lange her. Die Kriminalbeamten sind wegen der Toten von unten da.«

Karin und Tom setzten sich, während er weiter Ausschau hielt. Abrupter Themenwechsel.

»Jetzt sind die bei Hausnummer zwölf fertig und gehen rüber zu vierzehn, na, der Otto wird sich freuen, wenn die bei dem durchs Gemüse laufen.«

Das konnte Karin nicht so stehen lassen. »Keine Sorge, unsere Leute werden nicht ohne Grund durch Beete stapfen, es sei denn, dort sind Beweismittel abgelegt worden.«

Der Mann antwortete mit einer wegwerfenden Handbewegung. »Das kennt man doch aus den Krimis, da wird ohne Rücksicht auf Verluste gehandelt, ich bin gespannt, wie es nachher hinten im Hausgarten aussieht.«

Tom und Karin blickten einander an. Hier lag Konfliktpotenzial in der Luft, die beiden Mertens waren verunsichert und reagierten ablehnend.

»Kehren Sie bitte in Ihrer Erinnerung noch einmal zurück zum Tag der Tat, also zum letzten Dienstag.«

»Das haben wir doch schon alles Ihrem Kollegen erzählt, meine Güte, hat der sich nichts notiert?«

»Doch, hat er. Es ist nur so, dass das menschliche Gedächtnis manchmal Details, die wichtig sind, erst nach ein paar Tagen wieder zum Vorschein bringt, das ist völlig normal. Deshalb fragen wir immer noch einmal nach. Gibt es etwas, ein Geräusch, eine Beobachtung, etwas, das anders war als sonst, das Sie unserem Kollegen noch nicht erzählen konnten?«

Frau Mertens lehnte am Türrahmen. »Nun mal ganz vorsichtig, junge Frau, was soll das heißen, ›noch nicht erzählen konnten‹? Halten Sie uns für debil oder dement oder so?«

Tom mischte sich ein. »Keineswegs, aber es geht vielen Menschen jeden Alters so, dass nach traumatischen Erfahrungen wichtige Kleinigkeiten erst später erinnert werden. Und Sie beide schätze ich so ein, dass Sie über eine gute Wahrnehmung verfügen, richtig?«

Gebauchpinselt, dachte Karin, sah, dass es der Frau gefiel.

»Ja, da haben Sie wohl recht, ich kann mir mehr Dinge merken als mein Mann. Aber ich kann Ihnen nichts Neues sagen.«

Eine Stimme hinter der Sessellehne meldete sich. »Aber ich. Weißt du noch, dass ich beim Frühstück gesagt habe, da ist aber was los im Hausflur?«

»Ja, natürlich weiß ich das noch, aber ich habe hingehorcht, und da war nichts.«

»Na, da war es ja auch schon wieder vorbei.«

Die beiden vom K1 saßen als stumme Beobachter auf dem Sofa und schauten von einer zum anderen.

»Ach, du hast das bestimmt verwechselt. Wissen Sie, Frau Kommissarin, mein Mann hört die Flöhe im Nachbarhaus husten, meint er jedenfalls, wenn er sein Hörgerät trägt. Er schreckt auch hoch, wenn draußen mal jemand Gas gibt oder endlos beim Einparken kurbelt, aber nur, wenn er in Sichtweite sitzt.«

Sie lachte kurz auf. »Er würde am liebsten unser Auto tagsüber aus der Garage holen und so vor dem Haus abstellen, dass niemand Fremdes da parken kann. Damit er seine Ruhe hat. Sie müssen aber nicht denken, dass er versteht, was ich sage, wenn ich in der Küche bin.«

Kopfschüttelnd und mit einer abwertenden Handbewegung hockte sie sich auf die Kante des Sessels, der Tom und Karin gegenüberstand, und schaute Karin an. »Also ich selber, ich habe nichts gehört beim Frühstück.«

»Aber ich habe dir doch gesagt, da ist Getrampel im Treppenhaus. Du musst mal deine Ohren überprüfen lassen.«

Das stachelte sie an, Franziska Mertens wurde eine Spur lauter. »Jetzt werd mal nicht ausfallend, ich höre noch sehr gut, du schaltest doch immer die Lautstärke vom Fernseher oder vom Plattenspieler höher, damit du was mitkriegst. Wir hatten ›Live nach neun‹ an, erinnere dich, und ich habe zum tausendsten Mal gesagt: ›Muss das so laut sein?‹ Und da willst du Getrampel im Treppenhaus gehört haben?«

Flotten Schrittes ging sie in die Küche. Eine kurze Absprache per Blick, Karin folgte der Frau, Tom stand auf und ging zu Mertens, der resigniert aus dem Fenster stierte.

»Meinem Kollegen haben Sie beim letzten Mal von den Geräuschen unten in der Wohnung berichtet, worauf Sie die Polizei gerufen haben. Und vorher, also nach neun Uhr, gab es Geräusche im Treppenhaus? Beschreiben Sie mir doch mal in aller Ruhe, was Sie gehört haben.«

»Na, so ein Getrampel eben, als ob in aller Frühe mehrere Leute durchs Haus laufen. Nicht laut, wissen Sie, schon leise, als sei jemand bemüht, kriegt es aber nicht hin. Es war Lauferei auf der Treppe, so stimmt es wohl eher. Hören Sie nicht auf meine Frau, ich mache den Fernseher immer laut, damit ich etwas mitkriege, sie quatscht ja immer dazwischen.«

»Könnten Sie einordnen, wie viele Menschen es waren?«

»Na, zwei. Oder drei? Mehr als eine Person auf jeden Fall, ich kenn doch die Schritte von unserer Nachbarin von oben. Die Schlemmer rennt immer ganz schnell, rauf oder runter, die war das nicht. Deshalb hat mich das erstaunt.«

»Sie meinen also, Ihre Nachbarin hat Besuch gehabt, und an dem besagten Morgen sind dann mehrere Leute von oben nach unten gelaufen.«

»Ja, aber vielleicht auch rauf. Meine Frau quatscht ja immer, ich kann kaum mal eine Sendung in Ruhe schauen und genau hinhören. Auf jeden Fall war mehr als eine Person im Treppenhaus unterwegs.«

Tom nickte und schaute neben ihm stumm aus dem Fenster, Mertens deutete nach unten. »So ein Gewimmel.«

Karin kam aus der Küche und gab Tom ein Zeichen.

»Vielen Dank für Ihre Zeit, Herr Mertens, wir müssen weiter«, verabschiedete sich Tom.

Mertens rief ihnen nach, als sie schon bei der Wohnungstür waren. »Hoffentlich kriegen Sie den bald.«

Tom ging noch einmal zurück. »Herr Mertens, Sie sind also davon überzeugt, dass es sich um einen Täter, einen Mann handelt?«

»Ja klar, Frauen quatschen einen eher tot, die ermorden doch nicht ihre Nachbarin.«

Tom nickte und ging, Frau Mertens schloss die Tür hinter ihnen, sie hörten noch im Hausflur, wie sie umgehend mit ihrem Mann redete.

»Was erzählst du denn da? Du willst das gehört haben? Dass ich nicht lache, ich ...«

Karin schmunzelte auf dem Weg nach oben. »Er sei halb taub, meint sie, da wäre nichts gewesen, wir sollen ihn nicht ernst nehmen, er müsse sich immer wichtigmachen.«

»Den Eindruck hatte ich nicht, eher, dass er bevormundet wird. Es war jemand im Treppenhaus, er weiß nicht, wie viele Menschen und ob es nur von unten nach oben oder umgekehrt, vielleicht sogar in beide Richtungen ging, aber er ist davon überzeugt, dass mehr als eine Person da war.«

»Aber trotzdem spricht er von einem Täter ... Also ich kann ihm nicht so recht glauben.« Karin verfiel ins Flüstern. »Und seine Frau sagt, mit der Nachbarin von oben käme man einfach nicht ins Gespräch, die sei zwar freundlich, aber immer gleich weg.«

Tom lachte und antwortete ebenfalls leise. »Wenn ich so eine Nachbarin wie die Mertens hätte, dann müsste ich wahrscheinlich umgehend per Express wahlweise nach Moskau oder Hollywood, wenn sie mir im Hausflur begegnet.«

Sie standen vor der Tür von Dora Schlemmer, hier oben sah es anders aus als auf den anderen Ebenen, hier wucherten aus großen Keramikübertöpfen dichte Blattlilien und ein urwüchsiger Philodendron mit gekerbten großen Blättern das Flurfenster zu, auf der Matte standen drei Paar Schuhe für unterschiedliche Zwecke, ein Müllbeutel auf dem Boden wartete auf Entsorgung. Karin klingelte.

Eine Frau, circa Mitte vierzig, nettes Lächeln, öffnete. »Ja?«

Sie wiesen sich aus.

»Unser Kollege hat sie am letzten Dienstag nicht erreicht, wir haben ein paar Fragen zum Verlauf des Tages.«

»Ja, dann kommen Sie doch herein.«

Sie wies sie an ihren Esstisch, dessen eine Seite mit Post und Zeitungen zugepackt war, daneben stand eine leere Kaffeetasse.

»Ich war nicht auf Besuch vorbereitet, entschuldigen Sie. Dazu kommt, dass ich mich noch immer nicht daran gewöhnt habe, dass es hier weniger Platz gibt als in meinem früheren Haus. Ich sage Ihnen, sich zu verkleinern ist schwierig. Darf ich Ihnen etwas anbieten, ein Glas Wasser oder einen Senseo?«

Karin nahm dankbar ein Wasserglas entgegen.

Dora Schlemmer übernahm die Regie. »Was kann ich für Sie tun?«

»Erzählen Sie uns doch, wo Sie am letzten Dienstag gewesen sind.«

»Ach, Sie meinen den Tag, an dem unsere Nachbarin zu Tode kam? Da hatte ich Frühdienst, ich arbeite für einen Pflegedienst und bin ambulant unterwegs. Viele von meinen alten Leutchen leben alleine in viel zu großen Häusern. Ich hab meins ja nicht freiwillig verlassen. Ich musste es aufgeben nach der Trennung, und mittlerweile ist es verkauft. Es gehörte sowieso schon zum großen Teil der Bank.«

Karin schien sie nicht unterbrechen zu wollen, Tom blieb ebenfalls stumm, Dora Schlemmer redete und redete.

»Der Dreckskerl hatte das ganze Geld auf den Kopf gehauen, das ich vom Erbe meiner Großeltern zur Seite gelegt hatte. Er hat nur zwei Jahre gebraucht, um mich in den Ruin zu treiben. Erst zum Schluss hat er noch mein Konto geplündert und den Banksafe leer geräumt.«

Sie schüttelte den Kopf, als wenn sie immer noch nicht glauben könnte, was ihr geschehen war. Tom atmete auf, wollte sie jetzt unterbrechen, Karin fasste ihn am Arm. Sollte sie doch noch ein, zwei Minuten reden, bevor sie wieder konkret fragten.

»Jetzt sitze ich hier seit vier Jahren in der Wohnung unter dem Dach, in den Hitzesommern ist es hier heißer als draußen. Ich habe Nachbarn, die nichts mit mir anfangen können, wir sind einfach nicht auf einer Wellenlänge, und ich muss arbeiten, kellnere nebenbei, um Schulden zu bezahlen, die ich nicht verursacht habe. Nie mehr werde ich jemandem eine Vollmacht erteilen, glauben Sie mir, nie mehr etwas unterschreiben, bevor ich nicht den letzten klein gedruckten Buchstaben gelesen habe.«

Sie blickte die beiden an, richtete sich auf. »Oh, meine Güte, ich erzähle Ihnen hier mein Leben, und Sie wollen das eigentlich gar nicht wissen. Entschuldigung.«

Karin beugte sich vor. »Haben Sie den Mann angezeigt?«

Sie verneinte vehement. »Mein Anwalt hat mir abgeraten, ich habe schließlich, so blauäugig, wie ich war, alles unterschrieben, was er mir im Kerzenschein nach einem Glas Sekt auf den Tisch gelegt hat.«

Jetzt schaute sie die beiden an. »Können wir bitte das Thema wechseln, was wollen Sie noch mal wissen?«

»Sie waren also an dem besagten zweiundzwanzigsten Juni im Frühdienst?«

»Ja, ich fahre immer von hier aus los und gleich die Haushalte an, die auf meiner Frühliste stehen. Und abends noch einmal das Gleiche, nur umgekehrt. Der Smart, der da unten vor dem Haus steht, das ist mein Dienstwagen, zum Glück kriege ich den immer noch irgendwo dazwischen gequetscht.«

»Hatten Sie an dem Morgen Besuch in Ihrer Wohnung, der nach Ihnen das Haus verlassen hat?«

»Aber nein! Ich bekomme selten Besuch und lasse bestimmt niemanden hier allein.«

Klassische Musik erfüllte gedämpft die Luft, schwer, dramatisch. Dora Schlemmer wies nach unten. »Ich weiß nicht, was mit denen los ist, aber die hören nur so ein Zeug.«

Dieses Mal ließ Karin sich nicht beirren. »Haben Sie an dem besagten Tag etwas Besonderes hier im Haus wahrgenommen?«

»Nein, alles war wie immer. Aber wie schon gesagt, ich habe nichts zu tun mit den Leutchen im Haus, deshalb kümmere ich mich auch nicht.«

»Auch ohne sich zu kümmern, kann man Dinge am Rande wahrnehmen. Haben Sie vielleicht gesehen, dass jemand bei Frau Heuwels ein und aus ging, speziell dienstags?«

»Das war doch eine Rentnerin, die ganz zurückgezogen lebte. Die bekam ich vielleicht einmal im Jahr zu sehen, und dann meist von hinten. Ob sie besucht wurde? Fragen Sie mich nach den Lottozahlen, die weiß ich genauso wenig. Mir ist es ganz recht, dass man seiner Wege gehen kann. Ich habe beruflich so viel und eng mit Menschen zu tun, ich wohne gerne nur für mich, ohne Kaffeeklatsch und Treppentratsch.«

Keine Chance, in dem Haus lebten mehrere Einsiedlerkrebse in ihren Schneckenhäusern. Für Karin unvorstellbar.

***

Victor van Beversen ging es ganz schlecht.

Er war enttarnt. Und zwar nicht dadurch, dass er einer seiner Frauen erklären musste, wieso sie ihn mit einer anderen gesehen hatte. Da blieb er wenigstens noch der Victor, der seinem Hasen einen vom Pferd erzählen konnte. Das war meine Schwester, meine Schwägerin hat große Sorgen, die brauchte Trost, da fielen ihm genügend Ausreden ein. Aber jetzt war eine von ihnen tot, und die anderen wussten Bescheid. Die kannten nun seinen richtigen Namen. Vera aus Moers meldete sich nicht, obwohl er ihr eine herzliche Nachricht gesendet hatte:

»Vera, Liebes, du bist doch mein Hase. Ich kann dir alles erklären, höre nicht auf die Hauptkommissarin, die bei der Kreispolizei tappen völlig im Dunkeln und brauchen einen Sündenbock. Und das bin leider ich. Hase, bitte melde dich, ich erkläre dir alles, auch das mit dem anderen Namen. Ich liebe dich doch. Dein Victor, Emojis: Herzchen, Rose, weinendes Auge«.

Keine Antwort war leider schon Antwort genug. Die Frau konnte er abschreiben.

Bei Carolina sah es anders aus, da hatte er gar keine Nachricht versenden müssen, die hatte sich umgehend nach der Begegnung im Präsidium bei ihm gemeldet und pappte ihn mit ihren Nachrichten und Beschimpfungen zu, was er überhaupt nicht verstehen konnte. Er sei ein dreckiges Arschloch, ein Betrüger, er sei das Mieseste, was ihr in den letzten Jahren begegnet sei, ihm solle der Dödel abfallen. Sie würde ihm die Behandlungen bei der Kosmetikerin in Rechnung stellen, die sie nun bräuchte, um ihre Stirn wieder zu glätten, Botox sei auch teurer geworden, er solle sich da auf was gefasst machen.

Und so ging es fast stündlich seit ihrer Begegnung. Das Kürzeste waren Zwei-Wort-Mitteilungen: »Du Schuft«. »Hate you«. »Fuck yourself«. »Krieg dich«. Zu den schlimmsten Nachrichten, die sie täglich mehrmals schrieb, gehörte: »Du Mörder!« Das tat richtig weh.

Victor beziehungsweise Werner vermutete, dass diese junge Kommissarin, Pardon, Hauptkommissarin, das Zusammentreffen zwischen ihm und seinen Hasen inszeniert hatte. Alle begegnen allen, alles klar, Victor war ein Arschloch, die Frauen heilig.

Er traute sich nicht, zu Hedwig zu fahren, denn die meldete sich ebenfalls nicht mehr, schien ihn blockiert zu haben, er konnte sie nicht mehr erreichen. Sollte er es wagen? Nein, besser nicht.

Seit den Szenen in der Kreispolizeibehörde hatte er seine Hütte nicht mehr verlassen, lebte von den Versorgungskisten des Lieferservice Picnic. Das konnte nicht mehr lange so weitergehen, das war zu teuer für sein neues Leben. Ohne Hasen war vieles nicht mehr möglich.

Jetzt konnte er nur noch die Flucht antreten. Wegziehen in eine andere Gegend, neu anfangen, in Cafés sitzen, sich umschauen, auf Annoncen antworten. Alles auf Anfang.

Und das nur, weil jemand einen seiner Hasen ermordet hatte. So ein verdammter Idiot.

Sein Smartphone krähte wie ein Hahn. Das Signal für eine neue Nachricht, er nahm es zur Hand, legte es sofort zurück. Nein, jetzt keine weitere Beschimpfung von Carolina, vielleicht sollte er den Spieß umdrehen, sie löschen und blockieren. Genau, das war es. Er nahm das Gerät doch zur Hand, entsperrte den Bildschirm mit seinem Fingerabdruck. Werner Schlaphysen war fest entschlossen, diesem Nachrichtenterror ein Ende zu bereiten, das hatte er nicht verdient.

Eine neue Nachricht. Jedoch nicht, wie vermutet, von der bösartigen Carolina. Vielleicht war ihr die neue Botox-Dosis ins Hirn gelangt. Lähmung des Sprachzentrums für das Beschimpfen von Männern. Eine schöne Vorstellung, er lächelte garstig.

Nein, die neue Nachricht kam von Vera. Er traute sich kaum, sie zu öffnen, druckste herum, legte das Smartphone wieder beiseite. Was, wenn sie jetzt auch so drauf war wie Carolina, er hatte genug Schmähung abgekriegt. Er tigerte um seinen Wohnzimmertisch. Sollte er oder besser nicht? Fast stolperte er über die Schuhe, die er vor dem Fernseher ausgezogen hatte, als er einfach nur berieselt werden wollte. Er griff wieder zu seinem Smartphone, entsperrte es erneut, klickte die Nachricht an.

»Hallo Victor, wir müssen reden. Einfach mal alles auf den Tisch bringen. Du bist doch kein Schlechter. Gruß Vera«.

Victor van Beversen hätte am liebsten Luftsprünge gemacht, doch besser keine Experimente mit dem kaputten Bein. Werner Schlaphysen blieb misstrauisch. Erst nix und dann ein Friedensangebot? Wie ungewöhnlich. Nein, nein, das war echt, das musste er annehmen. Wow, sein Vera-Hase stand zu ihm, wie toll war das denn?

Leben kam in den Mann. Werner Schlaphysen duckte sich hinter dem neu auftauchenden Victor. Van Beversen, das war sein Name.

ZWÖLF

Sechs Monate zuvor

Vera Hüskens wählte den Weg über die Bundesstraßen in Richtung Dingden, so hatte sie lange Zeit, um sich darüber klar zu werden, ob sie den Kontakt zu diesen Frauen wirklich intensivieren wollte. Wozu sollte es gut sein? Alles hatte ein Ende, auch Pechsträhnen in Beziehungsfragen, da, gerade fuhr sie an der ehemaligen Disco Aratta vorbei, endgültig geschlossen. Ihre eigenen Erfahrungen, die sie unter anderem dort in den letzten Jahren mit Männern gesammelt hatte, waren filmreif, und Schnickschnack-Kurt war die Krönung gewesen, wagte es jedoch nicht, sie weiter zu belästigen. Und wieso war sie auf diesen Bekloppten reingefallen, der ihr immer noch nachstellte, obwohl sie ihn schon vor einem Jahr vor die Tür gesetzt hatte?

Während sie bei sonnigem Wetter die Rheinbrücke bei Wesel überquerte, fühlte Vera sich verletzlich, unattraktiv, beziehungsunfähig und wäre am liebsten gleich wieder umgekehrt, da sie den Sinn der Zusammenkunft nicht erkennen konnte. Warum sollte sie andere Frauen darin unterstützen, betrügerische Männer zu entlarven? Sollten die Naiven doch weiter auf die Kerle reinfallen, statt Situationen zu hinterfragen und Grenzen zu setzen. Starke Worte.

Bei der Fahrt durch Wesel schüttelte sie mehrfach den Kopf. Nein, auch sie gehörte zu denen, die sich bereden, überreden ließen, die man um den Finger wickeln konnte, die für ein wenig Glück gern übersahen, was sich offensichtlich vor ihnen abspielte. Was war das? Die Furcht vor dem Alleinsein? Die Sucht nach Anerkennung?

Schon befand sie sich auf dem Weg nach Hamminkeln, es schien, als wäre es an der Zeit, endlich in ihrem Leben aufzuräumen. Schließlich war sie eigentlich selbstbewusst, hübsch, eine vielseitig interessierte, eloquente Gesprächspartnerin, und sie mochte Sex. Bei der Ortsdurchfahrt von Ringenberg waren sämtliche Zweifel verschwunden, Vera war voller Freude auf das Treffen in Dingden, saß aufrecht hinter dem Steuer und fühlte sich großartig.

Sie parkte ihren Wagen in Blickrichtung des alten weißen Hauses, vor dem eine riesige französische Fahne im leichten Wind flatterte. Sie erkannte Sabine, die vor der Tür stand und ihr zuwinkte.

Herzlich wurde Vera in den Club der Teufelsweiber aufgenommen und bestaunte den Treffpunkt, das Café Crème in Dingden. Das Wetter war trocken, sonnig, und trotz winterlicher Temperatur entschieden sich die Frauen für einen Platz auf der Terrasse, die mit Doppelbänken wie auf den Pariser Boulevards ausgestattet war. Ein hübscher Ort mit einer Ecke, in der man nicht belauscht werden konnte, sie wollten kein Aufsehen erregen. Noch nicht.

»Das ist ja französisches Flair pur, gibt es hier auch Café au Lait?«

Die Frauen bestätigten und waren neugierig zu erfahren, wieso sich Vera diesem Club nun doch angeschlossen hatte.

»Ach, wisst ihr, mir hat gefallen, was ihr damals mit diesem Kurt angestellt habt.« Sie musste lachen. »Ich hätte mich niemals getraut, ihn mit ›Schnickschnack-Kurt‹ in die Flucht zu schlagen, das war genial. Ich bin auch auf der Suche nach einem neuen Partner, das ist nicht so einfach, kennenlernen, vertrauen, sich öffnen, es gab da einige Pleiten in meiner Vergangenheit. Im Moment habe ich einen Mann an der Hand, der mir auch manchmal geheimnisvoll vorkommt. Ich bin einfach daran interessiert, was ihr macht.«

Der Maître du Café näherte sich gut gelaunt, brachte einen Arm voller Decken, damit sein Lieblingsclub nicht frieren musste. Dankbar nahm auch Vera ein kuscheliges Exemplar entgegen und schlug es um ihre Beine.

Während die anderen bestellten, warf sie einen Blick auf die kleine feine Speisekarte. Sie achtete auf ihre Figur und entschied sich für einen Café au Lait im Bol und ein Glas Wasser. Es erschien ihr verrückt, hier in der Kälte zu sitzen, aber die Frauen überzeugten sie mit ihrer Euphorie, sie fühlte sich wohl in diesem Kreis.

Nachdem der Tisch sich mit köstlichen kleinen Tartestücken und Getränken gefüllt hatte, konnten sie zur Tagesordnung übergehen. Dora forderte Inge auf, ihren neuesten Fang vorzustellen.

Inge nahm noch schnell einen Bissen Tarte und setzte sich in Position. Sie hatte auf Facebook einen Kommentar in eine öffentliche Gruppe gestellt und darauf eine Reaktion erhalten, die ganz typisch für das Fangen ahnungsloser Frauen in diesem sozialen Netzwerk war. Sie hatte alles dokumentiert und hielt ihr Smartphone mit einem Foto in die Runde.

»Also, Folgendes ist geschehen. Ich habe meine Meinung zu einem Beitrag über Seelenheil auf einer öffentlich zugänglichen Seite gepostet. Da schreibt mir ein Thomas Walter, angeblich geboren in Houston, Texas, tätig für ein großes Unternehmen in Aberdeen, Schottland, als Marine Engineer Contractor, folgenden Text.« Einmal auf dem Display nach links gewischt. »Schaut euch diesen Beitrag bitte genau an.«

»Inge, I'm new here on Facebook I haven't use Facebook before, I don't have any one to chat with lol, smiley. I tried to send you a friend request but is not going through please send me a friend request if you don't mind. Emoji: gefaltete Hände, Herz, drei lachende Gesichter.«

Zunächst verstanden die Frauen nicht, worauf Inge sie hinweisen wollte. Vera nahm das Smartphone entgegen und las sich den Text noch einmal durch.

»Der Schreiber behauptet, im Ingenieurwesen für die Schifffahrt tätig zu sein. Wer das verfasst hat, ist ein Hochstapler. Er könnte amerikanische Wurzeln haben, jedoch niemals den Bildungsstand, der Text strotzt ja vor Fehlern.«

Vera reichte das Smartphone zurück. »Das war ein sehr plumper Versuch, eine Frau kennenzulernen.«

Inge nickte. »Genau, du hast es erfasst. Wenn man sich das Profil anschaut, dann gibt es dort exakt zwei Fotos, dieses Porträt, mit dem Kürzel von Amnesty International an der Wand über seinem Kopf, und das Hintergrundbild. Auf dem ist noch ein ›Kollege‹ des Mannes zu erkennen. Eine einzige Frau hat sein Profil geliked. Klickt man sie an, kann man sich durch einen Monat durchscrollen und nur nichtssagende Profilbilder finden, eines mit dem Titel ›Just married‹, darunter ein Like von jenem Thomas Walter. Und, Frauen, glaubt mir, so ein Foto würde keine Frau auf der Welt als Hochzeitsbild posten. Mehr gibt es nicht, ich habe Thomas Walter als Screenshot gesichert und nicht geantwortet. Dann geschah, was immer geschieht, wenn keine Reaktion erfolgt, die Anfrage wurde drei Stunden später gelöscht. Ein Thomas Walter ist mit den spärlichen Informationen bei der Suchanfrage nirgendwo zu finden.«

Vera rührte lächelnd in ihrem Café au Lait, wusste den Beitrag noch immer nicht zu deuten. Dora erklärte ihr, was Inge mitgebracht hatte.

»Das ist ein erfundenes Profil, eins von denen, die wir suchen und dokumentieren, um vor Gesichtern und Namen zu warnen. Den Mann gibt es mit neunundneunzigprozentiger Sicherheit nicht mit diesem Namen, die mageren Informationen sind falsch. Wie du schon festgestellt hast, schreibt da jemand, dessen Muttersprache keinesfalls Englisch ist oder der nicht den angegebenen Bildungsstand hat. Name und Foto werden garantiert wieder eingesetzt, um eine Frau zu finden, die ihm tatsächlich eine Freundschaftsanfrage senden wird. Und dann wird geschehen, was in vielen Fällen schon funktioniert hat. Aus der aufblühenden Kommunikation wird eine emotionale Romanze, und irgendwann sitzt die Frau in der Falle, wird um Geld gebeten, und wenn sie nicht freiwillig zahlt, dann wird sie unter Druck gesetzt.«

Vera schlürfte ihren Kaffee aus dem weißen Bol aus Porzellan, stellte ihn ab und wandte sich an Dora. »Das ist ja eine ganz fiese Masche. Man glaubt an einen Schatz in der Ferne und wird eigentlich nur so lange schriftlich beschmust, bis es um Geld geht.«

»Genau, und falls eine Frau im Vorfeld gebeten wurde, Nacktbilder von sich zu senden, und dies auch getan hat, entwickelt sich die Situation besonders fatal. Dann droht dieses Schätzeken in der Ferne damit, die Fotos zu veröffentlichen.«

»Nein.«

»Doch.«

»Was kann ich mir darunter vorstellen, dass ihr das dokumentiert?«

Sina erklärte ihr den Sinn der Webseite, die von den Teufelsweibern eingerichtet worden war. »Da sammeln wir nun jedes Bild und jedes Profil, das uns gesendet wird, in die Hände fällt oder zugespielt wird. Als Warnung vor den schönen Fotos, ansprechenden Gesichtern, freundlichen Augen, verheißungsvollen Namen und Berufen, lauter Sahneschnittchen, die auf einen Kontakt hoffen lassen.«

Sina ergänzte ihre euphorisch vorgetragene Erläuterung. »Und dazu kommt, dass wir solche Kerle im Netz beschäftigen.«

»Wie geht das?«, fragte Vera neugierig nach.

»Da flirtet dann eine falsche männliche Identität mit einem von uns erfundenen weiblichen Profil. Du kannst die Sau rauslassen und den Spieß umdrehen. Du forderst ihn heraus, lässt dir Gedichte schreiben, verlangst Fotos, und wenn du den Eindruck hast, ihn in der Falle zu haben, dann bittest du ihn um eine große Geldsumme, weil, weil, weil … Dir fällt bestimmt was ein. Ich habe einen Daniel MacFurson um zwanzigtausend Euro gebeten, weil ich mir sonst kein neues Auto leisten kann, meines sei mir bei einem unverschuldeten Auffahrunfall kaputt gefahren worden. Da war aber Schluss mit lustig. Spätestens da geraten sie alle ins Stottern. Und wenn ich jetzt noch eine oder zwei Wochen herumheule und bettle, dann wird er sich garantiert verabschieden.«

Vera reagierte kopfschüttelnd. »Was ist der Sinn eines solchen Chats?«

»Ganz einfach, irgendwo in einem Internetcafé, einem Hinterzimmer oder einer Art Callcenter sitzt der Betrüger an seinem PC und hofft darauf, mit seinem männlichen Charme Frauen um den Finger zu wickeln. Und dann passiert Folgendes: Die Frau löst sich aus der verliebten, unterwürfigen Rolle und versucht ihn um den Finger zu wickeln. Sie bestimmt plötzlich Zeiten und Länge der Beiträge im Chat. Das ist nicht Sinn des Geschäfts, mit den eigenen Waffen geschlagen zu werden. In der Zeit bleibt eine andere Frau von ihm verschont. Jede von uns beschäftigt auf die Art und Weise gerade vier Männer. Du musst dir nur klar darüber sein, dass du mit einem Geist kommunizierst, und deine Gefühle da raushalten. Dazu treffen wir uns regelmäßig und machen die Chats in unserer Gruppe sichtbar. So können wir uns gegenseitig warnen, falls es doch emotional werden sollte. Nach Beendigung der Chatbeziehung stellen wir Fotos und Informationen über den Mann auf unsere Webseite.«

Vera bestellte sich noch einen Café au Lait und wirkte nachdenklich. »Ist das nicht furchtbar zeitaufwendig? Verlangen die Männer nicht mehr Zeit, mehr Info, mehr Frau bei der ganzen Chatterei?«

Sina lachte. »Natürlich, du musst dich einfach in ihre Denkweise hineinversetzen. Und das Beste ist, dass dein falsches Profil ja kein weiteres Ziel hat, als den Urheber des Chats eine Weile zu beschäftigen. Das ist vergleichbar mit der Bloßstellung dieses Kurt in dem Café in Moers. Der traut sich so schnell nicht wieder, sich dort mit einer Frau zu verabreden.«

Es gab eine Runde Glühwein, wärmend und anregend zugleich. Sina wandte sich wieder an Vera: »Sag mal, was für ein Prachtstück hast du zu Beginn unseres Treffens erwähnt? Da gibt es jemanden an deiner Seite, der dir geheimnisvoll erscheint? Erzähl mal.«

Alle Augen schauten auf Vera.

»Also wisst ihr, das ist ja kein Betrüger oder Hochstapler, das ist ein netter, bescheidener Mann, nicht so ein angeblicher

Adelsspross wie dieser Kurt von Bredow, den ihr zu Recht in die Wüste geschickt habt. Nein, das ist ein kultivierter Mann mit guten Manieren, einer, der Frauen die Tür aufhält und in den Mantel hilft, dabei am Nacken schnuppert und das Parfüm lobt. Alles perfekt.«

Die Frauenrunde schaute sie erwartungsvoll an, Sabine sprach aus, was sie dachte. »Und wo ist der Webfehler bei diesem perfekten Kerl?«

Vera nahm noch einen Schluck des würzigen Getränks, bevor sie mit gesenktem Blick fortfuhr.

»Er stammt vom Niederrhein, wohnt aber mittlerweile im Bergischen, in der Nähe von Lohmar, in einem Haus gemeinsam mit seiner dementen Mutter. Die kann nicht lange alleine sein. Er ist selbstständig, ein Vermögensberater mit Klientel in ganz NRW, und teilt sich seine Tätigkeit frei ein, er ist oft unterwegs. Er arbeitet viel von daheim aus, und wenn er ganze Tage woanders sein muss, ist eine Pflegerin bei der alten Dame, die er liebevoll ›mein Muttchen‹ nennt. Rein beruflich ist er nur mitten in der Woche am Niederrhein. Einmal gab es ein gemeinsames Wochenende, da musste er so oft ans Smartphone, da merkte man, was für eine Verantwortung auf ihm lastet.«

Sabine wurde ungeduldig. »Los, spuck es aus, was ist merkwürdig an ihm?«

Vera druckste herum. »Er kommt nur mittwochs nach Moers. Ich muss immer mit meinen Kolleginnen in der Parfümerie um den Mittwoch buhlen, die meisten sehen es ja ein, aber es ist schon eine merkwürdige Situation. Dann ist er am Vormittag da, hat sich vorher mit Geschäftsfreunden getroffen, und dann können wir den Tag miteinander verbringen. Und manchmal …«

»… was? Manchmal? Sprich weiter.«

»… manchmal denke ich mir, der hat bestimmt noch eine andere Frau. Oder er ist verheiratet, und in Wirklichkeit wartet die Gattin daheim, und deshalb darf ich ihn nicht besuchen.«

Dora sah sie an. »Hast du denn noch nicht im Internet nach ihm gesucht?«

Entsetzt schaute Vera hoch. »Nein, warum sollte ich? Das ist nicht mein Stil.«

Inge nahm ihr Smartphone zur Hand. »Er ist Vermögensberater, sagst du?«

»Ja.«

»Aus Lohmar?«

»Ja.«

»Dann wollen wir Herrn Google mal fragen, ob es ein Bild oder weitere Infos gibt. Wie heißt er denn?«

»Victor van Beversen. Aber ohne Adel im Hintergrund.«

Inge gab die Informationen ein. Weder unter der Berufsbezeichnung noch im Lohmarer Telefonbuch, auch nicht ganz simpel unter dem angegebenen Namen, war etwas zu finden. Vera bekam feuchte Hände, wischte sie sorgfältig an ihrer Serviette ab. Inge schaute auf.

»Nichts, meine Liebe, da ist gar nichts zu diesem Mann zu finden, kein Foto, kein Pressebericht, keine Festnetznummer. Ein Vermögensberater muss doch für potenzielle Neukunden zu finden sein.«

Sieben Frauen lehnten sich mit langen Seufzern zurück, eine zerknüllte Serviette wurde mittels gepflegter Hände in krümelige Bestandteile gerubbelt.

»Ich habe es geahnt.«

Sabine tätschelte Veras Hände und legte die Serviettenreste zur Seite. »Du bist nicht allein, hörst du? Das kann jeder von uns passieren. Genau aus dem Grund haben wir uns zusammengefunden.«

Inge hob ihren Becher. »Auf ein neues Foto in unserer Datei.« Vera tat es ihr gleich.

»Den schauen wir uns mal genauer an, diesen Victor van Dingsbums«, ergänzte Inge.

Vera war irritiert und erleichtert zugleich, tupfte sich ein Tränchen von der perfekt geschminkten Wange. »Ja, nein, ich meine, danke, aber ihr müsst ihn in Ruhe lassen, das müsst ihr mir versprechen. Und seine Mutter …«

Sabine nickte mitfühlend. »Vertrau uns, wir finden heraus, wer er ist, und wenn seine Vita stimmt, dann ist doch alles in Ordnung.«

Dora bemerkte Veras Irritation und bot ihr an, bei einem separaten Treffen miteinander zu sprechen, weil es nichts Besseres gäbe, als sich Sorgen und Bedenken von der Seele zu reden.

»Wenn du am nächsten Dienstag Zeit hast, dann komm zu mir. Wir haben vereinbart, uns zu unterstützen, das gilt natürlich auch für dich. Glaube mir, Reden hilft, ich sende dir nachher meine Adresse.«

»Danke für das Angebot, ich kann aber erst gegen zwanzig Uhr bei dir sein.«

»In Ordnung. Und jetzt, liebe Teufelsweiber, lasst uns anstoßen.«

Gemeinsam führten sie über der Tischmitte die Ränder ihrer Gläser zusammen, berührten sie geräuschlos. Der Trinkspruch kam von Birgit, die den ganzen Nachmittag über nicht viel gesagt hatte.

»Teufelsweiber decken Männerlügen auf, hoch die Gläser und strafft die Haltung, Ladys, gemeinsam sind wir stark.«

***

Hätte Dora geahnt, wie sich das Treffen mit Vera entwickeln würde, hätte sie bereits im Vorhinein Champagner kalt gestellt. Stattdessen hatte sie für eine entspannte Atmosphäre gesorgt, aufgeräumt, das Wohnzimmer gelüftet, die Kerze in dem kleinen, weihnachtlich geschmückten Gesteck angezündet und auf dem Couchtisch platziert. In der Küche stand ein Teller mit vegetarischen Häppchen, und im Kühlschrank lag eine Flasche Apfel & Rose von der Apfelplantage Clostermann, alkoholfreier Secco, prickelnd frisch.

Es sollte gemütlich werden, Vera war die Erste der aktiven Frauen aus dem Club, der es nach einem Treffen nicht gut ging, und Dora hatte selbst vorgeschlagen, in einer Art Supervision jeder Mitstreiterin aus der emotionalen Klemme zu helfen, in die sie geraten war. Und mit Veras Freund stimmte etwas nicht, alle Anzeichen sprachen dafür, dass er wahrscheinlich zu der gleichen Sorte von Betrügern gehörte wie die anderen, deren bekannte Daten sie schon gesammelt hatten.

Sie ging noch einmal in ihr kleines Arbeitszimmer, das sich in den letzten Monaten zur Zentrale der Teufelsweiber entwickelt hatte. Die Innenseite des Türblatts nutzte sie, um Ausdrucke mit Fotos und Namen der Männer anzuheften, die in der Datei gesammelt wurden.

Einmal gab es eine Übereinstimmung – ein Foto, das mit zwei Namen unterwegs war. Und es gab ein Anschreiben an Inge, in dem ein völlig anderer Name sich nahezu weinerlich über das Löschen seiner Nachricht vom Vortag beschwerte. Dora seufzte, dieses durchtriebene Betrügerpack war schlecht organisiert, Namen und Fotos wurden bei Bedarf neu gemischt und auf den Weg gebracht. Gut, dass Sabine und Inge ihr regelmäßig halfen, langsam nahm die Aktivität des Clubs richtig Fahrt auf.

Auf dem Schreibtisch stapelten sich verschiedene Ordner, denn es gab schließlich auch noch andere Wege, auf denen Männer Frauen als Objekte nutzten, betrogen und belogen, um sich zu bereichern oder zu befriedigen. Die Anhänger der neuesten Welle der Verachtung nannten sich Pick-up-Artists und rühmten sich damit, mit so vielen Frauen wie möglich Geschlechtsverkehr zu haben, um sie nach diesem einen Mal nicht mehr zu kennen. In Treffen und Seminaren protzte man mit der Anzahl der Dates, sprach über die Vorgehensweise und klopfte sich aufmunternd auf die Schultern. Zum Personal Training gehörte die individuelle Flirtberatung draußen, in der Stadt, in Einkaufszentren, um auch dem Schüchternsten zu einem Beischlaf zu verhelfen. Es gab alle Formen des Betruges auch von weiblicher Seite, bis auf Pick-up-Artists. Dora überlegte bereits, wen und was sie dagegen aufbieten könnte.

Teufelskerle? Wobei die Öffentlichkeit den Begriff allerdings eher mit Heldentaten verband. Aber vielleicht wäre es ja heldenhaft, wenn sie endlich mal über ihre Erfahrungen sprechen würden.

Leise schloss sie die Tür zum Arbeitszimmer wieder hinter sich, ihre Besucherin sollte nicht gleich im Flur den Eindruck bekommen, dass es Dora mit ihrer Aktion ernst meinte und sie viel Zeit darin investierte. Jedes Handeln folgte einer Geschichte, und ihre hatte sie noch niemandem anvertraut.

Sie blickte aus dem Wohnzimmerfenster auf die dunkle Straße, die wie immer eng zugeparkt war. Zu dieser Zeit waren die meisten Anwohner daheim, fanden oft selbst keinen Abstellplatz für ihr Fahrzeug, wenn in der Stadt Abendveranstaltungen stattfanden. Aus Richtung Fischertorstraße sah sie Vera eiligen Schrittes auf ihr Haus zuhasten, offenbar hatte sie ihren Wagen auch fernab parken müssen.

Dora winkte von oben, Vera bemerkte sie nicht, war damit beschäftigt, die Hausnummer zu finden. Drinnen nahm sie eilig die Treppenstufen.

Dora lächelte ihr entgegen. »Hallo, meine Liebe, du bist aber gut trainiert, die meisten sind aus der Puste, wenn sie bei mir ankommen.«

»Ich wohne auch zwei Etagen hoch, und was meinst du, welche Wege ich täglich in der Parfümerie zurücklege? Danke für die Einladung, ich hab dir was Kleines mitgebracht, ein neuer Duft aus Paris, ich hoffe, er gefällt dir.«

Dora nahm ein professionell eingepacktes Kästchen entgegen, der Name der Parfümerie prangte auf einem Klebeetikett am Schleifenband. »Ach, du arbeitest bei Douglas? Danke! Komm erst mal rein.«

Sie tauschten Höflichkeiten aus, über die Gemütlichkeit der Einrichtung, das perfekte Make-up, das weihnachtliche Gesteck. Nach einer Tasse Kaffee, mit der Vera, wie sie sagte, ihren Feierabend einläutete, wirkte sie entspannt, angekommen. Danach tischte Dora die Häppchen auf, und sie prosteten sich mit dem Aperitif zu. Vera begann zu berichten.

Im Extrablatt in Moers hatte ihr Freund sie angesprochen,

natürlich an einem Mittwoch, weil er ja nur an dem Wochentag am Niederrhein unterwegs war. Vera hatte sich kurz zuvor von einem Mann getrennt, der ihr einfach zu eng, zu aufdringlich, zu vereinnahmend erschien, sie immer noch bekniete, es noch einmal zu versuchen. Da hatte sie sich über ein nettes Hallo von der Seite gefreut, er lächelte und wollte sich nicht gleich zu ihr setzen, das gefiel ihr. Sie seien schnell und unkompliziert ins Gespräch gekommen, hatten beide nicht bemerkt, wie schnell die Zeit verging. Sie hatte nichts dagegen, dass er ihr seine Karte mit der Telefonnummer neben ihre Tasse schob. Sie hatten beide gezahlt, sie selbst hatte sich sputen müssen, um nach der Mittagspause pünktlich wieder im Laden zu sein.

»Weißt du, es ist mir ja ganz recht, dass er nur an einem Tag in der Woche da ist. Mein Ex hat mich sogar im Laden besucht und sich nur von mir beraten lassen. Reihenweise Herrenparfüms wollte er testen, um dann doch keins zu kaufen und mich abends zu fragen, ob ich ihm das eine oder andere nicht mitbringen könnte, ich würde ja schließlich an der Quelle arbeiten. Das wurde peinlich, ich habe ihm Ladenverbot erteilen müssen, so was kann mich den Job kosten. Danach kam alle paar Tage ein Blumenstrauß in den Laden, schon wieder eine Vermischung von Beruf und Privatleben. Nachdem er dann abends an der Türschwelle auf mich wartete und auf seine Breitlinguhr tippte, um mir zu zeigen, dass ich mich beeilen sollte, wurde ich zu meiner Chefin zitiert. Sein Verhalten sei geschäftsschädigend, ich solle mit ihm reden.«

Sie nahm noch einen Schluck vom roten Secco und griff nach einem Häppchen.

»Dora, er lernte es einfach nicht, er ließ mich nicht in Ruhe, schickte dann seine Schwester mit Botschaften ins Geschäft, textete mein Smartphone zu, sodass ich meine Pausen entweder mit ihm persönlich oder seinen Nachrichten verbrachte. Was machst du am Mittag? Wann sehen wir uns? Ich warte bei dir. Essen wir am Abend zusammen? Kann ich bei dir übernachten? Ich liebe dich, mein Mäuschen!«

Bei der Erinnerung an diesen Spruch runzelte sie zornig die Stirn.

»Wie oft habe ich ihm gesagt, dass ich Kosenamen, besonders aus der Tierwelt und erst recht Mäuse, nicht ausstehen kann! Immer wieder mein Mäuschen, Kätzchen, mein Schmetterling, meine süße Honigbiene, ich bin dein Nektar, uah, es schüttelt mich noch immer. Da habe ich mich noch am gleichen Abend von ihm getrennt.«

Dora lehnte sich zurück. »Oje, der hing an dir wie ein Klebeetikett.«

»Ja, genau, und dieses unverwüstliche Etikett habe ich immer noch am Bein kleben. Vor einem Jahr habe ich ihn in die Wüste geschickt, meine Handynummer geändert und meine Chefin gebeten, ihn offiziell des Ladens zu verweisen, ihn anzuzeigen, wenn er sich nicht daran hält, und der rennt mir immer noch hinterher. Da habe ich die Karte von Victor genommen und mich mit ihm verabredet. So ein höflicher, zurückhaltender, humorvoller Mann. Verstehst du?«

Sie schauten sich eine Weile an, Vera kämpferisch, Dora ungeduldig, mit unausgesprochenen Fragen.

»Ich habe nichts dagegen, dass er nur mittwochs zu mir kommt«, bekräftigte Vera. »Das ist mir genug männliche Anwesenheit. Und es ist mir völlig egal, ob seine Vita stimmt, und von mir aus kann er in Wanne-Eickel wohnen. Ich bin zufrieden mit dem, was ich habe. Im Moment jedenfalls, es sei denn, der Märchenprinz kommt auf einem Schimmel ums Eck geritten.«

»Vera, ich kann verstehen, dass du seine Gesellschaft magst, besonders nach den Erfahrungen mit diesem Klebeetikett. Wir sind doch alle auf der Suche nach ein bisschen Glück.«

»Genau, das ist es. Man muss die Glücksmomente sammeln, die das Leben bietet, kannst du das nachvollziehen?«

Dora stand auf, das hitzige Gespräch brauchte eine Unterbrechung, sie durfte Vera nicht in die Enge treiben, musste ihr Zeit lassen, über alles nachzudenken. Sie öffnete den Fensterflügel, Vera stand auf und gesellte sich zu ihr.

»Jetzt habe ich mich so ereifert. Mein Ex strolcht immer noch durch mein Leben, und das regt mich auf. Sollen wir gleich ein paar Meter laufen? Noch ist die kalte Luft angenehm. Es ist doch bestimmt nicht weit bis zum Rhein, oder?«

»Klar, machen wir, ich habe noch so ein Getränk im Kühlschrank, wir nehmen die Flasche und Gläser mit, in fünf Minuten sind wir am Wasser.«

Ausgelassen liefen sie, eingehüllt in Mäntel, Schals und Handschuhe, durch das Treppenhaus, überquerten die Straße und freuten sich über einzelne winzige Schneeflocken, die ihnen in der Abendkühle, die durch die enge Häuserschlucht wehte, tänzelnd entgegenschwebten.

Mit einem Mal erstarrte Vera, zog Dora zurück, hinter einem geparkten Ford Transit verbargen sie sich.

»Was ist los?«

Vera deutete auf die andere Straßenseite. »Da ist er.«

»Wer? Dein Ex?«

»Nein, Victor.«

Dora spinkste durch die Scheiben des Führerhauses. Da spazierte ihre Nachbarin, die alte Heuwels, mit dem Mann, der sie gelegentlich besuchte, Arm in Arm und dennoch in gebührendem Abstand in Richtung Haustür.

»Das ist dein Mittwoch-Victor, bist du sicher?«

Vera schlich sich zum anderen Ende des Fahrzeugs, um noch einmal um die Ecke zu lugen. Kein Zweifel, das war er, ließ die Frau an seiner Seite galant vorgehen, damit sie aufsperren konnte.

»Ganz sicher, das ist der Mann, der eigentlich nur mittwochs am Niederrhein ist. Wesel ist doch auch Niederrhein, oder?«

»Ich bitte dich, Wesel ist Kreisstadt und tiefster Niederrhein.«

Sie schauten beide hinter dem Transit hervor und beobachteten, wie Heuwels und ihr Besucher im Haus verschwanden.

»Wer ist denn die Alte, zu der er da geht?«

»Das ist meine superkorrekte Nachbarin aus dem Erdgeschoss, Beate Heuwels.«

Dora spürte, wie die Frau neben ihr innerlich kochte. Vera schnaubte, wollte sich aus der Deckung befreien und hinüberlaufen.

»Nein, warte, du bist doch bestimmt morgen wieder mit ihm verabredet, oder?«

»Ja, der kann was erleben.«

»Komm, wir gehen jetzt erst mal zur Rheinpromenade und überlegen gemeinsam, wie du am klügsten reagierst.«

Was für ein Zufall! Kopfschüttelnd bog Dora mit Vera auf die Fischertorstraße ein. Nein, es gab keine Zufälle, alles folgte einem festen Plan. Geradeaus verschwand die Straße im Horizont, langsam kam der Fluss in Sicht.

»Wenn er dienstags bei der Heuwels ist und mittwochs bei dir …«

Vera, immer noch aufgebracht, reagierte barsch. »Na, was dann? Was willst du mir sagen? Dass ich eine blöde Kuh bin?«

Dora hakte sich fest bei ihr unter. »Nein, das wäre ja schon wieder der Name einer Tiergattung.«

Hinter dem breiten Fluss schickte der volle Mond einen Silberstreifen durch die Wolken, was die beiden Frauen veranlasste, sich auf einer der Bänke niederzulassen.

»Vera, schau, du hast doch selber davon gesprochen, wie wichtig diese Glücksmomente für dich sind. Nun wirf nicht gleich alles über den Haufen, wer weiß, vielleicht ist das eine Tante von ihm.«

»Ach, erzähl mir nichts.«

»Doch, ich erzähle dir, dass wir erst mal herausfinden sollten, was er noch so treibt, und dann kannst du ihn immer noch – wie hast du gesagt? – in die Wüste schicken.«

Sie öffnete die Flasche, die sich wie ein Sekt benahm, den man eine Weile schüttelnd transportiert hatte. Der Korken flog in hohem Bogen ins Ufergewächs, der rote Inhalt perlte aus dem Flaschenhals heraus, während Dora die Gläser aus ihrem Beutel nestelte und dann vollschenkte.

»Komm, wir trinken auf den kleinen Lichtstreifen am Himmel, bei dem wir zwei Hübschen uns hier den Hintern abfrieren. Und darauf, dass du nicht mehr alleine bist mit deinen Männergeschichten.«

Der Zorn wich einem zaghaften Lächeln auf Veras Gesicht, sie prosteten sich zu.

»Auf uns«, sagte Dora.

»Ja, wie gut, dass ich dich und die anderen kennengelernt habe. Du machst mir Mut.«

Dora lächelte in den Nachthimmel, ihre Gedanken kreisten um die Beobachtung vor ihrem Haus. Die korrekte, ordentliche, wortkarge Frau Heuwels vom Erdgeschoss lief an einem Dienstag Arm in Arm mit dem Mittwochsmann ihrer neuen Bekannten durch die Straße. Das konnte ja noch spannend werden. »Prösterken.«

Vera war bereits wieder in gemäßigter Stimmung, ihr Humor kehrte zurück, sie lachte. »Die Männerwelt und ich, da gibt es Geschichten, die ich echt niemandem erzählen kann. Außer dir und den anderen aus dem Club. Es tut gut, zu wissen, dass ich nicht die Einzige bin, die solchen schrägen Kerlen begegnet.«

»Nein, da brauchst du dir keine Gedanken drum machen.«

»Ich bin weder ein süßes Mäuschen noch eine blöde Kuh, das ist beruhigend. Aber ein Hase bin ich.«

Dora schaute Vera erstaunt an, bis beide losprusteten. Zwei Frauen am Flussufer bogen sich vor Lachen.

DREIZEHN

»Nichts?«

»Fast nichts …«

Staatsanwalt Aaron Nilsson stand in voller Größe im Türrahmen des Besprechungsraumes, reckte mit gebeugten Ellenbogen die Arme und trommelte mühelos mit den Fäusten neben seinem dichten roten Haarschopf auf den Türsturz.

Was für ein Start in die morgendliche Lage, Karin Krafft und Gero von Aha schauten sich an, ihre Blicke sagten: Das kann ja heiter werden.

Nilsson machte seinem Ärger Luft. »Ich will nicht wissen, wie viele Beamte gestern halb Wesel durchkämmt haben, und ihr sagt mir ernsthaft, dass nichts gefunden wurde, was nach über einer Woche die Ermittlungen im Fall Heuwels zumindest anschiebt, geschweige denn weiterbringt?«

Heierbeck und sein erweitertes Team hatten am Vortag bis zum Einbruch der Dunkelheit geackert und exakt die Gebiete durchsucht, für die er einzelne Gruppen eingeteilt hatte. Im Anschluss hatte er in seinem Labor mit einem kleinen Team bis nach Mitternacht die auf Verdacht gesammelten Fundstücke untersucht. Jetzt stand er auf, Karin sah ihm an, dass er die Kritik nicht hinnehmen wollte. Er ging auf Nilsson zu und blieb vor ihm stehen, zweieinhalb Köpfe kleiner, zwanzig Jahre älter, und blickte unbeirrt nach oben.

»Meine Leute haben gut gearbeitet –«

Nilsson wollte ihn unterbrechen, Heierbeck wehrte ab.

»Nein, jetzt rede ich. Alle haben stundenlang die Gegend durchkämmt und hatten nichts anderes im Kopf, als zur Aufklärung des Falles beizutragen, und ich will nicht, dass jetzt hier unberechtigt Kritik geübt wird. Die haben mir einen ganzen Korb mit kleinsten Fundstücken gebracht, von denen jeder und jede Einzelne dachte, exakt das Teil könnte wichtig sein. Ich habe sie die halbe Nacht lang analysiert, um heute die Ergebnisse vorzulegen. Fehlanzeige. Wo nichts ist, kann auch nichts gefunden werden.«

Keiner sagte etwas, eine so lange Ansprache des Leiters der Spurensicherung hatte niemand bisher gehört, alle beobachteten, wie er langsam zu seinem Laptop ging und die Maus betätigte. Auf der Leinwand erschienen zwei Fotos von stark vergrößerten, undefinierbaren Flusen.

Mit einem überlegenen Lächeln schaute er auf, während Nilsson sich setzte. »Fast nichts, sagte ich zu Beginn.«

Jeder schaute auf die Fasern und wartete auf die Erläuterung. Heierbeck ließ sich Zeit, sein Blick ruhte auf Nilsson, so lange, bis der sich räusperte und in gemäßigtem Ton die Frage stellte, die der Techniker hören wollte. »Was sehen wir auf diesen Bildern?«

»Bei der zweiten Begehung des Tatorts ist einem meiner Mitarbeiter eine raue Stelle an einem Bein des Bettgestells aufgefallen, genauer gesagt am Fußende rechts. Er hat die Kante nur deshalb in Augenschein genommen, weil er gehört hatte, wie sein Schutzanzug dort entlangschrappte. Zunächst dachte er, die Fasern, die er dort entdeckte, seien von seinem Anzug, aber er hat sie, zum Glück, dennoch eingetütet.«

Man konnte eine Fliege summen hören, als er an dieser Stelle wieder eine Pause einlegte. Karin unterbrach die rhetorische Pause, bat ihn fortzufahren.

»Und was soll ich Ihnen sagen? Das Material unserer Anzüge unterscheidet sich, wenn auch nur minimal, in der Zusammensetzung von den hier gezeigten Fasern.«

Heierbeck ging auf Nilsson zu und stellte sich neben ihn. »Sehen Sie, und genau das ist das Ergebnis von gestern. Der Täter trug weiße Schutzkleidung. Einen minimalen Auftrag von Maispulver konnten wir noch sichern, wie es auf Einweghandschuhen zu finden ist.«

Karin sprang auf. »Genial, und Sie nennen das mal eben, so ganz lapidar, ›fast nichts‹? Das ist die Erklärung für das Nichtvorhandensein jedweder Fremd-DNA. Der Täter war vorbereitet, er trug einen Schutzanzug und Handschuhe. Wisst ihr, was das bedeutet?«

Sie ließ den anderen keine Chance, beantwortete ihre Frage selbst. »Das war kein Totschlag im Affekt. Da hat sich jemand vorbereitet, und somit, Aaron, sprechen wir von Mord.«

Nilsson nickte. Karin wandte sich an den Spurensucher, der mit verschränkten Armen und siegessicherem Gesichtsausdruck vor seinem Laptop saß. »Vielen Dank, Kollege Heierbeck, sehr gute Arbeit.«

***

Später war das K1 unter sich. Sie saßen im Büro der Chefin in kleiner Runde und tauschten sich über die Lage aus. Niemand konnte sich die veränderte Stimmung, die aufkeimende Ungeduld und Strenge des Staatsanwalts erklären, Karin würde ihn bei Gelegenheit darauf ansprechen.

Bei den nachträglichen Befragungen der Nachbarschaft waren alle Personen erreicht worden, die am Tattag nicht anwesend waren. Weder sie noch diejenigen, die bereits einmal Besuch vom K1 erhalten hatten, hatten Neuigkeiten zutage gefördert.

Tom und Karin hatten unterschiedliche Eindrücke von dem Besuch der direkten Nachbarn von Beate Heuwels mitgenommen. Tom war sich nicht sicher, ob der halb taube Mertens nicht doch etwas gehört hatte, man entschied sich für eine Art Feldversuch am nächsten Morgen zu der Zeit, wenn das Morgenmagazin im Fernsehen lief.

»Und diese Dora Schlemmer machte auf mich den Eindruck, als wollte sie sich bewusst in einem bemitleidenswerten Licht darstellen«, sagte Karin. »Eine Frau, die auch auf einen Kerl reingefallen ist und sich jetzt heldenhaft alleine durchschlägt. Die hat einen riesigen Gesprächsbedarf und uns gleich ihre Geschichte präsentiert.«

Tom bestätigte den Eindruck. »Überleg mal, du musst arbeiten, um Schulden abzubezahlen, die du nicht verursacht hast. Genau in der Situation befindet sie sich, ist in der ambulanten Altenpflege tätig und kellnert noch ab und zu, damit sie alles bezahlen kann, was ihr monatlich an Rechnungen ins Haus flattert.«

Karin schaute ihn an. »Siehst du, genau das meine ich. Sie hat uns völlig ungefragt lauter Details aus ihrem Leben erzählt. Die war überdreht und extrem mitteilungsbedürftig.«

Burmeester verstand nicht, worauf Karin hinauswollte, sie fuhr fort.

»Gleichzeitig wollte sie uns weismachen, dass sie nicht mit den Nachbarn im Haus in Kontakt käme, angeblich wollten sie mit ihr nichts zu tun haben. Die Mertens haben sich jedoch gegenseitig bestätigt, dass sie eine, wie sagten sie, ganz Eigene wäre, mit der man nicht ins Gespräch käme.«

Gero von Aha horchte auf. »Drei verschiedene Informationen. Erstens, die Schlemmer kommt mit den Nachbarn nicht ins Gespräch, zweitens, sie lehnt den Kontakt mit den Nachbarn ab, die kommen mit ihr nicht ins Gespräch, drittens, sie hat euch beiden die Hucke vollgeredet.«

Karin bestätigte. »Und das war nicht das Einzige. Sie selbst sagt, sie ist menschenfreundlich und geht auf jeden zu, das sei sehr wichtig in ihrem Beruf, sie kommt mit allen gut klar, mit den Kollegen, mit den Patienten. Nur im Haus, da funktioniert das nicht.«

Jerry wandte ein: »Es kann doch sein, dass die Leute im Haus der Neuen gegenüber misstrauisch sind, da gibt es einen Altersunterschied, der vielleicht entscheidend ist. Ihr beide seid im ähnlichen Alter, und da hat sie richtig aufgedreht.«

Das war ein Argument, Karins Meinung blieb zwiespältig. »Ich habe jedenfalls überprüft, ob wir sie im Datensystem haben. Fehlanzeige.«

Jerry und Burmeester brachten nichts Neues mit, die Nachbarn von gegenüber verfügten zwar über Fenster zur Straße, hielten sie jedoch meist durch Rollläden geschlossen, weil es entweder Schlafzimmer oder Computerzimmer waren. Es handelte sich um zwei junge Paare, die in Krefeld und Düsseldorf arbeiteten, früh aus dem Haus waren und spät zurückkamen.

Burmeester berichtete mit frustriertem Unterton: »Die verbringen alle pro Tag mindestens zwei Stunden auf den Autobahnen und sind froh, wenn sie zu Hause einfach nur chillen können. Ich glaube, die wissen nicht einmal, wer in der Nachbarschaft wohnt.«

Jerry schaute ihn von der Seite an. »Kennst du alle Nachbarn aus deinem Haus an den Lippewiesen? Ich kenne gerade mal die Leute, die mir oft begegnen. Es gibt Namen, die sagen mir auch nach Jahren noch nicht viel.«

Burmeester musste es eingestehen. Er erinnerte sich, dass er vorher in Bislich-Büschken alle Leute gekannt hatte, weil man gemeinsam feierte und aneinander interessiert war. Das war in der Stadt keine Selbstverständlichkeit.

Karin beendete die Besprechung. »Wir haben ein paar Fasern eines Schutzanzugs, das ist eine Spur, Heierbeck wird untersuchen, welche Zusammensetzung die Fasern haben, wo sie verwendet werden und so. Wenn Aaron morgen wieder nachfragt und noch immer schlecht gelaunt reagiert, dann kann ich das nachvollziehen. Wir müssen einfach noch einmal das Leben von Beate Heuwels untersuchen. Vielleicht haben wir etwas Wesentliches übersehen. Sind da entfernte Verwandte, die erben wollen? Hat Werner Schlaphysen mehr auf dem Kerbholz, als ihr nur die große Liebe vorzuspielen und gleichzeitig ein wenig von ihr zu profitieren?«

Es gab nichts, was Karin im Moment mehr aufregte als unbeantwortete Fragen.

VIERZEHN

Drei Monate zuvor

Vera hatte sich endlich einmal die ganze Woche freigenommen und am Dienstag auf der Lauer gelegen. Sie wollte nichts weiter als erkunden, wohin Victor nach seinem Besuch bei Doras Nachbarin fuhr. Wohnte er wirklich im Bergischen?

Der Gedanke, auf der Straße zu stehen oder stundenlang auf und ab zu gehen, war ihr unangenehm, sie saß in ihrem Wagen und musste sich immer wieder den Hals verrenken, um das Haus zu beobachten, in dem Victor auch heute mit dieser alten Frau verschwunden war. Keine der Teufelsweiber wusste von ihrer Observierung, es war ihr peinlich, zuzugeben, dass ihr wirklich etwas an diesem Mann lag. Lange hatte sie mit sich gerungen, aber verflixt, bei Herz gegen Kopf lief es immer gleich, und Herz siegte, wie jetzt. Sie wusste noch nicht, was sie machen würde, wenn sie seinen Wohnort kannte. Vielleicht anklingeln, Hallo sagen?

Es war für Ende März schon recht mild, die Abende verrieten jedoch, dass der Frühling erst ganz vorsichtig erblühte.

Da, fast hätte sie ihn übersehen, weil die Autoscheiben langsam beschlugen. Vera wischte einen Streifen frei, ja, das war er. Sie duckte sich, als er vorbeilief, sah im Rückspiegel, dass er links in die Fischertorstraße abbog. Schnell wenden und hinterher.

Gegenüber der Packstation von DHL stieg er in seinen Wagen, einen alten Ford Fiesta, und glitt aus der Parklücke. Vera war erstaunt. Bislang war sie immer gefahren, wenn es galt, mit ihm irgendwo anders die gemeinsame Zeit zu verbringen. Konnte man aus einem so alten Fahrzeug aussteigen und den Leuten erklären, wie sie ihr Geld am günstigsten anlegen?

Sie schlich hinter ihm her, wunderte sich, denn er fuhr nicht Richtung Autobahn. Sein Weg führte über Bundesstraßen an Büderich und Rheinberg vorbei in Richtung Winterswick.

Die Siedlung, durch die sie ihm folgte, wirkte ernüchternd. Im Dunkeln fühlte Vera sich hier am Ende der Welt angekommen. Ein kleiner Ort hinter Rheinberg, eine unscheinbare Seitenstraße, ein Dreifamilienhaus, in dem der Mann verschwand, der angeblich im Bergischen mit seiner Mutter eine Villa bewohnte. Sie stieg aus und schlich hinter ihm her, schaute auf die Namensschilder, atmete auf. Er wohnte gar nicht hier, sein Name war nirgendwo zu finden. Wieso hatte er einen Schlüssel?

Mit einem Hauch Erleichterung fuhr sie weiter nach Moers, würde sich auf den kommenden Tag vorbereiten, denn das war ihr Tag. Sie würde ihm wieder nichts erzählen, würde genießen, dass er sie umschmeichelte, mit ihm kochen, speisen, den Mittag im Bett verbringen. Vielleicht am Nachmittag rausfahren, mit ihrem Auto, eventuell nach Krefeld, am Hülser Berg durch den Wald gehen, das Damwild füttern, in der Gaststätte zum Kaffee einkehren.

Sie bestellte sich online einen Mietwagen für den Donnerstag. Sie würde in der Frühe schon in Winterswick warten und schauen, ob er von hier aus zu einer anderen startete.

***

Die Samstagstreffen waren wichtig für die sieben Frauen. Dora hatte im E-Mail-Verteiler eine Überraschung angekündigt. Im Dachgeschoss des Dingdener Cafés packte sie nach kurzer Begrüßung und dem ersten Bol Café au Lait die Masken aus, die sie online im fernen Vietnam bestellt hatte. Eine Ganzgesichtsmaske, weiß, mit Augenöffnungen, einem aufgenähten lächelnden Mund, oben zwei nicht zu große Teufelshörnchen. Jede von ihnen hatte bestimmt schwarze Kleidung im Schrank, eine Hose, ein T-Shirt, ein Sweatshirt. Damit niemand die Frauen erkennen würde, verteilte Dora noch schwarze Sturmhauben, um Haar und Hals damit zu bedecken. Alle waren begeistert, bis auf Inge.

»Da ist die Frisur ja komplett hin, wenn man sich das über den Kopf zieht.«

Sabine erklärte, dass es einen Preis hatte, bei Aktionen unerkannt zu bleiben. »Schließlich geht es nicht um Schönheit, sondern darum, den Kerlen eine Lektion zu erteilen.«

Inge war überstimmt. Sie wollten voller Euphorie die Wirkung auf der Stelle ausprobieren, sobald der Maître du Café die Treppe hinaufkam. Dora winkte ab.

»Das ist nicht der richtige Ort für ein Experiment, und wir sollten im Verborgenen bleiben. Der wundert sich sowieso schon darüber, was wir hier treiben.«

Sabine stimmte zu. Wenn sie die Masken einsetzten, dann nur bei den richtigen, den echten Arschlöchern. Denen im realen Leben. Die aus dem Internet konnten sie damit leider nicht erschrecken.

Dora übernahm das Wort. »Habt ihr das auf Facebook mitbekommen? Da stellt der WDR eine Aktivistin vor, die ganz alleine gegen Heiratsschwindler kämpft, weil ihre Freundin sich wegen so einem Kerl umgebracht hat. Eine Leserin reagiert mit einem Kommentar auf die Reportage, es antworten andere Chatteilnehmerinnen. Die Leserin beantwortet diese Kommentare, erzählt, und zack, in dem Moment hat sich wieder so ein Betrüger in fast dem gleichen Wortlaut wie immer gemeldet, nur dieses Mal in schlechtem Deutsch. Ein Romance Scammer meldet sich genau in dem Augenblick, in dem sich Betroffene über Heiratsschwindel austauschen, das war so kurios.«

Ein Raunen ging durch die Runde, einsilbige Reaktionen, bevor Dora weitererzählte.

»Es entwickelte sich eine Meta-Kommunikation, mehrere Frauen schrieben Kommentare über den gerade aufgetauchten Scammer, statt auf ihn einzugehen, und es wurde deutlich, dass alle schon mal solch einen Post bekommen hatten. Eine war besonders wütend, zu der habe ich über den Messenger Kontakt aufgenommen. Die wäre fast auf einen Betrüger reingefallen, weil sie in einem Chat Backgammon spielen wollte und er sie dort angesprochen hat. Der entpuppte sich als pleite und bedürftig und fragte ständig nach Liebe und Geld, irgendwann nur noch nach Geld. Ey, die lauern überall, das Internet ist echt ein Verbreitungsinstrument für neue Formen der Pest. Da kannste nur warnen, aber keiner kriegt die zu fassen.«

Vera meldete sich leise zu Wort. »Ich hätte da eine Idee. Alles, was ich brauche, ist diese wundervolle Verkleidung, die schnell aus jeder Handtasche hervorgeholt werden und auch wieder darin verschwinden kann, und eine oder zwei von euch, die am nächsten Donnerstag Zeit haben, um in Xanten ein wenig auf der Lauer zu liegen. Und mit viel Glück wird das der erste Einsatz der Teufelsweiber aus dem Club.«

Sie schaute Dora an, die ihr aufmerksam zuhörte. Keine von beiden hatte bislang in diesem Kreis über Victor gesprochen, das sollte sich gleich ändern. Dora nickte ihr zu, Vera atmete einmal tief durch und schaute die Teufelsweiber an, eine nach der anderen.

»Ich muss euch etwas erzählen. Victor heißt er und hat mit mindestens drei Frauen gleichzeitig ein Verhältnis. Ich bin eine davon.«

Sie hingen an ihren Lippen, es wurde still in der oberen Etage des Cafés.

***

Der Vorgarten, den die drei Frauen an diesem Donnerstag im Blick behielten, wirkte befremdlich. Vor ihnen lag keine blühende niederrheinische Landschaft, eher die Kargheit eines Kieswerks, unterbrochen von Holzbottichen, aus denen exotische Palmen und Olivenbäume ragten, die allerdings gegen die Kälte noch abstrakt, unförmig umhüllt, wie Fremdkörper in die Höhe ragten. Inge und Vera saßen auf der Rückbank von Sabines Wagen und schauten zu dem modernen Haus, in dem ein Mann verschwunden war, den Vera als ihren Victor erkannte.

»Der sieht aber nett aus.«

Vera schaute zu Sabine nach vorn. »Meinst du den Mann oder den Vorgarten?«

Sabine grinste. »Den Mann natürlich, den hätte ich mir auch näher angeschaut. Der Vorgarten ist eine Sünde an der Natur, wer so etwas behaglich findet, sollte lieber mitten in eine Großstadt ziehen, New York vielleicht, Manhattan, da stellt sich die Frage der Gestaltung nicht, da ist alles plattiert und betoniert. Aber dieser Victor sieht schon fesch aus.«

Inge schnaubte, in ihrer Stimme lag eine Spur Verächtlichkeit. »Nichts anderes als ein Betrüger ist er. Und das hier ist die Adresse der Donnerstagsfrau, bist du sicher?«

Vera klemmte zwischen den Vordersitzen, eine große Sonnenbrille verdeckte ihr Gesicht.

»Genau. Hinter dieser protzigen Fassade gegenüber lebt der Hase, den er donnerstags beglückt. Ich habe gehört, wie er sie nannte. Und wenn du sie siehst, willst du nie wieder von jemandem Hase genannt werden, glaube mir. Die passt in diese Steinlandschaft, ich tippe auf Botox oder OP, die hat ein versteinertes Gesicht. Und wenn hier alles läuft wie immer, und glaubt mir, er liebt feste Abläufe, dann kommen sie spätestens nach fünfzehn Minuten raus, weil sie in ihrem Cabrio zum Hafen fahren, um dort im Plaza del Mar zu frühstücken.«

Sabine packte ihre Maske aus dem Rucksack, legte sie an. »Pack deinen Schwanz ein und verkrümel dich, du Wicht. Das ist ein Überfall der Teufelsweiber!«

Sie lachten, Vera wendete ein, dass sie sich nicht so ins Restaurant wagen sollten, die passende Gelegenheit würde sich bestimmt finden. Sabine verstaute die Teufelshörnchen wieder. Inge bat um Ernsthaftigkeit, die anderen nickten, allerdings nicht sehr überzeugend.

Sabine wollte mehr über Victor und Vera wissen. »Und was macht ihr so? Also regelmäßig mittwochs?«

Bevor Vera antworten konnte, sprang die pompöse Tür auf, und der charmante Mann lief hinter einer Frau her, die gekleidet war wie eine Mischung aus Tiger und Papagei. Sie trug eine Jacke aus wogendem Fell, in grellem Rot gefärbt, nordische Stiefel mit Fellbesatz, und auf ihrer gelben Strickmütze wippte ein Fellbommel in Dunkelblau. Die drei starrten in ihre Richtung.

»Was … ist das?«

Vera war das Lachen vergangen. »Das ist Carolina Steiger, auf Instagram und Facebook ein altersloses reiches Enfant terrible, und wenn ihr mich fragt, eins mit verdammt schlechtem Geschmack.«

Ein gelbes Cabrio rollte aus der Einfahrt, Vera duckte sich hinter den Fahrersitz. Die Steiger hatte sich eine Sonnenbrille in Pink aufgesetzt, dazu passend ihre breit gespritzten Lippen geschminkt. Ihr Beifahrer schien sich vergebens gegen das Öffnen des Verdecks zu wehren.

Sabine schaute ihr staunend nach, startete, wendete, um ihr hinterherzufahren. »Wow, die ist ja krasser als Lady Gaga in den besten Tagen.«

Inge grinste breit. »Kein Vergleich, Lady Gaga hatte immer Stil.«

Sie folgten dem kleinen gelben Flitzer zum Xantener Hafen, Carolina Steiger stellte ihr Fahrzeug nahe dem Restaurant ab, Sabine fuhr zur Seeseite, so hatten sie alle die folgende Szene im Blick.

Die Lady-Gaga-Imitation stieg aus, hielt sich den Hut und wies auf den See. Mitarbeiter des Freizeitzentrums Xanten waren dabei, die Tretboote zum Saisonbeginn zu vertäuen. Im Eilschritt lief die bunte Frau mit dem charmanten Victor im Schlepptau nicht etwa zum Eingang des Restaurants, sondern zielstrebig auf die Stege zu.

Vera wies nach draußen in Richtung der bunten Boote. »Da, schaut mal, ich weiß genau, was die jetzt will, das Ding in der extravaganten Aufmachung passt farblich zu der Frau.«

Statt eines einfachen Bugs ragte an dem Tretboot in Pink der elegante Hals eines Flamingos in die Höhe.

Sabine schrie auf. »Was ist das?«

Inge blieb ernst, Vera bekam einen Lachkrampf.

»Tatsächlich das Flamingoboot!«, rief Sabine. »Ich fasse es

nicht, da, schaut, sie redet mit den Männern, winkt mit einem Geldschein.«

Vera verstand. »Los, Ladys, da liegt noch ein anderes, sehr passendes Gefährt am Steg, wir kapern es und fahren hinterher.«

Sabine lachte immer noch. »Wetten, du meinst das grüne Drachenboot?«

»Genau, und jetzt mal hoppi, schaut, die legen ab.«

Das Flamingoboot schoss seitlich aus der Anlegebucht, kam einige Meter auf sie zu, eine Momentaufnahme, die alles erklärte. Der Mann trat in die Pedale, das bunte Vogelweibchen räkelte sich neben ihm und schoss ein Selfie nach dem anderen. Während er versuchte, die Kurve auf den offenen See hinaus zu kriegen, rannten die drei Frauen auf den Steg zu. Victor stellte sich ungeschickt an, der rosa Flamingo beschrieb einen Kreis vor der Anlegestelle der »Seestern« und glitt in Richtung See, als die drei dem Mitarbeiter einen Fünfziger in die Hand drückten.

Zu dritt bestiegen sie den grasgrünen Drachen, Vera und Sabine an den Pedalen, Inge auf dem Rücksitz, schafften es zügig rückwärts und kraftvoll ins offene Gewässer. Sie brachten es auf ein beachtliches Tempo, während der Flamingo bei der nächsten Uferbiegung bereits schwächelte. Inge reichte den beiden Steuerfrauen ihre Taschen, ein nicht ausgesprochenes Signal. Sie holten Sturmhauben und Masken hervor – es wurde Zeit für die Generalprobe zum ersten Einsatz.

Sabine fingerte ihr Smartphone aus der Tasche und hielt es am langen Arm zwischen die beiden Frauen, die sich mächtig ins Zeug legten. Zeit für ein Selfie, drei Teufelsweiber mit Drache, passender ging es wirklich nicht.

»Was bedeuten schon Frisur und Make-up? Ihr seht phantastisch aus, wir sind auf dem Seeweg zu unserer ersten Mission.«

Ein gespenstisches Foto entstand, drei gleich lächelnde Teufelsgesichter nebeneinander. Sabine schien in bester Stimmung.

»Fertig zum Entern! Oder besser Kentern? Vera, du bestimmst. Was soll mit diesem Kerl geschehen? Ich bin dafür, dass die beiden gleich schwimmen gehen.«

Vera schaute sie an, ihre Miene undurchsichtig. »Nein, er kann nicht schwimmen, wir bleiben besonnen und ärgern sie ein wenig.«

Sie näherten sich flott dem dümpelnden Flamingo, Sabine wollte Klarheit über den Ablauf der Aktion. »Willst du ihn nun loswerden oder nicht?«

»Ja. Nein, ich meine, ich würde gerne die Frau neben ihm unsichtbar machen. Das bleibt aber ein Wunschtraum.«

Inge konnte es nicht glauben. »Der betrügt dich mit zwei Frauen, du weißt davon und willst ihm trotzdem nicht den Laufpass geben?«

Der Drache hielt unter Veras energischer Steuerung auf den Flamingo zu. »Genau, er ist ein Netter, das habt ihr selber gesagt. Also erschrecken wir die Frau.«

Sabine merkte, wie Vera kraftvoll auf das Boot zusteuerte. »Ruhe jetzt, wir sollten nicht miteinander sprechen, damit uns niemand an den Stimmen wiedererkennen kann. Wir erschrecken sie ein wenig, und wenn die Frau dabei zufällig ins kalte Wasser fällt, dann finde ich das nicht schade.«

Sie waren in Hörweite, die bunte Frau schien ihren Steuermann zu verhöhnen. »Du schaffst es ja nicht einmal um die Ecke bis nach Lüttingen, ich hätte nicht gedacht, dass du so ein Schlappschwanz bist.«

Er antwortete abgehackt, völlig aus der Puste. »Nun warte doch … Hase … Ich bin es einfach, puh, nicht gewohnt. Gleich geht's wieder … weiter …«

Vera zischte den Frauen zu: »Ab jetzt herrscht Schweigen.«

Sie befanden sich außerhalb der Sichtweite des Hafens, vom nahen Ufer aus durch die dichte Böschung verdeckt, vom Weg aus nicht zu sehen. Der erste Rums war heftig, ein Schrei, und drei Teufelsweiber mussten sich an die Bootskante krallen.

Später berichteten Spaziergänger, die sich zu der Zeit am westlichen Ufer aufhielten, es habe gewirkt, als wolle der Drache mit dem Flamingo kämpfen, Grün gegen Pink. Immer wieder hätte er auf das Vogelboot zugehalten und es gerammt. Dabei habe die bunte Frau aus dem Boot schrill um Hilfe geschrien und gleichzeitig ihren Hut festgehalten. Da die drei in dem Drachenboot anscheinend Masken trugen und eine von ihnen das Geschehen filmte und da die Frau in dem Flamingoboot farblich dem Exoten angepasst war und ihre Schreie sich gekünstelt anhörten, habe man die Situation nicht ernst genommen und daher nicht gehandelt. Ein grober Scherz oder sogar ein privates Filmprojekt. Der Drache habe sich nach ein paar Minuten abgewendet und sei zurück zum Steg gefahren, mehr hatten sie nicht beobachten können.

Noch bevor die Teufelsweiber anlegten, zogen sie sich Masken und Sturmhauben von den Köpfen und ließen sie in ihren Taschen und Rucksäcken verschwinden. Der schicke Flamingo blieb außer Sichtweite. Sie vertäuten das Boot und liefen eilig zum Wagen, nicht als Trio, sondern mit Abstand und auf unterschiedlichen Wegen.

Keine sagte ein Wort, Sabine lenkte den Wagen an der Stelle vorbei, wo bis vor Kurzem ein Häuschen mit einem Bankautomaten gestanden hatte, ein marodes Fundament, das an die Zeit vor dem niederländischen Raubzug hier erinnerte. Auf der B 57 in Richtung Wesel, hinter der Ampelkreuzung Varus- und Augustusring, prusteten und schrien sie los, Sabine schlug auf das Lenkrad ein, Vera trommelte auf ihre Oberschenkel. Inge saß stumm neben ihr.

Vera fasste es zusammen. »Das war eine geile Aktion, habt ihr gehört, wie die geschrien hat? Selbst das klang künstlich, ›Hilfe, o Gottchen, Victor, tu was, Hilfe‹.«

Sabine schaute ihr Videomaterial durch, spielte die Szene ab. Victor saß verkrampft am Bootssteuer und sagte immer nur: »Hase, bleib ganz ruhig, nicht rumhampeln, Hase, bleib sitzen. Was ist denn das? Wer sind Sie? Hase, bleib ganz ruhig.« Hase wollte, dass er die Polizei anruft, er sagte, der Spuk sei bestimmt bald vorbei. Dabei hielt er sich krampfhaft am Steuer fest, konnte seine Hände nicht lösen. Da kramte die Frau ungelenk und schwankend in ihrer Tasche und hielt ihr Smartphone hoch.

Und jetzt geschah etwas Seltsames, das sich später beim x-ten Abspielen keine der drei erklären konnte. Plötzlich, beim nächsten Angriff des Drachens, ein Rempler wie einst im Autoscooter, löste Victor eine Hand vom Steuer, die zielgenau gegen das Smartphone stieß, sodass es der Frau aus der Hand und mit einem Salto ins Wasser fiel. Danach hatte sie nur noch geschrien: »Mein Apple, mein neues iPhone, weißt du, was das gekostet hat? Hilfe!«

Vera dachte über die Aktion nach. Wonach fühlte sich das an, was sie gerade beseelte? War sie zufrieden? Nein, Zufriedenheit und Glück fühlten sich anders an. Das hier schmeckte anders. Wie Vergeltung? Nein, eher wie Sehnsucht nach Liebe und einem zuverlässigen Menschen an ihrer Seite.

***

Heute war es besonders schwierig, die Hand zur Ruhe zu bringen, was war denn nur los? Aufregung durchzog den ganzen Menschen, der senkrecht vor dem Schreibtisch saß, an der Unterlage knibbelte, bis kleine Bröckchen sich lösten, die zwischen Daumen und Zeigefinger zu Mehl wurden. Das Schulheft lag schon griffbereit, noch nicht aufgeschlagen, daneben der ausgewählte Kugelschreiber für diesen Tag.

Wenn man aufhörte, dieses Mehl aus der Pappe auf den Boden rieseln zu lassen, würde sich die endgültige Entscheidung beschleunigen. Alles würde in Sekundenschnelle zusammenbrechen, das Regal, der Schreibtisch, der Stuhl, das ganze Haus. Und dann wäre nichts mehr möglich, es wäre unmöglich, das auszuführen, was der Herr befohlen hatte. Das war doch das Ziel, zu vernichten, was nicht in diese Welt gehörte, das Böse, das auch der Herr erkannt hatte.

Noch mehr Mehl aus Pappe rieselte auf die nackten Füße und den Boden, sobald das Rieseln aufhörte, zitterten die Finger wieder, und die Lampe flackerte höhnisch auf die Szene. Aufstehen, auf wackeligen Beinen, und das Licht löschen. Da kehrte Ruhe ein, die gestreckten Finger, der Kopf, alles war mit einem Mal wie ausgetauscht. Jedoch war es nun fast schon zu dunkel zum Schreiben, aber Er musste doch wissen, dass alles gut lief. Die Finger umschlossen den Kugelschreiber.

»Herr, ich bin jetzt bereit, deinen Plan auszuführen. Ich bin ein Werkzeug, du musst mir nur sagen, wo und wann.
Sprich mit mir, bald.
Ich muss mich vorbereiten, damit alles so wird, wie du es willst.
Ich schaue auf zu dir, voller Ehrfurcht und Treue, das musst du mir glauben.
Und ich bin gehorsam.
Und willens.
Und wenn das reinigende Blut fließen soll, dann sag es mir.«

Das Schulheft wurde zuoberst auf den Stapel im Regal gelegt, der noch in die Höhe wachsen konnte. Gegenüber im Regal lag der Vorrat, es mussten immer die gleichen Hefte sein, der Vorrat würde ein Leben lang halten. Es waren fünf neue Hefte. Die Zeit lief, und der Herr hatte einen Plan.

Danach wäre die Zeit gekommen, sich das Leben zu nehmen. Das Dasein wäre beendet. Wenn der Herr es befahl.

Zunächst trugen die nackten Füße das Pappmehl aus dem kleinen Zimmer in den nächsten Raum.

Wo kam diese staubige Spur her?

FÜNFZEHN

Ein Anruf der Kollegen von der Wasserschutzpolizei in Duisburg ging bei Karin Krafft ein. Was die wohl wollten?

»Polizeioberkommissar Paulinder Rothe, WSP Duisburg, spreche ich mit der Leitung vom Kommissariat 1 in Wesel?«

»Ja, Hauptkommissarin Karin Krafft hier.«

»Wir haben einen Fund aus dem Ruhrorter Hafenbecken gezogen, der Sie interessieren könnte. Bevor wir lange herumreden, ist meine Frage, ob jemand von Ihnen herkommen kann, um den Beutel abzuholen. Hier sind alle Einsatzkräfte unterwegs, und es wird ein komplizierter Weg, der sogenannte Dienstweg, wenn ich die Kollegen an Land einschalte. Moment bitte …«

Paulinder Rothe unterhielt sich mit einer Kollegin auf einer anderen Leitung. Was konnte da in Ruhrort Interessantes für sie liegen? Der Kollege würde sie nicht anrufen, wenn er sich nicht sicher wäre, dass der Fund für sie von Bedeutung sein könnte. Karin überlegte nicht lange, stand auf, hielt den Hörer zwischen Schulter und Ohr geklemmt und packte ihre Tasche.

»So, da bin ich wieder. Zweiundzwanzig Hafenbecken und vierzig Kilometer Ufer, dazu die Schiffe, es gibt hier viel zu tun.«

»Ich bin auf dem Weg, ich komme selber. Wo finde ich Sie?«

»Prima, das spart uns Zeit und Schriftkram. Die Wache liegt am Vinckeufer in der Nähe vom Tausendfensterhaus, das kennen Sie doch bestimmt.«

»Okay, ich rechne mit ungefähr fünfunddreißig Minuten Anfahrt.«

»Gut, bis gleich.«

Sie informierte Burmeester, der ordnete noch die Aussagen der Nachbarn. Tom und Jerry waren wieder vor Ort, und von Aha saß mit bald schon eckigen Augen vor dem PC.

»Ich kündige große Erkenntnisse an«, sagte er. »Aber ich verifiziere erst, bevor ich etwas präsentiere. Wenn ich mich am

Nachmittag nicht melde, schlafe ich wahrscheinlich komatös hier am Schreibtisch, dann bitte nicht wecken, auf keinen Fall.«

So machte die Chefin sich allein auf den Weg, ließ sich über die Bundesstraßen bis Moers leiten, um dann der Verbandsstraße entlang der Autobahn nach Homberg zu folgen. Kilometer um Kilometer bewachsene Lärmschutzwand zur Rechten, hier verlor sich der beschauliche Teil des Niederrheins zunehmend in einer industriell geprägten Kulisse. Die Fahrt über die Friedrich-Ebert-Brücke bot einen kurzen Einblick in die Weite der Hafenzufahrt, führte an zwei monumentalen Brückentürmen vorbei, immer tiefer in das Ruhrgebiet. Eine Umleitung lenkte Karin quer in den Duisburger Ortsteil Ruhrort, der an manchen Stellen so idyllisch erschien, dass sie ins Staunen geriet. Hier gab es liebevoll renovierte alte Häuser, ganze Gassen, die beschaulich wirkten, dann wieder nüchternes Hafenambiente. Der Drehort für die »Tatort«-Filme mit Horst Schimanski, wie passend.

Von einem großen Parkplatz am Ufer aus führte der Weg zur Wasserschutzpolizei, Karin fuhr am Vinckekanal entlang, links Mehrfamilienhäuser, am gegenüberliegenden Ufer große Handelsbetriebe, Frachtschiffe, die be- und entladen wurden. Eine andere Welt.

Eine Wache am Ufer, Boote als Dienstfahrzeuge – die Aufgaben, die die Kollegen und Kolleginnen hier erfüllten, waren Karin fremd. Sie würde sich demnächst mit der WSP in Wesel in Verbindung setzen, um detailliert zu erfahren, um welche Aufgaben es ging. Nicht umsonst mussten die in dem Bereich tätigen Männer und Frauen vier Jahre Polizeidienst hinter sich haben, um dann noch einmal in der Praxis weitergeschult zu werden.

Karin stellte den Wagen ab und schaute sich um. Oberhalb fuhren Straßenbahnen mitten durch das Verkehrsgewühl über die Ruhrorter Straße, gegenüber stapelten sich bunte Wände im DeCeTe Container Terminal. Sie musste schmunzeln. Zu Schimanskis Zeiten hatte es hier garantiert anders ausgesehen.

Ein Kollege in Uniform kam ihr entgegen. »Sie sind?«

Karin wies sich aus.

»Ich dachte es mir. Wir haben selten Besuch mit Weseler Kennzeichen, kommen Sie, die Zeit drängt, bald ist Schichtwechsel, dann bin ich auf der WSP1 eingeteilt.«

Sie folgte Paulinder Rothe ins Gebäude. »Jetzt verraten Sie mir bitte endlich, worum es hier überhaupt geht.«

Er führte sie in einen Nebenraum, auf dem Tisch ausgebreitet und mit einer durchsichtigen Folie bedeckt lag ein weißer Schutzanzug. Weiß war er nicht mehr, eher schmuddelig, daneben ein Beutel, der gefüllt schien und dessen Band sich an einem Ärmel des ausgebreiteten Objekts verfangen hatte. In Karins Kopf schwirrte es. Ein Schutzanzug, weit vom Tatort entfernt, was konnte das bedeuten?

Paulinder Rothe wies auf den Tisch. »Ich versuche die Fakten kurz zusammenzufassen. Wir wurden von der Schiffsbesatzung der ›Verhaven IV‹, das ist ein Schubschiff, aufmerksam gemacht, sie vermuteten eine leblose Person im Wasser. Die Besatzung der WSP8 zog Minuten später den Anzug mit dem daranhängenden Beutel bei der Mercatorinsel in Höhe der Hafeneinfahrt aus dem Wasser. Die Besatzung gab Entwarnung. Ein Kollege im Präsidium hörte, was sie gefunden hatten, und erwähnte es in der Kantine im Beisein einer Kollegin von der Spurensicherung. Die hatte am Vortag mit ihrem Weseler Kollegen Heierbeck über die groß angelegte Suchaktion im Fall eines Tötungsdelikts gesprochen, bei dem Fasern eines Schutzanzuges eine Rolle spielten. Da bei den Anzügen keine offensichtlichen Spuren darauf hinweisen, dass sie zum Beispiel bei einem Umweltdelikt genutzt worden sind, dachte ich mir, vielleicht ergibt sich eine Übereinstimmung bei den Fasern, und ihr Fachbereich findet noch andere Spuren.«

Karin war für einen Moment sprachlos und starrte auf den Schutzanzug. »Wieso sprachen Sie in der Mehrzahl?«

»In dem Beutel befinden sich noch zwei Anzüge, offenbar sollte er, beschwert mit einem Gegenstand, hier im Hafen verschwinden.«

Jetzt war sie hellwach, schaute den Kollegen mit großen Augen an. »Drei Schutzanzüge? Wenn das stimmt, wenn die Spuren übereinstimmen, dann erklärt das einiges in unserem Fall. Ich kann mich nur herzlich für Ihre Umsicht bedanken.«

Er lächelte sie an. »Und ich bin froh, dass wir nicht schon wieder eine Leiche aus dem Wasser geborgen haben. Und stattdessen vielleicht bei Ihrem Fall helfen können.«

Er begleitete die Hauptkommissarin zu ihrem Fahrzeug, der riesige Beutel mit den Fundstücken verschwand in ihrem Kofferraum.

»Einen interessanten Arbeitsplatz haben Sie hier.«

»Ja, man muss das Wasser lieben, die Schiffe, die Sprache der Partikuliere sprechen, dann ist man hier richtig. Und an Land gibt es eine der besten alten Konditoreien. Wenn Sie noch Zeit haben, dann halten Sie beim Café Kurz und nehmen Kuchen mit, Sie werden über Auswahl und Qualität staunen.«

Karin bedankte sich, während Paulinder Rothe schon wieder ein Telefon am Ohr hatte und zurück ins Gebäude ging. Sie googelte die Konditorei. Die Fundstücke in ihrem Kofferraum, die zu Beweisstücken werden konnten, mussten gefeiert werden. Das Café Kurz war nicht weit von ihrem Standort entfernt. Auf der Fahrt dorthin informierte sie Heierbeck über die bevorstehende Arbeit.

»Nein, nicht einer, drei Anzüge. Alles ist möglich. Ja, ein kurzer Stopp noch, dann bin ich auf dem Weg.«

»Lecker Torte« kam ihr gerade recht.

***

Das konnte kein Zufall sein. Um besser kombinieren zu können, musste Hauptkommissar Gero von Aha einen klaren Kopf haben und wache Gedanken entwickeln. Er brauchte Kaffee, frisch, stark, literweise. Er schlich in die Teeküche auf dem Flur des Kommissariats. Es kam ihm merkwürdig still vor. Mit dem ersten Becher in der Hand schlich er zurück an seinen Schreibtisch, ohne dass ein einziger Kollege die Tür öffnete und »Ich auch« rief.

Von Aha war im Netz auf eine Reihe von aufklärenden und warnenden Artikeln gestoßen, die sich mit dem Thema Love-Scamming auseinandersetzten. Da gab es offizielle Beiträge wie den vom Landeskriminalamt in Sachsen, da wurde sachlich vor der Online-Liebesfalle gewarnt, der Weg in die Herzen der Opfer beschrieben, die Zahlen sprachen für sich: sechsundsiebzig Komma fünf Prozent der Opfer waren Frauen, das LKA bezifferte den Gesamtschaden auf über vier Millionen Euro.

Gero von Aha lehnte sich zurück. Was für Summen überwiesen Frauen an Männer, die sie nie in ihrem Leben gesehen hatten? Immerhin hatten sie in Sachsen siebenundsiebzig Tatverdächtige ermittelt. Seriös gestaltete Biografien, Berufe und Aufenthaltsorte lieferten eine Vertrauensbasis. Wer sich auf Liebe im Internet einließ, konnte den Namen mit dem Zusatz Scammer in eine Suchmaschine eingeben oder das erhaltene Foto in der Google-Bildersuche überprüfen.

»Im Grunde ist es sehr einfach, jemanden zu überprüfen, da braucht man nicht einmal unsere internen Suchdateien«, sprach er mit sich selbst. So weit war es schon.

Noch weiter ging es auf Instagram, dort fand er unter »romancescambaiter« lauter Fotos von Männern und Frauen mit Phantasienamen versehen, alles sympathische Menschen im besten Alter. Von Aha verschluckte sich, musste husten, prusten, insgesamt 1589 Beiträge. »Verdammt, so viele sind schon offiziell erkannt?«

Viele Polizeidienststellen warnten auf ihren Seiten bereits präventiv vor der Masche unter immer wiederkehrender Systematik.

Weiter ging es mit Webseiten, auf denen zu den Namen Fotos und Lebenswege gepostet wurden. Alles, was bislang bekannt war und einer Gruppe von Frauen in die Hände fiel, wurde dort systematisch eingestellt. Erschreckend, wie viel Mist sich da auftat. Und dann wurde es erst recht spannend, denn er entdeckte eine Webseite, die erst seit ungefähr einem Dreivierteljahr online war.

Er scrollte sich durch die eingestellten Informationen, wieder Fotos von sympathischen Gesichtern, dazu Namen und Lebensläufe, die garantiert nicht dazugehörten. Fast hätte er die drei Fotos übersehen, auf denen jemand zu sehen war, den er bereits kannte. Schnell scrollte er zurück und untersuchte die Fotos genauer, traute seinen Augen nicht, raufte sich das Haar, legte seine Brille zur Seite, rieb sich die Augen, schüttelte den Kopf. War er wirklich wach, oder war das eine optische Täuschung?

Die letzten Fotos waren kaum sechs Monate alt und zeigten Victor van Beversen, vielmehr Werner Schlaphysen mit, na klar, der aufgedonnerten Carolina Steiger aus Xanten auf dem Wasser. Anscheinend befanden sie sich in einem irren rosafarbenen Boot und wurden mit aufgeregtem Gesichtsausdruck aus der Nähe fotografiert. Das nächste Bild schien ein Selfie zu sein, und von Aha konnte es sich zu dem Zeitpunkt noch nicht erklären. Da waren zwei maskierte Menschen zu sehen, zwischen ihnen Victor mit verzerrtem Gesicht. Es waren weiße Masken, offenbar über Sturmhauben aufgesetzt, mit grinsenden roten Mündern, und – er musste genau hinsehen, um es zu erkennen, konnte es kaum glauben – kleinen Teufelshörnern.

»Das muss ein dienstliches Delirium sein …« Jetzt sah er schon teuflische Gestalten auf seinem Bildschirm, zusammen mit zwei Personen, die ihm bekannt waren, das konnte doch nicht sein. Gero von Aha sprang auf.

Auf dem Flur stieß er mit seiner Chefin zusammen, sie balancierte erfolgreich ein großes Papptablett mit Kuchenstücken und rettete es auf die Ablage über der Spülmaschine.

Beide strotzten vor Mitteilungsbedarf, legten zeitgleich los. »Du wirst nicht glauben, was ich …«

Sie lachten gemeinsam, ließen sich den Vortritt, erzähl du, nein, du, einigten sich darauf, einander bei Kaffee, dieses Mal mit Kuchen, zu informieren.

Beides, die aromatisch duftenden Becher und die Kuchenplatte, nahmen sie mit in von Ahas Büro, er schob einen Stapel Papier zur Seite, Karin öffnete die Verpackung, beide schauten begeistert auf den Inhalt. Liebevoll dekorierte Torten- und Kuchenstückchen, eines ansprechender als das andere. Limetten-Mascarpone, Waldfruchtsahne, Schwarzwälder Kirsch, Bienenstich, Frankfurter Kranz, eine himmlische Auswahl ließ schon beim Anblick von Ahas Energie zurückkehren. Er ließ sich vom Fund der WSP Duisburg erzählen und staunte beim Verzehr von Waldfruchtsahne über den Geschmack.

»Hm, phantastisch. Äh, ich meine, damit habe ich ehrlich nicht gerechnet. Wir durchkämmen hier halb Wesel, hm, lecker, und dabei schwimmen mögliche Beweisstücke im Duisburger Hafen. Wann, oh, echt gut, kann Heierbeck Genaues sagen?«

Karin ließ sich erst die Limetten-Mascarpone auf der Zunge zergehen, bevor sie antwortete. »In spätestens einer Stunde wissen wir Bescheid. Also das hier schmeckt phänomenal. Und jetzt zeig mir deinen Fund.«

Während von Aha sich das Stück Bienenstich auf den Teller schob, öffnete er die Webseite, auf der er die Fotos mit dem Betrüger und einer seiner Frauen gefunden hatte, drehte den Bildschirm in Karins Richtung.

»Da, schau, Victor van Beversen und Carolina Steiger, irgendwo auf dem Wasser, und dann …«

Er wollte weiterscrollen, Karin hielt ihn mit einem »Oahm« auf, den Mund zu voll mit der köstlichen Schwarzwälder Kirschtorte. »Warte, ich kenn das.«

»Was meinst du?«

»Das rosafarbene Boot, das kenne ich. Es hat die Form eines Flamingos und liegt als Tretboot im Xantener Hafen. Meine Hannah jubelt immer, wenn es vorbeikommt, wie fast alle Mädchen liebt sie Rosa. Und Flamingos. Zu ihrem Geburtstag werden wir das Vieh mieten und mit ihr rausfahren.«

Gero von Aha war ausgehungert und seine Gabel auf dem Weg zum Frankfurter Kranz.

»Halt!«, rief Karin. »Das ist der beste Kuchen, den ich seit Langem gegessen habe, und dieses letzte Stück, das teilen wir uns, verstanden?«

Ihr Smartphone klingelte, sie nahm das Gespräch an. »Kollege Heierbeck, und? … Ja, ja, das ist ja phantastisch. Konnten Sie noch mehr sichern? … Ein Haar, ja, verstehe. Gut. Vielen Dank.«

Sie schaute auf und sah das letzte Stückchen der Buttercremetorte in von Ahas Mund verschwinden. »So, dann musst du leider morgen einen Umweg über Ruhrort machen und die nächste Runde kaufen, du Schuft.«

»Ist okay. Für den Geschmack fahre ich auch über Wien ins Büro. Was hat Heierbeck gesagt?«

»Die Fasern stimmen überein. Darüber hinaus gibt es ein Haar, die Feststellung der DNA dauert bis morgen.«

»Bingo. Da hatten wir aber Glück, dass die Kollegen in Duisburg so hellwach waren.«

»Ja, aber jetzt zeig mir mal die anderen Bilder, die dich so aus der Bahn geworfen haben.«

Beide starrten auf das Selfie, zwei weiße Masken, ähnlich denen mit dem Bärtchen von Guy Fawkes, nur hatten diese hier einfach rote Lippen, und links und rechts bildeten kleine Teufelshörner den oberen Abschluss. Karin vergrößerte das Foto, da war nicht zu erkennen, wer sich dahinter verbarg.

»Schwarze Kleidung, schwarze Sturmhauben, das komplette Gesicht mit Masken verdeckt, gut getarnt. Wer ist verantwortlich für diese Webseite?«

»Warte, da kommt gleich das Impressum. Dort nennt sich ein gewisser ›Club der Teufelsweiber‹ als verantwortlich für den Inhalt.«

Erneut drehte er den Bildschirm in Karins Richtung. »Siehst du, was ich da sehe, oder bin ich nach dem ganzen wunderbaren Kuchen in einer Art Zuckerschock?«

»Das ist ja ein Ding! Verantwortlich für diese Teufelsweiber zeichnet Dora Schlemmer.«

Karin sprang auf und lief durch Gero von Ahas Büro. »Dora

Schlemmer, die harmlose Altenpflegerin aus dem Dachgeschoss im Haus des Opfers. Selber Opfer eines skrupellosen Mannes, der für ihren finanziellen Absturz gesorgt hat, dessen Schulden sie heute noch durch viel Arbeit abzahlt, gründet einen Club, der sich mit Betrügern, Romance-Scamming und Heiratsschwindel befasst. Am Tag des Mordes war sie morgens auf Schicht, das müssen wir überprüfen. Sie soll uns erklären, was es mit diesem Club und den Fotos auf sich hat.«

Sie nahm ihr Smartphone zur Hand und wählte Toms Nummer.

»Seid ihr noch Am Halben Mond?«

Sie ließ von Aha wissen, dass die Kollegen noch mal in die Mülleimer an der Promenade schauten, und berichtete Tom kurz von dem Fund der Schutzanzüge in Ruhrort.

»Konzentriert euch bei der Suche an der Promenade also auf die Tatwaffe, vielleicht ist die ja nicht im Fluss gelandet. Gut, einer von euch beiden schaut bitte im Haus der Heuwels nach, ob Dora Schlemmer daheim ist. Ich will sie heute noch zur Befragung hier sehen. Und wenn sie nicht daheim ist, dann wartet auf sie.«

Sie hockte sich auf das Eckchen Schreibtisch, auf dem von Aha nichts abgelegt hatte. »Boah, mein Magen ist so voll, das war viel zu viel Kuchen.«

»Ich brauche nach so viel Süßzeug immer was Herzhaftes.«

»Ja, eine Scheibe Käse oder so. Ich geh mal rüber zum Bäcker«, beschloss Karin, »vielleicht haben die noch Käsebrötchen für uns.«

***

»Was soll das hier?«

Dora Schlemmer stand mit verschränkten Armen in der Ecke des Befragungsraums und schaute Karin feindselig an.

»Wir müssen Ihr Alibi vom zweiundzwanzigsten Juni überprüfen, Sie stellen uns bitte die Daten der Personen zur Verfügung, bei denen Sie am Morgen des Tages gewesen sind.«

»Das werde ich mit dem Pflegedienst absprechen, das sind alte Menschen, die teilweise schon dement sind und Betreuer haben, die erst mal die Zustimmung geben müssen. Vielleicht ist der Dienst so kulant und zeigt Ihnen zumindest meine Abrechnung. Sie verstehen, ich stehe unter Schweigepflicht.«

»Okay, dann bekomme ich die Telefonnummer Ihrer Vorgesetzten.«

Sie kramte in ihrer Handtasche. »Ich lasse Ihnen eine Karte da. War es das?«

»Das hängt von Ihnen ab, setzen Sie sich.«

Karin legte die Ausdrucke der Fotos von der Webseite auf den Tisch. »Erklären Sie mir bitte, was das hier ist?«

Dora Schlemmer kam näher und warf einen kurzen Blick auf die Bilder, hockte sich auf die Stuhlkante. »Das sind Fotos von der Webseite. Na und?«

»Es gibt einen Zusammenhang zwischen dem hier abgebildeten Mann und der Toten aus Ihrem Haus. Ihr Name steht als verantwortlich im Impressum. Also erklären Sie mir das bitte.«

»Sie wissen, womit sich die Seite auseinandersetzt. Ich habe sie nur eingerichtet, gepflegt wird sie durch Mitglieder des Clubs.«

»Wer ist das? Und wer verbirgt sich hinter diesen Masken?«

Sie zog die Schultern hoch. »Ich weiß es nicht.«

»Sie wissen nicht, wer in Ihrer Webseite herumwerkelt?«

»Wie gesagt, ich habe sie nur eingerichtet.«

»Dann sind Sie auch für den Inhalt verantwortlich.«

Dora Schlemmer beugte sich vor, stützte sich mit den Händen auf dem Tisch ab. »Was werfen Sie mir eigentlich vor? Dass ich etwas ins Internet gestellt habe, um Frauen vor Betrügern zu warnen? Dass eines von den hiesigen Arschlöchern dort abgebildet ist?«

»Ich möchte wissen, wer sich hinter den Masken verbirgt. Der Mann und seine Begleiterin sehen auf den anderen Bildern wütend und verängstigt aus. Was war da los?«

»Ich kann es Ihnen nicht sagen.«

Dora Schlemmer stand auf und nahm ihre Jacke von der

Stuhllehne, zog sie an. »Sie können mich hier nicht festhalten. Ich kann Ihnen nicht weiterhelfen. Rufen Sie meine Chefin an, die wird meine Arbeitszeiten vom besagten Tag bestätigen. Auf Wiedersehen, Frau Krafft.«

Es gab keinen Grund, sie aufzuhalten. »Sie senden mir bitte umgehend eine Liste mit allen Mitgliedern Ihres Clubs zu.«

»Ich kann also gehen?«

»Jaja, einen schönen Abend wünsche ich.«

Mit eiligen Schritten verließ Dora Schlemmer den Raum.

Karin ging rüber zu Burmeester, der sollte sich mit dem Pflegedienst zwecks Bestätigung des Alibis in Verbindung setzen, die Karte mit den Kontaktdaten legte sie ihm auf seine alte Schreibtischplatte, direkt neben die Tastatur, da konnte er sie nicht übersehen in seiner eigenen Ordnung. Sie schlich sich wieder hinaus und griff zum Telefon, wählte die Nummer des Staatsanwalts.

»Ich brauche die Genehmigung zur Überwachung des Telefons von Dora Schlemmer. … Ja, ich kann das begründen. Ich komme eben zu dir rüber. … Gut, in einer halben Stunde.«

Kaum hatte sie das Gespräch beendet, klingelte es erneut. Sie erkannte die Nummer von Heierbeck.

»Ein Beamter von der Wache hat mir vor einer halben Stunde ein Messer gebracht, das jemand an der Rheinpromenade gefunden hat. Er ist Hobbyfotograf und die Böschung hinabgeklettert, um eine Aufnahme am Wasser zu machen. Das Messer stammt aus der Serie in Heuwels' Küchenschublade, hat eine rostfreie Klinge aus Solingen, deren Maß zu einem Großteil der Stichwunden passt. Der Finder hat es sauber gewischt und wollte es behalten. Daheim hat seine Frau ihn auf die merkwürdigen Flecken im Holzgriff aufmerksam gemacht, da hat er Schiss gekriegt und es zur Wache gebracht. Die Diensthabende hat es dann sofort zu mir bringen lassen, und was soll ich sagen? Treffer. Ich konnte minimale Spuren von Beate Heuwels' Blut nachweisen.«

»Fingerabdrücke?«

»Nichts, das Blut war ins Holz eingedrungen, die Oberfläche hat der Mann ja gereinigt.«

»Sagen Sie, wurde die Böschung am Rhein nicht schon abgesucht?«

»Natürlich haben wir das hiesige Ufer abgesucht. Ein Mitarbeiter von mir hat sich die Fundstelle zeigen lassen. Es sieht aus, als habe jemand das Messer vom oberhalb gelegenen Weg ins Wasser schleudern wollen, und es ist nur knapp über der Wasserkante zwischen Steinen und Buschwerk gelandet. Ein Wunder, dass es überhaupt gefunden wurde, wenn das Wasser nur um einen halben Meter angestiegen wäre, hätte es das Messer für immer mitgenommen.«

Karin beendete das Gespräch. Da hatte tatsächlich jemand Beweisstücke längs des Rheins entsorgt. Jetzt fehlte nur noch das Okay von Aaron Nilsson für die Überwachung von Dora Schlemmer.

SECHZEHN

Zwei Monate zuvor

Dora fand die Idee, eine Runde durch den Xantener Kurpark zu laufen, sehr reizvoll, sie hatte bislang nur von der Parkanlage gehört, kannte sie jedoch noch nicht. Es war Veras Vorschlag, sie hatte dringlich um ein Gespräch gebeten, und die Frauen trafen sich auf dem Parkplatz hinter dem Rathaus.

Der Weg in den Park führte über eine Treppe, zu den Seiten standen in großzügig angelegten Beeten die Frühjahrsblüher in voller Pracht, narzissengelb und irisblau, Reihen roter Tulpen, doch beide Frauen hatten keinen Blick dafür. Vera hakte sich unter und zog Dora mit schnellem Schritt hinunter auf den Weg.

»Komm, lass uns in Richtung Spielplatz gehen, da ist viel los. Ich weiß nicht genau, ob mein Ex mir gefolgt ist. In Gegenwart von Kindern würde er nicht ausfallend werden.«

Mehrmals schaute sie sich um, während sie den äußeren Weg am Ostwall vorbei nahmen.

Dora reagierte verunsichert. »Womit rechnest du?«

»Vom Heiratsantrag auf Knien bis zu Beschimpfungen unterhalb der Gürtellinie ist alles möglich. Ricardo stammt ursprünglich aus Italien, das Temperament spielt bei ihm auch eine Rolle. Ich habe letzte Woche eine einstweilige Verfügung erwirkt, er darf sich mir nicht weiter als bis auf zwanzig Meter nähern, sonst macht er sich strafbar. Und genau heute gab es die Post dazu. Er wird sauer sein. Noch sehe ich ihn aber nirgends.«

»Die Polizeiwache liegt ganz in der Nähe, wir könnten sofort dort sein.«

»Da kennst du ihn schlecht, der wird nicht lockerlassen.«

Dora blieb auf Höhe des Spielplatzes stehen, in der milden Luft tummelten sich einige Kinder auf den Holzgeräten, während sich ihre Eltern bei den Liegen und Bänken in kleinen Grüppchen angeregt miteinander unterhielten.

»Ist das der Grund, weshalb du mich sprechen wolltest?«

»Aber nein, der bekloppte Kerl, das ist meine Sache. Mit dir möchte ich über unseren Club sprechen. Es geht um die Teufelsweiber.«

»Wieso wartest du nicht bis zu unserem nächsten Treffen? Dann wären alle auf einem Stand.«

Sie kamen wieder in Bewegung, wie selbstverständlich hakte sich Vera bei Dora ein, sie nahmen beim schwungvollen Übergang zum Südwall die Serpentinen durch die Bepflanzung und überquerten die Orkstraße.

»Ich will erst mit dir reden, du bist doch so etwas wie der Kopf der Gruppe, ich brauche deine Zustimmung und vor allem dein Verständnis. Als Freundin.«

Gut, dass sie Doras Blick in dem Moment nicht sah, das Wort »Freundin« schien sie zu verschrecken. Schicksalsgefährtinnen waren sie vielleicht, Frauen mit ähnlichen Erfahrungen und gleichem Ziel. Dora behielt es für sich, rückte jedoch von Vera ab, und sie liefen nebeneinander auf die klassizistische Scholten-Villa zu, in deren Garten ein alter Mammutbaum den neuzeitlichen Bambus überragte und entlang deren Mauer der Weg zum Bibelgarten führte.

»Leg los«, sagte Dora.

»Weißt du, ich hatte irre Freude an der Aktion mit den beiden Tretbooten. Das ist mir in den letzten Monaten bewusst geworden.«

»Ja, das war genial. Und wie der Kerl gewimmert hat, ›Bleib sitzen, hampel nicht herum‹, ich hab mich abgerollt, als ich Sabines Video gesehen habe.«

Vera nickte einfach nur, sie hatten die Viktorstraße zu überqueren, sie seufzte kurz auf, blieb stumm auf dem Weg entlang der Engelbert-Humperdinck-Straße, an der eine kurze Treppe in den gradlinig strukturierten Garten hineinführte. Hier wuchsen wilde Tulpen zwischen den noch kargen, kurz geschnittenen

Ziergrasbüscheln, bei den Judasbäumen trieben unzählige lila Blüten aus dem Astholz ans Licht. Die Frauen setzten sich auf eine Bank, Vera schluckte, es fiel ihr schwer, ihr Anliegen auszusprechen.

»Du darfst nicht lachen, okay?«

»Gut, in Ordnung.«

»Und du musst mir versprechen, dass ich noch zu euch gehöre, wenn du mein Problem kennst. Ich habe jetzt lange genug darüber nachgedacht.«

Dora nickte stumm.

»Es geht um Victor.«

»Erzähl.«

»Du weißt ja, dass er noch zwei andere Frauen hat, aber ich kann mich einfach nicht von ihm trennen. Weißt du, er ist in den Stunden, die wir gemeinsam haben, einfach der perfekte Mann. Er ist liebevoll, zärtlich, er ist höflich, wir haben viele gemeinsame Interessen und …«

»Was, und?«

»Ich möchte nicht, dass er aus meinem Leben verschwindet, egal, aus welchem Grund.«

Schweigen im Bibelgarten, das konnte Meditation oder Unverständnis bedeuten, Dora blieb stumm, Veras Unsicherheit nahm zu.

»Verstehst du mich? Ich hatte vor, ihn in die Wüste zu schicken, aber ich kann es einfach nicht. Um ein Haar hat er mir leidgetan, als er sich in dem schwankenden Flamingoboot neben dieser schrillen Tussi krampfhaft am Steuer festhielt. Der kann nicht schwimmen und hatte bestimmt furchtbare Angst. Und inzwischen ist mir eins klar.«

Dora ahnte, was jetzt kam. Immer das gleiche Gesülze, wie sie es sich jahrelang selber eingeredet hatte. Alles nicht so schlimm, wird schon, der ändert sich, bla, bla, bla. Veras Unsicherheit schien besiegt, sie redete weiter wie ein Wasserfall, nicht zu stoppen.

»Ich liebe ihn einfach. Und ich will nicht, dass ihm etwas

passiert. Vielleicht lässt sich alles auf andere Weise lösen, ich habe mir Gedanken darüber gemacht. Mein Geständnis hier kostet mich Nerven, aber ich muss auf meine Gefühle hören, ich muss einfach, weißt du? Und da habe ich mir Folgendes überlegt. Vielleicht können wir den beiden Frauen den Garaus machen, sie mit Aktionen belästigen, ihnen Fotos von den anderen senden, anonyme Post, fiese Mails auf den Weg bringen, damit die sich von Victor trennen. Nachdem er das Smartphone der bunten Kuh in den See befördert hat, ist er ja vielleicht bei der schon unten durch. Jetzt fehlt noch deine Nachbarin. Wir überlegen einfach, was notwendig ist, damit sie ihm die Tür nicht mehr öffnet. Ich kann mir auch vorstellen –«

»Stopp, stopp, stopp! Vera, du bist wirklich davon überzeugt, dass er dir zukünftig treu sein wird, nur weil diese beiden Frauen ihn rauswerfen? Und was ist, wenn es noch welche für die restlichen Wochentage gibt, willst du die auch vergraulen? Das ist eine *never-ending story*, der wird sich doch nicht auf eine monogame Beziehung einlassen. Mensch, wovon träumst du nachts?«

Eine Weile saßen sie stumm nebeneinander. Dora drängte schließlich zu gehen, Vera folgte ihr nachdenklich. Am Eingang zum Park am Westwall schloss sie wieder auf.

»Du hast mir versprochen, nicht sauer zu sein, und jetzt bist du es doch.«

»Nein, bin ich nicht. Ich kann dich nur nicht verstehen.«

Vera nahm die Kletterpyramide nicht wahr, auf der drei Kinder von der Spitze aus ihre Mütter auf sich aufmerksam machen wollten und alle »Mama, guck mal!« schrien.

Sie steuerten auf das Gradierwerk zu, das einen feinen salzigen Nebel in der Umgebung verteilte.

Vera stoppte ihre Begleiterin. »Komm, wir setzen uns noch einen Moment. Ich hätte so gerne, dass du mich verstehst. Ich kann wahrscheinlich ohne Victor leben, aber ich mag nicht ohne ihn sein.«

»Dafür nimmst du hin, dass er dich belügt?«

»Deshalb will ich ja die anderen verdrängen, er soll sich nur noch auf mich konzentrieren. Das ist mein Herzenswunsch, ich will zumindest versucht haben, ihn für mich alleine zu bekommen. Wenn es nicht gelingt, sagen wir, in zwei, drei Monaten, dann gebe ich ihn vogelfrei, dann setze ich die Maske auf und helfe mit, ihn aus dem Rennen zu werfen. Ist das ein Wort?«

Das sanfte Sprühen und Rieseln des Salzwassers, das über dichtes Weißdorngesträuch lief, beruhigte Dora wieder, die Luft tat gut. »Meinetwegen versuchen wir, die anderen zu überzeugen. Ich bin gespannt, was sie sagen werden.«

Sie schaute Vera von der Seite an, schüttelte den Kopf. »Du bist echt bekloppt, weißt du das?«

Vera nickte. »Bekloppt und verliebt.«

An der Kriemhildmühle machten sie eine Kaffeepause, genossen das letzte Sonnenlicht auf den Liegen, schauten den Kindern zu, die auf eine riesige Drachenfigur kletterten, um anschließend von ihr hinabzurutschen.

Dora schmunzelte. »Schon wieder ein Drache. Die kosten in Xanten echt aus, Schauplatz der Nibelungen-Saga zu sein.«

»Tja, wir sind in der Siegfried-Stadt. Zum Glück gibt es hier im Park keine Flamingos.«

Zurück auf dem Parkplatz, entdeckte Vera eine Rose, die hinter ihrem Scheibenwischer klemmte, stöhnte kurz auf. »Ich habe gewusst, dass er mir folgt, das kann nur mein Ex gewesen sein.«

»Bist du sicher, dass er nicht eines Tages richtig bösartig wird?«

»Der darf sich mir nicht mehr nähern, das weiß er. Und eigentlich spielt er sich nur auf. Das ist einer, der nur bellt, nicht beißt. Und mich hat er genug angekläfft.« Sie zerknickte die Rose und warf sie mit großer Geste in die Bepflanzung an der Mauer.

»Die arme Blume trifft keine Schuld.«

»Wenn er uns beobachtet, dann weiß er jetzt, was ich von solchen Überraschungen halte.«

Dora stand bereits an ihrer Wagentür, wollte keinen prätentiösen Abschied, schon gar nicht mit Körperkontakt. »Anscheinend hat er noch nicht kapiert, worum es dir geht. Hast du wenigstens Pfefferspray in der Tasche?«

»Ach, der ist nur lästig. Fragst du die anderen Teufelsweiber nach ihrer Meinung zu meinem Plan?«

»Schreib sie selber an, du bringst dein Anliegen bestimmt authentischer rüber als ich. Rechne mit Widerstand. Meinen Segen hast du, das werde ich so kommunizieren.«

***

Damit hatte Dora nicht gerechnet, die in ihrem Handeln stets gradlinig war. Staunend las sie die E-Mails durch, ein Teufelsweib nach dem anderen antwortete Vera, sie nahmen sie in den Arm, trösteten sie, sprachen ihr Mut zu. »Du kriegst den Kerl schon in die Tasche.« Sabine schrieb seitenlang über den Wandel ihres Bruders vom Saulus zum Paulus, vom Frauenausbeuter zum treuen, liebenden Ehemann und Vater. Manche Männer bräuchten Zeit zum Reifen, und wenn Vera sich sicher sei, dass es mit Victor funktionieren würde, ja, dann würde sie mitmachen.

»Wenn du den unbedingt haben willst, zeigen wir seinen anderen Frauen, dass sie zukünftig die Finger von ihm lassen sollen. Also ich mache auf jeden Fall mit. Die bunte Fregatte vom Donnerstag hat hoffentlich schon das Weite gesucht. Und wenn du eines Tages feststellst, dass er doch wieder über die Felder geht, dann sagst du uns Bescheid, und wir machen mit ihm den Tanz der Teufelsweiber.«

Inge war da sachlicher. »Ich stimme einer abweichenden Aktion nur zu, weil du eine von uns bist und diesen Wunsch äußerst. Beim nächsten Treffen der Aktionistinnen werden die Würfel fallen. Wir entwickeln einen Plan, wie wir ihnen klarmachen, dass sie ihn besser sitzen lassen. Er hat nichts anderes verdient.«

Birgit konzentrierte sich auf die Notwendigkeit, den kriminellen Kerlen zu zeigen, dass sie nicht einfach weitermachen konnten. Ihr schwebte vor, dass der Club im nächsten Schritt an die Öffentlichkeit ging, um Aufklärung zu betreiben über

Romance-Scamming und Heiratsschwindel, und zwar ausgeweitet auf beide Geschlechter, Pardon, divers gedacht für alle Menschen, denn auf emotionaler Basis sei niemand sicher vor Lug und Trug.

»Aber wenn dein Herz an dem Mann hängt, Vera, dann helfe ich gerne mit. Du musst mir nur versprechen, dass du mit ihm Tacheles redest. Wenn ihr wirklich eine Zukunft haben wollt, dann muss Klarheit zwischen euch herrschen. Und entweder verträgt er die Wahrheit oder nicht. Ich wünsche dir Glück.«

Die Jüngste im Club, Vanessa, war zunächst voller Widerstand und konnte Veras Anliegen nicht nachvollziehen. Voll krass wäre das, einem Kerl nicht nur nachzurennen, sondern ihm auch noch seine Weiber zu vertreiben, um dann die Einzige zu sein.

»Ey, leidest du unter einer Art Prinzessinnensyndrom? Muss dein Leben völlig deinen Plänen gehorchen? Und warum kannst du dich nicht von so einem Blödmann trennen? Macht, was ihr wollt, damit bin ich nicht einverstanden. Und wenn ihr so crazy seid und bei dem Plan bleibt, dann könnt ihr mich vergessen.«

Sabine schaffte es, an ihre Toleranz zu appellieren, wonach Vanessa sich bereit erklärte, weiter im Club zu bleiben und mehrheitlich beschlossene Aktionen zu unterstützen.

Die Mehrheit der Teufelsweiber stand auf Veras Seite. Die hatte aber auch in ihrer Mail sämtliche Register gezogen und die Emotionalität der Frauen angesprochen. Damit waren sie immer wieder einzufangen, Gefühlsduselei, Schmeicheleien, Komplimente, rote Rosen …

SIEBZEHN

Der Staatsanwalt hatte eine Sitzecke in seinem Büro, dort führte er Gespräche auf Augenhöhe. Karin war stets voller Respekt für seine Umsicht, allein schon auf seinem Schreibtischstuhl überragte dieser Mann, dessen mützenartige Frisur ihn zwei Meter zehn lang sein ließ, seine Gesprächspartner um einiges.

Schlecht sah er aus, müde und abgespannt. Karin konnte nicht anders, als ihn zu fragen. »Was ist los, Aaron? Man wundert sich über deine Stimmungslage, und aus der Nähe betrachtet siehst du nicht gerade gut aus. Magst du reden?«

Seufzend griff er nach zwei Gläsern und einer Wasserflasche vom Beistelltisch, stumm stimmte er Karin zu, goss ein und nahm selbst einen langen Schluck.

»Ach, Karin, es tut gut, dass du fragst, alle anderen scheinen den schlecht gelaunten Staatsanwalt zu akzeptieren. Meine Sorgen sind privater Natur.«

»Dann sei doch mal für ein paar Minuten privat. Du kannst mir alles anvertrauen, nur besteht die Gefahr, dass von Kuchen und Keksen nichts übrig bleibt.«

Nilsson schmunzelte. »Nenn es ganz oldschool Liebeskummer, Karin. Ich bin so richtig verliebt in diese Frau, und die läuft hier mit einem anderen Arm in Arm, sich küssend und betatschend durch Wesel. Ich habe sie gesehen.«

Großer Mann, ganz sensibel, in dieser Sekunde wurde er Karin noch sympathischer. »Hast du mit ihr gesprochen?«

»Ich wage nicht, sie anzusprechen, vielleicht scheue ich ein endgültiges Wort von ihr.«

»Wenn das alles dich so sehr beeinträchtigt, dann musst du über die Konsequenz nachdenken. Schaffe Klarheit für dich, glaub mir, das tut gut.«

Wieder musste er schmunzeln. »Da spricht die Fachfrau, danke.«

Nach dem nächsten Schluck Wasser fragte er nach ihrem Anliegen. Sie berichtete von den Erfolgen des Tages, Schutzanzüge, allerdings nicht einer, sondern drei, und die Tatwaffe seien sichergestellt. Und da seien die Fotos auf der Webseite von Dora Schlemmer und ihre Weigerung, mehr über die Seite und die anderen Beteiligten zu berichten.

»Sie lebt im Haus der Toten unter dem Dach, und die Nachbarn sind sich nicht einig darüber, ob es am Tattag Geräusche im Treppenhaus gegeben hat. Ich warte da noch auf einen Bericht von Tom und Jerry, die waren heute früh im Haus und wollten im Feldversuch prüfen, ob der Nachbar wirklich etwas gehört haben kann. Burmeester soll Schlemmers Alibi bei ihrer Arbeitsstelle überprüfen.«

»Gut, der Fortschritt gefällt mir.«

»Was bleibt, ist das Foto mit dem Beziehungsbetrüger, der dienstags bei dem Opfer ein und aus ging, und einer seiner anderen Frauen in Kombination mit unter Teufelsmasken vermummten Personen auf einem Selfie. Der Vegetation im Hintergrund zufolge ungefähr vor drei Monaten aufgenommen. Sie weigert sich, uns zu sagen, wer die Fotos gemacht hat, wer sich hinter den Masken verbirgt und was diese Szenen bedeuten. Sie hat wahrscheinlich eine Vereinigung ins Leben gerufen, die sich Club der Teufelsweiber nennt. Sie wird uns nichts dazu sagen, deshalb will ich wissen, mit wem sie spricht und sich in ihrer Freizeit trifft. Weißt du, sie ist ein gebranntes Kind, und ich kann mir vorstellen, dass sie mit ihrer Wut noch lange nicht fertig ist, und wer weiß, was die Mitglieder dieses Clubs noch alles anstellen, außer Betrüger mit Teufelsmasken zu konfrontieren.«

»Mehr Informationen brauche ich nicht. Volle Überwachung, ihr habt doch den Soko-Status und somit genügend Personal zur Verfügung, lass sie permanent überwachen, irgendwann wird sie die anderen Frauen kontaktieren. Club der Teufelsweiber, hat das etwas mit Satanismus zu tun?«

»Nein, das glaube ich nicht. Sie sammeln Daten über Romantic-Scammer, Betrüger und Heiratsschwindler und machen sie öffentlich. Das ist eher eine Aktion, die positiv zu bewerten ist. Es gibt einige dieser Initiativen im Netz, weil dort immer mehr Betrüger unterwegs sind. Aber die Fotos machen mich nachdenklich, ich will wissen, wie die ticken.«

»Was es alles gibt, unglaublich. Meine Zustimmung hast du. Der Bericht wird nachgeliefert?«

»Umgehend.«

Karin stand auf und verabschiedete sich, er rief sie an der Tür noch einmal zurück und zwinkerte ihr zu.

»Danke. Du weißt, wofür.«

»Gerne.«

***

Die Kollegen Tom Weber und Jerry Patalon berichteten in der Lage am Nachmittag von ihrem Abgleich der Lautstärke von Bewegung im Treppenhaus mit der Hörfähigkeit des Nachbarn Johannes Mertens.

»Wir waren um kurz nach neun Uhr im Haus. Schon im Treppenhaus konnte man den Fernseher der Mertens hören und vor allem sie, die immer wieder den Moderator der Sendung übertönt hat. Ob er noch einen Kaffee möchte, ob er ihr das Salz gibt, ob es denn so laut sein müsste, ob er ihr die Zeitung reichen könnte und so weiter. Ein Theater ist das bei denen, furchtbar. Wir sind dann zu zweit die Treppe rauf- und runtergelaufen, mal schleichend, mal mit schwerem Schritt, sogar leise oder laut plaudernd, Tom hat einen Hustenanfall hingelegt, bei dem ich einen RTW holen würde, wenn ich das in meinem Hausflur hören würde.«

Karin fragte neugierig nach. »Und? Hat einer von beiden erwähnt, wie laut es vor der Tür ist, oder gar in den Hausflur geschaut?«

Jerry lachte. »Nein, keine Reaktion. Die Mertens hat uns verwundert angeschaut, als wir vor der Tür standen und sie fragten, ob einer von beiden vor einer halben Stunde etwas im

Treppenhaus wahrgenommen hätte. Beide verneinten, und sie war verunsichert, ob denn wieder jemand durch das Haus schleichen würde.«

Karin fasste noch einmal zusammen. »Es gibt die Aussage von Johannes Mertens, an besagtem Morgen mehr als eine Person durch das Treppenhaus laufen gehört zu haben. Und es gibt euren Feldversuch mitsamt Hustenanfall, und keiner von beiden hat etwas gehört, weil der Fernseher lief und Frau Mertens die Sendung zusätzlich übertönen musste. Das können wir vergessen. Aber dafür haben wir jetzt drei Schutzanzüge und die berechtigte Vermutung, dass somit drei Personen statt einer bei Beate Heuwels eingedrungen sind.«

Gero von Aha brachte die Kollegen auf den Stand, was die gefundene Webseite anging, in die die Nachbarin aus dem Dachgeschoss involviert war. Karin erläuterte die Ergebnisse der Spurensicherung zu den Anzügen und dem Messer und die nahtlose Überwachung von Dora Schlemmer, die ab sofort greifen würde.

»Und mal schauen, ob noch irgendwo längs des Rheins Beweisstücke gefunden werden, ich bin echt gespannt, wo uns das alles hinführt.«

Gegen siebzehn Uhr löste Karin die Lage auf, die Kollegen sollten sich gemeinsam mit denen aus der Soko zur Bewachung der Schlemmer einteilen.

»Bitte haltet die Überstunden kurz. Und bevor ich es vergesse, Gero bringt morgen eine Runde herrlicher Torten- und Kuchenstücke mit, die müsst ihr probieren.«

Gero von Aha rollte die Augen nach oben, er hatte abgenickt, und sie hatte es nicht vergessen.

»Morgen wieder um siebzehn Uhr zur Lage. Genießt den freien Abend.«

Auf dem Rückweg hielt Karin Krafft spontan am Xantener Südsee, ging zum Hafen und schaute sich die Tretboote an, die bereits wieder vertäut am Steg lagen. Ein Mitarbeiter des Freizeitparks kletterte von einem zum anderen und reinigte die

Boote für den nächsten Tag. Sie lief eilig zum Steg, sprach ihn an und wies sich aus.

»Sagen Sie, gab es hier ungefähr vor drei Monaten ein Vorkommnis in Zusammenhang mit dem Flamingoboot?«

Mit sicheren Schritten kam der Mann auf den Steg geklettert. »Das kann man wohl sagen. An dem Tag haben wir die Tretboote startklar gemacht. Uns selber ist nichts aufgefallen, aber Spaziergänger haben etwas Komisches gesehen.«

»Was denn?«

»Angeblich haben die Nutzer vom Drachenboot den Flamingo angegriffen, ihn immer wieder gerammt, die Nutzerin auf dem Flamingo hat gekreischt. Wie gesagt, ich habe nur davon gehört. Wer weiß, was die gesehen haben, maskierte Piraten auf dem Xantener Südsee, ist doch bescheuert, oder? Die Boote sind unbeschädigt, bis der Kunststoff Schaden nimmt, muss schon was anderes passieren.«

»Wissen Sie, wer das andere Boot, den Drachen, ausgeliehen hat?«

»Ja, klar.« Er vertäute Boot um Boot ordentlich.

»Und?«

»Moment.« Nach dem letzten Boot richtete er sich wieder auf. »Das waren drei Frauen. Ganz nette, die haben auf ihr Wechselgeld verzichtet und hatten echt Spaß. Und die waren garantiert nicht maskiert. Verrückte Geschichte.«

»Würden Sie die drei wiedererkennen?«

»Nee, hier kommen so viele Leute vorbei. Vielleicht. Ich weiß nicht. Das ist ja schon was her.«

Karin ließ sich seine Kontaktdaten geben und bedankte sich.

Drei Frauen waren im Drachenboot unterwegs gewesen, um den rosafarbenen Flamingo anzugreifen. So erklärte sich also der ängstliche Gesichtsausdruck von Victor van Beversen alias Werner Schlaphysen.

***

Daheim erzählte Karin ihrem Maarten von der Attacke auf das Flamingoboot und löste bei Hannah, die zufällig in Hörweite war, einen vorpubertären Anfall von Verzweiflung aus.

»Mein Flamingo, Mama, du bist doch die Polizei, du musst verhindern, dass dem Boot etwas passiert. Ich liebe Flamingos.«

Karin beruhigte sie und versicherte ihr, dass die Boote so gut wie unsinkbar waren. Und Maarten kündigte an, mit ihr am Wochenende einen Ausflug zum Zwillbrocker Venn bei Vreden zu machen.

»Da gibt es Flamingos, die in freier Natur leben, die schauen wir uns an. Ist nicht weit von hier, und wenn Mama Zeit hat, kommt sie bestimmt mit.«

»Au ja, Papa, du hast immer die besten Ideen.«

Sie verschwand vergnügt in ihrem Zimmer, Karin schaute ihr lächelnd nach.

»Weißt du noch, es gab Zeiten, da war ich extrem eifersüchtig, wenn sie dich zum besten Papa kürte und mich nicht einmal erwähnte. Inzwischen bin ich dankbar dafür, dass es dich als liebevollen Papa und Ehemann gibt.«

Er umarmte sie innig.

Bei einem Glas Rotwein auf der Terrasse erzählte sie ihm von den Ergebnissen des Tages. Er staunte über den Fortschritt der Ermittlungen.

»Ich habe gar nicht gewusst, wie viel betrügerisches Volk im Internet unterwegs ist, da bin ich wohl zu naiv, was?«

»Ich auch. Begriffe wie Romance-Scamming fielen immer wieder mal, aber dass der angerichtete Schaden inzwischen monetär ermittelt werden konnte und in die Millionen geht, das erstaunt mich. Es verhält sich ähnlich wie mit dem Enkel-Trick. Gutgläubige Menschen werden dabei emotional festgenagelt, und dann wird gezahlt. Ein Phänomen. Je mehr Aufklärung betrieben wird, desto schneller ändert die dunkle Seite die Vorgehensweise. Und schwups, wird aus dem Enkel die besorgte Polizei, der man die Wertgegenstände übergibt, damit sie im eigenen Haus nicht geklaut werden können.«

»Das ist widerlich, mit den Gefühlen der Betroffenen zu spielen.«

»Ja. Die Internetbetrüger geben inzwischen sogar Adressen regulärer Arbeitsstellen an. Sie lassen sich mit angeblichen Kollegen vor Ort filmen und fotografieren, die Vita wird immer realistischer, immer glaubhafter. Nur eines wird nie geschehen, Frau oder Mann wird die Person ihrer Träume niemals leibhaftig treffen.«

»Und wie passt die Tote da ins Bild?«

»Bislang wissen wir nur, dass auch sie Opfer eines Betrügers war, ich hatte dir ja schon erzählt, dass der mehrere Frauen an unterschiedlichen Wochentagen beglückt hat und sich von ihnen sein Leben bezahlen ließ. Damit er nicht durcheinanderkommt, nennt er sie immer Hase.«

Maarten schaute sie skeptisch an. »Stimmt, du erwähntest, dass er konsequent alle mit demselben Kosenamen anspricht.« Er grinste auf einmal breit und schubbelte seinen Kopf an ihrer Schulter.

Karin wusste, was jetzt kam. »Untersteh dich, sag es nicht …«

»Doch, bitte, nur einmal …«

»Nein, ich will das nicht.«

Die Gläser landeten auf dem Tisch, ein wildes Gekabbel entstand, sie entwand sich ihm, er rannte hinter ihr her, sie lachten, sie rief immerzu: »Nein, nein, nein, ich will das nicht hören«, während Maarten sie anbettelte: »Doch, bitte, nur einmal.«

Sie rannte zum Gartentor, das zum Weg um den See führte, schloss es hinter sich und hielt es fest, er rüttelte vergebens. Spaziergänger und Nachbarn wurden aufmerksam.

»Du kriegst mich nicht, ätsch.«

Sie lief los, er öffnete das Tor und spurtete hinterher.

»Warte auf mich, Hase. Haaase!«

Er hatte es doch getan, sie stoppte und drehte um, baute sich frontal vor ihm auf. Sie war sich dessen bewusst, dass die halbe Nachbarschaft zuschaute, nahm seinen Kopf zwischen die Hände und küsste ihn ausgiebig.

»Mein starker, starker Bär, komm, nimm deinen Hasen auf den Arm und schleppe ihn in deine Höhle.«

Damit sprang sie ihn an, er geriet ins Straucheln, gemeinsam stürzten sie zu Boden, lagen zusammen im Gras, kugelten sich und lachten, lachten, lachten.

So konnte das Wochenende beginnen.

***

Tom Weber meldete sich am Samstagnachmittag bei Karin, die gerade mit ihrer Familie ein Stück durch die Niederlande gefahren war, um in Vreden im Zwillbrocker Venn die Flamingos zu entdecken, und die Freude ihre Tochter genoss.

»Ich brauche deinen Rat, Karin. Die Schlemmer ist in Dingden und trifft sich hier mit sechs anderen Frauen in einem Café. Und weißt du, wer eine von ihnen ist?«

»Nein.«

»Einer von Victor van Beversens Hasen …«

Für einen Moment irritierte ihn, dass Karin losprustete, sie entschuldigte sich sofort und fragte, wer es denn sei.

»Vera Hüskens.«

»Du bist dir sicher?«

»Ja. Die anderen kenne ich nicht, aber hier scheinen die bekannt zu sein, der Besitzer des Cafés begrüßt sie an der Tür. Soll ich da reingehen und sie befragen?«

»Ich weiß nicht, wir könnten sie verschrecken.«

»Vielleicht ist es sogar sicherer, wenn wir sie gleich mitnehmen oder zumindest vorladen.«

»Was haben wir denn in der Hand, Tom? Blanke Vermutungen, wir brauchen Beweise, ohne dass die Frauen verunsichert werden.«

Im Hintergrund begrüßte Hannah jeden Flamingo, den sie durch das Fernglas entdeckte, mit verzückten Jubelrufen.

»Mach Fotos von den Frauen, ja? Und fordere fünf Kollegen in einzelnen Wagen an, ich will, dass die später alle beobachtet werden. Das ist die einfachste Art, sie unter Kontrolle zu haben, ohne dass sie etwas merken. Sind die alle mit dem eigenen Auto angereist?«

»Soweit ich es erkennen konnte, ja, die haben alle in der Nähe vom Café Crème geparkt.«

»Dann macht doch Nägel mit Köpfen und organisiert in Dingden eine allgemeine Verkehrskontrolle, das müsste zu machen sein. Die Verfolger stellen sich vor ihnen in die Schlange, und die Daten von den Frauen gehen bitte gleich an uns weiter.«

Tom wirkte nachdenklich. »Bekommen wir keine Probleme, wenn wir so viel Manpower einsetzen?«

»Wir sind die Soko ›Am halben Mond‹, nicht vergessen, da können wir mal richtig auffahren. Wenn die Diensthabenden in der Wache protestieren, sollen sie mich anrufen oder gleich den Staatsanwalt. Ich informiere ihn per SMS. Okay?«

»Gut. Sag mal, was machst du gerade?«

»Flamingos beobachten.«

Das »Ach« von Tom hörte sich so an, als glaubte er ihr nicht. Karin ließ es so stehen.

Anschließend kämpfte sie um einen Blick durch das Fernglas, das Maarten mitgenommen hatte. »Das ist ja irre, die sind gar nicht ganz so rosa wie das Boot.«

ACHTZEHN

Einen Monat zuvor

Das Für und Wider der Methoden, wie sie Victors Frauen zur Vernunft bringen konnten, wurde in den E-Mails der Teufelinnen heftig diskutiert. Wenn es nach Vera ging, sollte es zunächst Post für die Frau im Palmenhain in der Xantener Beek und auch für die Nachbarin von Dora geben. Richtig fiese Briefe, in denen sie beschimpft und beleidigt wurden, in denen ihnen Attacken angedroht wurden, wenn sie weiter mit dem Mann zusammenbleiben würden. Inge, die immer wortkarg reagierte, brachte es auf den Punkt.

»Ihr wollt den Frauen Randale androhen, wenn sie sich nicht trennen? Was soll das denn, das steht in keinem Zusammenhang. Klärt sie doch einfach darüber auf, dass er ein untreuer Betrüger und Lügenbold ist. Humorlos und sachlich.«

Birgit hielt dagegen, dass es hier um Emotionalität ging, da konnte Inge mit ihrer Sachlichkeit nicht punkten.

»Ehrlich gesagt kann ich mir nicht vorstellen, was mir jemand schreiben müsste, damit ich dem Mann, mit dem ich zusammen bin, den Laufpass gebe. Okay, ich würde ihn zur Rede stellen, wenn ich erfahre, dass er gleichzeitig noch eine andere Frau besucht. Ob ich ihn deshalb rauswerfen würde, das weiß ich nicht.«

Vanessa sah das ganz pragmatisch, für sie gab es nur ganz oder gar nicht.

»Wenn mein Kerl noch jemanden am Laufen hat, dann ist Schluss, aus, Ende. Und dann ist es egal, ob mir jemand davon erzählt oder ob ich einen Brief kriege, der kann sich darauf verlassen, dass ich ihn zum großen Verhör zitiere. Und wenn er nicht mit der anderen Schluss macht, ja, Mädels, dann kann er seine Sachen packen und gehen. Das wäre meine Konsequenz. Da kann ich deine Zweifel nicht ganz nachvollziehen, Birgit.«

Dora mischte sich ein.

»Moment, wir haben uns dazu entschlossen, Veras Wunsch zu akzeptieren, und hier geht es gerade darum, wie die beiden anderen Frauen von Victor davon überzeugt werden können, ihn laufen zu lassen. Moralische Bewertung ist fehl am Platz. Die Frage ist: Was muss geschehen, damit sie ihn vor die Tür setzen?«

Erst herrschte Stille, niemand schrieb, alle schienen nachzudenken. Schließlich brachte es Sabine auf den Punkt.

»Wozu haben wir die Masken? Und die Generalprobe haben wir auch schon hinter uns, hat doch prima funktioniert. Warum setzen wir die nicht ein? Zusammen mit der alten Idee vom wasserfesten Stift. Wir verschaffen uns Zugang zu dem Haus beziehungsweise der Wohnung, da in Wesel in Doras Haus. Ein wortloser Überfall. Zwei halten die Frau fest, und eine schreibt mit dem dicken Stift auf die Tapete ›Lass den Kerl laufen‹ oder ›Wir kommen zurück, und dann wird es schlimm‹. Und: ›Keine Polizei, wir sehen dich!‹ Vielleicht fällt leider noch eine Vase vom Schrank, oder etwas entgleitet uns und landet versehentlich im Spiegel. Wir müssen ihnen eine spürbare Lektion erteilen, Emotion gegen Emotion setzen, Angst gegen die Zuneigung zu dem Mann. Nur so geht das.«

Puh, starke Worte, Dora war platt. Was da alles in den Frauen schlummerte, war ja filmreif.

Vera meldete sich schnell.

»Sabine, ich danke dir, du hast es auf den Punkt gebracht. Wir brauchen Mut für all die Aktionen, die noch kommen werden. Und wenn ihr, wenn wir diese erste Hürde schaffen, dann nehmen wir es zukünftig mit allem auf, was sein muss. Beginnen wir mit der Nachbarin von Dora. Wer ist dabei?«

So konkret wurde es mit der ersten ernsten Aktion. Dora war gespannt, wer sich melden würde.

***

Fingernägel, rau, bis zum Ansatz abgenutzt, die Kanten abgeknabbert, die Nagelhäute zerknibbelt, entzündet, die Haut ausgetrocknet vom Staub, zu dem die Schreibtischunterlage in stundenlanger stoischer Bearbeitung durch ebendiese Finger zerfiel. Menschenhände, in sich steigernder Aufregung zitternd. Ob ein Zusammenhang bestand zwischen dem Absetzen der verschriebenen Tabletten und dem Zittern?

Mit den Medikamenten ließ die Anspannung nach, gleichzeitig verflog der Kontakt zum Herrn, der alles so großartig plante. Alles war ersichtlich, wenn man die Hefte eins nach dem anderen las. Dazu bedurfte es seiner Erlaubnis, die nicht einmal die Finger hatten, die eine nächste Linie Pappe in Staub verwandelten, bevor sie den dünnen Kugelschreiber nahmen, den man mitnehmen durfte, dort, wo die Medikamente ausprobiert und verschrieben wurden.

Es würde alles darauf hinauslaufen, den geschützten Raum wieder zu verlassen und endlich das zu tun, was der Herr beharrlich in die Gedanken streute.

Die andere Hand führte die Stifthand zur geöffneten Heftseite.

»Es muss endlich geschehen. Das Blut Schuldiger muss fließen, um die Erde zu reinigen. Und du bist auserkoren, das Werk zu vollbringen.«

»Danke, Herr, für den Auftrag und für dein Vertrauen.«

Es klopfte an der Tür, eine barsche Stimme störte das Ritual des Zurücklegens von Heft und Stift. »Was machst du da drinnen?«

»Nichts.«

»Hast du deine Tabletten genommen?«

»Ja.«

»Und wenn du rauskommst, dann kehre den ganzen Staub zusammen, der vor der Tür liegt. Solange niemand in deinem Raum sauber machen darf, verlange ich, dass es vor deiner Tür ordentlich aussieht. Hast du mich verstanden?«

»Jaja.«

»Und sage niemals ›jaja‹, dein Onkel würde sich im Grabe

umdrehen, er sagte immer: ›Jaja ist auf dem Weg zum Nein, und nett ist die kleine Schwester von scheußlich.‹ Also, du machst Ordnung vor der Tür, hast du mich verstanden!«

»Ja.«

Das Heft mit der Nummer 1193 zerknitterte in schweißnassen Händen. Das hatte sie angerichtet, nur sie hatte das zu verantworten.

***

Die Kommunikation zu dieser Aktion und den folgenden sollte in einem speziell dafür eingerichteten Chatroom stattfinden, alles sollte einen konspirativen Charakter bekommen, darin waren sich alle einig. Nur diejenigen, die zum Einsatzkommando gehörten, hatten Zutritt. Die Frauen verständigten sich auf eine einfache Nummerierung, die sie einübten, um zu verhindern, dass sie sich bei Aktionen mit ihren Namen ansprachen. Die Befürworterinnen von wasserfest notierten Botschaften mussten einsehen, dass ein Schriftbild verräterisch sein konnte, sie hatten sich etwas anderes überlegt.

Eins: »Bald ist es so weit. Seid ihr bereit?«

Drei: »Aber sicher. Ich stehe in den Startlöchern.«

Zwei: »Ich werde in den nächsten Nächten vor Aufregung kaum schlafen können. Wo hat mich dieser Kerl nur hingebracht, ich hätte nie gedacht, dass ich einmal solche absolut verrückten Sachen planen würde. Eins, sag mal, wann gibt es die Schutzanzüge? Und sehen die wenigstens ein bisschen schick aus? Warum können wir nicht einfach schwarze Klamotten tragen so wie bei dem Act auf dem Flamingo?«

Eins: »Die Anzüge bringe ich mit, wir streifen sie erst kurz zuvor über, es findet sich sicher ein Plätzchen in der Einfahrt, ansonsten machen wir das im Auto. Mensch, es ist völlig egal, wie wir in den Anzügen aussehen, tragt die Dinger möglichst nicht tailliert und lasst den Wonderbra für einen großen Busen daheim. Wir kommen als Reinigungstruppe, mit Besen, Schrubber und

Eimer, das haben wir alles schon besprochen. Drei, du wolltest noch die Handlungsanweisungen mit einer Heliumstimme aufnehmen, sodass die vom Handy abgespielt werden können, hast du alles fertig?«

Drei: »Ja, ich habe euch die Aufnahmen auf die Handys gesendet, die Sätze sind gespeichert unter A bis F, hört mal rein.«

Eins nahm das Smartphone zur Hand und öffnete die Aufnahmen, stellte das Gerät auf Lautsprecher, damit Zwei mithören konnte. Gesprochen wurde mit einer Stimme, die piepsig und lustig klang, jedoch widerlich strengen Inhalt transportierte.

Aufnahme A: »Du warst nichts, du bist nichts, und du bist tot, wenn du nicht machst, was wir von dir verlangen. Hör genau zu. Du musst dich sofort von dem Mann trennen, der dich einmal in der Woche besucht.«

Aufnahme B: »Falls du es nicht verstanden hast: Hände weg von dem Mann, der dich jede Woche besucht, sonst passiert hier was ganz anderes.«

Aufnahme C: »Ich habe dich nicht verstanden, was hast du gesagt? Du meinst ›Alles klar, ich setze ihn vor die Tür‹? Gut.«

Aufnahme D: »Du weigerst dich? Wir kommen wieder, und beim nächsten Mal scheren wir dir den Kopf und machen hier richtig sauber, dass es kracht.«

Aufnahme E: »Was ist dir lieber, Haare scheren oder dass wir einmal quer durch deinen Schrank fegen? Heute bleibst du verschont, beim nächsten Besuch nicht mehr.«

Aufnahme F: »Was jetzt geschieht, hast du selber so gewollt. Und keine Polizei, wir sehen dich, ab jetzt kennen wir jeden Schritt von dir, jeden Anruf, jede E-Mail, jede SMS. Alles klar?«

Eins schreibt: »Gut, sehr gut, ich bin gespannt, wie das ankommt. Speichert die Sätze einzeln ab, mehr Kommunikation ist nicht notwendig. Haltet euch daran, nicht sprechen, eindringen, die Zielperson mit Besen und Schrubber in die Wohnung drängen und festhalten. An dem Tag kein Parfüm nutzen, die Hände in Einweghandschuhen. Probiert aus, ob das Smartphone damit bedienbar ist.«

Zwei: »Nicht einmal Parfüm? Ich werde mich selber nicht riechen können.«

Eins: »Zwei, die Hauptsache ist, dass niemand anderes dein Parfüm erkennt. Du weißt doch, dass das olfaktorische Gedächtnis zurückreicht bis in die Kindheit, da schaut jemand auf, wenn du ihm später mit dem Duft begegnest, das geht nicht.«

Zwei: »Schon gut, ich habe verstanden.«

Drei: »Ich bin immer noch unsicher. Unsere Aufgabe ist es, die Hyänen zu vertreiben, meist sind sie männlich, aber manche auch weiblich und bestimmt ebenso divers, und was planen wir hier? Auf speziellen Wunsch hin wollen wir Frauen dazu zwingen, sich von einem Betrüger zu trennen, damit eine von uns ihn bekehren kann. Das weicht von unserem Grundsatz ab.«

Eins: »Was ist los mit dir? Wenn du diese Aktionen ablehnst, dann steige bitte jetzt aus, bevor sich andere auf dich verlassen.«

Drei: »Nein, wir haben ein Ziel, natürlich mache ich mit. Ich nehme es sehr genau mit Aufträgen, für die ich erwählt bin, du kannst dich auf mich verlassen.«

NEUNZEHN

Victor fühlte sich trotz der vier Kilo, die er sich aus lauter Frust angefuttert hatte, federleicht, hatte zunächst seine Wohnung aufgeräumt, Wäsche gewaschen, pfeifend gebügelt und in die Schränke sortiert. Sein Leben würde sich wieder einrichten, Vera würde sich mit ihm treffen, es musste einfach weitergehen mit ihr. Sie legte stets viel Wert auf gepflegte, modische Klamotten, dezent, nicht aufdringlich. Er würde seine Kleidung für den Anlass gut aussuchen, gleich der erste Eindruck sollte sitzen, ihr ein Schmunzeln auf das Gesicht zaubern. Wenn sie ihn so begrüßen würde, dann hätte er einen weiteren Punkt gemacht.

Er hatte seit der Begegnung mit all seinen aktuellen Hasen, also den lebenden, im Kommissariat keine Nacht mehr durchgeschlafen. Es ging ihm nicht aus dem Sinn, wie hämisch die Chefkommissarin ihn angeschaut hatte, als sie ihn auf den Flur entließ. Sie hatte genau gewusst, dass alle drei dort saßen und ihn erkennen würden. So eine peinliche Situation, so etwas konnte sich nur eine Frau ausdenken.

Er spürte noch immer ihre Blicke im Nacken, als er sich ins Treppenhaus geflüchtet hatte. Nie hätte er damit gerechnet, dass eine der drei Frauen sich wieder bei ihm melden würde. Und dann war es ausgerechnet die schöne Vera. Die anderen hatten sich abgewandt, und er musste sein Leben überdenken. Wollte er wirklich so weitermachen? Sich ein gutes Leben von Frauen finanzieren lassen, von denen er die eine oder andere nicht einmal leiden konnte?

Der Hase aus Wesel zum Beispiel, diese Lehrerin im Ruhestand, mit ihrem Fimmel, ihn ständig zu korrigieren, sie sollte in Frieden ruhen, die hatte er, wenn er ehrlich zu sich war, nicht leiden können. Ständig fühlte er sich in ihrer Nähe wie ein Schüler, der ein fehlerträchtiges, mangelhaftes Dasein führte. Dafür war sie großzügig gewesen, weshalb er ihr eine Art von Zuneigung vorspielte, die sie genoss. Und bezahlte.

War es nicht langsam an der Zeit, ein ehrliches Leben zu führen? Eine Beziehung zu einer einzigen Frau hatte er sich bislang nicht vorstellen können. Es musste wohl an der krankhaften Enge in seinem Elternhaus gelegen haben, Vater und Mutter hatten sich gehasst und waren zusammengeblieben, hatten ihren Hass aufeinander abwechselnd auf den Sohn projiziert, er war schuld an allem, an zerplatzten Träumen, wirtschaftlichen Schwierigkeiten, verwelkender Jugend, am abendlichen Delirium und nächtlichen Streit. Konnte er überhaupt so etwas wie Treue leben? So viele Fragen. Eine letzte schoss ihm durch den Kopf. Hatte er sich in Vera verliebt? Nein, bestimmt nicht, aber er mochte sie.

Und für sie musste er gepflegt aussehen, dezent duften und gut frisiert sein. Er sprang auf, schaute im Flur in den großen Spiegel, nahm sofort sein Smartphone zur Hand, die Nummer von seinem Friseur war gespeichert.

»Ja, Vic… äh Werner hier, hast du morgen Zeit für mich? Gleich um neun? Prima. Waschen und schneiden, ja. Bis dann.«

Schritt eins stand. Er ging ins Schlafzimmer und öffnete die Schranktüren. Schritt zwei war schwieriger. Was sollte er anziehen?

***

Vera saß in ihrer Mittagspause im Café Extrablatt in Moers und gönnte sich einen Eiskaffee. Nach allem, was in den letzten Wochen geschehen war, konnte sie nur über ihre eigene Chuzpe staunen, sich mit Victor zu verabreden. Der hatte nicht nur diese bunte Frau aus Xanten und die alte Lehrerin aus Wesel – bei beiden hatten die Teufelsweiber ihre Aktionen mit äußerst zweifelhaftem Ergebnis durchgezogen. Eine war unbeeindruckt geblieben, die andere lebte nicht mehr, und im Club beteuerten sie sich gegenseitig, nichts mit dem Mord zu tun zu haben. Und dann stellte sich auf dem Kommissariat heraus, dass es noch eine weitere Frau gab. Die hätte glatt seine Mutter sein können, diese Abelsmann aus Kleve.

Dass ihr Bemühen um Victor vielleicht ein Kampf gegen Windmühlen war, wurde Vera erst bewusst, als sie neben den anderen auf dem Flur im Kommissariat gesessen hatte. Und noch etwas war ihr schon länger klar. All das, was ihre Freundinnen vom Club der Teufelsweiber organisiert und durchgeführt hatten, hatte nicht das bewirkt, was sie sich in ihren vernebelten Köpfen ausgedacht, was sie sich gemeinsam vorgestellt hatten. Wovon Vera selbst die anderen überzeugt hatte. Etwas war aus dem Ruder gelaufen, so viel stand fest.

Vera grübelte seit Tagen darüber nach, wieso sie nie Victors Weg an einem Freitag überprüft hatte, dann wäre ihr die alte Frau auch aufgefallen. Noch eine Frau, der die Teufelsweiber den Mann auszureden hatten. Es war erniedrigend, was sich auf dem Polizeiflur abgespielt hatte. Auch die gemeinsame Tasse Kaffee, die sie sich als »Ex-Hasen« nach der Befragung gegönnt hatten, war im Nachhinein betrachtet eine Farce gewesen. Alle drei hatten sich über Victor ausgelassen, waren über ihn hergezogen, hatten ihn beschimpft, aber selbst die schrille Frau aus Xanten, die doch zwei Attacken wegen ihm erlebt hatte, hatte zwar vage über einen Neuen gesprochen, aber keine hatte gesagt, nun sei endgültig Schluss mit Victor.

Nur ihr Herz war so blöd, daran zu glauben, dass sie ihn für sich gewinnen konnte. Doch jetzt, gerade hier bei Sonnenschein auf diesem Platz unter dem Schirm, war sie sich nicht mehr sicher, ob sie es schaffte, sich weiter auf Victor einzulassen. Was für einer naiven Idee lief sie nach, und vor allem, warum rannte sie diesem Mann hinterher und bot ihm offene Arme?

Es war immer wichtig, die Hoffnung nicht zu verlieren. Sie griff zu ihrem Smartphone, wählte Victors Nummer.

»Vera hier.«

Er wirkte überrascht, erfreut, stotterte eine Antwort heraus. »Eh, ja, ähm, ich freu mich total über deinen Anruf, ja.«

»Du, wollen wir uns morgen in Rees treffen? Es gibt Kaffee und Kuchen auf der ›Germania‹, das ist der Name des Fahrgastschiffs, das dort liegt. Gegen sechzehn Uhr?«

»Ein guter Vorschlag. Du, ich, ähm, was ich noch sagen will …«

»Nein, lass, wir reden morgen, in Ordnung?«

»Ja, bis dann.«

Sie legte das Smartphone zur Seite.

War das Herzklopfen? Das wollte Vera überhaupt nicht wahrhaben.

***

In einer großen Lagebesprechung trug die Soko »Am halben Mond« zusammen, welche Erkenntnisse die Überwachungen der Teufelsweiber, die intensive Suche, die spontanen Funde, die Befragungen und die Recherche der letzten Tage ergeben hatten. Ein breites Bild entstand, zunächst verwirrend, doch je mehr sie hinterfragten und berichteten, umso deutlicher wurde es – auch ohne die Informationen von Dora Schlemmer, die sich noch nicht wieder gemeldet hatte. Hauptkommissarin Krafft lehnte sich zurück.

Das Überwachungsteam hatte preisgegeben, wen sie in Dingden mittels Daten, die im Rahmen einer improvisierten allgemeinen Verkehrskontrolle aufgenommen wurden, auf dem Schirm hatten. Während der Beobachtung geschossene Fotos lagen auf einem Tisch. Ein Mitglied der Soko, Kommissar Wanders, hatte berichtet:

»Das ist ein illustres Clübchen Frauen, das sich regelmäßig samstags im Café Crème in Dingden trifft. Der Besitzer spricht von munteren Frauen, die gemeinsam arbeiten, aber auch gehörig Spaß haben und schon mal ein Likörchen über den Durst trinken. So viel zur Einleitung, kommen wir zu den einzelnen Frauen.«

Er heftete Fotos an die Mehrzweckwand.

»Ich arbeite mich von einer zur Nächsten vor, wenn Sie Fragen zu der Person haben, stellen Sie diese bitte nach meinem Bericht. Allgemein kann ich sagen, dass keine der Frauen uns erkennungsdienstlich bekannt ist. Zwei Dinge haben alle gemeinsam, sie sind solo und Mitglied im Club der Teufelsweiber. Da haben wir Birgit Stöpker aus Hamminkeln, lebt alleine und arbeitet als Sprechstundenhilfe in einer Zahnarztpraxis, eine zuverlässige Kollegin, eine freundliche Frau im Praxisteam, hörte ich vor der Tür zum Wartezimmer. Nichts Besonderes zu berichten, keine Besucher, keine auffälligen Unternehmungen.«

Er notierte einzelne Fakten, Name, Adresse, Beruf, unter dem Bild und ging zum nächsten.

»Das ist die jüngste Frau in der Runde, Vanessa Dupka aus Wesel. Sie lebt in einem Ein-Zimmer-Appartement, allein mit mehreren Katzen, die oft am Fenster sitzen. Sie arbeitet als Verkäuferin bei einem Textildiscounter an der Esplanade. Die hätten wir zu Fuß observieren können, da gab es keine größeren Ausflüge, nur Arbeit, kleiner Einkauf, ab nach Hause oder zum Treffen des Clubs.«

Keine weiteren Bemerkungen aus der Runde, er ging zum nächsten Bild.

»Sabine Mölleken, im Homeoffice für eine Beraterfirma tätig, da kann ich über den Beruf nicht mehr sagen, aber die hat das Observationsteam auf Trab gebracht. Sie ist eine Freizeittänzerin, die mehrmals pro Woche zu verschiedenen Tanzclubs oder Tanzschulen fährt und auf Dancing-Partys unterwegs ist. Eigentlich lebt sie alleine, ist aber One-Night-Stands nicht abgeneigt. Die Nachbarn sagen, die hat einen großen Verschleiß.«

Leichte Unruhe entstand, Burmeester merkte an, dass Sabine mit dem Pagenschnitt und den Perlenohrringen eher wie ein Heimchen aussah. Wanders fuhr fort.

»Dora Schlemmer, die ist Ihnen als Nachbarin der Toten bekannt. Eine Altenpflegerin in der ambulanten Pflege, ebenfalls allein lebend, ohne großen Kontakt zu den Nachbarn, man kennt sich. Auch sie führt ein eher ruhiges Leben, da gibt es keinen Besuch, und sie geht auch während der Woche nicht aus. Ich habe in den Berichten von Frau Krafft, Herrn Weber und Herrn Burmeester gelesen, dass es bei ihr um die Bestätigung ihres Alibis für den Morgen des zweiundzwanzigsten Juni geht und dass Herr von Aha sie als Verantwortliche für eine Webseite des Clubs der Teufelinnen entdeckt hat.«

Gero von Aha erklärte den Anwesenden in knappen Worten den durchaus ehrenwerten Zweck des Internetauftritts und heftete die Fotos vom Angriff auf dem See an eine andere Stelle der Wand.

»Schlemmer antwortete auf die Frage, wer dort Fotos und Dateien einstellt, dass sie es schlicht nicht wüsste. Alles ist offen für alle, schließlich geht es um die schnelle Warnung vor möglichen Herzensbetrügern.«

Burmeester meldete sich. »Zum Alibi vom zweiundzwanzigsten Juni: Die Abrechnungen von Dora Schlemmer stimmen mit ihrer Aussage überein.«

Er wartete noch einen Moment, bevor er fortfuhr. Mit dieser kleinen Pause, ein rhetorischer Trick, gelang es ihm mal wieder, die Aufmerksamkeit zu erhöhen.

»Ich habe mich mit Pflegenden aus anderen Teams unterhalten. Sie sagen, dass die eingetragenen Zeiten bei genauer Betrachtung nicht hundertprozentig bestätigt werden könnten.«

Karin wurde neugierig. »Und was heißt das genau?«

»Sie ist bei ihren Patienten gewesen, es kann aber durchaus sein, dass dies eine Stunde später geschehen ist und sie den Arbeitsplan rückwirkend ausgefüllt hat. Dagegen spricht allerdings, dass sie als sehr zuverlässige Kraft beschrieben wird, auf die man nichts kommen lässt. Von Angestellten wie ihr könnten viele Vorgesetzte nur träumen, das ist die Aussage ihrer Chefin.«

Kommissar Wanders notierte fleißig, wartete ab, ging dann zum nächsten Foto.

»Das ist Sina Krause, ein unscheinbares Mitglied des Clubs, wohnhaft in Hünxe-Bruckhausen, arbeitet dort im Supermarkt. Eine farblose Frau mit einem eintönigen Tagesablauf, wenn sie nicht arbeitet, ist sie mit ihrem Hund unterwegs.«

Keine Fragen, er zeigte auf das nächste Bild.

»Inge Weißenfels. Sie lebt in Appeldorn, mit einem o, also nicht in dem auf der niederländischen Seite, sondern in dem kleinen Ort, der zu Kalkar gehört. Sie ist langzeitarbeitslos, lebt sehr zurückgezogen. Sie fährt während der Woche mehrere Putzstellen an, bestimmt schwarz, das soll hier nicht interessieren. Aber weil die niederrheinische Welt bekanntlich ein Dorf ist, gibt es zwei Verbindungen, die jetzt bekannt sind.« Er zog eine Linie zu Birgit, der Sprechstundenhilfe.

»Birgit Stöpker beschäftigte Inge als Putzhilfe. Da mag das eine das andere bedingt haben, diese Birgit hat Inge wahrscheinlich in den Club nach Dingden mitgenommen, denn Inge Weißenfels selbst wirkt eher verhuscht und schüchtern. Da steht noch eine Information über eine andere Gruppe in Kleve aus, die sie regelmäßig besucht, die könnte aber eher therapeutisch orientiert sein. Wie gesagt, alles Weitere müssen Sie rausfinden, ich habe nur die Überwachung koordiniert.«

Karin fragte nach. »Und der zweite Kontakt?«

»Weißenfels putzt immer sehr lange in einem alten, großen Haus in Kleve. Die Eigentümerin heißt Hedwig Abelsmann.«

Karin musste nicht lange überlegen. »Das ist einer der Hasen von Victor van Beversen.«

Sie sprang auf und schrieb die Namen der Frauen auf die angrenzende freie Fläche der Infowand, versah Beate Heuwels' Namen mit einem Kreuz, zog eine Linie von Inge Weißenfels zu Abelsmann. Die ältere Frau hatte so beschämt und gedemütigt gewirkt, sie hatten sie nicht mehr auf dem Schirm gehabt. Und nun ging ein Mitglied vom Club der Teufelsweiber bei ihr ein und aus. Hatte das etwas zu bedeuten? Innerlich kreiste sie die beiden Namen ein.

Wanders lächelte, als er neben dem nächsten Foto stand.

»Und hier, Frau Krafft, können Sie den nächsten Bogen schlagen. Vera Hüskens, Fachverkäuferin in einer Parfümerie in Moers, allein lebend.«

Karin ging auf das Foto zu. »Aus der Nähe betrachtet, klar,

sofort erkannt. Einer der Hasen von Victor alias Werner. Die ist also auch im Club der Teufelsweiber?« Karin zog den nächsten Verbindungsstrich.

»Genau, ansonsten unauffällig, sie gönnt sich öfter Pausen im Extrablatt in Moers und geht am Hülser Berg spazieren, die ist also alleine unterwegs. Ein Mann fiel unseren Kollegen auf, der ihr manchmal in recht großem Abstand folgte, wobei nicht klar war, ob es sich um Zufall oder Absicht handelte, dazu blieb er einfach zu weit von ihr entfernt.«

Wanders legte den Stift beiseite und überließ Karin als Chefin die Moderation. Sie berichtete für alle noch einmal vom Fund der Schutzanzüge im Ruhrorter Hafen.

»Mehrzahl, drei, einer trieb wie ein Toter an der Wasseroberfläche, die anderen beiden befanden sich in einem Beutel, mit Paketband hing er noch am Anzugbein. Das war ein ungeschickter Versuch, alles dort zu versenken. An den Anzügen im Beutel wurde ein Haar gesichert, da fehlt noch eine Gegenprobe. Hier in Wesel wurde ein Messer gefunden, an dem Blut des Opfers nachgewiesen werden konnte.«

Gero von Aha sprang auf. »Fotos, Schutzanzüge, eine Tatwaffe.« Er ging zur Infowand, schritt sie nickend ab, wies auf Fotos, Namen, Daten. »Die gesamte Mitgliedschaft des Clubs der Teufelsweiber und die frisch beendeten Liebschaften von einem betrügerischen Niederrheiner, und es gibt die eine oder andere Querverbindung.«

Er drehte sich um und ging zu Karin. »Zehn Tage Soko-Arbeit. Was sagst du dazu, Chefin?«

Sie blickte ihn irritiert an, nahm seinen Auftritt als Steilvorlage. »Höre ich da einen Hauch sarkastischer Kritik?« Die Chefin richtete sich auf, die beiden standen sich Auge in Auge gegenüber. Sie schnaubte kurz und wies zur Infowand.

»Ich sehe da ein riesiges Puzzle, wir müssen anfangen, die einzelnen Teile zu deuten und an der richtigen Stelle einzusetzen. Wer von diesen Teufelsweibern hat die Fotos ins Netz gestellt? Seit wann ist Vera Hüskens in dem Club, und hat Inge

Weißenfels der Abelsmann von dem Club erzählt? Haben die Teufelsweiber ihre schwarze Kleidung, die sie auf dem Selfie trugen, gegen weiße Schutzanzüge getauscht? Und wenn ja, wer von ihnen trug sie bei Beate Heuwels?«

Sie schaute in die Runde, das K1, drei Kollegen und zwei Kolleginnen von der Soko lauschten ihr.

»Holt diese Frauen zur erkennungsdienstlichen Bestimmung her, eine groß angelegte Befragung ist nötig, jemand fährt nach Kleve und findet heraus, was für eine Gruppe die Weißenfels dort besucht. Hinterher gibt es dort noch so einen teuflischen Club, der eventuell seine ehrenwerten Ziele aus den Augen verliert.«

Bei Gero von Aha blieb sie stehen. »Habe ich noch etwas vergessen?«

Ungläubig schaute er sie an, so eine Frage war er nicht von ihr gewohnt, der Leiterin des Kommissariats 1, die die Fäden stets fest in der Hand hielt. »Nein, ich denke, so kommen wir weiter.«

Karin nickte in die Ruhe. »Genau. Und in spätestens drei Tagen wissen wir, wer Beate Heuwels getötet hat. Das ist *unser* ehrenwertes Ziel. An die Arbeit.«

***

Ob er mit Vera über seinen wahren Namen sprechen sollte?

Werner Schlaphysen war wieder völlig in seine Identität als Victor van Beversen abgetaucht, er dachte wie sein Alter Ego, das er vor zwei Jahrzehnten erschaffen hatte. Es verselbstständigte sich, sobald er eine attraktive Frau entdeckte, eine ihm zulächelte, seinen freundlichen Gruß erwiderte. Was sollte Mann da machen? Einmal Herzensbrecher, immer die gleiche Masche. Schließlich lebte er gut von dem Geld, das die Frauen in ihn investierten.

Bislang hatten sich keine Probleme mit seiner Lebensführung ergeben, abgesehen davon, dass der Tod vom Weseler Hasen seine mühsam erarbeitete Wochenstruktur komplett aus der

Bahn geworfen hatte. Dabei förderte das Zusammensein mit der einen oder anderen Frau sein Wohlbefinden. Sein Selbstbewusstsein erlangte ungeahnte Höhen, er fühlte sich geliebt und anerkannt. Und wenn sie ihn schick einkleideten und ihn in noble Restaurants einluden, ja, bitte schön, sollte er auf diese Annehmlichkeiten seines Lebens verzichten? Bei manchen fiel es ihm schwer, seine erlogene und erfundene Vita aufrechtzuerhalten, und zu denen gehörte auch die angenehme, dezent schöne Vera, die ihn trotz des Debakels wiedersehen wollte. Welch ein toller Hase!

Er hatte das Fahrgastschiff »Germania« gegoogelt, das Bordrestaurant hieß Kombüse und hatte eine kleine Karte, ebenso gab es zur Kaffeezeit Kuchen an Bord. Er hatte sich die Bilder angeschaut, Tische entlang der Fenster, Blick auf die Reeser Promenade oder den Rhein, keine separierten Plätze. Wie kleidete sich Mann zu dieser Gelegenheit Anfang Juli passend?

Er öffnete die Türen seines Kleiderschranks, setzte sich auf die Bettkante davor und schaute durch die Reihen fein säuberlich aufbewahrter Hemden, Anzüge, Hosen. Sein Blick blieb an der Abteilung mit Leinenkleidung hängen. Lässig und leger, ein wenig Humphrey Bogart, Sommerhut mit Krempe, helle Kleidung, jedoch ohne Mantel. Statt Krawatte wählte er ein leichtes Halstuch. Hängte alles auf den stummen Diener, so sollte es sich aushängen, bis es so weit war.

Die Frage der Bekleidung war schneller geklärt als der Zwiespalt, der sich in seinem alternden Herzensbrecher-Herz auftat. Sollte er mit Vera reinen Tisch machen? Ein Bild erschien vor seinen Augen, er mit einem Verlobungsring in der Jackentasche, vor Vera kniend, einen Antrag aussprechend. Auf dem Weg in eine glückliche Beziehung. Mit nur einer Frau. Für den Rest seines Lebens. Offen und ehrlich als Werner Schlaphysen. Vielleicht würde sie ja seinen Namen bei der Heirat annehmen. Vera Schlaphysen. Ob sie in ihrem Alter noch ein Kind bekommen wollte? Ein kleiner moderner Kinderwagen, den er an ihrer Seite durch die Stadt schob … Er schreckte auf.

Ein Signal seines Smartphones holte ihn aus seinen Gedanken und Träumen zurück in die Realität. Vera Schlaphysen, das würde sie nie machen. Und er lehnte eigene Kinder kategorisch ab, er wollte sich nicht multiplizieren, das hatte nie auf seinem Plan gestanden. Was für ein Vater wäre er? Da gab es keine guten Vorbilder in seiner Erinnerung. Und überhaupt, den Rest seines Lebens mit nur einer Frau zu verbringen, diese Vorstellung behagte ihm nicht. Es gab so viele Frauen, die einen Mann wie ihn suchten, einen unkomplizierten, der ihnen nicht ständig auf der Pelle hing, aber repräsentativ an ihrer Seite stand. Zumindest an manchen Tagen.

Sein gerade erlebter Tagtraum verflog völlig beim Blick auf das Smartphone, ein neuer Kontakt sendete ihm eine Nachricht auf WhatsApp.

»Du Drecksack!«

Anscheinend hatte Carolina Steiger eine neue Nummer und ihn wieder ins Visier genommen. Diese doofe Ziege. Da blieb ihm nichts anderes, als ebenfalls die Rufnummer zu wechseln. Bevor er weiter darüber nachdenken konnte, kam noch eine Nachricht hinterher.

»Schnipp-schnapp, Eier ab.«

Empört hielt er das Gerät von sich weg. Das waren ganz neue Töne. War sie noch ganz bei Trost? Er löschte die Nachrichten, blockierte die neue Nummer, aus den Augen, aus dem Sinn.

Und eines stand jetzt fest. Victor van Beversen würde am morgigen Mittwoch mit Vera ausgehen.

ZWANZIG

Karin Krafft schickte Burmeester am nächsten Morgen los, um sich in Kleve umzuhören. Es ging darum, möglichst viel Informationsmaterial zusammenzutragen, da kein ausreichender Anfangsverdacht bestand. Allein schon die Idee, die Frauen aus dem Club allesamt zum Erkennungsdienst zu holen, wurde vom Staatsanwalt zunächst skeptisch betrachtet. Als Karin ihm den Zusammenhang zwischen einer Nachbarin der Toten und zwei weiteren betrogenen Frauen, die direkt oder indirekt mit dem Club verbunden waren, verdeutlichte, nickte er die Aktion ab.

»Ich bin zwar noch nicht hundertprozentig überzeugt, da ich kein Motiv erkennen kann, weshalb die Frauen eine andere Frau töten sollten. Ich habe die Daten durchgeschaut, die von den Teufelsweibern bislang gesammelt wurden. Da finde ich lauter Männerfotos mit Vitae, die sich alle irgendwie ähneln. Angeblich einsame Männer, in weltweiter beruflicher Mission an exotische Orte gebunden, die Liebe in der Ferne suchen, bevor sie Geld verlangen. Ich finde es ehrenhaft, dass die Frauen ihre Freizeit damit verbringen, ihre Geschlechtsgenossinnen zu warnen, die Betrüger zu enttarnen und das zu veröffentlichen. Es hat etwas von Anprangern, ist aber nicht strafrechtlich verfolgbar. Wenn einer der Männer sich melden würde, weil sein Foto ohne seine Genehmigung veröffentlicht wurde, dann müsste man der Anzeige nachgehen, und gleichzeitig würde das Vergehen, das die Frauen ihm vorwerfen, auch verfolgt. Hier sehe ich kein Vergehen. Aber ich traue deinem Instinkt, Karin, ich bin auf das Ergebnis gespannt.«

Burmeester fuhr nach Schwanenstadt, wo er Richtung Jobcenter abbog, bevor er die therapeutische Gruppe aufsuchen und sich bei Hedwig Abelsmann nach ihrer Reinigungskraft erkundigen würde.

Er hatte keine Chance, auf dem Weg zum Jobcenter auch nur in die Nähe der Schwanenburg zu kommen, die als Wahrzeichen von der Oberstadt her die Region überragte. Dafür kam er am ehemaligen Elefanten-Schuhwerk vorbei und musste an eine seiner Pflegefamilien denken, in denen er aufgewachsen war, während sich seine Mutter in Pune in Indien selbst finden wollte. Seine Pflegeeltern fuhren in jedem Jahr zweimal mit ihm zum Werksverkauf, und es gab neue Schuhe mit diesem kleinen roten Elefanten, der an einem Schnürsenkel hing. Was man sich alles merkte aus der Kindheit, dachte er lächelnd, entdeckte im Vorbeifahren das Restaurant Talys am Elefanten Oberstadt Centrum, das auf dem Gelände der ehemaligen Schuhfabrik entstanden war. Es schien ein geeigneter Ort für eine spätere Pause zu sein.

Die zuständige Sachbearbeiterin beim Jobcenter hieß Schneider, sie wollte Burmeester zunächst keine Auskünfte erteilen, er nahm sein Handy, bat um ihre E-Mail-Adresse und erklärte, er wolle den zuständigen Staatsanwalt bitten, ihr aus ermittlungsrelevanten Gründen eine entsprechende Anfrage zu senden. Da stoppte sie den Vorgang.

»Eine offizielle Anfrage müsste ich von meiner Vorgesetzten genehmigen lassen, das kann dauern. Wenn ich nicht als Informationsquelle in Ihrem Bericht auftauche ...?«

»Gut, folgende Frage, um uns aus dieser Bredouille zu retten, haben Sie vielleicht eine Mittagspause?«

Sie nickte.

»Im Talys an der Hoffmannallee?«

»Gerne.«

»Wann?«

»In zwei Stunden.«

»Gut.«

***

Dora Schlemmer regte sich lauthals darüber auf, dass sie eine DNA-Probe abgeben sollte, Heierbeck stand mit dem Wattestäbchen und der Kunststoffhülse vor ihr, während sie wetterte. Karin Krafft kam gerade dazu.

»Was soll das hier? Nur weil ich in einem Haus wohne, in dem eine Frau umgebracht wurde, muss ich mir das alles gefallen lassen? Was wollen Sie mir nachweisen? Dass ich durch meinen Hausflur laufe? Sind die Mertens denn schon hier gewesen? Das ist ein scheinheiliges Paar, und Sie belästigen mich, das ist unverschämt. Wissen Sie, wie oft ich mir in den letzten Jahren ein Stäbchen in den Mund stecken lassen musste?«

»Stopp!« Karin schrie sie an, dass sie zusammenzuckte. »Frau Schlemmer, Sie haben uns bislang nichts von dem erzählt, was Sie wissen. Dennoch haben wir Ihre Mitstreiterinnen aus dem Club der Teufelsweiber gefunden. Sie alle werden heute hier vorstellig.«

»Und? Was versprechen Sie sich davon?«

»Vielleicht ein wenig Klarheit. Ich möchte erfahren, ob es zwischen Ihrem Club und dem tragischen Vorkommnis in Ihrem Haus einen Zusammenhang gibt. Mich beschäftigen immer noch die Fotos, die mein Kollege auf Ihrer Webseite gefunden hat. Wir haben die beiden nicht maskierten Personen identifiziert. Und nun möchten wir wissen, wer sich unter diesen weißen Teufelsmasken verbirgt.«

»Ich habe doch schon gesagt, dass ich nicht weiß, wer die Fotos eingestellt hat.«

»Besitzen Sie eigentlich auch so eine Maske?«

»Und wenn? Das geht Sie gar nichts an.«

»Alles, was mir als Frage über die Lippen kommt, Frau Schlemmer, geht uns was an. Und je mehr Antworten Sie uns geben, desto weniger Zeit werden wir miteinander verbringen müssen.«

Zumindest die wütende Tirade hatte Karin gestoppt. Jetzt war es an der Zeit, eine Information einzustreuen, mal sehen, wie das wirkte. »Ich kann Ihnen auch erklären, warum wir uns dazu entschieden haben, Sie alle herzuholen. Wir haben drei Schutzanzüge gefunden.«

»Und was hat das mit mir zu tun?«

»Das weiß ich nicht, vielleicht gar nichts. Jemand hat versucht, sie im Hafenbecken in Ruhrort zu versenken, ziemlich dilettantisch und am Ende erfolglos.«

Dora Schlemmer wurde ruhiger, ihre trotzige Haltung behielt sie bei. »Na und? Ich weiß nicht, was Sie von mir wollen. Sie können mir gar nichts.«

So etwas hörte Karin immer wieder. »Sie können mir gar nichts.« Das sagten Menschen, die etwas zu verbergen hatten und glaubten, überlegen zu sein. Sie ließ sich diesen Gedanken nicht anmerken und versuchte es mit einer kleinen List.

»Ja, dann lassen Sie uns das einfach nachweisen, dass Sie mit der Sache nichts zu tun haben, dann ist doch alles gut. Nur ein Wisch durch Ihren Speichelraum, sollten überhaupt noch Vergleichsspuren an den Anzügen gefunden werden.«

Dora schaute auf, das war ihr nicht einleuchtend. Aber sie hatte keine Kraft mehr, sich zu wehren. Sie griff nach dem Stäbchen, das Heierbeck ihr immer noch vor das Gesicht hielt, schob es sich in jede Wange und reichte es zurück. Er nahm es entgegen und schob es in die Hülse. »Geht doch.«

Dora Schlemmer nahm ihre Tasche und wollte wortlos gehen, Karin schaute Heierbeck an, der nickte, ja, alles gesichert. Erst als Dora die Türklinke gedrückt hatte, rief Karin ihr nach. Sie war noch nicht fertig damit, kleine Nadelstiche auszuteilen, sie wollte Doras Reaktion erleben.

»Ich habe großen Respekt vor der Arbeit des Herrn Heierbeck. Er ist in diesem Haus der wahre Detektiv. Ein Haar hat der Kollege an einem Schutzanzug tatsächlich gefunden. Die DNA daraus vergleicht er mit den Speichelproben.«

Dora hielt kurz inne, bevor sie die Tür von außen leise ins Schloss drückte.

Heierbeck grinste die Hauptkommissarin an. »Frau Krafft, Sie sind ja eine blendende Strategin, ich bin beeindruckt.«

»Danke, aber statt Blumen hätte ich gerne eine Übereinstimmung der DNA, nur eine einzige.«

Er lachte. »Mehr als eine könnten wir aus einem Haar auch nicht gewinnen. Wer kommt als Nächste?«

Karin öffnete die Tür und schaute auf den Flur. Zwei Frauen saßen dort, eine junge mit einem Piercing in der Augenbraue, die zweite kannte sie, das war Vera Hüskens. Beide schauten sie erwartungsvoll an.

»Sie waren beide schon bei der Abnahme der Fingerabdrücke?«

Die Frauen nickten.

»Gut, dann kommt Frau Hüskens rein.«

Ob die beiden gehört hatten, was sie Dora zwischen Tür und Angel mitgeteilt hatte? Egal, beide sahen eher friedlich statt auf Krawall gebürstet aus, mit denen würde es hier kein Problem geben.

***

In den zwei Stunden bis zum Treffen mit der Frau vom Jobcenter konnte Burmeester entweder zu Hedwig Abelsmann fahren oder sich um die therapeutische Gruppe kümmern, die sich anscheinend im Gebäude einer sozialen Initiative befand. Er schaute sich auf Google Maps beide Wege an, entschied sich, zunächst die Initiative aufzusuchen. Das war eine Strecke, die durch die verschlungenen engen Gassen der Innenstadt führte.

Er ließ sein Auto auf dem ergatterten Parkplatz stehen und lief über die Hagsche Straße in Richtung Fußgängerzone, es ging bergan, so war das in der Oberstadt. Im Schatten der Stiftskirche fand er sich auf einem kleinen Parkplatz wieder. Das war also der kleine Markt, den ein recht großes Wasserspiel beherrschte. Er umrundete staunend den Narrenbrunnen. Aus Steinsäulen ragten sieben neckische, wie man hier sagte: gecke, Gesichter aus Metall, die Wasser in die Runde spuckten. Ein Denkmal, das an die sechshundertjährige Karnevalstradition auf diesem Platz erinnerte, las er im Vorübergehen auf einer Infotafel quer.

Gegenüber in einem alten Stadthaus prangte das Schild neben

dem Eingang: »Soziale Initiative Oberstadt«. Auf einer kleinen Bank neben der Tür saßen zwei Männer und rauchten, den gelb gefärbten Fingern zufolge, Kette. Sie grinsten ihm freundlich entgegen. Burmeester betrat das Haus, innen herrschte rege Aktivität, er schien zum Ende einer Frühstückszeit angekommen zu sein, mehrere Männer und Frauen räumten im Raum neben dem Eingang Tische ab, eine Frau mit freundlichem Lächeln schien die Tätigkeit zu organisieren.

Sie sah ihn ratlos im Türrahmen stehen und kam auf ihn zu. »Was kann ich für Sie tun?«

»Sagen Sie, finde ich hier eine Frau Inge Weißenfels?«

Die Männer und Frauen mit ihren Tabletts wuselten um sie herum, ihr Dialog blieb nicht verborgen.

»Das kann schon sein, aber wer sind Sie denn?«

Burmeester zog seinen Ausweis aus der Tasche seines leichten Jacketts, sie nahm ihn und betrachtete ihn von beiden Seiten.

Ein fleißiger Helfer schaute ihr über die Schulter und erkannte das Polizeiemblem. »Ein Polizist, der Mann ist ein Polizist.«

Ein Raunen, freundlich staunend, ging durch die Runde.

»Ein Polizist?«

»Was der hier will?«

»Mimi, der sucht dich …«

Die benannte Mimi lachte lauthals, einer der Männer fragte nach, was sie denn verbrochen hätte.

Burmeester bat seine Gesprächspartnerin, die sich als Frau Gottwald vorstellte, um Fortführung des Gesprächs in einem anderen Raum.

»Kommen Sie, mein Büro ist gegenüber, da sind wir ungestört.«

Nachdem sie die Tür hinter ihnen geschlossen hatte, fragte er nach den Aufgaben der Initiative.

»Wir sind eine unabhängige Anlaufstelle für Menschen mit geistigem oder psychischem Handicap, hier gibt es Angebote, Gruppentreffen, ein Frühstück, eine warme Mahlzeit und individuelle Unterstützung und Beratung. Nicht jeder hat die Möglichkeit, in einer Familie oder einer Einrichtung zu leben, viele wollen das auch gar nicht. Zu uns kommen die Menschen, die selbstständig leben, und wir helfen ihnen bei dem kleinen Rest, den sie alleine nicht hinkriegen.«

Sie schob ihm eine Broschüre über ihren Schreibtisch. »Und was kann ich für Sie tun?«

»Inge Weißenfels nimmt also auch Ihr Angebot wahr?«

»Da sind wir wieder an dem Punkt, an dem ich Ihnen keine Auskunft erteilen darf.«

Ob der Trick ein zweites Mal funktionierte? Er nahm die Broschüre und schaute auf die Rückseite, tippte auf eine E-Mail-Adresse. »Das ist Ihre Adresse?«

»Ja.«

Er nahm sein Smartphone zur Hand. »Ich gebe sie eben dem Staatsanwalt durch, der wird Ihnen sofort eine entsprechende Verfügung senden, die Sie von der Schweigepflicht entbindet.«

Sie schaute ihn streng an. »Das habe ich ja noch nie erlebt. Sie glauben doch nicht, dass Sie mich damit beeindrucken können, oder? Da kann mir ja jeder auf einem Fake-Briefbogen eine Nachricht senden. Nein, tut mir leid, so funktioniert das nicht.«

Sie stand auf und öffnete die Tür. »Kommen Sie wieder, wenn Sie so ein Schreiben mit Stempel und Unterschrift in der Hand haben. Auf Wiedersehen, Herr Burmeester.«

Kein lautes Wort, nette Gestik und Mimik, das war der freundlichste Rausschmiss seines Lebens, da konnte er sich jeden weiteren Versuch sparen. »Ja dann, vielen Dank für den kurzen Einblick in Ihre Arbeit.«

Er verließ das Haus, bevor sie ihn, ebenso freundlich, zur Persona non grata erklären konnte.

Auf dem Weg vorbei an der Stiftskirche ärgerte er sich über diese Verzögerung in der Ermittlung, als er ein leises »Hallo« neben sich vernahm. Einer der Männer aus der Frühstücksgruppe war ihm gefolgt.

»Sie haben nach Inge gefragt. Ist alles okay mit ihr?«

Da tat sich eine ungeahnte Chance auf. Niemand konnte ihn

daran hindern, sich mit diesem Mann zu unterhalten. »Haben Sie Zeit für eine Tasse Kaffee?«

Der Mann nickte eifrig.

»Ich bin da gerade an einem kleinen Eckcafé vorbeigekommen ...«

»Ja, das Samocca.«

»Kommen Sie, ich lade Sie ein.«

»Prima. Und Sie sind wirklich Polizist?«

»Nicht nur das, ich bin sogar Kriminalkommissar, Burmeester mein Name.«

»Ich bin der Hein Büscher. Und was wollen Sie über die Inge wissen?«

So schnell ging das.

***

Dora setzte sich daheim sofort an ihren PC, Vanessa und Vera hatte sie auf dem Flur in der Kreispolizeibehörde sitzen sehen, die anderen waren noch nicht angekommen.

»Dringende Nachricht an euch Teufelsweiber: Es wird ernst, man hat uns überwacht wie Kriminelle, es fehlt nur noch eine Razzia im Morgengrauen, und jetzt holen sie uns zum Erkennungsdienst, wo sie auch eine Speichelprobe nehmen. Erinnert euch an die Verkehrskontrolle in Dingden! Vor und zwischen unseren Wagen jeweils ein anderes Fahrzeug und darin grinsende Beamte, man schien sich zu kennen. Da haben sie unsere Namen und Adressen auf einen Schlag gehabt und waren uns immer auf den Fersen. Anstatt dass dieser Überwachungsstaat zufrieden über unsere aufklärende Arbeit ist, hat er uns auf dem Kieker. Man wird euch mit allem konfrontieren, was man zu bieten hat: Die Fotos auf der Webseite spielen eine Rolle. Die haben drei Schutzanzüge gefunden, der Rhein hat sie freigegeben. Und weil sich ein einziges Haar darin verfangen hatte, nehmen sie jetzt die Proben, für einen DNA-Vergleich. Bleibt ruhig und besonnen, die können uns nichts.«

Sabine antwortete von ihrem Smartphone. »Ich sitze in einem Polizeiwagen und werde gerade nach Wesel gebracht. So peinlich.«

Birgit gab sich ahnungslos, da sie weder daheim noch auf der Arbeitsstelle war, sondern durch den Niederrhein radelte, und antwortete von unterwegs: »Da sollen sie mich mal finden, ich bin gerade auf dem Planetenweg Richtung Rees unterwegs und genieße das Wetter. Lasst euch nicht ärgern, Frauen.«

Dann kam die E-Mail von Inge, und Dora lief es kalt den Rücken hinunter. So ausgedehnt hatte sie sich noch nie mitgeteilt, und auch ihr emotionaler Ton war neu:

»Das ist alles Teil eines groß angelegten Plans, glaubt mir. Die wollen jemanden verhaften, und wir sind ja die harmlosen, schwachen, dummen Frauen, mit denen sie das machen können. Die wollen uns an den Pranger stellen, wie wir es mit den Betrügern machen. Alles in dieser Männerwelt wird von Männern gesteuert. Aber das lassen wir uns nicht bieten. Wir sind stark, wir sind die Teufelsweiber, unangreifbar. Zeigt es ihnen.«

Später, als sie schon nicht mehr an ihrem PC saß, meldete sich Vanessa:

»Voll krass, ey, so was kenne ich nur aus dem Fernsehen. Man legt die Hand auf ein Gerät, und das nimmt den ganzen Abdruck und ordnet die Finger einzeln zu. Stäbchen im Maul war nicht so spannend, das kennen wir ja. Und dann die Fragerei, ob man weiß, wer wer ist. *No way*, nicht mit mir. Mein Opa sagte immer ›Mein Name ist Hase, ich weiß von nichts.‹ Wir sind die Guten, die Teufelsweiber.«

Sina meldete sich nicht. Das konnte nur heißen, dass sie wirklich für ein paar Tage ans Meer gefahren war.

***

Karin Krafft hatte ihre Strategie erweitert. Nachdem sie alles mit stoischer Ruhe erledigt hatte, saß Vera Hüskens ihr gegenüber, perfekt geschminkt und mit diesem geschäftsmäßigen Lächeln, mit dem sie sonst auf die Reaktionen ihrer Kunden wartete, während die das vorgeschlagene Parfüm an einem Pappstreifen erschnupperten. Die Beine elegant übereinandergelegt und zur Seite geneigt, eine aparte Frau, dachte Karin.

»Frau Hüskens, waren Sie bereits Mitglied im Club der Teufelsweiber, als wir uns hier das erste Mal trafen?«

Sie lächelte. »Ja, ich habe, das wird ungefähr ein Dreivierteljahr her sein, in Moers im Extrablatt neben ihnen gesessen, als sie einen stadtbekannten Hochstapler in die Flucht schlugen. Das hat mir gefallen. Die sind humorvoll und ernsthaft zugleich, ich fühle mich wohl mit ihnen. Sie hätten sehen sollen, wie der Mann mit hochrotem Kopf aus dem Café geflohen ist.«

Karin legte ihr die Fotos von der Webseite vor. »Frau Hüskens, wissen Sie, wer sich unter diesen Masken verbirgt?«

Sie beugte sich vor und schaute auf die Fotos, schüttelte den Kopf. »Nein, ich weiß nicht, wer das ist. Da im Hintergrund, die Frau kenne ich, die hat hier neben uns auf dem Flur gesessen, und der Mann ist Victor, ich meine der Herr Schlaphysen. Aber diese vermummten Gestalten? Ich habe keine Ahnung.«

»Da sind Sie sich ganz sicher?«

Vera schaute selbstbewusst auf und hielt Karins Blick stand. »Ja, da bin ich mir sicher. War es das? Ich muss die Stunden nacharbeiten, die Sie mir gerade geklaut haben. Und ich weiß noch nicht, wie ich wieder nach Moers komme, vielleicht nehme ich ein Taxi, mit Bus und Bahn bin ich bestimmt ewig unterwegs. Kann ich die Kosten dafür hier irgendwo geltend machen?«

»Nein, das geht nicht. Wir sind auch noch nicht fertig.«

Vera Hüskens stand auf und nahm ihre Tasche. »Liegt irgendetwas Konkretes gegen mich vor?«

Was sollte Karin anderes tun, als zu verneinen.

»Sehen Sie, Frau Krafft, bestellen Sie mich doch einfach telefonisch oder schriftlich ein, ich werde pünktlich hier sein, wenn Sie mich unbedingt noch einmal sprechen müssen. Können Sie mir einen Taxidienst empfehlen?«

Karin hatte keine Handhabe, sie länger hierzubehalten. »Tekath, fünfmal die Zwei.«

Vera Hüskens drehte sich noch einmal um, bevor sie den Raum verließ. »Und eine Verabredung habe ich heute auch noch, Sie wissen, dass eine Frau sich darauf vorbereiten muss.«

***

Burmeester war positiv überrascht von Kleve, er testete interessanteste Locations auf dieser Tour. Das Café Samocca mitten in der Innenstadt hatte ihm sehr gut gefallen, klein, bescheiden, mit eigenem Charme. Und der redselige Hein Büscher hatte einen Berg an Informationen über Inge Weißenfels geboten, den er erst mal sortieren musste.

Das Talys wartete innen mit einem irre hohen Raum auf, die Decke war im Industriecharakter unverkleidet, das Lokal selbst rustikal eingerichtet. Hier schien es auch Musikveranstaltungen zu geben, er sah ein Plakat der »Blue Band«, Jazz mit Blech und Saxofon.

Frau Schneider traf pünktlich ein und schaute sich um, es zog sie nach draußen, es schien ihr zu voll. »Auf der Terrasse sind wir ungestörter.«

Nachdem sie sich eine Kleinigkeit bestellt hatten – er nahm einen vegetarischen Flammkuchen, sie Bruschetta –, sprudelte es nur so aus ihr heraus. Jeder in ihrer Abteilung beim Jobcenter fürchte sich vor der besagten Frau. Keiner mochte sie vertretungsweise übernehmen, und ein Ressortwechsel mit der Aussicht, den Buchstaben W bedienen zu müssen, sei eine Strafe. Was mit der Frau Weißenfels denn los sei, wollte Burmeester wissen, die Schneider rückte näher und schaute sich um, niemand in der Nähe.

»Die tickt doch nicht ganz richtig. Ich stufe sie mittlerweile als nicht vermittelbar ein, die wehrt sich aber gegen eine Überprüfung, bei der sie einen Schwerbehindertenstatus erlangen könnte. Dann wären wir raus aus der Sache, aber nein, sie behauptet von sich, sie sei nicht krank. Wenn das Thema auf den Tisch kommt, dann habe ich die Hand schon am Alarmknopf.«

»Bei Ihnen gibt es ein Alarmsystem?«

»Ja, natürlich. Die meisten Jobcenter arbeiten mittlerweile mit Alarm und Security-Personal, das sich auch einmischt, wenn jemand aggressiv wird, Drohungen ausspricht oder so. Und da man wegen des Datenschutzes Kunden hinter geschlossener Tür empfängt, ist der Alarmknopf notwendig, falls es im Büroraum eskaliert. Die Weißenfels habe ich schon öfter abholen lassen.«

Ähnliches hatte Hein Büscher ihm auch erzählt, die Inge sei wie ein Silvesterböller, man dürfe ihr nicht zu nahe kommen, sonst knalle es. Hinter vorgehaltener Hand hatte er ihm auch erzählt, dass Inge ziemlich lange in der Landesklinik in Bedburg-Hau gewesen war. Seitdem müsse sie Tabletten nehmen, und in der Gruppe würde er genau merken, ob sie das mache oder nicht. Meistens nicht, meinte Herr Büscher.

Burmeester sah die Sachbearbeiterin an und flüsterte: »Wieso ist sie nicht vermittelbar?«

»Das kann ich Ihnen sagen, die kommt nicht mit Männern klar.«

»Wie kann ich mir das vorstellen?«

»Alle Männer sind in ihren Augen potenzielle Feinde, sie lässt sich von ihnen nichts sagen, und sie dürfen sie bitte nicht berühren. Da sie keine Ausbildung zu Ende gebracht hat, ist sie erst von einer Maßnahme in die nächste vermittelt worden, das Übliche, berufliche Orientierung, Bewerbungstraining. Ein Angebot haben wir entwickelt, eine Basisausbildung zur Alltagsbegleitung, nichts hat sie durchgehalten. Also folgte eine Vermittlung in Arbeitsstellen für Ungelernte, überall ist sie gescheitert. Als Unterstützung in der Betreuung von schwierigen Schulkindern hat sie es am längsten ausgehalten, drei Monate ohne Zoff, und dann kam doch ein ärztliches Attest rein, dass sie den Stress nicht aushält. Wenn ich sie zum Amtsarzt schicke, dann ist erst mal wieder alles gut, sie reißt sich eine Weile zusammen, und dann zack, folgt der nächste Abbruch. Laut ärztlicher Gutachten ist alles okay, in der Praxis ist nichts in Ordnung.«

»Ein schwieriger Fall.«

»Das können Sie laut sagen.«

Frau Schneider musste sich nach dem Essen gleich wieder verabschieden, um pünktlich zurück an den Schreibtisch zu kommen. Burmeester bedankte sich und blieb auf einen Kaffee sitzen, der nahe an die Qualität von Gero von Ahas Spezialmischung kam. Der Besuch bei Hedwig Abelsmann am Rande des Klever Stadtwaldes stand als nächstes auf seiner Liste. Vielleicht gab es bei ihr ja noch ein Stück Kuchen zum Abschluss seiner Dienstfahrt.

Da ahnte Burmeester nicht, mit welchen Erkenntnissen er zurück nach Wesel fahren würde.

***

14. Juni

Eigentlich gab es nichts mehr zu klären, die Aktionen waren durchgeplant. Der erste Aktionstag sollte der Donnerstag bei Carolina Steiger in Xanten sein. Ein einfacher Plan, maskieren, sich Zugang verschaffen, dem Anliegen Nachdruck verleihen, etwas zu Bruch gehen lassen, eine Drohung aussprechen für den Fall, dass sie nicht entsprechend agieren oder die Polizei rufen würde. Es würde der Dienstag bei Beate Heuwels in Wesel folgen.

Die Frauen Eins, Zwei und Drei waren bereit und kommunizierten probeweise nach dem Nummerierungssystem, um sich, nur im äußersten Notfall, nicht zu verplappern. Die vorbereiteten Sätze mit den Anweisungen hatte jede auf dem Smartphone. Die Anzüge lagen bereits in den Kofferräumen, genauso wie Sturmhauben und Masken in den Putzeimern verstaut waren, die sie zur Tarnung mitnehmen würden.

Zwei bat um Unterhaltung in dem Chat, den nur sie drei nutzen konnten.

Zwei: »Seid ihr da?«

Eins: »Ich bin da. Bist du genauso aufgeregt wie ich?«

Zwei: »Weniger aufgeregt, eher zweifelnd. Ich weiß im Moment nicht mehr, ob das alles richtig ist, was wir da vorhaben.«

Eins: »He, ist es nicht ein bisschen spät für Zweifel? Wieso kommst du jetzt damit an?«

Zwei: »Denk einfach mal ganz sachlich darüber nach. Wir planen ernsthaft, zwei Frauen zu überfallen, um sie dazu zu bringen, dass sie die Finger von einem Mann lassen, statt dem Betrüger das Handwerk zu legen, das ist doch Bullshit. Was hat das mit den hochtrabenden Plänen der Teufelsweiber zu tun?«

Eins: »Ach komm, du weißt doch genau, dass das nur Generalproben für zukünftige Einsätze sind. Das ist eben der Herzenswunsch einer Mitteufelin, der wir den Weg zu ihrem Kerl freischaufeln. Also ich betrachte es als Übung für die Zukunft. Wir werden feststellen, ob unser Plan funktioniert, ob wir überhaupt in der Lage sind, uns zu behaupten. Ich habe, ehrlich gesagt, noch nie etwas mutwillig zerstört, nicht mal eine Vase genommen, um sie zu zerdeppern. Ich weiß nicht, ob ich das schaffe.«

Drei: »Was ist los mit euch? Wo kommen diese Zweifel her, diese abwegigen Gedanken? Wir sind Teil eines Planes, und wir ziehen das durch. Und, Eins, du wirst lernen, Vasen zu zerschmeißen, Porzellan an die Wand zu werfen oder Spiegel in Splitter zu verwandeln. Wir führen unseren Plan durch! Ich hoffe, dass das jetzt endlich in euren Köpfen angekommen ist. Betrachtet es als weitere Generalproben. Und danach schnappen wir uns jeden Betrüger, den wir in die Finger kriegen. Alles klar?«

Nach einigen Minuten des Zögerns kam die erste Antwort.

Eins: »Du bist so klar in dem, was du schreibst, da kann man nur voller Respekt sagen, okay, wir packen das.«

Zwei: »Du bist so zornig, Drei, das gefällt mir nicht. Du bist ja noch viel aufgeregter als ich. Ich glaube, du solltest wieder auf den Teppich kommen, sonst befürchte ich, dass die Aktionen aus dem Ruder laufen. Schaffst du das? Runterkommen? Wir sind nicht die Weltpolizei, wir sind ein kleines Clübchen Frauen, die für ein kleines Maß an Gerechtigkeit sorgen wollen, nicht mehr und nicht weniger.«

Eins: »Da schließe ich mich an. Keep cool, Drei.«

Eine Reaktion brauchte keine drei Sekunden.

Drei: »Wir folgen einem großen Plan, und damit basta. Schluss mit dem Memmengeschwafel. Bis Donnerstag, sieben Uhr dreißig vor Ort.«

Eins: »Hallo, Drei, bist du noch da?«

Keine Reaktion.

Zwei: »Und nun?«

Eins: »Die Ruhe bewahren.«

EINUNDZWANZIG

»Kann mir jemand erklären, warum wir die Überwachung nach der letzten großen Lage nicht fortgesetzt haben?«

Karin konnte es nicht fassen, sie hatten private Adressen, die von den Arbeitsstellen der Teufelsweiber, die komplette Identität von drei der Frauen lag bei ihnen auf dem Schreibtisch, Sabine Mölleken käme gleich dran. Die Auswertung der bisherigen DNA war in Arbeit, es fehlten nur zwei Frauen, die einfach nicht zu finden waren, Birgit Stöpker und Inge Weißenfels. »Sina Krause ist laut ihrem Arbeitgeber in Urlaub an der Nordseeküste, die holen wir nach ihrer Rückkehr.«

Gero von Aha nahm ihre Frage und die aufkeimende Nervosität gelassen hin.

»Es war das Ziel der Observation, einige Tage lang zu beobachten, was die Frauen machen, das war so vereinbart. Karin, eine Vierundzwanzig-Stunden-Überwachung für sieben Frauen geht personell selbst über die Kräfte einer Soko hinaus. Bei den Ergebnissen ließ sich das nicht aufrechterhalten, das wusstest du. Niemand kann etwas dafür, dass wir die beiden noch nicht im Haus hatten. Beruhige dich.«

Was Burmeester über Inge Weißenfels herausgefunden hatte, war beunruhigend. Eine nicht vermittelbare Frau, die einen Aufenthalt in der Psychiatrie hinter sich hatte. Das war ja nicht schlimm, das konnte jedem geschehen, dass die Seele mal verrücktspielte und Zeit brauchte, um sich wieder auszurichten. Nur war es bei Inge anders. Sie hatte nach einer traumatischen Erfahrung mit einem Betrüger, der sie um den letzten Cent und ihre Wohnung gebracht hatte, eine Zeit lang aus Scham, es zuzugeben, als Obdachlose am Niederrhein gelebt. Burmeester hatte ihre Geschichte aus drei verschiedenen Quellen gehört und zusammengesetzt, wie er Karin und von Aha erläuterte, bevor er seinen Bericht schrieb. Dafür würde er Stunden brauchen.

»Stellt euch vor, der Mann hatte sie gezwungen, sich die Miete, die das Amt immer direkt an den Vermieter überwies, auf ihr Konto überweisen zu lassen, um alles selber zu regeln. Mit ihrer Karte und der PIN hat er das Geld dann regelmäßig abgehoben. Die Mahnungen des Vermieters, des Stromanbieters, des Online-Versands und des Handyanbieters hat er aus dem Postkasten gefischt. Dass der Strom ausfiel, tat er als Versehen der Stadtwerke ab und zapfte heimlich die Nachbarn an. Sie hatte sich in seine Hände begeben, ihm vertraut, ihn geliebt. Als der Möbelwagen zur Räumung zusammen mit dem Gerichtsvollzieher vor der Tür stand, waren ihr ein paar Möbel geblieben, die nach dem Abbauen nicht mehr zu nutzen waren, und ein Berg Schulden, die sie nicht bezahlen konnte. Und die Einsamkeit, weil der Kerl sich in Luft aufgelöst hatte.«

Karin seufzte. »Das ist ja tragisch, was so ein Betrüger anrichten kann. Von wem hast du jetzt diese Infos?«

»Das meiste habe ich von ihrer Tante, Hedwig Abelsmann, erfahren.«

Gero von Aha wunderte sich. »Ach, die sind verwandt?«

»Genau, Abelsmann fühlt sich als Patentante immer noch verantwortlich für ihre Inge. Sie hatte ihre Nichte gesucht, als sie abgetaucht war, letztlich einen Privatdetektiv beauftragt. Der fand sie in der Obdachlosenszene in Duisburg. Was sie dort erlebt hat, ist bis heute nicht geklärt. Die Tante richtete ihr eine neue Wohnung in Appeldorn ein, einem Dorf, in dem niemand sie kannte, klein genug, um geschützt vor schlechten Einflüssen zu leben, und bezahlte ihre Schulden.«

»Nobel, die gute Frau Abelsmann.«

»Ja, aber die Geschichte ist noch nicht zu Ende. Inge fand nicht zurück zu ihrer alten Form. Eines Tages begegneten ihr zwei Obdachlose in Kleve in der Fußgängerzone, die sie aus Duisburg kannte. Sie lief in den Kaufhof, in die Haushaltwarenabteilung. Und jetzt kommt es: Sie kaufte dort ein Messer und stürmte in der Fußgängerzone wild gestikulierend auf die zwei Männer zu. Sie wurde von mutigen Passanten aufgehalten, wie durch ein Wunder wurde niemand verletzt. Inge war immer noch außer sich und wurde in die Psychiatrie eingewiesen. Und von da an änderte sich ihr Leben, sie fühlte sich ständig bedroht, um dann in einen seelischen Zustand abzudriften, in dem sie einer höheren Macht ihr Schicksal überließ und deren Anweisungen befolgte.«

»Was? Die fühlt sich ferngesteuert?«

»Nein, Karin, Frau Abelsmann berichtet, dass ihre Nichte ferngesteuert wird. Das ist Teil ihrer schizoiden Persönlichkeitsstörung, und wenn sie ihre Tabletten nicht regelmäßig nimmt, dann ist das ihre Realität. Abelsmann hat die Betreuung in den Bereichen Gesundheit und Finanzen für sie übernommen und muss sich eingestehen, dass Inge ihr entgleitet. Deshalb lässt sie sie bei sich putzen, damit ihr pro Woche ein wenig Geld zur Verfügung steht. Sonst stürzt sie wieder ins Bodenlose.«

»Hat Hedwig Abelsmann gewusst, dass ihre Inge in den Club der Teufelsweiber aufgenommen wurde?«

Burmeester verneinte. »Die hat keine Ahnung davon, was ihre Nichte sonst noch macht. Sie ist froh darüber, dass Inge einigermaßen regelmäßig bei der Sozialen Initiative Oberstadt auftaucht und in ihrer kleinen Wohnung ein überschaubares Leben führt. Die alte Dame war richtig zerknirscht, aber auch erleichtert, als sie mir alles erzählt hatte. Inges Eltern leben nicht mehr, und ihr Vater, der Bruder von Frau Abelsmann, hatte sie in die Pflicht genommen, auf das ›Mädel‹ aufzupassen. Sie ist ein gutes Kind, sagt sie, sie kann niemandem etwas zuleide tun, wenn man sie in Ruhe lässt.«

***

Sie sah zum Anbeißen aus in ihrem sommerlichen Etuikleid. Victor strahlte über das ganze Gesicht, als er Vera zwischen den Spaziergängern und Radlern auf der Promenade entdeckte, und winkte ihr zu. Er wartete am Steiger des Fahrgastschiffes und hatte sich mit einem Blick durch die Fenster schon vergewissert, dass es auf der »Germania« noch freie Plätze gab. Er würde sie heute einladen und, wenn sie es wollte, sogar ein Glas Sekt auf das Wiedersehen bestellen. Mit Vera auf die Zukunft anstoßen.

Wie sie sich da elegant und selbstbewusst durch die Menge lavierte, immer wieder ganz entspannt und lächelnd zum Rhein schaute. Wie sollte er sie begrüßen, so wie früher mit einem Kuss auf die Wange? Er war verunsichert. Noch nie hatte er ernsthaft über eine andere Begrüßungsform nachgedacht, bei den Treffen ziemlich schnell den draufgängerischen Charmeur gemimt, der gerne durch Kuss und Umarmung die besitzergreifende Regie übernahm.

Bei dem, was ihm nun verunsichernd durch den Kopf schwirrte, hätte er am liebsten den Rückwärtsgang eingelegt, wäre unsichtbar geworden, aber Vera kam immer näher und hatte ihn zwischen den Menschen entdeckt. Sie lächelte ihm entgegen, das gefiel ihm. Über die Begrüßung konnte er sich weitere Spekulationen sparen, sie streckte ihm von Weitem die Hand entgegen. Na gut, wenigstens ein Händedruck war drin, er würde sich bemühen, daraus einen Handkuss zu machen. Doch das wusste Vera geschickt zu verhindern.

Er überließ ihr die Platzwahl, schob ihren Stuhl in Position, winkte dem Kellner, fragte nach Sekt, Vera unterbrach ihn.

»Entschuldige, aber wir müssen beide noch fahren, für mich keinen Alkohol.«

Kaffee, große Pötte, und Kuchen bestellten sie, Erdbeerkuchen mit Sahne. Er saß ihr gegenüber und strahlte sie immer noch an. Sie übernahm die Konversation.

»Nach allem, was geschehen ist, weiß ich gar nicht, wie ich dich ansprechen soll. Erzähl mir bitte mal eben, mit wem ich hier am Tisch sitze.«

Mit so einem Einstand hatte er nicht gerechnet, ihm fehlten die passenden Worte, er hüstelte, bevor ihm eine diplomatische Erwiderung einfiel. »Mit wem möchtest du denn diesen Nachmittag verbringen?«

Vera lehnte sich zurück. »Ich wünsche mir einen Nachmittag mit dem netten Mann, den ich kennengelernt habe. Nur soll er mir bitte unter seinem richtigen Namen und mit seiner echten Geschichte gegenübersitzen. Und am Ende des Nachmittags schauen wir, ob es Sinn macht, sich weiter zu treffen, und ob unsere Leben überhaupt zueinanderpassen.«

Der Kellner brachte den Kaffee, der Kuchen sah appetitlich aus, Vera war noch nicht fertig.

»Deinen richtigen Namen habe ich auf dem Kommissariat ja erfahren. Wie lebt Werner Schlaphysen?«

Nun lag die Wahrheit zwischen ihnen auf dem Tisch. Und sie sprach seinen Namen voller Respekt aus. Er musste antworten, so ehrlich wie möglich.

»Meine Mutter lebt nicht mehr, dementsprechend muss ich mich auch nicht um sie kümmern. Ich habe auch kein Haus im Bergischen und bin nicht als Unternehmensberater unterwegs. Mein Status liegt zwischen beantragter Berentung wegen Erwerbsunfähigkeit und Bezug von Arbeitslosengeld II, auch Hartz IV genannt. Ich lebe in einer kleinen Wohnung in Winterswick, das liegt gar nicht weit von dir entfernt.«

So, das war raus. Er nahm einen großen Schluck Kaffee und wartete ab.

***

Hauptkommissarin Karin Krafft checkte zum x-ten Mal ihre E-Mails, noch immer keine Nachricht von der Spurensicherung, das dauerte.

Birgit Stöpker war inzwischen da gewesen und hatte die Durchführung aller Prozeduren lächelnd über sich ergehen lassen. Sie hatte nach Beendigung ihrer Radtour die Benachrichtigung an ihrer Haustür gefunden, sich im Kommissariat 1 zu melden. Das hatte sie getan. Sie wusste nichts zu sagen und erkannte niemanden auf den Fotos. Das Einzige, was sie bestätigte, war die Mitgliedschaft im Club der Teufelsweiber. Auf ihre Beschäftigung von Inge Weißenfels als Reinigungskraft reagierte sie schulterzuckend.

»Meine Güte, putzen Sie etwa noch selber? Ich habe bei unseren Treffen erfahren, dass sie sich mit dem Job Geld dazuverdient, und habe ihr angeboten, zu mir zu kommen. Ich bin zufrieden mit ihrer Arbeit und zahle direkt, uns beiden ist damit geholfen. Wollen Sie mir jetzt eins reinwürgen, weil ich sie nicht offiziell angemeldet habe?«

Karin hatte ihr geantwortet, dass sie einen Mord aufzuklären hätte und nicht an der fehlenden Anmeldung einer Reinigungskraft interessiert sei.

»Kommen Sie gut klar mit Frau Weißenfels?«

»Wie meinen Sie das?«

»Ist sie stimmungsmäßig schwierig?«

»Nö, wir reden nicht viel. Wenn sie da ist, macht sie ihren Job und geht wieder.«

»Und bei den Treffen Ihres Clubs?«

»Da ist sie eher die Stille. Es dauert, bis sie etwas beiträgt, und wenn das geschieht, dann ist sie engagiert und auch vehement. Sie weiß, was sie will.«

Das waren auch schon die Informationen, die Birgit über die Treffen preisgab. Alles andere sei auf der Webseite veröffentlicht, dort könne Karin nachlesen, dass der Club die Arbeit der Polizei, so sie denn überhaupt eingriff, aktiv unterstützte.

»Ist noch was? Sonst muss ich weiter, mein Alltag ruft.«

Auch diese Frau hatte Karin gehen lassen müssen.

Da fehlte nur noch Inge Weißenfels. In Appeldorn war sie den ganzen Tag über nicht erschienen, in der engen Straße Steinbruch war es auch schwierig für einen Beamten im Fahrzeug, sie zu überwachen. Egal, aus welcher Richtung sie zu ihrer Wohnung dort einbiegen würde, immer stand dieses eine Auto ohne jede Möglichkeit der Tarnung am Straßenrand geparkt. Und dieses Mal würde sie sich denken können, wen sie im Visier hatten.

Das Personal der Soko, das in dem kleinen Ort tagelang Position bezogen hatte, war öfter von Anliegern angesprochen worden, die sich über Menschen wunderten, die stundenlang in geparkten Autos saßen. Es war sogar eine Streife aus Kalkar vorbeigekommen, weil jemand mutmaßliches Ausspionieren für einen späteren Einbruch vermutet hatte. Mittlerweile war Inge Weißenfels bestimmt gewarnt worden. Sie würde so schnell nicht auftauchen.

Ab Mitternacht würde Jerry Patalon die Observation übernehmen.

***

Vera sah sich nicht mehr dem charmanten Mann gegenüber, den sie zu kennen glaubte. Das hier war ein ganz anderer, nur in dessen Kleidung. Sie wollte Klarheit, ihre Erfahrungen aus gescheiterten Beziehungen sagten ihr, dass offene Gespräche immer eine Bewährungsprobe darstellten und Männer nichts mehr hassten, als wenn eine Frau sagte: »Schatz, wir müssen reden.« Innerlich gab sie Victor oder Werner eine Stunde. In der Zeit sollte er ihre Fragen zufriedenstellend beantwortet haben. Oder auch nicht.

»Wie lange bist du schon ›der Mann für einen Wochentag‹?«

Er druckste herum, wollte nicht recht mit der Sprache rausrücken. Sie sah ihm an, dass er sich unwohl fühlte.

»Komm, sei ehrlich. Du hast hier und jetzt die Chance, alles auf den Tisch zu packen. Und dann schauen wir, ob es einen neuen Anfang gibt. Also, wie lange?«

»Seit fast zwanzig Jahren.«

»Was? Und immer vier Frauen gleichzeitig?«

»Nein, zuerst nur eine. Oder zwei.«

»Hast du jemals vorgehabt, mit einer der Frauen eine ernsthafte Beziehung einzugehen? So echt konventionell, ein Mann und eine Frau, gemeinsamer Hausstand, Familiengründung und so?«

»Nein, das lag bisher nicht im Bereich des Denkbaren für mich.«

Vera lehnte sich zurück und schaute auf den Fluss. Sieben Frachtschiffe waren rheinauf- und -abwärts gleichzeitig in

Sicht, es hatte etwas Beruhigendes, ihrer langsamen Fahrt zuzuschauen. Nachdem ein mit Kohle beladenes Schubschiff in Richtung Duisburg die »Germania« passiert hatte, beugte Vera sich vor.

»Wie vielen Frauen hast du also im Laufe dieser Zeit den passablen, charmanten Victor vorgegaukelt?«

Sie konnte nicht glauben, wie seelenruhig er ihr gegenübersaß und einfach nur mit den Schultern zuckte.

»Du musst nicht denken, dass ich eine Strichliste geführt habe. Ich weiß es wirklich nicht. Und es war immer so einfach, einen Ersatz zu finden, wenn ich eine verloren hatte.«

»Hattest du nie Gewissensbisse? Die eine oder andere hat doch bestimmt auf mehr gehofft. Mehr Zeit mit dir, mehr Beziehung. Gab es da nie Wünsche, Bedürfnisse, einen Antrag?«

Jetzt schaute er auf das Wasser. War das ein kleines Lächeln auf seinem Gesicht? Wieso saß er hier entspannt und lächelte in die Ferne? Bereitete ihm die Erinnerung an die ganzen Frauengeschichten Vergnügen?

»Warum grinst du so?«

»Ich musste daran denken, dass es bei vielen Frauen nur um das eine geht. Jemanden für immer an der Seite zu haben. Meine Strategie, nur an einem Tag in der Woche Zeit für sie zu haben, hat die meisten von der Idee abgehalten, mit mir ihr komplettes Leben teilen zu wollen. Es bedurfte keiner Erklärung. Na gut, Diskussionen darüber gab es manchmal. Aber wenn, dann nur einmal, denn ich hatte keine Lust auf komplizierte Geschichten. Ich war danach einfach nicht mehr da.«

»Du hast es dir verdammt bequem und einfach gemacht.«

»Was soll ich sagen? Ich gelobe Besserung.«

Vera musste raus an die Luft, nein, erst zur Toilette, ihr war schlecht. »Ich verschwinde mal kurz.«

Sie folgte dem Schild für Ladys, an Steuerbord zum Bug. Frische Luft, ein paar Schritte auf dem Vorschiff, hin und her, einmal durchatmen. Dieser Mann war so kalt, da war keine Emotion erkennbar, der benutzte Frauen wie Flaschenöffner, routiniert und selbstverständlich. Eine halbe Stunde war vorbei, weitere dreißig Minuten würde sie ihm eventuell noch geben. Wenn sich ihr der Magen nicht umdrehte.

Vielleicht sollte sie ihn in den Rhein schubsen, er konnte nicht schwimmen. Nein, es waren zu viele Zeugen unterwegs an diesem Sommertag.

Sie ging zurück zum Tisch, er schaute ihr mit dem lauernden Gesichtsausdruck entgegen, den sie einmal sehr gemocht hatte. Sich begehrt zu fühlen hatte ihr gefallen. Nichts da, sie knüpfte dort an, wo sie aufgehört hatte.

»Was versprichst du dir von unserem Treffen?«

Er schaute sie irritiert an. »Wieso? Du hast mich doch angepiepst. Du meintest, wir könnten uns mal treffen. Ich fand das gut. Ich treffe mich gerne mit dir.«

»Ist das alles?«

Anscheinend fehlten ihm die Worte. Vera wurde lauter. »Mehr hast du nicht zu sagen?«

Sie begann hektisch ihre Sachen zusammenzupacken, die Sonnenbrille, das leichte Halstuch, ihre Handtasche. »Dieses Mal zahlst du. Es war ein idiotischer Fehler, zu glauben, dass sich dein Leben ändern würde. Du kannst das nicht. Ach was, du wüsstest gar nicht, wie das geht.«

Sie stand auf und ging zur Treppe, zögerte und kam noch einmal zurück, beugte sich über seine Schulter und flüsterte ihm ins Ohr. »Sei dir sicher, du wirst keine neuen Frauen mehr finden, um sie zu bescheißen. Wir kriegen dich, wir stellen dein Foto ins Netz und warnen vor dir. Wir lassen dich nicht mehr aus den Augen, glaub mir.«

Er schaute auf zu ihr. Zum ersten Mal war eine Emotion sichtbar, er begann sich zu fürchten. Das gefiel Vera.

»Wer ist denn ›wir‹? Du und die anderen beiden?«

Sie näherte sich seinem Gesicht um eine Handbreit, lächelte. »Das wirst du schon sehen.«

Sie behielt seinen erstaunten Gesichtsausdruck in Erinnerung und ließ auf dem Steiger ihr Tuch im Wind wehen, bevor sie an

Land zügig die Promenade entlangstrebte. Elegant, apart gestylt wie immer.

***

21. Juni

Zwei: »Seid ihr online?«

Eins: »Ja, klar, wir haben nicht gechattet seit Donnerstag, ich warte schon die ganze Zeit darauf, dass jemand hier erscheint.«

Zwei: »Das war so cool, das war eine total geile Aktion.«

Eins: »Ja, ich kann nicht sagen, dass ich kein Vergnügen daran hatte, diese komische Frau ein wenig einzuschüchtern. Die tat so überlegen und lässig. ›Ich habe keine Angst vor Teufeln, was wollt ihr von mir?‹ Und dann hat sie doch gezetert und geheult …«

Zwei: »… und sich ständig die Tränchen unter dem Unterlid abgetupft, damit die Wimperntusche nicht verläuft, das war so lächerlich. Und uns Geld anzubieten! ›Sie können alles haben, was ich im Haus habe.‹«

Eins: »Die Mickey-Maus-Stimme hat sie echt irritiert, aber als sie hörte, worum es geht, war sie ganz schnell dabei, die Forderung abzunicken. Jaja, wenn das das Einzige ist, okay, aber lasst mich in Ruhe, tut mir nichts.«

Zwei: »Und als du dann diese Bodenvase wie einen Golfball ganz selbstverständlich mit dem Besen durch die Diele gefegt hast und sie an der gegenüberliegenden Wand in tausend Scherben zersprang! Das hat vielleicht gescheppert.«

Eins: »Da hat sie echt Schiss gekriegt. Wisst ihr noch, wie sie sich auf den Boden gekauert und geschrien hat, sie würde alles tun, was wir von ihr verlangen, ›nur bitte, bitte, nicht schlagen, tut mir nichts, bitte‹. Das war ihre einzige Sorge.«

Zwei: »Wie kontrollieren wir jetzt, ob es Wirkung zeigt?«

Eins: »Vera kann sich ja mal an einem Donnerstag mit ihm verabreden.«

Drei: »Ihr seid so oberflächlich. Wir haben Erfolg mit unserem Einsatz, das zählt. Eine weniger, die weiter diesem Mann gehorcht. Und morgen die Nächste. Dann hat unsere Mitteufelin freie Bahn, um ihn zu erziehen. Wenn ihr das nicht gelingt, dann muss er bestraft werden.«

Eins: »Das haben wir bisher noch nicht beschlossen.«

Drei: »Ich weiß ganz sicher, dass es auf dem Plan steht.«

Zwei: »Von welchem Plan faselst du immer?«

Drei: »Jetzt tu nicht so scheinheilig, wir kennen doch alle den großen Plan, sonst hätten wir uns nicht gefunden. Wir haben einen Auftrag zu erfüllen.«

Eins: »Ja, ist schon gut. Kommt, wir müssen uns ausruhen für unsere morgige Aktion. Und beim nächsten Treffen reden wir alle gemeinsam über deinen großen Plan. Ist das in Ordnung?«

Drei: »So gefällt mir das. Bis morgen.«

ZWEIUNDZWANZIG

Für Aaron Nilsson stand nach Darlegung der Sachlage fest, dass Inge Weißenfels zur Fahndung ausgeschrieben werden musste.

»Sie stellt eine Gefahr für die Allgemeinheit dar. Diese Frau ist in der Lage, in Ausnahmesituationen mit einem Messer auf jemanden zuzustürmen. Und jetzt ist sie ein sogenanntes Teufelsweib, ihre gesetzliche Betreuerin redet offen darüber, dass sie ihr entgleitet. Das reicht.«

Gero von Aha konnte die Entscheidung nachvollziehen. »Du meinst also, das Blutbad in der Wohnung der Heuwels könnte auf ihr Konto gehen?«

»Genau.«

Tom warf ein, dass die Art der Waffe, nicht mitgebracht, sondern aus der Küche des Opfers, und das sinnlose Übertöten tatsächlich für eine Tat im Wahn sprachen.

Jerry erkannte einen weiteren notwendigen Schritt. »Wird das Haus von Hedwig Abelsmann überwacht? Wenn die Weißenfels nicht in ihre Wohnung zurückgehen kann, meldet sie sich vielleicht bei ihrer Tante, die ihr so zuverlässig aus jeder Patsche hilft.«

Schon hatte Karin das Telefon in der Hand und ließ sich über die Zentrale mit der Kreispolizeibehörde in Kleve und dort mit einem Diensthabenden der Mordkommission verbinden.

»Hauptkommissar Leenders.«

Karin stutzte kurz, der Name kam ihr im Zusammenhang mit Kleve bekannt vor. Sie erläuterte in kurzer Zusammenfassung die Lage und bat, einen Kollegen im zivilen Fahrzeug zur Grenzallee am Klever Wald zu schicken.

»Senden Sie mir eben per E-Mail den Sachverhalt, ich bereite den Kollegen schon mal vor, dann geht's los.«

»Vielen Dank für die Amtshilfe, ich setze mich gleich an den PC.«

Sie zögerte einen Moment, er fragte, ob es noch etwas gäbe.

»Ein nebensächlicher Gedanke. Ihr Name …«

Er lachte auf. »Ja, der ist bekannt. Krimis aus Kleve, geschrieben vom Trio Leenders, Bay, Leenders. Die Ära ist lange vorbei, und ich bin nicht verwandt, werde aber immer wieder darauf angesprochen. Ich warte auf Ihre Nachricht.«

»Ja, danke noch mal.«

Karin erklärte den anderen, wieso sie sich an den PC zurückzog. Die Streife sei gleich unterwegs. »Da werden wir sie erwischen, Inge Weißenfels wird nicht damit rechnen, bei ihrer Tante überwacht zu werden.«

Im Besprechungsraum gab es unterdessen noch unausgesprochene Thesen und Gedanken. Immer wieder drehten sich die Beiträge um den Club der Teufelsweiber mit ihren vorgeblichen Zielen und dem Makel der Fotos von einem verängstigten Paar in einem Tretboot auf dem Xantener Südsee.

Burmeester sprang auf. »Seit heute haben wir Fotos von fünf der sieben Frauen des Clubs und können den Mitarbeiter des Freizeitzentrums Xanten fragen, ob er jemanden erkennt.«

Aaron Nilsson schaute auf. »Was ist mir da entgangen?«

»Karin wohnt doch an dem See und hat auf gut Glück nach Feierabend am Hafen angehalten, um den dort tätigen Mitarbeiter zu befragen. Der hatte selber nichts gesehen, die Attacke des Drachen auf den Flamingo hatte außer Sichtweite des Hafens stattgefunden. Als Spaziergänger ihm am Hafen davon berichteten, waren die drei Frauen, die den Drachen gemietet hatten, schon längst wieder fort. Unmaskiert waren sie rausgefahren und hatten das Boot genauso wieder zurückgebracht. Der Mitarbeiter habe später das Paar aus dem Flamingo gefragt, was da los gewesen sei. Der Mann habe ziemlich schnell abgewunken, nichts, da war nichts. Seine Begleiterin habe protestieren wollen, aber der Mann sei gegangen und habe sie mit sich gezogen.«

Tom schaute auf die Uhr. »Schon nach zweiundzwanzig Uhr, den Mitarbeiter erreichen wir heute nicht mehr.«

Burmeester würde Karin informieren, damit sie am kommenden Morgen einen Stopp am Hafen einlegte.

Nilsson stand auf. »Schluss für heute. Die Perspektive für morgen gefällt mir, es geht vorwärts.«

Auf dem Flur begegnete er Karin, die voller Eifer wieder zum Besprechungsraum gehen wollte, er hielt sie auf. »He, nach zehn, mach Feierabend.«

»Okay, okay, nur kurz die Kollegen für morgen einteilen.«

»Burmeester hat eine geniale Idee, die er dir mitteilen wird. Und dann fährst du heim, einen schönen Abend noch.«

Sie schaute ihm nach. »Du wirkst plötzlich so entspannt.«

Er grinste. »Sie hat eine Schwester, die wohnt hier in Wesel und sieht ihr verdammt ähnlich.«

»Ich verstehe, eine Verwechslung. Wie schön für dich.«

Manches löste sich so leicht, man musste nur darüber reden.

***

Werner Schlaphysen hatte den Abend damit zugebracht, im Bademantel vor dem Fernseher zu sitzen und durch die Sender zu zappen. Er konnte sich auf nichts konzentrieren, elendes Programm, er war schlecht gelaunt, woran auch die beiden Biere nichts änderten, die er bereits intus hatte. So eine öffentliche Abfuhr musste er erst mal verdauen. Diese Vera hatte ihn auf dem Schiff beschimpft und sitzen lassen. Und die Rechnung konnte er auch noch zahlen. Verdammt. Die war er also auch los.

Er dachte sich nichts dabei, als es um zweiundzwanzig Uhr vierzehn bei ihm klingelte. Das konnte nur der Nachbar von unten sein, der wieder seinen Hausschlüssel vergessen hatte. Ein Ersatzschlüssel lag bei ihm, das war preisgünstiger, als den Schlüsseldienst zu ordern. Wie gewöhnlich ignorierte er die Gegensprechanlage, drückte auf den Türöffner und sperrte seine Wohnungstür auf.

Er ging in die Küche, während jemand durch das Treppenhaus huschte, kramte in einer Schublade und kam mit dem Schlüssel in der Hand wieder in den Flur. »Du hast schon lange nicht mehr wegen dem Schlüssel geschellt, was …«

Werner Schlaphysen schaute auf und erstarrte in einer Art Déjà-vu-Erlebnis. In seinem Flur stand eine schwarz gekleidete Person, die gerade die Wohnungstür hinter sich geschlossen hatte. Ihr Gesicht war bedeckt mit einer weißen Teufelsmaske, das Haar unter einer schwarzen Sturmhaube verschwunden. Ein Teufel vom Drachenboot, dachte er, rieb sich die Augen, um zu überprüfen, ob er halluzinierte.

Vorsichtig öffnete er die Lider, nein, dieses Wesen stand wahrhaftig vor ihm und hielt etwas in der Hand, das im Licht seiner Flurlampe kurz aufblitzte, der Schlüssel fiel ihm aus der Hand, als er erkannte, um was es sich handelte. Die Klinge eines Messers war auf ihn gerichtet, während die andere Hand ihn anwies, sich umzudrehen und ins Wohnzimmer zu gehen.

Langsam kehrte seine Sprache zurück. »Was soll das? Bitte tun Sie mir nichts. Sie sind in dem Boot gewesen, richtig, ich …«

Bevor er sich versah, hatte die Person ihm eine Schlinge um den Hals gelegt, er spürte das kühle Metall, das sich mit leichtem Ruck hauteng über seinem Kehlkopf zusammenzog.

»Ich … Bitte, was soll denn das! Was wollen Sie von mir? Hier gibt es nichts zu holen.«

Er bewegte sich, wie das Teufelswesen ihn wortlos dirigierte, zu einem Stuhl am Esstisch, dort wurde er unsanft auf den Sitz gedrückt, der rechte Arm nach hinten gebogen, der linke ebenfalls, beide wurden mit einer weiteren Schlinge umbunden, die sich mit einem unguten Geräusch zusammenzog.

»Was, was machen Sie da, aaah, das ist viel zu eng, das schnürt mir das Blut ab, bitte …«

Kabelbinder, dachte er noch, bevor seine Blase sich entleerte und er das Bewusstsein verlor.

***

Jerry Patalon klopfte an die Seitenscheibe des Wagens, der Kollege, der mit verschränkten Armen hinter dem Steuer hockte, zuckte zusammen.

»Und? Ist sie daheim?«

»Nein, seit ich hier bin, hat es in der oberen Etage keine Bewegung, kein Licht gegeben. Ich habe gar nicht damit gerechnet, abgelöst zu werden.«

»Das ist nicht optimal, hier als einziges Fahrzeug am Straßenrand zu stehen. Beim nächsten Haus ist noch Licht, ich frage eben, ob ich mich in die Einfahrt stellen darf, das ist unauffälliger.«

Eine Frau öffnete, die vorgelegte Türkette kündete von Vorsicht. Jerry wies sich aus und erläuterte sein Anliegen. Sie wunderte sich, fragte nach dem Ziel der Observation.

»Das kann ich Ihnen nicht sagen. Laufende Ermittlung, das hat mit Ihnen nichts zu tun.«

Es war sein Standardspruch, nichtssagend, aber sie war sich der Wichtigkeit ihrer Erlaubnis bewusst, nickte schnell. Kein Problem.

Ein kurzes Tippen auf das Autodach des Kollegen. »Fahren Sie, ich parke dort in der Einfahrt.«

Um kurz nach eins erleuchteten Scheinwerfer die enge Straße in Appeldorn, ohne dass ein Wagen in Jerrys Sichtfeld geriet. Es war aber auch eng hier, man schaffte es nur mit viel Geschick in die schmalen Einfahrten. Eine Gestalt ging zum observierten Haus und verschwand im Eingang. Jetzt musste nur noch das Licht in der richtigen Etage aufleuchten. Doch nichts geschah. Es gab nicht den kleinsten Schimmer, der durch eines der Dachfenster dringen wollte.

Das änderte sich fast eine Stunde später. Es musste sich um eine Kerze handeln, vielleicht ein winziges Teelicht. Entweder war sie besonders vorsichtig, oder dieses Lichtlein stammte von einem technischen Gerät, zu wenig zum Lesen, aber gerade genug, um nicht über Möbel zu stolpern. Jerry entschied sich, die beschauliche Ruhe in der kleinen Straße nicht zu stören, sondern auf den Tag zu warten, ohne die Eingangstür aus den Augen zu lassen.

***

Um ihn herum war es völlig finster. Werner Schlaphysen wunderte sich zunächst darüber, dass er auf dem Stuhl an seinem Esstisch eingeschlafen war, das Kreuz tat ihm weh und die Schultern, die Handgelenke. Mit einem Mal schreckte er auf. War er allein? War dieses maskierte Wesen noch da? Er brauchte Licht. Mehr Licht.

»Hallo? Ist da jemand?«

Keine Antwort, kein Geräusch. Sollte er einfach aufstehen? Was, wenn diese Teufelsgestalt im Dunkeln auf ihn lauerte? Ihm blieb nichts anderes übrig, er musste sich bewegen. Er zögerte.

Ihm wurde bewusst, dass es zwischen seinen Beinen feucht war, die schlabbernde Schlafanzughose war unangenehm kalt. Es dauerte, bis er sich traute, seine Arme zu bewegen. Nichts hielt sie, da war kein Kabelbinder um die Handgelenke gezurrt. Nur seine Angst hielt ihn in dieser Stellung, ihm fehlte jedes Gefühl für Zeit.

Im ersten Morgengrauen wagte er einen Rundumblick. In diesem Raum war er allein, schwankte zwischen Traum und Wirklichkeit, stand endlich auf und rieb sich die Handgelenke, befühlte seinen Hals. Da war nichts. Nicht die kleinste Spur deutete an, dass er gefesselt worden war. Hatte sich alles nur in seinem Kopf abgespielt?

Nach dem Duschen fühlte er sich frisch, aus dem Alptraum aufgewacht. Nur mit einem Handtuch um die Hüften gewickelt verließ er das Bad, ein starker Kaffee würde den Rest des nächtlichen Grauens verscheuchen.

Auf dem Weg in die Küche trat er auf etwas Hartes, kühl Metallisches, das sich unter seinem linken Fuß eindrückte. Er hob den Fuß. Da lag der Schlüssel seines Nachbarn. Erneut stieg Angst in ihm hoch, alles hatte stattgefunden, war keine Halluzination, kein Alptraum. Das Handtuch entglitt ihm, er stürzte zum Wohnzimmertisch, griff nach dem Telefon. Überfall. Polizei. Seine Knie versagten den Dienst, er fiel seitlich auf sein Sofa.

Was sollte er anrückenden Einsatzkräften sagen? Dass nicht eingebrochen worden war, sondern er selber die Tür geöffnet hatte, dass nichts gestohlen wurde, es keine Spuren seiner Fesselung gab? Dass der Schlüssel des Nachbarn auf dem Boden lag und alles andere so war wie am Vorabend?

Scheppernd fiel ihm das Smartphone aus der Hand. Mutlosigkeit überfiel ihn.

»Die erklären mich für bekloppt, wenn ich da anrufe.«

Das alles erschien ihm unerklärbar, und jetzt sprach er auch noch mit sich selbst.

»Teuflisch.«

***

Karin Krafft stoppte am Hafen des Xantener Südsees, der auch am frühen Morgen seinen Charme hatte. Nur wenige Gäste saßen draußen unter den Schirmen beim Frühstück, Walker und Jogger passierten das Restaurant, das Tor zum Steg war geöffnet, der Mitarbeiter des Freizeitzentrums nahm die Ketten ab, mit denen die Tretboote über Nacht gesichert waren.

»Na, lassen Sie Drache und Flamingo wieder auf das Wasser?«

Er erkannte sie und lachte freundlich. »Ja, und die anderen auch. Es wird ein schöner Tag, alle unsere Tourismusboote warten auf die Fahrt über das weite Wasser. Was kann ich heute für Sie tun?«

»Sie erinnern sich an meine Fragen zu dem Wasserkampf zwischen Flamingo und Drache?«

Diesmal lachte er so, als habe jemand einen geglückten Scherz gemacht, während er die Sicherungsschnüre samt Schlössern in eine Kiste packte.

»Das sorgt hier immer noch für Spaß, das glauben Sie mal. Seit Neuestem fragen Witzbolde, ob der Drache Ausgang habe und friedlich sei. Man habe gehört, er würde ab und zu einen Wasservogel verspeisen.«

»Ein regionales Ereignis also! Die Leute erzählen sich gerne solche Geschichten. Wenigstens etwas Gutes. Heute können Sie sich ein paar Bilder anschauen und mir sagen, ob Sie jemanden von der Drachenbootbesatzung darauf erkennen.«

Er nahm eines nach dem anderen aus Karins Hand und schaute konzentriert darauf, hielt zwei Bilder zunächst zurück. Eines aufgenommen vom Erkennungsdienst, ein anderes war im Rahmen der Observation aufgenommen worden.

»Ja. Die erkenne ich auf jeden Fall. Das sind zwei der Frauen, die das Boot gemietet hatten. Die dritte habe ich nicht genau gesehen, aber bei diesen beiden bin ich mir sicher.«

Er reichte Karin zwei Fotos. Auf dem einen war Inge Weißenfels zu erkennen. Die andere Frau war Sabine Mölleken. Zwei Frauen aus dem Club der Teufelinnen hatten Schlaphysen und sein Xantener Liebchen auf dem Boot überfallen. Und die dritte gehörte wahrscheinlich auch zum Club. Greifbare Beweise dafür, dass diese Frauen nicht nur das Internet und Inserate nach Betrügern und Heiratsschwindlern durchforsteten, sondern Aktionen planten und durchführten.

»Vielen Dank, und nette Bootsbesatzungen wünsche ich Ihnen heute.«

Trotz der neuen Ampel bei Ginderich schaffte Karin es in Rekordzeit ins Weseler Kommissariat. Diese Neuigkeiten musste sie sofort mitteilen. Dort angekommen, wunderte sie sich über den Verbleib des Kollegen Jerry Patalon. Wie vereinbart hatte er die Observation der Weißenfels'schen Wohnung am späten Abend übernommen, das wusste man. Aber die Schicht war längst vorbei, es gab weder eine Erfolgsmeldung noch war der Kollege im Büro. Niemand wusste Bescheid.

Karin wählte seine Nummer. Er meldete sich hinter dem Steuer per Lautsprecher. »Ich bin hinter Inge Weißenfels her, sie ist auf dem Weg nach Kleve.«

»Wieso bringst du sie nicht her?«

»Ich will wissen, was sie hier macht, zwei Anlaufstellen kennen wir bereits, ihre Tante und die Soziale Initiative. Karin, die ist völlig schwarz gekleidet aus dem Haus gekommen, mit streng zurückgekämmtem Haar, richtig gruselig sieht die aus, und ich will wissen, was sie vorhat. Mensch, die fährt vielleicht einen merkwürdigen Stil, sie ist ein rollendes Verkehrshindernis, so langsam kann ich ihr kaum mit Abstand folgen. Wenn ein Wagen zwischen uns ist, dann überholt der bei der nächsten Gelegenheit, und ich muss wieder aufpassen, dass ich ihr nicht auf der Stoßstange hänge. Aber ich bleibe dran.«

»Du musst doch todmüde sein, willst du dich nicht wenigstens ablösen lassen?«

»Die nette Familie, deren Einfahrt ich heute Nacht zur Observation nutzen durfte, hat mich in der Frühe mit Kaffee und Toast versorgt, mir geht es gut. Die anderen, die dort zuletzt jemanden beschattet haben, die hätten sich nie gemeldet, meinte die Frau, man hilft der Polizei doch gerne. Die Kinder fragten, ob ich die Verrückte beobachten würde, die drei Häuser weiter zur Miete wohnt. Die Frau hat sie auf den Schulweg geschickt, und als sie außer Hörweite waren, habe ich sie gefragt, was es mit der Nachbarin Besonderes gäbe. Mensch, mit Tempo sechzig über die Bundesstraße, ich werde wahnsinnig.«

»Und was hat die Frau vom Steinbruch dir erzählt, irgendwas Verwertbares?«

»Weißenfels hat hier zu niemandem Kontakt, jeder geht ihr aus dem Weg, weil irgendwer erzählt hat, dass sie aus der Landesklinik kommt und schon mal mit einem Messer auf Männer losgegangen ist. Sie ist unfreundlich und streng, selbst die Kinder gehen ihr aus dem Weg, weil sie mit ihnen schimpft, wenn sie in normaler Lautstärke auf der Straße spielen. Verflixt, in der Stadt fährt sie dreißig. In einen Kreisverkehr fährt sie nur ein, wenn sich niemand sonst im Rund befindet. Weißt du, wie viele Kreisel es in Kleve gibt?«

»Ist eine Zielrichtung erkennbar?«

»Die Ortung von Maps zeigt mir an, die fährt in Richtung Klever Wald, da geht es zu ihrer Tante. Ich bleibe dran.«

»Du darfst sie nicht aus den Augen verlieren, hörst du? Die war auf jeden Fall im Drachenboot dabei, als aktives Teufelsweib.«

»Die wird mir nicht entwischen, die fährt so langsam, wie sie läuft. Wenn sich bis zum Mittag nichts ergibt, fange ich sie in Zeitlupe ein, versprochen.«

Zumindest war diese Frau unter Beobachtung. Die andere, Sabine Mölleken, das zweite aktive Teufelsweib aus dem Drachenboot, war telefonisch nicht zu erreichen. War sie tiefer in die Geschehnisse verstrickt, als sie alle ahnten?

Dann eben anders, sie schickte Gero von Aha und Tom Weber auf den Weg nach Schermbeck, auch wenn sich die Fahrt ziehen würde. »Und wenn sie sich weigert mitzukommen, dann bringt sie in Handschellen her, das wird mir echt zu bunt hier.«

DREIUNDZWANZIG

»Verzeih mir diese Verschwendung, ich musste ein neues Heft beginnen, weil das vorige entehrt ist durch meine unkontrollierten Hände. Ich warte auf den nächsten Auftrag, und ich wäre dankbar für ein Zeichen von dir. Meine Gedanken sind zu klar, ich komme nicht in Verbindung mit deiner Aura, muss ich um deine Gunst fürchten? Du darfst mich nicht verlassen. Gib mir ein Zeichen, weil ich dir mit gutem Gewissen weiter folgen will.«

***

Das Smartphone meldete den Beginn eines Chats.

Zwei: »Menno, ich komm nicht klar auf das, was wir erlebt haben. Ich bin so mies drauf, selbst meine Katzen gehen mir aus dem Weg. Ich bin nicht zur Arbeit und kann D. nicht erreichen. Ich habe echt Bedarf zum Quatschen. Können wir uns sehen?«

Eins: »Ich bin in Wesel und habe mir beim Baumarkt einen Coffee to go gekauft. Was da geschehen ist, das war schon krass, das wird mir langsam bewusst. Treffen ist gut. Wann, wo?«

Drei: »Ich warte auf einen neuen Auftrag und komme dazu.«

Eins: »Du hast ja eine Macke, krass, neuer Auftrag. Ich habe genug von diesen Scheiß-Aufträgen, ich bin jetzt noch völlig durch. Komm doch einfach dazu, wir waren zu dritt und müssen reden. Unbedingt.«

»Was meinst du, Herr? Ich soll zu ihnen fahren und sie von dir überzeugen? Dieser Gedanke kommt klar bei mir an, ich danke dir.«

Drei: »Ich komme. Wann und wo?«

Zwei: »Ich bin nicht mobil, ich muss zu Fuß gehen und schlage das Café am Rhein in Wesel vor. Das liegt am Ende der Rheinpromenade, wo die Straße von der Innenstadt her abknickt. Dieses Häuschen mit Außenterrasse und tollem Blick auf den Fluss und die Rheinbrücke. Manche nennen es ›Holland‹, weil es wie ein Strandcafé mit Blick aufs Wasser ist. Schade, dass es geschlossen wird. Mädels, da kann man die Welt rundherum vergessen, das ist wie am Meer und wird uns entspannen. Mit Sonne im Gesicht und Blick aufs Wasser, und die haben den besten Kuchen. Da futtern wir uns durch. Sorry, ich schweife ab. Wir haben Dringendes zu tun. Ihr kennt den Weg. Alles easy?«

Drei: »Ich bin um vierzehn Uhr da.«

Zwei: »Boah, geht das nicht schneller?«

Drei: »Der Geist muss gemächlich reisen. Schneller kann ich nicht dort ankommen.«

Zwei: »Na gut, vierzehn Uhr am Rhein in Wesel.«

Eins: »Bin dabei.«

»Danke, Herr, immer zeigst du mir den Weg. Ich werde die beiden überzeugen, wir müssen weitermachen, es gibt noch viel zu tun, aber nun stehen wir wieder in Kontakt miteinander, und ich habe Mithelferinnen gefunden. Wir schaffen es, die Welt zu reinigen.«

***

Dinslaken. Werner Schlaphysen saß vor seinem Kleiderschrank, er hatte ein neues Ziel und brauchte die perfekte Kleidung. Warum hatte er bislang nicht daran gedacht? Dinslaken war perfekt. Er hatte das neue Einkaufszentrum gegoogelt, die Neutor Galerie, das klang schon so edel. Davor auf dem Neutorplatz gab es eine Pizzeria mit Außengastronomie, viele Tische, freier Blick auf die Galerie, um freundlich lächelnd abzuchecken, wer da ein und aus ging. Er würde sich bis zum Nachmittag bei Nuova einrichten, vorweg ein Cappuccino, Vorspeise, Pasta, ein Espresso, Nachspeise, ganz langsam. Ein Buch mitnehmen, es auf den Tisch legen, ab und zu darin versinken.

Zehn Minuten später war er startklar, ein leichtes Hemd, Sommerjackett, teure Jeans, Slipper und der Sommerhut aus Stroh von Mayser aus dem Allgäu, das passte. Er fand sein Spiegelbild unwiderstehlich.

Auf dem Weg zur Fähre, die Orsoy und Walsum verband, eine schöne Landtour, hätte ihm auffallen können, dass ihm ein Wagen folgte. Seine Laune war so entspannt, dass er nicht einmal merkte, dass jemand auf der Fähre die Augen nicht von ihm ließ.

***

Jerry musste Karin versichern, dass er Inge Weißenfels immer noch im Auge hatte.

»Ja, ganz sicher, ich bin hinter ihr auf der Niederrheinbrücke, wir beide halten hier den Verkehr auf, sie war bei ihrer Tante, blieb eine gute Stunde im Haus und verließ es dann, anscheinend ohne dass die Abelsmann damit einverstanden war. Die lief hinter ihrer Nichte her und deutete mehrmals auf das Haus, während Inge stur zum Auto ging und einstieg.«

»Bleib dran. Die andere ist wie vom Erdboden verschluckt, jedenfalls ist sie zu Hause auch nicht anzutreffen.«

»Du, die Weißenfels biegt auf den Ring ein, will die etwa zu uns?«

»Du wirst es erleben.«

»Sag mal, Chefin, das Alibi von Dora Schlemmer, gibt es da inzwischen Klarheit?«

»Ja, gibt es. Sie ist für mehrere alte Herrschaften zuständig, die zwar hinfällig, aber sehr gut orientiert sind. Tom hat diese Senioren der Reihe nach besucht und befragt, alle bestätigen, dass die gute Frau Schlemmer immer pünktlich gewesen ist, ohne Ausnahme.«

»Ich bin so froh, wenn diese Observation ein Ende hat, langsam komme ich mir vor wie ein Opi mit Hut und Wackeldackel auf der Ablage, der am Wochenende über die heimischen Straßen schleicht. Da, Weißenfels blinkt. Die will in die Fischertorstraße.«

Karin sprang auf. Was hatte das zu bedeuten? Kehrte da eine Täterin zum Tatort zurück? »Und, biegt sie rechts ab? Ich könnte wetten, dass sie Am halben Mond hält.«

Jerry lachte auf. »Die Wette hättest du verloren, sie schleicht weiter in Richtung Rheinpromenade.«

»Was wird das? Man nimmt doch nicht den ganzen Weg von Kleve auf sich, um in Wesel zum Rhein zu fahren, das ist doch hirnrissig.«

»Sie ist ja auch seelisch nicht völlig auf der Höhe.«

Mit Verwunderung sah er, dass Inge Weißenfels zum Parkplatz bei dem kleinen Café abbog, das am schönsten Fleckchen der Promenade lag. Er fuhr ein paar Meter weiter auf den öffentlichen Parkplatz unter den großen Pappeln und behielt sie im Auge. Sie schien sich mit einer Frau zu treffen.

»Karin? Sende mir ganz schnell die Fotos von den anderen Frauen, ich glaube, es gibt hier so etwas wie ein Gipfeltreffen auf teuflischer Basis.«

Karin beeilte sich, innerhalb der nächsten Minute trafen die Konterfeis der Teufelsweiber auf Jerrys Smartphone ein, er blätterte durch, während Inge und, ja, das war sie, Sabine Mölleken die Stufen zur Terrasse hinaufgingen und sich einen Tisch am hinteren Ende aussuchten.

»Weißenfels und Mölleken.«

»Bist du sicher?«

»Ganz sicher. Ich geh da jetzt hin.«

»Das will ich hoffen, und bring beide mit.«

»Mensch, Chefin, ich bin nicht den halben Tag im Schneckentempo über den Niederrhein gegurkt, um jetzt in Hektik zu verfallen. Die kennen mich nicht. Ich werde mich einfach in die Nähe setzen und zuhören. Festnehmen können wir die immer noch.«

»Und du glaubst daran, dass die offen reden werden, wenn jemand in Hörweite ist?«

»Lass mich mal machen. Manchmal ist es von großem Vorteil, dass meine Hautfarbe sich vom Gros der hiesigen Bevölkerung abhebt.«

Karin beendete das Gespräch. Was sollte das noch werden?

***

Der Neutorplatz war eine Augenweide, die Wasserspiele, die Zierbäume, die Frauen, die hier saßen oder entlangflanierten, Werner Schlaphysens Blickweise hatte sich verändert. Nach dem unheimlichen Erlebnis in der Nacht war ihm klar geworden, wie endlich das Leben sein konnte. Seine Sicht auf das Leben rundum, besonders das weibliche Leben, seine ganze Haltung veränderte sich von Minute zu Minute. Wenn ihn jetzt jemand nach seinem Namen fragen würde, wäre völlig klar, wie er sich vorstellen würde.

Victor van Beversen.

Hatte die Blonde vom Nebentisch gerade herübergeschaut und gelächelt? Er setzte seine Sonnenbrille auf, um eine prüfende Abschätzung vorzunehmen. Eine Frau im besten Alter, teuer gekleidet, der Goldschmuck an ihrem Handgelenk wirkte echt, und der kleine Hund an der roten Leine wedelte ihm entgegen.

Selbst auf solche Gelegenheiten war er vorbereitet und zog einen kleinen Zippbeutel mit Leckerlis für Vierbeiner aus seiner Jackentasche. »Entschuldigung, darf ich?«

Er zeigte ihr das Leckerli, hielt es lächelnd in die Luft. »Der Kleine ist so freundlich, da muss ich einfach reagieren. Wie heißt er denn?«

»Manfred.«

»Der Hund?«

»Ja, nicht mein Mann, der heißt Theo.«

Oh, gleich eine Abfuhr eingefangen, freundlich bleiben, Manfred füttern und sich wieder in das Buch vertiefen, ganz souverän.

Die Frau hinter der Sonnenbrille am anderen Ende der Tischreihen, elegant, apart gestylt, ließ ihn nicht aus den Augen. Sie saß ihm im Rücken, er konnte nicht sehen, dass sie lächelte, als sich ein Mann neben die Blonde vom Nebentisch setzte.

***

Jerry genoss die Aussicht auf die Weseler Rheinbrücke, sie spannte sich malerisch über den Fluss, der in der Mittagssonne glitzerte. Er begann sich umzuschauen, ohne die Frauen ganz aus dem Fokus zu lassen. Am gegenüberliegenden Ufer erstreckten sich Weiden bis zur Wasserkante, eine Herde schwarzbunter Kühe strebte gemächlich zum Trinken, die Tiere stapften bis zu den Kniegelenken in den Fluss. Frachtschiffe in verschiedenen Größen passierten mit leisem Tuckern die Promenade, die leichte Brise raschelte in den frischen Blättern der Bäume.

Gerade als er sich die Mauerreste der alten, kriegszerstörten Eisenbahnbrücke anschauen wollte, zog eine weitere Frau seine Aufmerksamkeit auf sich. Er öffnete die Fotos auf seinem Smartphone. Bingo, Vanessa Dupka ging auf das Café zu und sah sich um. Sie entdeckte die anderen Frauen und setzte sich dazu. Der Tisch vor den Frauen wurde frei, und Jerry beschleunigte seinen Schritt, den optimalen Platz zum Lauschen fest im Blick.

Er schrieb an Karin: »Vanessa Dupka auch eingetroffen.«

Er betrat die Terrasse, der Mann mit Wurzeln auf Haiti hatte Appetit auf Kaffee und Kuchen. Die Serviererin sprach ihn an, leider verstand er sie überhaupt nicht …

»Sorry, do you speak English?«

Die Bedienung kramte daraufhin ihre besten Brocken Schulenglisch hervor, und mit viel Mühe kam seine Bestellung zustande. Die Frauen hinter ihm konnten sich nun sicher sein, dass dieser farbige Mann kein Wort Deutsch verstand. Dennoch sprachen sie leise. Nicht leise genug für die Ohren des lauschenden Mannes, der genussvoll ein Stück Erdbeersahnetorte verspeiste. Die Jüngste von allen, Vanessa Dupka, schien den größten Redebedarf zu haben.

»Das war so krass, das ist so in die Hose gegangen. Warum hat die Alte auch der Inge die Maske vom Gesicht gezogen und gesagt, sie würde sie immer wiedererkennen. Die hätte einfach nur machen müssen, was wir von ihr wollten, und stattdessen droht die mit der Polizei.«

Sabine Mölleken mischte sich ein. »Ja, aber du hast Inges Namen erwähnt. Inge, zieh doch die Maske wieder auf. Inge, was machst du da, Inge, komm zurück, warum hast du ein Messer in der Hand?«

Eine Pause entstand, Jerry sah auf dem Tablett, das neben ihm vorbeigetragen wurde, herrliche Tortenstücke, Nuss, Mango-Joghurt, ein Stück Eierlikörtorte und Kaffeetassen. Auf dem Rückweg fragte ihn die Bedienung in bestem Englisch, ob alles in Ordnung sei.

»Oh, yes, thanks, everything's fine.«

»Warum musstest du zustechen? Ich habe das nicht verstanden, aber von da an gab es kein Zurück mehr.«

»Das könnt ihr auch nicht verstehen …«

Jerry hatte genug gehört, schrieb an Karin: »Die drei waren es. Kommt her, aber geräuschlos, sonst schreckt ihr sie auf. Inge Weißenfels ist unberechenbar, wenn man sie in die Enge treibt.«

»Wir schleichen uns an.«

»Seht zu, dass die Bahn frei wird, die drei können von ihrem Tisch aus den Eingang und die vordere Terrasse nicht sehen. Schafft so viele Leute wie möglich aus der Gefahrenzone!«

»In Ordnung.«

Die Zeit reichte, um die Torte zu verspeisen, er zahlte, bleib jedoch sitzen, bis eine Nachricht einging: »Eingetroffen.«

Sein geschultes Auge nahm wahr, dass die wartenden Menschen vor der Treppe verschwanden, dass die vorderen Tische sich leerten, die Gläser und Tassen halb gefüllt zurückblieben, die malerischen Tortenstücke nur halb verspeist auf den Tellern lagen. Die Serviererin ließ sich nicht mehr blicken. Stattdessen trat eine andere Frau auf die Terrasse.

Vor dem Hintergrund des Rheinbogens mit dem Xantener

Dom in der Ferne betrat Hauptkommissarin Karin Krafft das Café, gefolgt von den Hauptkommissaren von Aha und Weber. In dem Augenblick stand Jerry auf, drehte sich um, hielt seinen Ausweis in die Höhe und sah in die erschreckten Gesichter von Sabine Mölleken und Vanessa Dupka, während die Miene von Inge Weißenfels keine Regung verriet.

»Vanessa Dupka, Sabine Mölleken, Inge Weißenfels, wir verhaften Sie unter dem dringenden Tatverdacht des gemeinschaftlichen Mordes an Beate Heuwels.«

Vanessa Dupka schüttelte hektisch den Kopf. »Nein, nein, nein. Die hat noch gelebt, als wir gingen, die Frau hat noch geamtet.«

Sie ließen sich widerstandslos festnehmen. Nur Inge Weißenfels drehte sich auf dem Weg zum Streifenwagen noch einmal um und schaute ihn an.

»Das ist ein Zeichen, dass der Mann plötzlich unsere Sprache spricht.«

***

Victor van Beversen hatte mit Dinslaken eine verheißungsvolle neue Stadt entdeckt und war sich sicher, dass er nur lange genug auf dem Neutorplatz Ausschau halten musste. Es gab hier so viele Frauen ohne männliche Begleitung, bestimmt wartete eine von ihnen auf ihn. Aber für heute war Schluss. Er hatte seinen Wagen in der Altstadt in der Nähe der Freilichtbühne geparkt und schlenderte nun durch die Fußgängerzone dorthin. In die Schaufenster mit Frauenmode zu schauen gehörte auch zu seinen Tricks, Frauen liebten Männer, die sich für ihre Mode interessierten. Beim Schmuck blieb er ebenfalls stehen und stöberte im Thalia durch die Angebote.

So viele nette Gelegenheiten, sich zu setzen und Frauen zu beobachten, aber seine Parkzeit lief ab. Durch die Rittergasse eröffnete sich der malerische Weg durchs Tor, links kam sein alter Ford ins Blickfeld. Erst als er ganz nahe herangekommen war, fiel ihm auf, dass etwas mit dem Fahrzeug nicht stimmte, und bei genauem Hinsehen entdeckte er den platten Reifen hinten rechts. Wie konnte das passieren? Die Frau, die nur kurz zu ihm rüberschaute, während sie den Weg zur Burghofbühne nahm, sah er nicht.

***

Spät an diesem Abend ließ Karin Krafft in Aaron Nilssons Büro die Erkenntnisse des Tages noch einmal Revue passieren.

»Jerry hatte den richtigen Riecher, er hat die Weißenfels nicht aus den Augen gelassen, hielt sie sozusagen an der langen Leine. Die hat sich mit den anderen beiden Frauen verabredet, die von den Clubmitgliedern auserwählt waren, die Aktion Heuwels durchzuführen. Diese gab sich unbeeindruckt von dem Verwirrspiel und zog Inge Weißenfels blitzschnell die Maske vom Kopf. Sie beschimpfte sie, wollte sich ihr Gesicht merken und sie anzeigen. Da ist bei Inge Weißenfels, die psychisch eh schon sehr labil ist und zu affektiven Handlungen neigt, eine Sicherung durchgeknallt. Sie lief in die Küche und holte ein Messer. Es entstand ein Tumult, und sie nannten sich mit Namen, rangelten mit Heuwels, die ins Schlafzimmer flüchtete, sich in die Ecke kauerte, ein fataler Fehler, sie saß in der Falle. Die Dupka versuchte noch, sie hochzuziehen, die Heuwels wehrte sich. Als sie tief Luft holte, um laut um Hilfe zu schreien, stach Inge in ihrem Wahn zu.«

»Ich verstehe, und gerade als die Frauen mit den Schutzanzügen das Haus verließen, tauchte Hedwig Abelsmann auf. Wie ist sie eigentlich exakt zu diesem Zeitpunkt in Wesel angekommen?«

»Die hatte die ganze Zeit über in der Nähe des Hauses im Auto gesessen. Wegen ihrem fast ebenso wahnhaften Gedanken, auf ihre Nichte aufpassen zu müssen. Die hatte sich in den zwei Tagen vor der Aktion merkwürdig unruhig verhalten, dankte ständig dem Herrn für den Auftrag. Auftrag, wieso Auftrag … Abelsmann war erst alarmiert und dann zutiefst erschrocken, als sie bei einem Blick in Inges Tasche die Teufelsmaske entdeckte. Sie war ihr an dem Dienstag einfach nachgefahren, übrigens in einem alten Benz mit Saisonkennzeichen, da sie vorher noch ihren Wagen zur Inspektion gebracht hatte. Sie wusste, dass Inge nicht vor neun Uhr aus dem Haus gehen würde, denn das gehörte zu ihrer Tagesroutine.«

Erst die aufgeregten Frauen, die aus der Einfahrt vom Haus der Heuwels zu fliehen schienen, haben sie dazu bewegt, auszusteigen. Inge habe sie entdeckt und gefaselt, dass das Blut geflossen, ihr Auftrag erfüllt sei. Die anderen beiden hätten sich benommen wie aufgescheuchte Hühner, Hedwig Abelsmann habe alle zur Ruhe gebracht und einen Einkaufsbeutel aus dem Wagen geholt, um die Anzüge einzusammeln, die jede zerknüllt in Händen hielt.«

»Ach, sie hat die weißen Dinger in Ruhrort versenkt?«

»Ja, ganz schön linkisch. Und alles andere erledigte sie mit Kalkül, eiskalt. Mir läuft jetzt noch ein Schauer über den Rücken.«

»Ich habe ihre Aussage gelesen, erinnerst du dich an den entscheidenden Satz, mit dem sie ihre Tat beschreibt?«

»Ja, Aaron, ich bin fast vom Stuhl geglitten, als sie seelenruhig dasaß, kerzengerade, die Hände auf den zusammengepressten Knien abgestützt, und beschrieb, wie sie mit Inge gemeinsam noch einmal in die Wohnung der Heuwels ging, um nachzuschauen, was die Frauen angerichtet hatten.«

Karin nahm den Bericht zur Hand. »Ich zitiere: ›Die Tür stand weit offen. Erst sah ich diese lächerliche Puppenstube, diese ganzen Plüschviecher und den kitschig gedeckten Tisch mit der angeberischen Torte. Inge wies zitternd auf die Schlafzimmertür. Man sah schon, dass Blut geflossen war, nur von der Frau sah man nichts. Dann hörte ich sie, ein dünner, aber intensiver Hilferuf. Ich schaute in die Ecke hinter dem Bett. Sie konnte nicht aufstehen, aber sie schaute mich an. Sie flüsterte, sie müsse sie alle anzeigen, ich solle die Polizei holen. Alle, sie vergesse kein Gesicht, niemals.‹«

Hedwig Abelsmann hatte die Hauptkommissarin lange angeschaut und dann mit fester Stimme gesagt: »Als Waidfrau sah ich keine andere Möglichkeit als die Erlösung. Ich ließ Inge ein Messer aus der Küche holen und habe den erlösenden Stich gesetzt.«

Ihre Schuhe habe sie an der Wohnzimmertür ausgezogen und erst in ihrem Auto wieder übergestreift.

Da saßen sie nun, der Staatsanwalt und die Hauptkommissarin, und schwiegen einen Moment vor Entsetzen.

Aaron Nilsson atmete tief ein und aus und räusperte sich. »Da musst du erst mal drauf kommen. Die Frau sollte auch auf ihren Geisteszustand hin untersucht werden, etwas stimmt nicht mit ihr.«

»Ja, das sehe ich auch so.«

Karin Krafft referierte abschließend, dass das bei den Tatortermittlungen aufgefundene Haar auf dem Schutzanzug Hedwig Abelsmann zugeordnet werden konnte. Das Messer, mit dem der tödliche Stich gesetzt wurde, war im Ruhrorter Hafen versunken. Das andere hatte Vanessa Dupka mitgenommen und in Wesel halbherzig entsorgt.

»Gute Arbeit, Karin.«

***

Der Reifenwechsel ging ihm schwer von der Hand. Am nächsten Tag brachte Werner Schlaphysen alias Victor van Beversen den Plattfuß zum Reifendienst. Dort wurde ein eingefahrener Nagel entdeckt. Es konnte sein, dass der schon länger im Reifen steckte, bevor er tief genug eingedrungen war. Ein Zufall, dass die Luft auf dem Parkplatz ausgeströmt war, auf der Autobahn hätte das übel ausgehen können. Glück gehabt.

Er fuhr heim und überlegte, wann er seinen nächsten Ausflug nach Dinslaken, Emmerich oder Geldern machen würde. Sein Geschäft im Dienst der einsamen Herzen des Niederrheins musste ja weiterlaufen. Nur heute nicht, erst mal ausruhen, ab aufs Sofa.

Er kam an dem Spiegel in seinem Flur vorbei, blieb stehen, drehte sich um. Etwas war anders. Erst auf den zweiten Blick erkannte er die Augen, den Mund. Die Hörner. Jemand hatte einen Teufelskopf in den Staub gewischt. Darunter standen drei Worte, fast unsichtbar, jedoch so mächtig, dass sie sich in sein Hirn einbrannten.

»Wir kriegen dich!«

***

Der letzte Satz ist, wenn er gelingt, eine Pointe, dachte Karin Krafft. Diese Drohung in drei Worten, die den verängstigten Werner Schlaphysen dazu bewegt hatte, eilig die Kriminalkommissarin aufzusuchen und ihr von seinen Streifzügen durch die Frauenwelt zu erzählen, obwohl das angesichts seines heiratsschwindelnden Berufs nicht ganz vernünftig war, war ein solcher Satz. Das Ende einer Geschichte sollte einen inneren Abschluss bringen, es sollte erzählen, wie sich alles fügt, alle Rätsel lösen, alle Figuren an ihren Platz stellen.

Sie hätte so gern diesen letzten Satz gesprochen, die Chefkommissarin. Einen perfekten letzten Satz, der zeigte, dass es einfacher war, eine Geschichte zu beenden als zu beginnen. Nicht jedes Geheimnis musste schließlich gelüftet werden.

Wer mag nicht ein gutes Ende, das die Ordnung wiederherstellt?, dachte Karin. Und doch kein Schnitt ist, kein »Das war's«, sondern eine Brücke zur Phantasie, was noch kommen mochte. Eine Anfahrt in die Zukunft.

Die Geschichte des K1 war noch nicht zu Ende, aber wie ließ man sie in diesem besonderen Fall ausklingen? Einen Nachhall schaffen? Karin blickte aus dem Fenster der Behörde in Wesel auf die Aue am Rhein, den Deich, das satte Grün, das flache Land. Der Niederrhein und seine Weite, das ist Heimat, dachte sie. Hier würde ihr Team weitermachen und weiter zusammenhalten. Sie und ihre Leute waren aus einem schwierigen Fall gestärkt herausgegangen.

Der perfekte letzte Satz fehlte immer noch. Karin Krafft fühlte eine ungeheure Nähe zu ihrem Team, eine Freude. Das war nicht immer so gewesen. Irgendetwas gab es, das sie im Innersten zusammenhielt.

Lärmend wurde in dem Moment die Tür zum Sitzungsraum aufgerissen, da standen sie, die Menschen vom K1. Aufgeräumt, lässig, befreit.

»Ihr seid ein verdammt gutes Team, weiter so«, sagte Karin. Sie atmete durch. Das war er, fand sie, das war der perfekte Satz in dieser Situation. Ehrlich und herzlich und neugierig auf Neues. Einfach so rausgerutscht. Das Ende dieser Geschichte. Die nächste konnte kommen.

Der Stier
ISBN 978-3-7408-1127-3

Weitere Titel von Thomas Hesse:

Blutsgeschwister
ISBN 978-3-95451-820-3